Elogios para
A Conspiração de Forty Acres

"Suspense de primeira linha... Uma história muito bem elaborada e perturbadoramente poderosa."

— *Booklist*

"Ousado... Interessante... Intrigante."

— *Publishers Weekly*

"Inovador."

— *Kirkus Reviews*

"À primeira vista, esta é uma releitura do livro *A Firma*, de John Grisham, mas ao colocar a raça como uma parte integral da narrativa e dos temas derivados, Smith tornou a leitura deste livro mais densa."

— *Milwaukee Journal Sentinel*

"Um romance instigante que, como uma onda, desenvolve força e intensidade à medida que avança. Smith fez algo poderoso aqui, utilizando-se de uma linguagem direta e honesta, um olhar e uma escuta ativa que se aprofundam nas questões como ferramentas principais. A história vai reverberar por um longo tempo depois que a última página for lida."

— *David Baldacci, #1 autor best-seller do New York Times*

"Uau! A Conspiração de Forty Acres é um suspense em uma categoria única, brilhante e assustador. Os personagens são desenvolvidos de maneira majestosa; Martin era tão vulnerável e sua incerteza me moveu tanto que passei a realmente me importar e me preocupar com ele de verdade. Estava com os nervos à flor da pele!"

— *Terry McMillan, #1 autora best-seller do New York Times*

"Um suspense absolutamente fascinante, uma obra capaz de desafiar as noções de certo e errado do leitor. Com extrema segurança e uma habilidade maestral de contar histórias, o autor faz as perguntas difíceis e não oferece respostas fáceis... e entrega o máximo de suspense. É uma obra inesquecível de uma incrível nova voz na literatura. Facilmente o meu livro favorito do ano."

— *John Ridley, ganhador do Oscar de melhor roteiro por* 12 Anos de Escravidão

A CONSPIRAÇÃO DE FORTY ACRES

Ele poderia **TER TUDO...** Mas a que **PREÇO?**

TRADUZIDO POR GABRIELA ARAUJO

DWAYNE ALEXANDER SMITH

ALTA NOVEL

Rio de Janeiro, 2022

A Conspiração de Forty Acres

Copyright © 2022 da Starlin Alta Editora e Consultoria Eireli.
ISBN: 978-65-5520-759-0

Translated from original Forty acres : a novel. Copyright © 2014 by Damn Good Idea Productions. ISBN 978-1-4767-3053-0. This translation is published and sold by permission of Atria Books, an imprint of Simon & Schuster, Inc., the owner of all rights to publish and sell the same. PORTUGUESE language edition published by Starlin Alta Editora e Consultoria Eireli, Copyright © 2022 by Starlin Alta Editora e Consultoria Eireli.

Impresso no Brasil – 1ª Edição, 2022 – Edição revisada conforme o Acordo Ortográfico da Língua Portuguesa de 2009.

Dados Internacionais de Catalogação na Publicação (CIP) de acordo com ISBD

S642a   Smith, Dwayne Alexander
          A Conspiração de Forty Acres / Dwayne Alexander Smith ; traduzido por Gabriela Araujo. – Rio de Janeiro : Alta Books, 2022.
          384 p. : il. ; 16cm x 23cm.

          Tradução de: Forty Acres
          ISBN: 978-65-5520-759-0

          1. Literatura americana. 2. Ficção. I. Araujo, Gabriela. II. Título.

2022-858   CDD 813
                                            CDU 821.111(73)-3

Elaborado por Odilio Hilario Moreira Junior - CRB-8/9949

Índice para catálogo sistemático:
1. Literatura americana : Ficção 813
2. Literatura americana : Ficção 821.111(73)-3

Todos os direitos estão reservados e protegidos por Lei. Nenhuma parte deste livro, sem autorização prévia por escrito da editora, poderá ser reproduzida ou transmitida. A violação dos Direitos Autorais é crime estabelecido na Lei nº 9.610/98 e com punição de acordo com o artigo 184 do Código Penal.

A editora não se responsabiliza pelo conteúdo da obra, formulada exclusivamente pelo(s) autor(es).

Marcas Registradas: Todos os termos mencionados e reconhecidos como Marca Registrada e/ou Comercial são de responsabilidade de seus proprietários. A editora informa não estar associada a nenhum produto e/ou fornecedor apresentado no livro.

Erratas e arquivos de apoio: No site da editora relatamos, com a devida correção, qualquer erro encontrado em nossos livros, bem como disponibilizamos arquivos de apoio se aplicáveis à obra em questão.

Acesse o site www.altabooks.com.br e procure pelo título do livro desejado para ter acesso às erratas, aos arquivos de apoio e/ou a outros conteúdos aplicáveis à obra.

Suporte Técnico: A obra é comercializada na forma em que está, sem direito a suporte técnico ou orientação pessoal/exclusiva ao leitor.

A editora não se responsabiliza pela manutenção, atualização e idioma dos sites referidos pelos autores nesta obra.

Produção Editorial
Editora Alta Books

Diretor Editorial
Anderson Vieira
anderson.vieira@altabooks.com.br

Editor
José Ruggeri
j.ruggeri@altabooks.com.br

Gerência Comercial
Claudio Lima
claudio@altabooks.com.br

Gerência Marketing
Andrea Guatiello
marketing@altabooks.com.br

Coordenação Comercial
Thiago Biaggi

Coordenação de Eventos
Viviane Paiva
comercial@altabooks.com.br

Coordenação ADM/Finc.
Solange Souza

Direitos Autorais
Raquel Porto
rights@altabooks.com.br

Produtoras da Obra
Illysabelle Trajano
Maria de Lourdes Borges

Produtores Editoriais
Paulo Gomes
Thales Silva
Thiê Alves

Equipe Comercial
Adriana Baricelli
Daiana Costa
Fillipe Amorim
Heber Garcia
Kaique Luiz
Maira Conceição
Victor Hugo Morais

Equipe Editorial
Beatriz de Assis
Brenda Rodrigues
Caroline David
Gabriela Paiva
Henrique Waldez
Marcelli Ferreira
Mariana Portugal

Marketing Editorial
Jessica Nogueira
Livia Carvalho
Marcelo Santos
Pedro Guimarães
Thiago Brito

Atuaram na edição desta obra:

Tradução
Gabriela Araujo

Copidesque
Rafael Fontes

Revisão Gramatical
Carolina Oliveira
Ana Mota

Diagramação
Joyce Matos

Projeto Gráfico | Capa
Paulo Gomes

Editora afiliada à:

ASSOCIADO

Rua Viúva Cláudio, 291 – Bairro Industrial do Jacaré
CEP: 20.970-031 – Rio de Janeiro (RJ)
Tels.: (21) 3278-8069 / 3278-8419
www.altabooks.com.br – altabooks@altabooks.com.br
Ouvidoria: ouvidoria@altabooks.com.br

À memória carinhosa de minha mãe,
Barbara Ann Lewis

Quando eu disse a ela que queria fazer filmes,
ela me presentou com uma câmera Super 8 mm.
Quando eu disse a ela que queria ser escritor,
ela me presenteou com um processador de texto.
Quando eu disse a ela que tinha largado a faculdade para
correr atrás de um sonho...
Ela gritou comigo e me mandou arranjar um emprego.
Então ela fez tudo o que podia para me ajudar a realizar esse sonho.
Obrigado, mãe.

PRÓLOGO

Louis Ward caminhava pelo estacionamento do shopping Green Hill em Southdale, Minnesota, enquanto lia a contracapa do box de DVDs de *Seinfeld: a Série Completa* que tinha acabado de comprar.

Ele não percebeu a van preta com vidros escuros em seu encalço.

Louis era um grande fã de *Seinfeld*, tanto que vestia uma camisa com a logo da série. Assim como sua esposa, Becky, com que era casado há nove anos. Infelizmente, quando o box de US$250 havia sido lançado sete anos antes, ele estava desempregado e não pudera se dar ao luxo de comprá-lo. Eles tinham visto todas as temporadas na TV, é claro, mas queriam muito todos os extras divertidos dos DVDs. Hoje o box da série completa fora relançado, mais fino e mais barato, e Louis havia prometido a Becky que o compraria depois do trabalho para que assistissem à noite. Ambos eram católicos irlandeses e nunca haviam pisado na cidade de Nova York, logo não tinham muito em comum com os personagens do programa, mas isso não importava. Eles concordavam que *Seinfeld* era a série mais engraçada já feita e ponto-final. Mais engraçada do que *Lucy*, *The Honeymooners* ou qualquer outra série em preto e branco que as pessoas adoravam mencionar toda vez que ele enaltecia *Seinfeld*. Esses programas eram ótimos, com certeza, mas *Seinfeld* estava em outro patamar. Louis até atribuía à série o crédito de salvar o seu casamento. O casal certa vez havia passado um ano estranho marcado por pouco sexo e muita briga e o amor compartilhado por *Seinfeld* os manteve juntos quando outros teriam jogado a toalha. Apenas essa razão era o suficiente para que *Seinfiled* tivesse um lugar especial no coração de Louis.

Mas, para o azar de Louis, sua obsessão com *Seinfeld* seria um dos fatores responsáveis por selar o destino trágico que o aguardava.

Ao alcançar seu Honda Civic surrado e procurar pelas chaves, percebeu a van preta parando na pista logo atrás. Apesar de o veículo velho ter janelas cobertas por insulfilme, Louis não lhe deu atenção. Imaginou que era um cara esperando para usar a vaga. Havia vários outros espaços disponíveis, claro, mas algumas pessoas gostam de estacionar em lugares específicos. Vai entender.

Então Louis viu algo impressionante.

A porta lateral da van se abriu e dois homens usando máscaras de ski correram em sua direção. Ele mal pôde pensar *Que porra é essa?* antes que o alcançassem. Foi eletrocutado no peito com uma arma de eletrochoque e estremeceu ao sentir seis milhões de volts correndo pelo corpo. Depois de uma última convulsão, o mundo girou e ficou tudo escuro.

Os homens jogaram o corpo inconsciente de Louis na traseira da van, fecharam a porta e saíram depressa.

Duas horas depois um segurança do shopping passaria pelo local e notaria um velho Honda com a porta do motorista escancarada. E o mais estranho de tudo: um box de DVDs lacrado de *Seinfeld: a Série Completa* caído ao lado no chão.

CAPÍTULO 1

Martin Grey observava pela janela traseira o grupo de repórteres que lotava a escada em frente ao tribunal na Praça Foley enquanto o taxista parava o carro. Martin percebeu quando os primeiros jornalistas notaram sua presença e logo cercaram o veículo, seguidos pelos outros. Observou enquanto cercavam o carro, batiam no vidro, gritavam perguntas e tiravam fotos. Dois agentes do Departamento de Polícia de Nova York tentavam conter a multidão sem sucesso.

Martin não conseguia acreditar. O pequeno processo de direitos civis no qual começara a trabalhar há dois anos tinha se transformado no maior caso de sua carreira. E hoje era o momento decisivo. As alegações finais. A última chance de convencer o júri e garantir justiça para seu cliente — sem contar uma bagatela de US$ 25 milhões.

— Quer que eu tente a porta dos fundos? — o motorista questionou.

Martin balançou a cabeça.

— Não. Vai ter o dobro deles lá atrás. Aqui está bom.

Martin recolheu sua pasta e segurou a maçaneta.

— Boa sorte, irmão — desejou o motorista.

Martin não pôde evitar sorrir ao ser chamado de "irmão". De fato, poderiam passar por irmãos de verdade. O motorista parecia ter pouco mais de trinta anos, assim como ele. Tinham altura e estrutura física medianas. Até seus cabelos exibiam o mesmo corte alinhado e curto. De cara, a única grande diferença entre eles era que um segurava o volante e o outro uma pasta de documentos. Bom, Martin também se vestia com um pouco mais de elegância.

O advogado não considerou o uso do termo "irmão" como falta de respeito, como outros em sua posição talvez pensassem. Para ele era um sinal de solidariedade entre dois homens pretos, algo que ele sentia falta na comunidade afrodescendente estadunidense.

Martin ofereceu ao outro homem uma gorjeta de US$ 10.

— Dou duro demais pra depender da sorte — ele disse. — Mas hoje estou aceitando toda ajuda que puder.

CAPÍTULO 2

Quando Martin saiu do carro, os repórteres avançaram nele como urubus na carniça.

— Você realmente acredita ter chance contra Damon Darrell?

— É verdade que Darrell te ofereceu um acordo de última hora?

— Darrell é o advogado mais difícil que já enfrentou?

Ali estava. O motivo de esse caso ter explodido na mídia. Damon Darrell, o advogado superestrela e pseudo-celebridade, estava na oposição. Todo caso que o extravagante, e igualmente brilhante, Darrell tocava se transformava num circo midiático. Especialmente um assim.

O cliente de Martin estava processando a empresa em que trabalhara por vinte anos, Indústrias Autostone, a maior manufaturadora de pneus automotivos do mundo, por atos explícitos de discriminação racial. Vários atos foram registrados pelas câmeras de segurança na fábrica principal e um vídeo chegou a vazar e viralizou no YouTube. As provas pareciam incontestáveis, mas numa tática malandra, a Autostone não conseguiu apenas um advogado espetacular, ela fisgou um advogado afrodescendente brilhante para orquestrar sua defesa.

A ironia da situação era boa demais para ser verdade e a imprensa fez a festa. E como Darrell usava comentários infames e extravagâncias na sala de tribunal para colocar lenha na fogueira, a multidão de repórteres ficou em êxtase.

Martin sabia que se não jogasse umas migalhas não conseguiria passar. Ele parou e encarou o universo de flashes e microfones.

— Prefiro guardar os meus comentários para as alegações finais de hoje. Obrigado.

O advogado continuava seu trajeto até a entrada quando a voz de um homem sobressaiu.

— Melhor montar um bom argumento agora, Grey, porque lá dentro vou acabar com você.

Martin reconheceu a voz. Olhou para trás e viu o homem preto vestido de maneira impecável perto da multidão de repórteres, exibindo um sorriso malicioso familiar. Os jornalistas estiveram tão ocupados importunando Martin que não perceberam Damon Darrell parado atrás deles até aquele momento.

Damon Darrell era da mesma altura de Martin e apenas oito anos mais velho, mas sua autoconfiança singular o fazia parecer anos-luz à frente em tamanho e em sabedoria.

Martin observou enquanto os repórteres focavam em uníssono suas câmeras no fotogênico Damon.

— Você vai ganhar, Sr. Darrell?

— Qual o seu nível de confiança, Sr. Darrell?

Damon levantou a mão para conter o entusiasmo do grupo como um líder religioso orientando sua congregação ao silêncio.

— Tenho apenas um comentário e é para o Sr. Grey.

Martin se manteve firme à medida que Darrell subia os degraus, atravessando a turba de repórteres, e o encarava.

— Tenha cuidado hoje — Damon alertou. — Ainda tenho umas surpresinhas pra você.

— Lógico que tem — Martin respondeu. — Por que o show de hoje seria diferente de todos os outros?

Com as gargalhadas dos repórteres, Martin notou o sorriso ardiloso no rosto de Damon e a forma como seus olhos brilharam como os de um homem que se regozija com o confronto.

Damon se aproximou ainda mais e colocou uma mão amigável em seu ombro.

— Hoje mostro o meu verdadeiro arsenal. Essa é a diferença, Sr. Grey.

Então Damon subiu o resto dos degraus de mármore e desapareceu dentro do prédio.

Os repórteres clamaram por uma réplica, mas Martin só ouvia o aviso de Damon ecoando sem parar em sua cabeça. É óbvio, Martin sabia que a postura de Damon era uma encenação para as câmeras, um teatro para manter sua reputação, mas a presença dele era intimidadora. Afinal, por trás de seus caprichos e artimanhas, Damon Darrell era uma das melhores mentes do Direito no mundo.

CAPÍTULO 3

Damon não estava brincando quanto ao arsenal.

Depois do breve resumo de vinte e cinco minutos de Martin, o tribunal ouviu fascinado enquanto Darrell performava uma conclusão digna de um show da Broadway. Durante noventa minutos, ele marchou de um lado para o outro alternando entre gestos e a apresentação de slides com elementos-chave do caso.

Durante os sete dias de julgamento, em vez de tentar minimizar os efeitos do vídeo, Damon o havia exaltado. Ele argumentou que em vez de abrir um processo na época, o cliente de Martin suportou o abuso em frente às câmeras com a intenção de armar uma causa robusta e intrigante. Para fechar o argumento, Damon deu a cartada final com uma frase feita para grudar na mente do júri.

— O Sr. Watson não teve seus direitos civis violados — Damon declarou com uma risada. — Ele está aqui tentando lucrar com eles.

Gargalhadas seguiram a frase e o juiz reestabeleceu a ordem com a batida do martelo.

Retomando o seu lugar, Damon sorriu para Martin como se dissesse: "quero ver você fazer melhor, moleque".

Martin sabia que Damon estava certo. Como ele seria capaz de suceder uma apresentação tão incrível? Ele poderia se ater à réplica tradicional passo a passo como o planejado, mas após o show pirotécnico de Damon aquilo entediaria o júri.

— Sr. Grey — clamou o juiz. — São 11h30. Gostaria de iniciar sua réplica agora ou de aguardar até depois do almoço?

Na hora que o juiz disse isso, Martin percebeu que com certeza isso era parte da estratégia de Damon. Tomar tempo o suficiente para que Martin tivesse que batalhar com o relógio. Faltando trinta minutos para o meio-dia, tinha apenas duas opções. Poderia declarar a réplica depois do almoço quando o júri estivesse desatento por causa das barrigas cheias ou pedir que o juiz adiasse o intervalo até que ele concluísse. A última também não era uma boa escolha pois os jurados o culpariam por estarem com os estômagos roncando e as bundas dormentes.

A suspeita de Martin foi confirmada ao ver Damon se levantar de repente e se dirigir ao juiz.

— Vossa Excelência, se o Sr. Grey quiser adiar o almoço para realizar sua alegação, não faço objeções... Mas não posso dizer o mesmo pelo meu estômago.

As risadas ecoaram novamente e Martin conseguiu ver o sorriso irritante no rosto de Damon.

O juiz se voltou para Martin.

— Sr. Grey, como gostaria de prosseguir?

Martin estava encurralado. A decisão errada agora poderia arruinar o caso. Um caso que, apesar dos esforços de Damon, parecia estar a favor do cliente de Martin.

— Sr. Grey, preciso de uma decisão.

Martin teve uma ideia. Era arriscada, mas depois de pesar todas as opções, teve certeza de que era a sua melhor jogada. Apenas uma coisa fez com que hesitasse. Esse era um julgamento de alto prestígio. O mundo estava de olho. Se esse truque não funcionasse, tinha o risco de arruinar sua carreira.

— Sr. Grey!

Martin se levantou.

— Estou preparado para prosseguir, Vossa Excelência.

— Está solicitando o adiamento do intervalo?

— Não. Não será necessário.

O juiz pareceu surpreso. Damon também.

Checando o relógio, o juiz alertou:

— Agora, você tem somente quinze minutos. Tem certeza, Sr. Grey?

Um burburinho nervoso ecoou pelo tribunal. Sr. Watson percebeu que havia algo errado e olhou para Martin com ansiedade. Martin assentiu de maneira confiante e virou a cabeça em direção ao juiz.

— Certeza absoluta, Vossa Excelência.

— Muito bem. Prossiga.

Martin podia sentir cada olho grudado nele ao se aproximar do balcão do júri. O manual mandava sorrir e parecer amigável ao se aproximar dos jurados. Ele fez o exato oposto. Parou e olhou nos olhos de cada um. Não com raiva, mas com extrema seriedade. Um olhar incisivo que dizia: "acabou a brincadeira". Quando Martin finalmente falou, sua voz era firme e autoritária. Uma voz que não podia ser contestada.

— Meu colega levou uma hora e meia para convencê-los do que ele acredita ser a intenção do meu cliente. Algo que nunca saberemos de verdade. Mas o que sabemos, e o que o Sr. Darrell inclusive concorda, é que o vídeo nitidamente mostra que meu cliente, Sr. Watson, foi vítima de consecutivas injúrias raciais. Não preciso de uma hora e meia porque a verdade está explícita para quem quiser ver. Vocês sabem do seu dever com a justiça. Obrigado.

Ao retornar para o assento, Martin notou que o costumeiro sorriso de Damon havia desaparecido e sido substituído por uma expressão nunca vista no semblante de seu oponente: incerteza.

Essa era toda a garantia de que precisava.

CAPÍTULO 4

A festa do escritório de advocacia Grey & Grossman tomou a vizinhança da Jamaica, no bairro do Queens. Há quase três anos Martin e seu sócio, Glen Grossman, dividiam a sala apertada com dois auxiliares contratados. Nunca havia espaço suficiente graças aos armários e às caixas de arquivos empilhadas até o teto, mas, naquela noite especial, a família de Martin, amigos e colegas bebiam champanhe e dançavam ao redor do pequeno escritório como se estivessem num grande salão.

Manchetes de jornais e blogs jurídicos estampavam as paredes descascando.

"Autostone Derrotada em Épico Caso de Discriminação Racial"

"Autostone Pagará US$25,5 milhões por Violação de Direitos Civis"

"Pequeno Advogado Destrói Gigante Empresarial"

Martin, bebendo uma cerveja, observava as festividades de longe, envolto em uma névoa de descrença que o cercava desde o veredito do júri. Martin sempre havia acreditado na vitória, mas considerando o seu lendário oponente, fora tomado por um compreensível momento de dúvida. Ainda assim, ele conseguiu. Venceu o jogador nº 1 em seu próprio jogo na frente do mundo todo e nada mais seria como antes. Sua secretária eletrônica já estava cheia de pedidos de entrevistas para a televisão. A publicidade atrairia grandes clientes tanto para ele como para Glen. *Sim, senhor*, ele pensou, *as nuvens se dispersaram e agora posso enxergar o infinito.*

E o infinito parecia bem incrível.

— Por que tá se escondendo no canto?

Martin se virou e viu Glen Grossman se aproximando com a esposa, Lisa. Ambos seguravam bebidas e pareciam levemente tontos.

— Isso tudo é pra você, amigo — Glen disse. — Devia estar lá comemorando.

— Estou só absorvendo tudo. Sabe, aproveitando o momento. Aliás, a festa não é só pra mim — Martin colocou um braço em volta de Glen. — É nossa, sócio. A Grey & Grossman vai decolar agora. Espero que esteja pronto.

Lisa deu uma risadinha.

— Sem dúvidas ele está pronto. Acabei de pegá-lo no computador pesquisando por uma nova sala de escritório nos classificados.

Martin riu. Sim, aquele era Glen. Grandes sonhos e uma reserva inesgotável de energia para transformá-los em realidade. Martin tinha conhecido Glen durante o tempo em que se especializou na NYU Law. Martin era um afrodescendente recém-saído da Universidade de Syracuse. Glen era um judeu nova-iorquino com um diploma de graduação pela Universidade de Nova Iorque. Eram diferentes de inúmeras formas, mas uma característica em comum que suas famílias compartilhavam era mais do que o suficiente.

Nos anos 60, os advogados judeus foram muito importantes para o movimento dos direitos civis e o avô de Glen tinha sido um dos mais dedicados. Em certas ocasiões tinha trabalhado diretamente com o Reverendo King, algo que Glen adorava mencionar.

O avô de Martin tinha sido dono de uma padaria no Harlem, mas também fora um dos principais líderes do movimento no Nordeste do país. Quando não estava preparando massa de pão, organizava passeatas e comícios pelas ruas. Era conhecido não só por coordenar os manifestantes, mas também por alimentá-los. Foi na famosa Marcha sobre Washington por Trabalho e Liberdade que os avós de Martin se conheceram.

Trocar figurinhas sobre a participação de seus ancestrais na história transformou colegas de quarto em grandes amigos. Depois de se formarem, trabalharam no escritório da União Americana pelas Liberdades Civis em Nova York durante o dia e estudaram para o exame da Ordem dos Advogados à noite. Apenas três anos após passarem no exame, Glen teve a acometida ideia de se unirem para abrir o próprio escritório. Martin teve medo de que não estivessem preparados, ao que Glen respondeu:

— Vamos nos preparar. — E como Martin poderia discordar?

O primeiro ano e meio foi difícil, mas com trabalho duro e muita correria, os casos começaram a surgir e logo eles conquistaram uma boa renda focando em processos de direitos civis.

Então o caso da Autostone caiu do céu junto com Damon Darrell e de repente o mundo era deles.

— O que a Anna está fazendo? — Lisa apontou para o outro lado do escritório.

Martin se virou na direção indicada e, surpreso, avistou sua esposa, Anna, subindo numa mesa com um pedaço de papel na mão.

— Parem a música — Anna gritou acima do barulho. — Tenho uma coisa pra ler.

Martin contemplou intrigado quando a música cessou e todos olharam para ela. Mesmo usando um vestido simples, Anna ficava deslumbrante. Toda vez que Martin a observava, ainda não podia acreditar que era sua esposa.

Anna ergueu o pedaço de papel e se dirigiu ao grupo.

— Acabei de imprimir isso do Vigilância Legal. É sobre o Martin.

Todos aplaudiram. Vigilância Legal era o melhor site jurídico do mundo. Anna deu um sorriso na direção de Martin e começou a ler.

"Na quinta-feira, advogados de ambos os lados do caso Watson vs. Autostone executaram suas alegações finais para oito jurados após duas semanas de depoimentos no aclamado julgamento de discriminação racial. Em defesa da Autostone, o renomado Damon Darrell foi impecável como sempre, apresentando uma conclusão detalhada de noventa minutos. Mas numa virada surpreendente o advogado da oposição, Martin Grey, só precisou de dois minutos para fazer seu argumento: o apelo ousado para que o júri usasse o bom senso desmantelou a defesa de Darrell. Apenas vinte minutos após o intervalo do almoço, o júri retornou com um veredito a favor da acusação: US$250 mil em compensação e US$25,5 milhões em danos morais. Certamente recorrerão da sentença, mas essa releitura de Davi vs. Golias já é assunto em todas as firmas da região. Com um tiro certeiro, Martin Grey garantiu um lugar ao sol para a sua pequena firma do Queens, Grey & Grossman."

Quando Anna terminou, seus olhos estavam marejados e Martin aguardava diante dela. A sala se encheu de aplausos. Martin ajudou Anna a descer da mesa direto para seus braços.

— Estou tão orgulhosa de você, amor — Anna sussurrou.

Eles se beijaram como se não houvesse mais ninguém no local. Então uma voz familiar soou alta ao cessar dos aplausos.

— Martin, eu não sabia que sua esposa era tão linda.

Todos se viraram para encarar o homem impecavelmente vestido próximo à porta, exibindo duas garrafas de Dom Pérignon e um grande sorriso.

Confusa, Anna sussurrou para Martin:

— Quem convidou ele?

CAPÍTULO 5

Damon Darrell era a última pessoa que Martin esperava ver na festa, mas, afinal, o homem era mestre em fazer o inesperado.

Por impulso, a multidão se dividiu para que Damon caminhasse até Martin. Se Damon percebeu o que sua presença tinha causado nas pessoas, não demonstrou. Ele entregou a Martin as duas garrafas de champanhe e deu um sorriso aparentemente sincero.

— Só quis passar por aqui e desejar os parabéns.

Martin fez o que pôde para esconder sua surpresa e agradeceu pelo gesto.

— Sem problemas — Damon disse. — O que acontece durante o julgamento faz parte, certo? Nada pessoal. Venho como um colega de profissão que admira o seu trabalho. Você é um excelente advogado.

— Obrigado. Você também não é tão ruim.

Damon riu e Martin ficou aliviado com isso. Ele ainda era Damon Darrell, afinal de contas. Claro que Martin havia vencido dessa vez, mas a longa lista de vitórias de Damon era impressionante. Ei, até Hank Aaron havia recebido três strikes às vezes.

Antes que Martin pudesse fazer as honras, Damon se apresentou para Anna. Ele não escondeu o fato de estar encantado com a beleza dela. Segurou sua mão mostrando um sorriso sedutor, então se virou para Martin.

— Sr. Grey, se eu soubesse que tinha a lábia para convencer uma mulher tão linda a se casar com você, não o teria subestimado.

Martin se surpreendeu ao ver Anna ficar vermelha com o comentário. Ela não era tão impressionável assim.

Quando Glen se aproximou, Martin ficou um pouco tenso. Durante o julgamento, Glen tinha feito muitas críticas a Damon. Ele respeitava as habilidades de Damon, mas não conseguia superar o fato de um dos advogados pretos mais influentes estar do lado dos racistas que comandavam a Autostone. Estivera convicto de que Damon só queria o dinheiro.

Glen estendeu a mão.

— Sou o sócio de Martin, Glen...

Damon apertou sua mão.

— Glen Grossman. É claro. Prazer em finalmente conhecer a outra metade do time dos sonhos. Você trabalhou naquela ação coletiva contra a Texaco no ano passado, não foi?

— Sim, trabalhei — Glen respondeu com surpresa.

A Texaco havia sido o maior caso da firma antes de a Autostone aparecer. Eles conseguiram US$5 milhões e Glen tinha orgulho de cada centavo.

— Fez um ótimo trabalho — Damon elogiou. — Boa indenização. Duvido que eu tivesse feito melhor.

— Ah, tá — Glen riu. — Aposto que teria arrancado o dobro deles.

Martin não podia acreditar. Primeiro conquistando Anna, e agora Glen?

Glen apresentou Lisa e, depois de alguns minutos de conversa, Damon disse que precisava se apressar para uma reunião, mas antes havia outra razão para ter aparecido de penetra.

— Minha esposa e eu vamos dar um jantar na sexta à noite — ele disse a Martin. — E adoraríamos que você e a Anna fossem. Preciso alertá-los de que é ridiculamente formal, mas o lado bom é que a minha esposa é uma anfitriã incrível.

Surpreso, Martin se virou para Anna. Ele podia ver a animação nos olhos dela também. A mídia adorava falar sobre a riqueza de Darrell e seu círculo de amigos famosos. A chance de fazer parte daquilo por uma noite parecia muito interessante.

Damon olhou para Glen.

— Adoraria convidar você e sua adorável esposa também. Infelizmente, minha esposa planeja esses eventos nos mínimos detalhes. Só pude estender o convite a eles devido a um cancelamento de última hora. Sinto muito.

— Não, tudo bem. — Glen disse enquanto abraçava a esposa. Ambos esconderam a decepção atrás de sorrisos agradáveis. — Talvez da próxima vez.

Damon se dirigiu a Martin novamente.

— Então posso dar o *ok* para a minha esposa?

Anna olhou para Martin. Ela não estava feliz com aquilo, mas entendia o que o marido tinha que fazer.

Martin franziu as sobrancelhas.

— Agradeço o convite, mas acredito que esperaremos pela próxima...

— Não, não, não — Glen o interrompeu. — Não seja bobo. Vão e se divirtam. Não tem problema, sério.

— Vocês têm que ir — Lisa completou. — Então podem nos contar como foi. Tim-tim por tim-tim.

— Ótimo. Então fechado — Damon concluiu. Ele deu um tapa no braço de Martin. — Vou pedir pra alguém te enviar os pormenores por e-mail. Até sexta.

Com a partida de Damon Darrell, Martin percebeu que Anna parecia preocupada.

— O que houve?

— Ele disse que a festa é formal.

Martin revirou os olhos.

— Deixa eu adivinhar. Você não tem nada pra vestir.

— Não só eu — ela declarou. — E você? Tudo o que tem é aquele monte de ternos velhos que usa todos os dias.

— Esqueceram por que estamos comemorando? — Glen lembrou ao retirar uma das garrafas de champanhe da mão de Martin. — A firma Grey & Grossman está prestes a receber uma comissão enorme. Com certeza vão poder fazer umas comprinhas.

Eles riram e Glen estourou o champanhe, fazendo o líquido jorrar.

CAPÍTULO 6

Segurando o volante de seu Jeep Grand Cherokee, Glen checou mais uma vez o espelho retrovisor e então se virou para Lisa. Sua voz carregava um tom de urgência.

— Isso vai parecer esquisito, mas acho que estão nos seguindo.

— Quê?

— Aquela van atrás de nós. Acho que está nos seguindo.

Lisa se virou e observou pela janela. Ela viu a van preta na pista atrás deles. A van estava a uns dois carros de distância, o que fazia sentido considerando a velocidade que mantinham. Não havia nada de ameaçador no modo como era dirigida.

Ela se virou para Glen.

— Por que acha que está nos seguindo?

— Está atrás de nós desde que saímos da festa.

Eles haviam deixado a festa mais cedo porque Lisa tinha que pegar um voo logo pela manhã. A mulher era dona de uma pequena empresa de decoração e estava indo para Las Vegas para participar de um grande *home show*. Desde o momento em que saíram, Glen tinha reparado na van preta atrás deles. De início não deu muita atenção. Era só um par de faróis em meio à noite de Nova York. Mas depois de quinze minutos na via Long Island, atravessando o túnel em direção ao centro pela Segunda Avenida, o mesmo caminho que fazia diariamente ao voltar para casa, aquela van preta ainda estava atrás deles.

Lisa suspirou.

— Tem certeza de que é a mesma van?

Glen olhou pelo retrovisor. Havia um adesivo do Obama colado no para-choque. Ele tinha percebido o adesivo logo quando viu o veículo pela primeira vez.

— Sim. Definitivamente é a mesma van.

— Glen, aposto que é só uma coincidência.

— Talvez se fossem só uns quarteirões. Mas todas as curvas nos últimos quinze minutos? Não acha isso estranho?

— Tá bom, é uma coincidência *estranha*. Mas, ainda assim, só uma coincidência.

Glen olhou para a esposa. Ele sabia que tinha uma tendência a enxergar conspirações em todos os cantos — e sua rotina noturna de fumar maconha não ajudava a conter sua cisma —, mas aquilo era diferente. Era real.

— Estou te dizendo — Glen afirmou. — Aquele cara está nos seguindo.

— Glen, por que alguém estaria nos seguindo?

— Não sei. Talvez pra levar o carro.

— Essa lata velha? Fala sério.

Então Glen se tocou. Era tão óbvio que ele se surpreendeu por não ter percebido antes.

— É lógico.

Lisa identificou o medo nos olhos dele.

— O quê? Qual o problema?

— Minha firma acabou de arrancar US$ 26 milhões de uma das maiores corporações do país. Talvez queiram vingança. Empresas como a Autostone matam pessoas o tempo todo. Assassinos de aluguel fazem parte do quadro de funcionários deles. Pra cuidar de quem entra no caminho, eliminar os concorrentes. Como acha que esses negócios crescem tanto, afinal?

Lisa revirou os olhos.

— Você ouviu o que acabou de dizer?

— Sim. E faz todo o sentido. Martin provavelmente está sendo seguido também. Merda! Tenho que alertá-lo.

Glen esticou a mão em direção ao celular, mas Lisa o alcançou primeiro.

— Chega, pare o carro.

— O quê?

— Só há um jeito de resolver essa bizarrice — ela disse. — Para o carro e veja o que acontece.

— Está falando sério? E se eu estiver certo?

— Glen, se não parar o carro agora, vou gritar. Eu juro.

Glen franziu a testa, então freou o Cherokee até parar no acostamento. Eles observaram em silêncio enquanto a van preta passava por eles até o fim da rua, desaparecendo na curva adiante.

Glen parecia quase desapontado por ver a van preta ir embora sem incidentes.

— Viu? — Lisa não conseguiu evitar e jogar na cara. — Nenhum bicho-papão corporativo. Podemos ir pra casa agora?

Glen franziu a testa de novo enquanto retomava a direção do SUV e se afastava do acostamento.

— Ainda acho que estávamos sendo seguidos.

— Eu sei. Isso é o pior. Já falei pra não fumar tanto.

Se Glen estivesse prestando atenção na estrada em vez de encarar a esposa, poderia ter notado a van preta estacionada logo depois da esquina. Camuflada nas sombras. Faróis apagados. De dentro do veículo, os ocupantes observavam enquanto o Grand Cherokee passava.

CAPÍTULO 7

Enquanto Martin estacionava o seu Volvo na garagem, observou com um novo olhar a bela casa de dois andares que ele e Anna chamavam de lar. Eles não podiam estar mais felizes quando fecharam negócio na propriedade em Forest Hills há dois anos. Era a primeira experiência de ambos com a compra de um imóvel. O valor estava dentro do orçamento e o tamanho acima de suas expectativas e, ainda que a vizinhança fosse predominantemente caucasiana, havia um número considerável de vizinhos não brancos na área para fazer com que Anna e Martin se sentissem confortáveis. E, mais do que isso, a pequena casa de tijolos significava que a carreira de Martin estava enfim decolando e simbolizava a esperança de que em breve poderiam começar uma família. Mas agora, frente a frente com um sucesso inimaginável, Martin percebeu que em alguns meses poderia comprar três ou quatro casas como aquela em quase qualquer bairro que quisesse.

Martin foi direto para a cozinha e começou a vasculhar a geladeira. Anna estranhou o ato.

— Por que não comeu algo na festa?

— Comi — Martin respondeu. — Ainda estou com fome.

Anna balançou a cabeça enquanto Martin retirava da geladeira alguns itens para fazer um sanduíche.

— Mal posso esperar pra ver o cardápio na casa de Damon — Martin disse enquanto terminava de dar os retoques finais no lanche.

Anna franziu a testa novamente.

— Eu me sinto um pouco culpada pelo Glen e pela Lisa. Você não?

Martin trouxe Anna para seus braços.

— A festa de Damon não é nada — ele a assegurou. — Muitas coisas incríveis vão acontecer pra nós agora. Pro Glen e pra Lisa também. Confia em mim.

Anna perguntou docemente:

— Uma dessas coisas incríveis inclui ter que ensinar a usar um penico?

Martin sorriu.

— Além de linda e inteligente, você também sabe ler mentes?

— Mas é óbvio. Não sabia disso?

— Tá bom. Então diga o que tô pensando. — Martin a beijou. Um beijo demorado e intenso. — Então?

Anna sorriu de maneira travessa enquanto pressionava o corpo contra o dele.

— Não preciso de habilidades psíquicas pra saber o que tá pensando. Posso sentir.

Martin pegou a mão de Anna e a guiou pelas escadas em direção ao quarto.

CAPÍTULO 8

— Uau! Olha aquilo!

Martin aponta para um helicóptero preto cintilante no gramado enquanto passa pelos portões da propriedade de Damon Darrell em Bedford, Nova York. Outros residentes do influente círculo social, como Donald Trump e Ralph Lauren, talvez não se impressionassem tanto, mas Martin olhava para tudo como uma criança vendo o circo pela primeira vez.

Depois de passar pela aeronave, Martin aproximou o Volvo da entrada tomada por automóveis luxuosos.

— Aquele deve custar o mesmo que o helicóptero — Martin disse enquanto apontava para o Bugatti Veyron azul da meia-noite.

— Isso é maravilhoso — Anna murmurou sem prestar atenção em nada a não ser em seu vestido. Estava nervosa demais para se importar com os brinquedos de garotos ricos. Ela e Martin tinham decidido quebrar o cofrinho e investir em roupas novas para o jantar. Martin comprou um smoking Armani que lhe caía como uma luva e Anna encontrou um traje Chanel perfeito. O vestido preto básico era a peça mais cara que ela já havia comprado. Mas agora que se aproximavam da casa extraordinária de Darrell, sentia que seu vestido Chanel não era o suficiente.

Martin percebeu a expressão ansiosa no rosto da esposa.

— Não se preocupe, amor. Você está incrível.

— Você é meu marido. Tem o dever de dizer isso.

— Tem razão. A verdade é que está horrorosa.

— Sem graça.

Martin riu enquanto paravam em frente à mansão georgiana feita de pedras cinza. As colunas compondo a fachada eram tão altas que pareciam escorar o céu noturno.

Dois valetes uniformizados ajudaram o casal a sair do carro. Quando estavam diante da elegante porta de ferro forjado, Martin sussurrou para Anna:

— Você está realmente linda.

— Obrigada. — Anna segurou a mão do marido e prendeu a respiração. — Lá vamos nós.

Um empregado sorridente abriu a porta antes que pudessem tocar a campainha e os convidou a entrar com um movimento da mão. Martin e Anna deram um passo para dentro.

CAPÍTULO 9

Todos eram pretos. Essa foi a primeira coisa que Martin notou assim que entrou com Anna no salão, onde os outros convidados conversavam e desfrutavam de vinho e aperitivos.

A casa era ainda mais impressionante do lado de dentro do que Martin havia imaginado. Ele não sabia nada sobre design de interiores, antiguidades ou pinturas, e, mesmo assim, estava certo de que tudo no interior da casa de Darrell era da melhor qualidade. Ainda que a casa fosse espetacular, nada impressionou tanto Martin quanto o grupo de convidados.

Havia quatro outros casais. Os homens usavam smokings com cortes impecáveis. As mulheres usavam vestidos assinados por grandes estilistas e completavam os trajes com joias reluzentes.

E são todos pretos, Martin repetia para si mesmo mentalmente. Ele simplesmente não esperava por isso. Lógico que, com Damon Darrell como anfitrião, tinha esperado que alguns casais seriam afrodescendentes. Mas todos? A ideia nunca havia passado pela sua mente.

O sorriso incerto que Martin recebeu de Anna indicava que ela também tinha se surpreendido com a aparência da lista de convidados.

— Aí estão eles — Damon declarou enquanto atravessava o cômodo em direção ao casal com uma mulher linda ao lado. Damon agradeceu aos dois pelo comparecimento e apresentou a esposa, Juanita.

Martin já havia visto fotos de Juanita Darrell em revistas, mas nada o havia preparado para a beleza dela em carne e osso. *Escultural* foi a palavra que surgiu em sua mente. Como uma modelo em uma daquelas revistas femininas que Anna parecia folhear e nunca realmente ler.

Juanita os deu boas-vindas com um sorriso digno da realeza e elogiou o vestido de Anna. Anna retribuiu elogiando a linda casa de Juanita e a anfitriã pareceu honestamente feliz com o comentário.

— Me perdoe por sair correndo — Juanita disse mais para Anna do que para Martin —, mas preciso apagar alguns incêndios. Conversaremos mais tarde.

Então ela se foi.

Damon segurou o braço de Anna.

— Venham. Vou apresentá-los aos outros. — Ele os guiou até onde o grupo se reunia. — Atenção, por favor — proclamou em um tom formal que fez Martin sorrir. — Permitam-me apresentar Martin Grey e sua linda esposa, Anna.

Martin e Anna foram recebidos com sorrisos e cumprimentos calorosos. O casal mais velho do grupo foi o primeiro a dar um passo a frente. Eles aparentavam ter uns sessenta anos e ter descoberto a fonte da juventude. O homem de aparência notável apertou a mão de Martin com firmeza.

— Muito prazer. Sou Solomon Aarons e essa é minha esposa, Betty.

Martin parou, surpreso. Ele tinha ouvido direito?

— Você disse Solomon Aarons? CEO do Grupo Financeiro Americano?

Solomon deu um sorriso gentil. Uma aura calma pairava ao redor do homem, como se ele comandasse o mundo e isso não fosse nada demais.

— É o que está escrito na porta do meu escritório.

Martin não conseguiu esconder o choque. Ele não acompanhava as novidades do mundo financeiro, mas até ele sabia que o GFA era grande coisa. Depois do recente desastre econômico, era talvez uma das maiores corretoras de Wall Street, e Solomon Aarons, o CEO herói, era conhecido como um gênio das finanças.

— Está tudo bem? — Solomon questionou.

— Desculpe — Martin respondeu. — É que... Bem...

— Diga — Damon incentivou Martin com um sorriso malicioso. — Você não sabia que o CEO do GFA era preto.

Martin deu um sorriso envergonhado para Solomon.

— Ele está certo. Quero dizer, já ouvi falar de você, sabe, mas não fazia ideia.

Solomon riu junto com os outros.

— Não precisa se desculpar, meu jovem. Estou acostumado, acredite.

Martin percebeu que Anna sorria junto aos outros convidados.

— Você sabia que Solomon Aarons era preto?

Anna concordou com a cabeça.

— Lógico que sabia. Teve uma matéria sobre ele nas revistas *Time* e *Fortune* no ano passado, amor.

Betty Aarons riu com o desconcerto de Martin, então assentiu para Anna.

— Bom para você, mocinha. Parece que somos nós, mulheres, a tomar a frente esta noite.

Um homem com dreads na altura dos ombros, usando óculos com armação metálica e um colar africano de pérolas por cima de seu smoking se aproximou e colocou de forma simpática uma mão no ombro de Martin.

— Não esquenta, irmão. A triste verdade é que cinquenta e sete por cento dos homens pretos acima de trinta anos não saberia nomear o CEO de nenhuma empresa.

— CEO preto, CEO branco, não importa — a mulher atraente ao seu lado adicionou.

— Isso é um fato? — Martin perguntou, intrigado. — Confesso que nunca ouvi essa estatística antes. Será que o número seria diferente para brancos?

— Ah, essa é uma pergunta interessante — o homem disse com um sorriso. Ele estendeu a mão. — Kwame Jones. E essa — ele indicou a mulher ao seu lado — é a minha rainha, Olaide.

O traje de Olaide era um mix entre vestido de coquetel de alta-costura e vestido cerimonial com estampa tribal africana. Anna se encantou pelo traje e Olaide explicou que havia sido criado especialmente para ela por uma estilista em ascensão que só trabalhava com tecidos e tinturas cem por cento naturais.

Martin notou que, ao contrário dos outros convidados que degustavam vinho, Kwame e Olaide bebiam água com gás.

— Kwame e Olaide são donos de uma das maiores empresas de publicidade do país — Damon disse. — Eles focam no mercado afro-americano. Se quiser vender alguma coisa para a comunidade negra, terá que passar por eles.

— Entendi — Martin respondeu. — Isso explica a estatística.

— Estatística, demografia — Olaide deu de ombros. — Mesma coisa.

— Verdade, verdade — Kwame concordou. — E para responder a sua pergunta, homens brancos no mesmo nível econômico tendem a saber mais sobre-

— Kwame, pelo amor de Deus — um homem alto e troncudo o interrompeu. — Deixa que o homem se anestesie com alguns drinques antes que você enfie pela goela dele uma de suas aulas de ciência social.

Kwame riu e os outros também.

— Certo, certo. Estava só tentando elevar o nível da conversa.

Damon apresentou o grandão como Tobias Stewart, fundador e dono da Tobias Media. Martin não sabia muito sobre a empresa a não ser que eles comandavam e operavam um número enorme de canais de televisão, estações de rádio e jornais em cada canto dos Estados Unidos e da Europa.

O gigante midiático era uma espécie de gigante pessoalmente também, com cerca de cento e quarenta quilos, Martin constatou que Tobias estava muito elegante trajando um smoking que só podia ser sob medida. A bela esposa, Margaret, acompanhava-o apoiada em seu braço.

Tobias deu um tapa no braço de Martin.

— Estou US$ 10 mil mais rico por sua causa.

— Feliz em poder ajudar. Mas não faço ideia do que está falando.

— Fiz uma pequena aposta no julgamento — Tobias justificou. — Sabia que Damon não podia vencer todas.

— Você apostou no julgamento? Nem sabia que isso era possível.

— Você precisa sair do tribunal com mais frequência, advogado. As pessoas apostam em tudo. Só precisa saber quem vai tomar a frente.

— Deixa eu adivinhar — Martin disse. — Eu era uma chance em mil e você apostou dez paus em mim.

A risada explosiva de Tobias era tão alegre quanto ele.

— Não. Não era uma distância tão gritante, mas quase. Ei, escuta só, da próxima vez que tiver uma vitória certa, me avisa. Vou te adiantar uma porcentagem.

Martin não tinha certeza se Tobias estava brincando ou não, mas decidiu dar o benefício da dúvida e levar na esportiva.

— Acho que vou passar, mas obrigado. Ser expulso da OAB pega mal pros negócios.

Todo mundo riu, a risada de Tobias a mais alta de todas. O grandão bateu no braço de Martin mais uma vez.

— Você não é nada mau pra um advogado.

Martin fez uma careta e ignorou a vontade de massagear o braço.

— Ah, valeu.

Finalmente Damon apresentou o último casal, Carver Lewis e sua esposa, Starsha. Eles eram os mais novos. Se tivesse que adivinhar, Martin diria que tinham pouco menos de trinta anos. Diversas tatuagens se insinuavam por debaixo do vestido colado de Starsha como se quisessem se juntar à festa.

Para Martin, Carver Lewis dispensava apresentações. Toda vez que Martin precisava trabalhar noite adentro em preparação para um caso, gostava de deixar a televisão no mudo como companhia — algo além de um documento ou um livro jurídico para olhar de vez em quando. Frequentemente Martin levantava a cabeça e via Carver Lewis em um comercial, apresentando seus DVDs e livros que ensinavam a "ficar rico rápido".

Carver era um renomado especulador imobiliário que tinha encontrado um nicho lucrativo ao se especializar no que seus concorrentes chamavam de "negócios absurdamente arriscados". Então Carver fora bem sagaz. Em vez de vender propriedades, começou a construir sua reputação como um guru do mercado imobiliário. Martin se lembrava de ter lido em algum lugar que Carver Lewis havia feito dez vezes mais dinheiro com seus comerciais noturnos do que em toda a sua vida como agente imobiliário.

— Reconheci você da TV — Martin afirmou enquanto apertava a mão de Carver. — É muito convincente.

Carver retribuiu com um sorriso incerto.

— Obrigado... Eu acho. Não sei se "convincente" é um elogio.

— Só quis dizer que você é um bom vendedor — Martin complementou.

— A única coisa que estou vendendo é uma forma de pessoas comuns melhorarem sua qualidade de vida drasticamente — Carver rebateu. — É um negócio honesto como qualquer outro. Deixei muitas pessoas ricas. Nenhum tipo de "persuasão" é necessário.

— Fico feliz por você — Martin confirmou, com uma pequena dose de sarcasmo. Era evidente que o jovem empreendedor sentia a necessidade de provar algo para seus amigos mais velhos e bem-sucedidos, mas Martin não deixaria que esse fedelho inseguro crescesse para cima dele. Martin enfiou a mão no bolso de sua jaqueta e tirou de lá sua carteira.

— Na verdade, você me convenceu. Aceita Amex ou Mastercard?

Enquanto os convidados riam, os olhos de Carver estavam cravados em Martin.

— Engraçado. Engraçado pra porra.

— Carver! — Solomon advertiu o homem mais novo. — Chega.

Carver baixou a bola, em nítido respeito a Solomon.

Damon dispersou a tensão ao colocar um braço ao redor de Carver. Então Damon piscou para Martin.

— Não liga pro Carver aqui. Ele trabalha demais, vivo dizendo pra ele: "Relaxa, vai com calma".

— O que quer dizer? — Carver perguntou com um sorrisinho. — "Calma" é o meu sobrenome.

Todos riram, inclusive Martin e Anna.

Juanita reapareceu no salão.

— Então, todos com fome?

CAPÍTULO 10

Dois anos antes, em seu terceiro aniversário de casamento, Martin tinha decidido extravasar e levar Anna para jantar em um restaurante cinco estrelas. Na época o escritório já tinha três anos e deixara para trás os grandes obstáculos que vêm junto com um novo negócio, e a conta bancária de Martin começava a refletir isso.

Martin tinha escolhido um restaurante sofisticado do qual todos falavam, perto do Central Park, chamado San Domenico. O casal não se decepcionou. A energia, a comida e o atendimento foram perfeitos.

Martin considerava a noite em San Domenico como a melhor experiência gastronômica de sua vida. Isso até o jantar na casa de Damon Darrell.

Ele experimentou um espetáculo de sete pratos servido por um time impecável de garçons. O cardápio consistia em ingredientes frescos e locais. Vários dos pratos eram adaptações modernas de clássicos do sul do país, como se o caderno de culinária de uma avó tivesse sido traduzido por um chef francês de alto escalão. Era tudo extasiante e Martin ficava ansioso para cada prato, esperando ser surpreendido pelo que saía da cozinha.

A conversa à mesa era leve e agradável na maior parte do tempo. Muito se discutia sobre o duelo entre Martin e Damon no tribunal. De maneira surpreendente, ninguém parecia hesitar ao expressar o contentamento pela derrota da Autostone, ainda que estivessem na casa de Damon.

Tobias inclusive foi mais longe ao declarar:

— Aqueles brancos racistas tiveram o que mereciam. Amém.

Damon não parecia nem um pouco ofendido por esses comentários. O advogado só continuava sorrindo, atendo-se ao papel de anfitrião exemplar.

Enquanto o jantar prosseguia, Martin notou que vários convidados pareciam analisá-lo com interesse. Toda vez que levantava a cabeça, percebia que um ou mais homens o observavam. Não de uma forma rude, e sim interessada, questionadora. Houve inclusive um momento esquisito em que uma troca de olhares com Carver se transformou em uma breve competição para ver quem desviava os olhos primeiro. Constrangido, Martin finalmente desviara o olhar. O que diabos estava acontecendo? Será que ele tinha dito algo de errado?

Anna, sentada do outro lado da mesa, o observou com um olhar que perguntava: *Você está bem?*

Martin virou o rosto de um lado para o outro mostrando ambas as bochechas e apontou para a frente de seu smoking, esperançoso que sua esposa pudesse perceber alguma mancha ou sujeira que explicasse a atenção estranha.

Anna sacudiu a cabeça, então moveu os lábios, sem fazer som, dizendo: Relaxa. Está tudo certo.

As palavras de Anna foram como uma massagem para relaxá-lo. Ela estava certa, é lógico. Ao lado de personalidades tão ilustres, quem não se sentiria um tanto cismado? *Fica frio, Sr. Grey*, uma voz disse em sua mente.

Martin piscou para Anna, então segurou sua taça de vinho e deu um longo e despreocupado gole.

CAPÍTULO 11

Após o jantar homens e mulheres se separaram em dois grupos. As esposas se dirigiram à sala de estar para coquetéis enquanto os maridos seguiram Damon por um corredor que levava à chamada sala de jogos.

Era o paraíso do homem rico. A mobília era feita de couro. Máquinas de pinball, um aparelho home theater e uma mesa de bilhar adornavam o cômodo. Em posição de destaque no centro, havia um bar totalmente equipado que colocaria os melhores da cidade no chinelo.

Damon se prontificou a assumir o posto que parecia adorar: barman. Ele preparou os drinques favoritos dos convidados sem nem ao menos consultá-los. Para Solomon, foi aberta uma garrafa de uísque *single malt* de trinta anos. Tobias recebeu uma taça de cerveja importada. Carver preferia uma dose dupla de vodka Stoli com gelo. E enfim para Kwame, um copo de suco de tomate finalizado com raminhos de salsa e uma pequena cenoura.

Após receber os drinques, um por um, os homens foram até o umidor antigo e se serviram de um grosso charuto cubano. Em seguida, sentaram-se nos confortáveis móveis de couro e colocaram os pés para cima.

Martin percebeu que as atividades daquela noite pareciam rotineiras para os outros homens: a conversa antes do jantar, a separação instantânea de homens e mulheres depois da refeição e o fato de Damon preparar os drinques sem trocarem uma única palavra. Martin tinha pensado que o jantar fora orquestrado para uma ocasião especial, mas, nitidamente, era algo que acontecia com frequência.

— E o que vai beber? — Damon perguntou a Martin, o único ainda parado em frente ao bar.

— Vodka com tônica.

— Stoli, Bevedere, Grey Goose? O que quiser, aqui tem.

— Pode ser a Stoli.

Damon preparou o drinque e finalizou com cascas cortadas à perfeição em uma dupla hélice de limão e lima. Então garantiu um copo de uísque para si mesmo antes de abrir o umidor com um floreio.

— Sirva-se. Os cubanos são os melhores do mundo.

Martin recusou.

— Não, obrigado. Não fumo.

Alguém bufou. Martin virou a cabeça e constatou que tinha sido Carver. O jovem milionário balançava a cabeça em negação, como se Martin tivesse acabado de recusar um milhão de dólares.

— Apreciar um bom charuto não é fumar, é viver.

Os outros concordaram enquanto sopravam fumaça em direção ao teto.

— O garoto está certo — Damon confirmou enquanto cortava a ponta do charuto. — Nada como um bom charuto. — Então estendeu o Cubano pronto para ser aceso. — Certeza?

Martin estava tentado a aceitar só para se enturmar, mas o risco de tossir com a fumaça e parecer frouxo o amedrontou.

— Não. Fica pra próxima.

— Como quiser. — Damon deu de ombros e usou um isqueiro dourado para acender o charuto.

Martin percebeu as fotografias penduradas na parede atrás do bar. Imagens de Damon, Solomon, Tobias e Kwame a bordo de botes se aventurando em corredeiras. Se os diferentes cortes de cabelo e oscilações de peso eram alguma indicação, as fotos tinham sido tiradas ao longo de uma década. Carver aparecia em diversas fotos, mas apenas nos registros mais recentes. Martin presumiu que a foto mais antiga que incluía Carver parecia ter apenas três anos.

Damon percebeu que Martin olhava para as fotografias.

— Já praticou rafting em corredeiras?

Martin riu só de pensar. Ele era um garoto da cidade, nascido e criado. O mais perto que tinha chegado de praticar rafting em corredeiras foi quando visitara o parque de diversões chamado Aventuras Alucinantes. E ele tinha odiado.

— Não — Martin negou —, não tem muitas corredeiras em Nova York.

— Nós escapamos algumas vezes durante o ano — Damon explicou. — Mudar um pouco de ares, entende?

— Parece divertido.

— Ah, e como. — Damon abriu um grande sorriso, olhando para os outros. — Posso afirmar que mudou a minha vida.

Com sorrisos similares, os homens concordaram com a cabeça.

Martin achou o entusiasmo um pouco estranho. Com exceção de Tobias, nem um dos homens fazia o tipo atlético. Era bem provável, Martin pensou, que essas viagens fossem uma desculpa para ficar longe das esposas. Deviam passar mais tempo bebendo e jogando do que domando as águas impetuosas.

Em vez de se sentar junto aos outros, Damon fez questão de levar Martin em um tour pela sala de jogos. Damon exibiu sua mesa de bilhar e disse que tinha sido construída especialmente para James Brown. Ele a havia conseguido quando o patrimônio do Padrinho do Soul fora a leilão. Em seguida, admiraram as máquinas de pinball que datavam dos anos cinquenta, todas restauradas e em perfeito funcionamento.

— E aqui estão reunidas as minhas posses mais *valiosas* — Damon apresentou, guiando Martin até um armário com porta de vidro. Ocupando uma parede inteira, parecia o tipo de coisa que se encontraria em um museu. E certamente o grupo de objetos dentro do armário teria casado perfeitamente com o acervo de uma coleção renomada.

A amostra continha instrumentos enferrujados e corroídos pelo tempo. Correntes, algemas e contenções de pulsos e tornozelos, colares de aço e cangues. Artefatos medievais cruéis utilizados com um único propósito.

Martin sabia o que os itens eram antes mesmo de Damon dizer.

— Todos esses objetos foram usados pra capturar e prender africanos escravizados — Damon confirmou em um tom sombrio. — Talvez esses mesmos instrumentos possam ter sido usados em meus ancestrais. Ou nos seus.

Martin observou os objetos e não pôde deixar de se perguntar qual seria a sensação de sofrer com aqueles instrumentos desumanos e ser domado como um animal selvagem. A mera ideia o enojava.

— Por que coleciona essas coisas?

— É um lembrete. Um estímulo. Existe raiva em homens negros. E muitos são consumidos por essa raiva até que ela os destrói. É inegável. Basta assistir as notícias ou visitar um presídio. Por toda a minha vida usei essa raiva como combustível.

Um documento antigo estava iluminado por um holofote sutil e se destacava em meio ao mostruário. As marcas do tempo deixaram manchas e rasuras no papel. A caligrafia antiga estava gasta e difícil de ler.

Damon olhava para o documento com orgulho.

— Sabe o que é aquilo?

Martin conseguia discernir umas meras palavras, números e uma assinatura, mas mesmo num documento tão antigo, a estrutura era evidente.

— Parece uma espécie de contrato.

Damon sorriu.

— Isso mesmo. Foi o contrato usado para comprar o meu tataravô quando ele chegou aqui em um navio negreiro. — Damon apontou para um nome específico na coluna de assinaturas ilegíveis. — É difícil de ler, mas é ele bem ali.

Os olhos de Martin se arregalaram.

— Como conseguiu encontrar isso?

— Não foi tão difícil quanto pensa. Eles documentavam tudo naquela época. Lógico que foi pura sorte o documento ainda existir.

Martin olhou para o documento com novos olhos. Lógico que sabia que o mercado escravocrata tinha sido uma indústria muito lucrativa, mas estar diante de um registro legal de tamanha barbaridade era, para um advogado, um lembrete brutal de como a escravidão africana tinha sido um mero detalhe no cotidiano dos americanos por séculos.

— Inspirador, não é? — Damon disse. — Nossos ancestrais foram acorrentados e trazidos pra cá. Agora olhe pra nós. — Ele gesticulou em direção aos convidados relaxando no paraíso tecnológico.

Ao virar o rosto, Martin reparou que os outros homens o olhavam. Fixamente.

— Cada homem aqui — Damon continuou — poderia comprar os desgraçados que escravizaram nossos antepassados um milhão de vezes.

— Um brinde à essa merda — Carver comemorou erguendo o copo.

Damon e Martin se juntaram a eles em um brinde ao som do tilintar de cristais.

Martin precisava admitir que no começo estivera consideravelmente intimidado por estar na presença de alguns dos homens mais importantes do país.

Quem era ele afinal? Um advogado desconhecido que alcançara um sucesso moderado recentemente; porém, nada em comparação com aqueles gigantes. Mas, naquele momento, sentindo a presença do fantasma que assombrava o passado de todos eles, Martin se sentiu em casa.

Martin olhou de novo para o armário com os instrumentos de tortura da escravidão.

— É inspirador mesmo. Especialmente agora que temos um presidente negro.

Para a surpresa de Martin, o comentário não foi bem recebido. Alguns dos homens bufaram e outros reviraram os olhos. Estavam reagindo como se ele tivesse dito que votou em McCain ou Romney.

— Disse algo errado?

— Nada errado — Kwame corrigiu —, só ignorante. E digo isso no real sentido da palavra, irmão, não como uma ofensa.

Os outros concordaram com a cabeça.

— Quer dizer que ninguém aqui votou no Obama?

— Lógico que votamos — Tobias respondeu. — Você não está entendendo a questão.

— Tá bom, qual é a questão?

Damon passou um braço ao redor do ombro de Martin.

— Todos nós apoiamos o irmão Barack, mas existe um cenário maior, entende. E, nesse sentido, ele estar no poder faz mais mal do que bem.

— Mal posso esperar pra entender o que isso significa.

Solomon apontou para uma cadeira vazia.

— Senta aí, Martin, que nós vamos te explicar.

CAPÍTULO 12

— O Martin parece um homem maravilhoso — Juanita elogiou com um sorriso estonteante enquanto se sentava no sofá ao lado de Anna. — Você tem muita sorte.

As mulheres estavam reunidas em uma pequena sala de estar decorada com fotografias da família Darrell. Juanita e Damon tinham dois filhos já na faculdade, os dois rapazes seguiam os passos do pai e estudavam Direito. Enquanto bebiam vinho e martíni, as mulheres trocavam figurinhas a respeito de dois tópicos: os filhos e as últimas compras. Anna participava da conversa com uma frase ou outra, mas não parava de pensar em como tudo aquilo parecia arcaico. Há cem, ou talvez uns cinquenta anos, o costume de homens e mulheres se separarem em dois grupos depois do jantar podia ser aceitável, mas, em pleno século XXI, era esquisito. Depois de circular dando atenção para as outras convidadas, Juanita finalmente tinha chegado até Anna.

Todas as mulheres pareciam concordar que Martin era bonito e inteligente e que Anna era muito sortuda por tê-lo. E ela própria não discordava, é óbvio. Martin era incrível e ouvir um grupo de mulheres lindas enchendo a bola de seu marido servia para lembrá-la de como era felizarda. Também servia para alertá-la de que devia se esforçar para manter o marido satisfeito, pois uma mulher mais nova ou uma esposa amargurada estaria prontinha para roubá-lo.

Uma das esposas se virou para Juanita e perguntou:

— E aí? Acha que vão perguntar a ele? Martin parece se encaixar bem.

Juanita deu de ombros.

— É difícil ter certeza, mas Martin realmente parece o candidato perfeito.

— Candidato perfeito para o quê? — Anna questionou.

As esposas se entreolharam de forma incerta.

— O que é? Me digam.

Juanita se inclinou para perto dela.

— É que o Damon e os rapazes têm esse clubinho. A cada três meses mais ou menos eles fazem essas "viagens dos manos" para provar como são machos.

As esposas balançaram as cabeças e Anna percebeu que aquele não era um tópico favorito.

— Aonde eles vão nessas viagens?

— Você acredita se eu disser — Juanita respondeu — que eles vão fazer rafting em corredeiras?

Anna franziu a testa.

— Espera... Está falando daqueles barquinhos mixurucas de borracha?

— Isso mesmo — Juanita confirmou. — E não vão com nenhum guia, nem especialista em sobrevivência. É só um grupo de homens negros engravatados se aventurando em um rio violento no meio do nada. Já viu algo mais bizarro do que isso?

Anna tinha esperado algo como acampar ou pescar, na pior das hipóteses caçar, mas nada tão penoso quanto rafting. Juanita estava certa. Seus maridos não eram atletas, eram homens de negócio.

— Parece bem perigoso mesmo — Anna concordou.

Juanita bufou.

— É, mas tente dizer isso pra eles. Eles juram que não é arriscado, mas você sabe como homens são: sempre dispostos a fazer qualquer coisa pra provar sua masculinidade.

— Ela está certa — Olaide Jones concordou. — Especialmente no caso daqueles que lidam com papéis o dia todo. Já vi estudos reais sobre isso.

Margaret, esposa de Tobias, balançou a cabeça.

— Homens são tão obtusos.

Estava na cara que as mulheres já tinham tido aquela conversa milhares de vezes antes.

Juanita fez um gesto quase imperceptível e um garçom começou a encher suas taças de vinho de novo.

— Não conseguimos impedi-los — Juanita concluiu —, então encontramos uma distração.

— Qual?

— Quando eles vão dar suas voltinhas, fazemos a nossa própria viagem. Uma viagem de compras. Paris, Roma, Milão.

Anna conteve uma arfada.

— Uma meia volta ao mundo só pra fazer compras?

— Ah, visitamos umas atrações turísticas e museus entre uma loja e outra. Mas o objetivo principal é comprar. Você não pode imaginar como acalma os nervos. Não é, meninas?

As esposas riram e brindaram.

— Então, o que acha de Dubai? — Juanita perguntou para Anna. — Estamos pensando em ir pra lá da próxima vez.

— Acham mesmo que eles vão convidar o Martin?

— Tá brincando? — Juanita respondeu. — Damon com certeza vai, mesmo que manter Martin por perto seja só sua forma de se vingar. Meu Damon não sabe perder.

CAPÍTULO 13

Damon preparou um refil de drinques para todos e então voltou a se sentar com os homens. A nuvem de tabaco cercava o grupo como o anúncio de uma tempestade.

Martin era o único sentado de costas para a parede. Dessa maneira, ainda que o sofá e as cadeiras estivessem posicionados em um círculo informal, Martin não conseguia afastar a sensação irracional de que os outros homens o encaravam. Ele se sentia como um réu em um julgamento.

— Pensa assim — Solomon começou —, agora que Barack está no poder, muitas pessoas brancas estão pensando: *agora estamos quites. Agora, sim, o racismo acabou e podemos esquecer a escravidão. Finalmente nossas mãos estão limpas.* — Solomon bateu uma mão na outra como se limpasse uma sujeira. — Lógico que todo mundo aqui sabe que isso não é verdade. Nem de perto.

— O caso Zimmerman é um exemplo perfeito — Tobias adicionou.

— É mesmo — Kwame confirmou. — Ou então o fato de que a Suprema Corte invalidou recentemente a Lei de Direitos Eleitorais de 1965. Alguns manifestantes morreram pra conseguir a aprovação dessa lei.

— Olha — Martin respondeu. — Concordo com tudo o que disseram. Mas vocês precisam admitir que eleger um presidente negro é um grande passo.

Os homens negaram com a cabeça. Errado.

— Pensa comigo, irmão — Kwame disse, inclinando-se para frente. — A riqueza acumulada e o poder da raça branca são tão enormes que levaríamos séculos pra chegarmos perto de equiparar. Quando se considera tudo isso, a eleição do Barack é só uma gota no oceano da história. Uma gota importante, sem dúvidas, mas só uma gota.

— Porra, é isso — Carver afirmou. — Vai ser preciso bem mais do que enfiar um negro na Casa Branca pra igualar o placar.

— Não tenho certeza se vejo as coisas dessa forma — Martin concluiu.

— Sério? — Carver sorriu para o novato de maneira pedante. — E que *forma* seria essa?

— Você sabe. Isso de achar que pessoas brancas nos devem algo. É melhor concentrarmos a energia no aqui e agora, em melhorar as coisas para essa geração e para a próxima, não em tentar ser recompensado por uma injustiça que aconteceu séculos atrás.

— Irmão, ou você vive num mundo fantasioso ou é um filho da-

Solomon encarou Carver com um olhar enfático, então se dirigiu a Martin:

— Deixa eu te fazer uma pergunta hipotética. Digamos que você tenha uma picape e um ladrão a roube. Se esse ladrão for pego anos depois, você ainda sentiria que ele te deve alguma coisa?

— Lógico — Martin confirmou. — Ele me deve uma picape.

— Agora — Solomon continuou —, e se você não tivesse dinheiro pra comprar outra picape? E se perder essa picape resultasse em você e na sua família vivendo na miséria, enquanto, ao mesmo tempo, o ladrão usasse a picape pra deixar a família dele rica? Quando esse ladrão é pego, ele ainda te deve só uma picape?

Martin levou um tempo para pensar.

— Entendo aonde quer chegar, mas acho que essa analogia é simples demais para descrever algo tão grande e complexo como a escravidão nos Estados Unidos.

— Tem certeza, Martin? — Solomon insistiu. — Vou apresentar alguns fatos. Em 1889, vinte anos depois de a escravidão ter sido abolida, o governo liberou o território de Oklahoma pra qualquer cidadão americano que quisesse ir para o Oeste e explorar a terra. Imagina isso. Uma terra de graça. Você acha que nossos ancestrais puderam participar da bonança? Óbvio que não. As famílias brancas até hoje ainda recebem os lucros dessa terra?

— Melhor acreditar nessa porra que sim — Carver disse.

Os outros homens murmuraram em concordância.

— Esse é só um exemplo — Solomon prosseguiu. — A história americana foi marcada por momentos em que pessoas brancas roubaram oportunidades de nossos antepassados e então lucraram com elas. — Solomon inclinou o corpo e apertou o braço de Martin. — Não estou aqui sentado com você tentando mudar o seu jeito de pensar, nem no que deve acreditar. Só estou pedindo que considere o que estou dizendo e decida se existe alguma verdade nisso.

Martin não podia negar que o argumento de Solomon havia despertado algo dentro dele. Um desconforto que se assemelhava a medo. Como se ele estivesse sendo forçado a enfrentar uma verdade que tinha reprimido por toda a vida.

— E então? — Solomon persistiu. — Vai pensar a respeito?

— Lógico — Martin garantiu. — Você tem um jeito interessante de interpretar as coisas. Muito convincente.

— Ah, por favor — Tobias falou. — O velho Solomon aqui é fichinha. Você devia ouvir o Dr. Kasim doutrinando. Aquele lá te deixa até zonzo.

Martin percebeu que no instante em que Tobias mencionou Dr. Kasim, os outros homens olharam para ele em reprovação, como um grupo de monges que acabara de ouvir o nome do Senhor ser dito em vão. Tobias deu de ombros e encostou as costas no assento.

— Quem é o Dr. Kasim? — Martin teve que perguntar.

Um momento de hesitação entre os homens seguiu a pergunta até que Damon respondeu:

— É difícil descrever o Dr. Kasim... Acho que poderia considerá-lo como um filósofo clandestino.

Martin não conteve o sorriso.

— Um filósofo clandestino? Ele escreveu algo que eu possa ter ouvido falar?

Sua pergunta gerou sorrisos divertidos.

— O Dr. Kasim escreveu muitos livros, irmão — Kwame falou. — Mas você não os encontraria na livraria do seu bairro.

— Entendi. — Martin se sentia cada vez mais intrigado. — Ele tem um site? Vídeos no YouTube? Uma página no Facebook? Alguma coisa?

Eles negaram com a cabeça, como se colocar o Dr. Kasim e a internet na mesma frase fosse a coisa mais estranha que já tinham ouvido.

— Na verdade, estou surpreso que não conheça o Dr. Kasim, Martin — Damon declarou —, considerando seu ativismo durante a faculdade.

O comentário pegou Martin de surpresa. Nas poucas vezes em que os dois haviam conversado, durante e depois do julgamento, tinha certeza de que nunca contara a Damon qualquer coisa sobre seu passado.

— Não fique tão surpreso. — Damon sorriu. — Você acha que me tornei o melhor advogado do mundo sem esforço? Preparação é tudo. Provavelmente sei mais sobre você do que a sua própria mãe. Vamos lá... Você estudou na Syracuse com bolsa integral e se especializou em Estudos Afrodescendentes. No seu primeiro ano, seu colega de quarto foi assediado, humilhado e preso por apenas *ser negro e fazer compras* em uma loja de departamento de ricos. Enquanto ajudava o amigo a ganhar o processo, fundou o Conselho Negro, um grupo pequeno, mas incisivo, empenhado em enfrentar negócios no campus que adotavam medidas discriminatórias contra estudantes negros. Mesmo tendo sido preso quatro vezes por causa de protestos, ainda assim conseguiu que a maioria desses negócios alterassem suas normas. — Damon piscou para Martin. — Muito bom, né?

— Perfeito — Martin disse, impressionado. Todos da área jurídica comentavam que a preparação de Damon Darrell para um caso era espetacular, mas Martin não fazia ideia de que a pesquisa se estendia à história de vida do advogado de oposição. — E você está certo. — Martin gargalhou. — Se minha mãe soubesse metade das merdas em que me enfiei na faculdade teria tido um treco.

Os homens riram.

— O que quero dizer — Damon continuou — é que uma pessoa com esse nível de envolvimento ao menos teria ouvido falar do Dr. Kasim.

— Então o Dr. Kasim é um ativista também?

— Ativista, incentivador, educador — Solomon respondeu. — Todas essas coisas e mais.

— O irmão é um gênio — Kwame afirmou. — Suas ideias alimentam a alma dos negros.

— Vou te dizer uma coisa — Damon falou para Martin, o entusiasmo em sua voz era notório. — Ninguém nesse planeta me inspirou tanto quanto ele. Ninguém.

Enquanto ouvia, uma pergunta insistente se formou na mente de Martin. Pensou em deixar para lá, mas seu desejo em saber a resposta era tão intenso quanto a emoção nos olhos de Damon.

— Não me entenda mal — Martin começou —, mas o que acha que o Dr. Kasim pensaria sobre sua carreira jurídica?

Damon pareceu satisfeito, como se estivesse aguardando por essa pergunta desde o princípio.

— Imagino que sua pergunta se deva ao fato de que frequentemente represento grandes empresas contra processos de discriminação racial. Acertei?

— Sim — Martin confirmou. — E parece que principalmente em casos em que os autores são afro-americanos. Você sabe tão bem quanto eu que algumas dessas empresas exploram minorias sem pudor algum e, ainda assim, permite que te usem pra criar uma fachada bonita. Pelo que ouvi hoje, essa atitude parece ir contra tudo o que acredita. Então, por que faz isso?

— Essa é uma pergunta excelente — Damon disse. Ele se inclinou para trás e tragou o charuto algumas vezes antes de continuar. — Desculpe por responder a sua pergunta com outra pergunta: O que acha que aconteceria se eu recusasse esses casos? Ou melhor, imagina só se todo advogado negro, minimamente consciente, se negasse a defender empresas acusadas de discriminação racial?

— Essas empresas iam perder com mais frequência, isso eu sei — Martin respondeu.

Os outros homens riram e Damon também.

— Verdade, verdade — Damon concordou —, mas eis ao que me refiro: as empresas iam somente dar meia-volta e contratar um escritório branco.

— Deixa eles. Ao menos assim não conseguiriam levantar a bandeira de diversidade e confundir o júri.

Solomon balançou a cabeça.

— Não, não, não. Você não está vendo o cenário completo.

— Precisa olhar mais fundo, irmão — Kwame complementou. — Não é assim preto e branco.

— Quase nada é — Martin respondeu.

— Pense assim — Damon prosseguiu. — Meu escritório tem mais de vinte advogados. Todos eles são negros... E milionários. Num ano que não tem muito movimento, o escritório recebe mais de US$ 100 milhões. Todo ano eu doo vinte e cinco por cento do lucro da minha empresa para caridades negras. Fundos para faculdade, programas de alimentação, centros de recreação, iniciativas habitacionais, até campanhas para políticos negros.

Martin arqueou as sobrancelhas.

— Isso é impressionante. Não fazia ideia.

— Não faço pela publicidade, Martin, faço pra ajudar o meu povo. Mas aí é que está. Se as empresas pagassem seus honorários multimilionários para um escritório branco em vez do meu, nem uma dessas coisas impressionantes aconteceria. O que esses negócios arrancam do nosso povo com suas atitudes racistas, eu pego de volta com juros cada vez que mando a conta pra eles. O que o Dr. Kasim diria da minha carreira? Vou te contar o que ele me disse pessoalmente: Continue o bom trabalho, irmão.

Quando os homens concordaram com a cabeça, Damon relaxou novamente na cadeira e tragou o charuto com satisfação.

Martin refletiu sobre aquilo em silêncio. Então algo sinistro ocorreu em sua mente. Algo que causou a sensação de um soco no estômago.

— Está dizendo que perdeu pra mim de propósito?

— Pareceu que eu tava de sacanagem?

— Não, mas-

— Pensa só. Não importa se eu perder ou ganhar, vou receber a mesma coisa. Por que eu arriscaria perder tudo o que construí? Machucar as pessoas que quero ajudar? Acredite em mim, Martin, quando eu entro no tribunal, faço tudo ao meu alcance pra ganhar a causa para o meu cliente, mas vou ser transparente sobre algo. — Damon se aproximou e tinha no rosto um sorriso malandro. — Internamente, sempre torço para o azarão. Estava torcendo para você o tempo todo, Martin, e você não me decepcionou. Agora aqueles racistas desgraçados vão pagar duas vezes.

Martin tentou sorrir de volta, mas ainda tinha alguma coisa o incomodando.

Percebendo seu semblante, Damon concluiu:

— Relaxa. Simpatizar com o adversário não é antiético.

— Além disso — Carver adicionou —, temos uma regra inquebrável. Qualquer coisa dita aqui, fica aqui.

Todos concordaram com a cabeça.

Carver observava Martin através da fumava que se alastrava ao redor da ponta de seu charuto.

— Tá de boa com isso?

Damon, Solomon, Tobias, Kwame e Carver olhavam para Martin, esperando sua resposta. Martin entendia o porquê. Esses eram homens importantes, gigantes da indústria. Afro-americanos exemplares. Homens constantemente monitorados pela mídia e pelo governo. Tinham reputações a proteger e imagens a manter. Martin não sentia que nada do que tinha sido dito ali era malicioso ou ofensivo, mas sabia que fora daquela sala enevoada, a junção de palavras e ideias poderia ser mal interpretada de modo a prejudicar todos eles.

— De acordo — Martin confirmou balançando a cabeça.

Os gigantes da indústria sorriram, tragaram os charutos e engoliram os drinques... E Martin não conseguia afastar a impressão de ter passado em algum tipo de teste.

CAPÍTULO 14

Por volta das duas horas, Martin e Anna dirigiam de volta para casa ao longo da Rodovia 684. Havia poucos carros na rua, então Martin acelerava o Volvo mais do que o normal. Ele não era apaixonado por velocidade, mas vez ou outra gostava de sentir a adrenalina e o ronco do motor. Qual homem não gostava de queimar um pouco os pneus?

Não era só isso, Martin percebeu. O tempo que havia passado na sala de jogos de Damon, acompanhado de gigantes como Solomon e Tobias, o enchera de testosterona, como se, por mágica, Martin tivesse absorvido um pouco do poder deles. E talvez tivesse mesmo. Amigos como aqueles não podiam apenas abrir muitas portas, eram capazes de mover montanhas. Enquanto Martin forçava ainda mais o Volvo pela rodovia escura, mais a sensação extasiante aumentava.

— Por que está dirigindo como um inconsequente? — Anna perguntou.

— É incrível, né?

— Poderia ir mais devagar, por favor?

O tom de Anna pegou Martin desprevenido. Ele desacelerou até estar na velocidade limite da pista.

— Tudo bem?

— Sim. Só estou cansada.

Martin não fingia entender as oscilações de humor da Anna, que eram três vezes mais intensas do que as das outras mulheres; contudo, sabia bem identificar quando ela estava se coçando para dizer algo.

— Achei que tinha se divertido.

— Me diverti — ela respondeu. — Foi ótimo.

— Então, qual o problema?

Anna hesitou, então disse:

— E o seu trabalho com direitos civis?

— O que quer dizer?

Ela suspirou.

— Você sabe que sempre te apoio, não é? Digo, o seu trabalho.

— Lógico — Martin respondeu. Lá atrás, quando o escritório ainda não ganhava dinheiro algum, era Anna quem pagava as contas graças ao seu trabalho como enfermeira. Certa vez, quando o negócio ia de mal a pior, Martin e Glen consideraram fechar as portas e arranjar um emprego em um escritório já estabelecido, mas Anna não permitiu. Ela convenceu os dois a continuarem. Anna nunca duvidou dele ou de seu sonho nem por um momento.

— Você sabe que é minha fortaleza, amor — Martin afirmou. — Só me diz qual o problema.

— É só que... — Anna franziu a testa. — Você está tão animado com a possibilidade de trabalhar com esses homens que conheceu hoje. Em parte, estou feliz por você... mas, por outro lado, fico preocupada pensando que eles podem te distanciar do seu trabalho de verdade. Entende?

Martin esticou o braço e segurou a mão de Anna. Houve um tempo em que ele rira do termo *alma gêmea*. Mas isso mudou quando conheceu Anna.

— Escuta — ele falou. — Tobias e Solomon mencionaram que tinham alguns casos que poderiam me passar. Nada grande, prometo. Além disso — Martin gargalhou —, não é como se o escritório estivesse transbordando de trabalhos.

— Agora não, mas homens ricos têm amigos ricos, e seus amigos ricos têm amigos ricos, e quando eles perceberem como você é ótimo, não vai te sobrar tempo pra mais nada.

Martin sorriu. Ele não tinha pensado nos benefícios daquela noite a esse nível, mas Anna tinha razão. Podia acontecer. Se ele e Glen fizessem as jogadas certas, dali a alguns anos poderiam ter uma lista de clientes VIPs.

— Espero que esteja certa — ele respondeu.

— Sobre o quê?

— Amor, se o escritório crescer assim, imagina o trabalho *pro bono* que vou poder oferecer. Poderia separar um andar inteiro para casos de direitos civis.

— Um andar?

— Você já viu o escritório do Damon Darrell?

— Martin, não quero que vire o Damon Darrell.

— Jamais — Martin declarou. — E não importa o quanto a firma cresça, casos de direitos civis sempre vão ser minha prioridade.

— Promete?

— Juro por Deus e pela minha vi...

Anna o interrompeu:

— Para. Sabe que odeio isso. Apenas prometa. É o bastante.

— Prometo, prometo, prometo. Assim está bom?

Ela sorriu e deu um beijo na bochecha dele.

— Ei, estou dirigindo.

— E eu prometo — Anna falou — não me tornar um manequim com um cartão de crédito.

— Hã?

— A Juanita é bem legal, mas as outras mulheres... Elas são assustadoras. Sério mesmo.

Martin riu.

— Ah, mais uma coisa — Anna adicionou. — Eu imploro, nada de viagens imprudentes para fazer rafting.

Martin virou em direção a ela, confuso.

— Como sabe disso?

— A Juanita me contou. Você sabe o quanto eu ia me preocupar? Não ia dormir nadinha enquanto não voltasse pra casa.

— Bom, relaxa, eles não me convidaram. E mesmo se convidassem, você me conhece, isso não é a minha praia.

— Normalmente, não. — Anna suspirou. — Mas estou com uma sensação de que... Tudo vai ser diferente depois de hoje.

Então Anna se ajeitou no banco e observou a estrada escura pela janela.

CAPÍTULO 15

Damon Darrell se sentava em frente a uma mesa bagunçada no escritório de casa enquanto redigia um e-mail. O decorador tinha garantido que aquela mesa era muito rara e tinha sido feita artesanalmente, um casamento perfeito com os painéis de madeira que decoravam o cômodo. Lógico que tinha sido Juanita a escolher a mesa. Damon estava ocupado demais para se importar com aquilo. Para ele, bastava a mesa ter espaço para comportar seu laptop Sony VAIO de dezessete polegadas, um telefone e uma grande caneca de café que as coisas estariam perfeitas.

Quando Damon parou para dar um gole em sua bebida quente, surpreendeu-se ao ouvir uma voz atrás de si. Um sussurro brincalhão que disse:

— Toc, toc.

Damon se virou e quase derrubou o café. Juanita estava encostada no batente da porta, completamente nua. Ela tinha quase quarenta anos, mas graças a um treinador e um cozinheiro particulares, exibia o corpo de uma modelo de vinte e poucos anos. Pernas esbeltas. Quadris largos. Seios perfeitamente firmes. O marrom de sua pele era tão bem distribuído que parecia resultado de um procedimento estético. Nove anos de casamento e Damon ainda ficava bobo com a beleza de sua esposa.

Ele sorria ao observá-la.

— Acho que não preciso perguntar se os empregados já foram.

Juanita deu um sorriso malicioso e balançou a cabeça.

— Só resta uma coisa suja nessa casa e você está olhando pra ela. — Juanita lambeu os lábios carnudos.

Damon reagiu com um gemido. Antes de se casar com Juanita, e até mesmo depois, ele tinha mulheres bonitas à sua disposição. Quando se é rico, famoso e influente, não se procura uma xoxota — ela te procura. A não ser por uma exceção aqui e ali, Damon não caíra em tentação. O que diferenciava Juanita das outras era o seu apetite sexual incomparável. Ela adorava foder. E, mais do que isso, adorava que Damon a fodesse com vontade. Ele conhecia vários homens infelizes porque a vida sexual com as esposas estava agonizando ou tinha acabado por completo. Damon não tinha esse problema porque sexo com Juanita nunca era entediante. Infelizmente naquela noite o *timing* da esposa tinha sido péssimo. Ele tinha uma ligação importante para fazer e que exigia total privacidade. Estava agendada para duas da manhã e o relógio já marcava duas e dez. Damon sabia que o homem que aguardava a ligação não ficaria feliz.

Juanita hesitou quando viu a expressão no rosto de Damon. Ela conhecia bem o que aquele semblante queria dizer: *estou ocupado*.

— Mas são duas horas. — Ela fez beicinho. — Não pode adiar para amanhã?

— Infelizmente, não posso. Desculpa, amor. Vou te recompensar, prometo.

Diferentemente de algumas mulheres, que talvez se sentissem rejeitadas ou ficassem magoadas, Juanita apenas sorriu e disse:

— Bom, não trabalhe até tarde. Boa noite. — Ela jogou um beijo no ar e saiu fechando a porta.

Aquela era uma das coisas que ele mais amava em Juanita. Ela não era uma mulher grudenta que constantemente compete com o trabalho do marido por atenção.

Na verdade, aquela chamada tarde da noite não tinha nada a ver com o trabalho de Damon ou com uma oportunidade de negócios, mas disso Juanita não precisava saber.

Damon prestou atenção ao barulho do lado de fora. Quando ouviu os passos de Juanita subindo a escada sinuosa em direção ao quarto, ele se levantou e foi trancar a porta. Ele só deixara a porta aberta porque sabia que Juanita apareceria para desejar boa-noite antes de ir se deitar. Só não esperava que ela estivesse tão cheia de energia, principalmente depois de receber visitas para o jantar. Enquanto aguardara Juanita aparecer, tinha respondido alguns e-mails sem importância e checara as cotações de ações estrangeiras. Agora que ela já tinha ido dormir, não havia chance de ser interrompido. Finalmente poderia fazer a ligação combinada.

Olhou para o relógio: 02h15. Esperava que não fosse tarde demais.

Damon retornou para a frente do computador e clicou no ícone WhispeX. WhispeX é um programa de teleconferência com uma funcionalidade exclusiva: opera através de um algoritmo criptografado que, segundo o designer, nem mesmo a CIA conseguiria acessar.

Uma grande janela de vídeo apareceu na tela, ainda escura já que não havia nenhuma chamada ativa. Na parte inferior da tela, no canto esquerdo, o rosto de Damon era transmitido ao vivo em uma janelinha menor. A luz estava boa, mas Damon precisou ajustar a pequena webcam acoplada ao monitor para centralizar a imagem.

Damon colocou fones de ouvido, ajustando a área do microfone próximo à boca, então movimentou o mouse até a barra lateral que apresentava uma lista de contatos com dez ícones. Nove desses ícones estavam representados pelos nomes dos contatos: Solomon, Kwame, Tobias e Carver eram alguns deles. Um ícone era diferente do resto. O primeiro ícone na lista não era descrito por um nome, mas por dois números e uma letra: 40A. Damon clicou nele.

A palavra "conectando" surgiu na janela principal e as caixas sonoras emitiram uma série de ruídos eletrônicos sutis. O barulho cessou e o rosto incisivo de um homem negro preencheu a tela. A cabeça raspada de Oscar Lennox e seu cavanhaque meticulosamente desenhado tornavam a sua aparência notável, mas eram os olhos que amedrontavam. Duas órbitas cinza que pareciam ver tudo e mal piscavam. Mesmo através do monitor, Damon sentia que o olhar de Oscar era inquietante.

— Está atrasado, irmão — Oscar disse com a voz calma e forte.

— A festa da Juanita demorou mais do que eu esperava — Damon explicou. — Peço desculpas.

Oscar concordou com a cabeça.

— Compreensível. E o candidato?

— Ele foi bem. Melhor do que o esperado, em minha opinião.

Damon não se surpreendeu por Oscar ir direto ao assunto. Ele não gostava de conversa fiada. Não era grosseiro, mas também não podia ser chamado de simpático. Oscar só queria saber de negócios e não dormia no ponto — por isso era perfeito para o cargo que ocupava.

— E os outros — Oscar perguntou. — Estão todos de acordo?

— Sim — Damon confirmou.

Oscar arqueou a sobrancelha.

— O Sr. Lewis também?

Damon franziu a testa.

— O Carver não gosta de ninguém além de si mesmo. Você sabe disso. Mas, sim, ele concordou em seguir para a próxima etapa.

Os olhos de Oscar se estreitaram com interesse.

— É mesmo? Diga quais foram as palavras exatas do Sr. Lewis.

— Pra quê? Eu já disse, o Carver concordou em seguir em frente.

Oscar não respondeu, apenas o encarou através da tela.

— Desculpa — Damon falou com o cenho franzido. Ele se arrependeu na hora por ter feito a pergunta. Oscar Lennox era o assistente pessoal do Dr. Kasim e, mais importante, o porta-voz do Doutor no mundo exterior. Era para confiarem nele sem questionar. — Não quis desrespeitá-lo — Damon tentou explicar —, só não quero perder um bom candidato por causa de um moleque rebelde.

Oscar franziu a testa sutilmente.

— Irmão, talvez você não ligue muito para as opiniões do garoto — Oscar disse —, mas o Doutor considera a atitude desconfiada do Sr. Lewis uma ferramenta importante para a nossa segurança. Então, você tem o cartão do Sr. Lewis?

Damon concordou com a cabeça e retirou quatro cartões de visita da gaveta do meio. Kwame, Tobias, Carver e Solomon tinham escrito suas opiniões individuais sobre o candidato na parte detrás de seus cartões, então os entregaram discretamente a Damon antes de irem embora. Esse era o método secreto de votação que sempre usavam. Um pouco esquisito, mas simples e rápido.

Com um acabamento brilhoso, o cartão de Carver era o mais chamativo de todos. Damon virou o cartão e leu em voz alta o que ele tinha escrito:

— "O sócio branco pode ser um problema. Observá-lo com cuidado".

Damon colocou o cartão em frente à câmera para que Oscar pudesse ler por conta própria.

— É isso. Foi só o que o Carver escreveu.

Oscar parou para pensar, com a testa franzida. Finalmente olhou para Damon de novo.

— O Dr. Kasim também está preocupado com o sócio do Sr. Grey, como sabe. Você não está?

— Ele não muda a situação em nada — Damon respondeu. — Também tenho advogados brancos no meu escritório. É bom para os negócios e ajuda a manter as aparências.

— É a amizade deles que preocupa o Doutor.

— Lógico. Como garantia, mandei monitorarem o Sr. Grossman nos últimos dias, física e digitalmente. Nenhum perigo. Com a exceção do trabalho, não existe nenhum vínculo significativo entre eles. Ao menos, nada comparado com o que temos a oferecer.

Oscar concordou com a cabeça.

— Isso é bom.

— Ele é jovem, inteligente, consciente, e, sob uma perspectiva financeira, tem futuro garantido. Martin Grey é o candidato mais forte que vemos em algum tempo. É exatamente o tipo de homem do qual precisamos para manter o que temos vivo.

Oscar apenas observou Damon por um tempo, como se fosse capaz de olhar dentro da alma dele, mesmo a três mil quilômetros de distância.

— O Dr. Kasim confia no seu julgamento — Oscar disse enfim. — Fique à vontade para prosseguir.

— Obrigado.

— Mas cuidado, irmão. O Dr. Kasim não quer falhas. Espera que o que aconteceu com o último candidato não se repita.

Damon concordou com a cabeça.

— Eu compreendo.

— Use os melhores. Cheque tudo duas vezes. Então cheque uma vez mais.

— Farei isso. Prometo.

— O Dr. Kasim está ansioso para conhecer esse Sr. Grey — Oscar disse sem um pingo de emoção. Então a ligação criptografada foi encerrada.

CAPÍTULO 16

— Tá bom, como foi? — Glen perguntou enquanto entrava no escritório de Martin, acomodando-se em uma cadeira. — Quero saber tudo.

Martin colocou de lado a transcrição do julgamento que estivera revisando.

— Foi divertido. Bem divertido.

Glen franziu a testa.

— Qual é, você pode fazer melhor. Estou a manhã toda esperando para saber.

Depois da festa de Damon na sexta, o resto do fim de semana de Martin não tinha sido nada demais. Quando retornara ao escritório na segunda de manhã, percebera um aumento significativo no número de pedidos por consultas, o que estava ligado diretamente à vitória recente da firma.

Akiko e Meg, dois paralegais, deram conta das ligações extras com facilidade, possibilitando que Martin e Glen cuidassem dos negócios como de costume. Quase nunca faziam intervalos para o almoço, mas geralmente as coisas se abrandavam por volta do meio-dia e foi quando Glen encontrou a oportunidade para interrogar Martin sobre a festa.

Martin jogou os braços para o alto.

— O que quer que eu diga? A casa do Damon é maravilhosa. A comida, surreal.

— Não, não, não. Quero saber quem estava lá. Possíveis clientes com carteiras recheadas?

Martin especificou a lista de convidados. Com cada nome, os olhos de Glen se arregalavam mais.

— O Solomon Aarons também? Como ele é?

— Brilhante — Martin respondeu. — É possível sentir. Como um velho sábio.

Glen concordou com a cabeça e então um pensamento pareceu vir à tona.

— Ah, agora entendo.

— Entende o quê?

— Todos os convidados eram afro-americanos. Qual é, você deve ter notado.

— Notei. E daí?

— Não percebe? Provavelmente por isso o Damon não me convidou. A Lisa e eu seríamos o único casal branco lá.

Martin estava prestes a negar, mas não pôde. Até aquele momento não tinha relacionado a conversa na sala de jogos de Damon com Glen ter sido excluído da festa, ao menos não diretamente, mas, ao ouvir aquilo, conseguiu perceber com nitidez.

Glen deu de ombros.

— Ei, não acho que o Damon agiu de má-fé nem nada disso. Ele provavelmente queria nos poupar da saia justa. Entende?

Martin sentiu uma pontada de culpa enquanto concordava com a cabeça.

— Lógico. É bem provável.

— Então sobre o que vocês figurões conversaram? — Glen questionou.

Martin ficou tenso. Não que ele achasse que Glen se chatearia com o assunto — na verdade, tinha certeza de que Glen concordaria com a maior parte do que havia sido dito. O que fez Martin pausar foi sua promessa. Ele tinha dado sua palavra para alguns homens bem poderosos que não falaria sobre a conversa e não ia quebrá-la. Além do quê, Glen não sabia ficar de boca fechada.

Martin respondeu:

— Falamos sobre o caso, basicamente.

Glen não se convenceu.

— Qual é. Todos esses magnatas debaixo do mesmo teto. Não é possível que só falaram sobre o caso. Desembucha, sócio.

Uma das qualidades que fazia de Glen um ótimo advogado era a sua determinação. Quando cismava com algo, ele insistia até não poder mais. Martin percebeu que caso não compartilhasse algo interessante, Glen o azucrinaria em busca de detalhes pelas próximas semanas.

— Na verdade — Martin disse —, Tobias Stewart e Kwame Jones pareciam interessados em repassar uns casos pra nós.

Glen parecia uma criança indo abrir os presentes na manhã de Natal.

— Bingo! É isso que eu queria ouvir.

Martin riu.

— Martin, sabe o que isso significa?

— Vá devagar — Martin alertou. — Não há nada certo ainda. Pode ter sido só euforia da festa.

— De qualquer jeito, temos que nos preparar, né? Se os grandões olharem para esse escritório, podem mudar de ideia. Martin, faz favor, tá na hora.

Glen estivera insistindo para trocarem de escritório no último ano, mas Martin quisera esperar até que a condição financeira da firma estivesse mais estável. Com aquela grande comissão que receberiam e a possibilidade de conseguirem dois grandes clientes, parecia que finalmente era o momento certo.

— Acho que você está certo — Martin concordou. — Vamos começar a procurar amanhã.

— Isso! — Glen estalou a mão de Martin em um gesto de "toca aqui". — Estou de boa com o Damon Darrell. Ele com certeza sabia que isso podia acontecer quando te convidou pra conhecer o grupo dele. Estamos falando de contatos VIPs.

Martin deu de ombros.

— Tenho certeza de que o Damon tem trabalho à vontade.

Glen zombou:

— Para dar, vender e emprestar.

O telefone na mesa de Martin anunciou a voz de Akiko:

— Damon Darrell quer falar com você. Linha dois.

Martin e Glen se entreolharam. Glen fez um gesto dramático em direção ao telefone.

— Por falar no diabo, olha ele ligando.

Martin observou o botão da linha 2 piscando, com receio de atender enquanto o sócio podia escutar. Não seria nada bom se Damon mencionasse algo do que tinha sido dito na sala de jogos.

— Anda — Glen incentivou —, não é legal deixar nosso benfeitor esperando.

Martin pegou o telefone.

— Oi, Damon. E aí?

— Martin, como você está? Espero que você e sua esposa tenham tido um bom fim de semana.

Martin podia ouvir o barulho de um restaurante ao fundo.

— Tivemos — Martin respondeu. — E obrigado de novo pela sexta à noite. Anna e eu nos divertimos muito.

— Escuta — Damon disse com um tom diferente —, tenho uma pergunta bem estranha pra fazer.

Martin hesitou. Que porra ele queria dizer com "pergunta estranha"? A relação deles era nova demais para esse tipo de coisa.

— Ok — Martin falou meio incerto.

— Por acaso você e a Anna são fãs do Stevie Wonder?

CAPÍTULO 17

Na noite seguinte, o Mercenário estava de tocaia, sentado em uma van em frente à casa de Martin Grey. Ele usava um uniforme azul que exibia a identificação: Curtis Goins. Na manga do uniforme, a logomarca era da empresa Cable Com em letras enfeitadas. A mesma logo estampava o lado de fora da van com o slogan brega "Levamos sorrisos para a sua vida". A fachada tinha o objetivo de camuflar o Mercenário como parte do cenário, ele era tão mundano como o poste na esquina ou a caixa de correspondências em frente às casas. Assim, se por acaso um marido pau-mandado saísse para jogar o lixo fora ou uma esposa acima do peso fazendo caminhada reparassem nele, tudo o que veriam era um técnico inofensivo. Os suburbanos tolos jamais saberiam que estavam diante de um homem de talentos raros, um verdadeiro especialista na arte do crime.

O Mercenário checou o relógio: 18h33. A limusine estava atrasada. Tudo bem que eram só três minutos, mas a tarefa exigia perfeição em cada minuto.

O cliente garantiu que Martin e a esposa estariam fora por no mínimo três horas. Para um invasor amador comum, três horas seriam mais do que o suficiente, mas o Mercenário não era um invasor comum. Na verdade, ele detestava o termo vulgar. Nem ao menos se considerava um invasor. Invasores arrombavam portas e quebravam janelas, enquanto ele dominava a sutil técnica de abrir fechaduras e desarmar sistemas de segurança. Invasores saqueavam casas. O Mercenário vasculhava cada centímetro sem deixar vestígios. Invasores levavam objetos de valor como joias e aparelhos eletrônicos. Ele não tinha o menor interesse naquele lixo. O que ele buscava era muito mais precioso: registros financeiros, relatórios médicos, contas, comprovantes, cartões de crédito, fotos de família, chaves, até mesmo fios de cabelo e restos de unha para coletar DNA. Com aparatos de alta tecnologia, ele escaneava, copiava, baixava e fotografava cada mínimo detalhe das informações pessoais que pudesse encontrar — e nenhuma informação passava despercebida. Para fazer sua mágica, era necessário mais ou menos duas horas, mas se algo desse errado, como um hard drive parando de funcionar no meio da clonagem, três horas seria um tempo apertado.

Finalmente, a limusine parou em frente à casa dos Grey. O Mercenário checou o relógio novamente: 18h35. Cinco preciosos minutos desperdiçados.

Ele observou enquanto o chofer uniformizado se encaminhou até a porta da frente e tocou a campainha. Um momento depois Martin e a esposa, Anna, apareceram. Martin usava um terno com uma camisa de gola aberta e Anna um vestido preto justo. Ele reconheceu o casal pelas fotos que o cliente enviara por e-mail. Eles pareciam boas pessoas, honestas, e provavelmente eram. Ele não fazia ideia de por que o casal era alvo de seu cliente, e nem queria saber. Fora contratado para um trabalho e só isso importava. Só queria que se apressassem e fossem embora para que ele pudesse começar logo.

Enquanto o Mercenário observava o casal caminhar para a limusine, algo inesperado aconteceu. Martin olhou diretamente para o Mercenário no outro lado da rua. O técnico disfarçado apenas sorriu e fez um gesto com a cabeça. Martin retribuiu o gesto amigável e entrou na limusine junto com a esposa.

O Mercenário checou o relógio: 18h37. Geralmente aguardava uns quinze minutos depois que os donos haviam saído para entrar na casa. Assim não haveria nenhum encontro surpresa caso tivessem esquecido alguma coisa, como os ingressos ou a carteira. Mas ele não poderia esperar tanto. Já tinha perdido muito tempo. Pressionou um ponto exato na porta do motorista e um compartimento secreto surgiu.

Se os Grey voltassem antes do esperado, faria de tudo para se esconder. Tinha ordens precisas para não machucá-los. Mas se, por uma infelicidade, percebessem sua presença, teria que fazer as coisas do seu jeito.

Retirou uma pistola nove milímetros do compartimento junto com um silenciador. O cheiro do metal atingiu seu nariz enquanto colocava o silenciador no lugar.

Ao longo de sua carreira de onze anos no crime, nunca chegara nem perto de ser pego. E essa façanha se devia a uma regra primordial: ninguém sabia como era seu rosto. Nem os clientes que o contratavam por e-mail ou telefone e muito menos as vítimas. Ninguém.

O Mercenário colocou a pistola em sua caixa de ferramentas, posicionou o boné da empresa na cabeça e saltou para fora da van, caminhando em direção à casa de Martin Grey.

CAPÍTULO 18

— Sinto te dizer — Martin falou para Glen pelo celular —, mas está atrasado. Já estamos indo para o show.

— Merda. Queria pegar vocês em casa ainda. Preciso estar no tribunal às oito amanhã. O que eu faço?

Martin e Anna estavam bem confortáveis no luxuoso banco de trás da limusine em movimento. Quando Damon os convidara para o show de Stevie Wonder, com direito a um drinque com o próprio astro depois do show, Martin não pôde recusar. Damon tinha até insistido em uma limusine e, como era de se esperar, ele não economizara um centavo. O bar de mármore estava equipado com bebidas da melhor qualidade e várias garrafas geladas de champanhe Cristal. Havia uma bandeja de prata com coquetéis de camarão e outra com caviar para que desfrutassem. Uma TV de plasma apresentava videoclipes de músicas do Stevie Wonder em alta definição. Antes de a ligação de Glen interrompê-los, Martin e Anna bebiam champanhe e cantavam *My Cherie Amour* de boca cheia. Anna pediu que Martin ignorasse a chamada, mas quando viu o nome de Glen na tela do celular, sentiu a reconhecível pontada de culpa. Lá estava ele passeando em uma limusine e Glen preso no escritório se preparando para um julgamento. Glen não parecia se importar por Damon havê-lo excluído de novo. As possíveis oportunidades que viriam graças à associação de Martin com Damon eram o bastante para eliminar qualquer sentimento de inveja.

Martin garantiu à esposa que não demoraria ao telefone, mas o tom de urgência na voz de Glen o fez pensar que talvez tivesse falado cedo demais. Glen estava lidando com uma pequena crise.

Há duas semanas, depois de fazer uma pesquisa prévia, a sua paralegal, Akiko, tinha dado a Glen uma lista dos números dos processos que precisavam revisar em preparação para um julgamento. Glen colocara essa lista em uma pasta e não tinha tido tempo de analisá-la — até vinte minutos atrás quando percebeu que a lista não estava lá. Não demorou até Glen perceber o que havia acontecido. Ele e Martin frequentemente trocavam cópias de seus arquivos para que, no caso de uma emergência, sempre soubessem o que o outro estivera fazendo. Mas, em vez de dar a cópia, Glen tinha se confundido e entregue a Martin o original — junto com a única lista dos números de protocolo. Não era um grande problema se a pasta estivesse no escritório de Martin, mas não estava. Martin havia levado para casa dois dias antes para estudá-la no tempo livre.

— A pasta está no meu escritório — Martin falou. — Se tivesse ligado há dez minutos, dava pra eu ditar os códigos pelo telefone.

Glen grunhiu.

— Não acredito.

— Você ligou para a Akiko? Talvez ela tenha feito outra cópia.

— Já tentei, acredite. Por alguma razão, ela não atende.

— Já procurou pelo arquivo no computador dela?

— Qual é. Você sabe que não consigo encontrar porra nenhuma no computador dela. Não consigo encontrar nem no meu.

— Olha, fica calmo. Assim que eu voltar pra casa, te ligo pra dizer os números.

— E isso vai ser que horas? Meia-noite? Uma hora? Perfeito! Vou ficar lendo a noite toda e amanhã chego no tribunal parecendo um zumbi.

— Desculpa. Não sei o que mais posso fazer.

— Não dá pra voltar rapidinho?

Martin soltou um grunhido.

— Glen, tem que ter outra solução. Já estamos quase lá. Se voltarmos agora, vamos nos atrasar.

No momento em que Anna ouviu a palavra "voltarmos", ela murchou.

— Desculpa, cara — Glen disse. — Eu vacilei e me sinto péssimo, é sério... mas Martin, você sabe como esse caso é importante pro escritório. Além do mais, qual show começa na hora? Você realmente se atrasaria tanto? Preciso da sua ajuda, sócio. Por favor.

Mesmo irritado, Martin sabia que Glen estava certo. O caso era importante. Todos os casos eram importantes. Anna teria que entender.

Mas antes que Martin pudesse dizer para Glen que voltaria, lembrou-se de algo. Dois anos antes, quando Martin e Anna passaram uma semana em Charlotte, na casa da mãe dela, Glen tinha feito o favor de checar se a casa estava em ordem ocasionalmente. Pegar correspondência, esse tipo de coisa.

— Espera. Você ainda tem as chaves que eu te dei? — Martin perguntou.

Houve uma pausa enquanto Glen puxava na memória.

— Tenho! Tenho, sim. Mas cara, isso tem anos. Ainda funcionam?

— Sei que mudamos a fechadura da porta da frente, mas a da porta de trás continua a mesma.

— Ótimo. E qual a senha do alarme?

— Dois, dois, três, quatro.

— Dois, dois, três, quatro. Saquei. Você disse que o arquivo está no escritório, certo?

— Isso. Deve estar em cima da mesa. Não esquece de armar o alarme de novo quando sair. É a mesma senha.

— Desculpa incomodar. Espero que você e a Anna se divirtam.

No instante em que Martin encerrou a ligação, Anna pegou o celular, desligou e o enfiou dentro da própria bolsa.

— Chega de ligações.

— Espera. E se Glen tiver problemas para entrar?

Anna revirou os olhos.

— Faz favor. O quão difícil é abrir uma porta?

Ela pegou a garrafa de champanhe e encheu a taça de Martin novamente. Pequenas bolhas dançavam no líquido dourado.

— Agora pare de se preocupar — Anna ordenou, aproximando-se do marido. — O seu sócio vai ficar bem.

CAPÍTULO 19

O Mercenário aguardava pacientemente, sentado atrás da mesa de Martin Grey, enquanto o drive SSD de um terabyte clonava todo o conteúdo do computador Dell XPS com a incrível rapidez de um gigabyte por segundo. A luz do drive em funcionamento e o brilho do monitor formavam sombras fantasmagóricas nas paredes do escritório. A barra de progresso no monitor indicava que sessenta e quatro por cento do conteúdo já havia sido copiado. Em mais ou menos dez minutos, o trabalho da noite estaria completo.

Roubar informações de Martin Grey estava se tornando um dos trabalhos mais fáceis que já tivera. O sistema de segurança da casa era de uma daquelas marcas populares que apareciam toda hora na televisão. O circuito do alarme fora tão fácil de desarmar que era quase risível. Vencer as fechaduras das portas tinha sido igualmente fácil. Bastou inserir a chave micha e dar umas batidas com a chave de fenda, e estava feito. Enquanto as ferramentas para abrir fechaduras deixavam arranhões minúsculos na superfície, a chave micha era indetectável quando usada corretamente. O Mercenário usava a chave há anos, mas quando a técnica simples havia sido desmascarada na internet, tivera a certeza de que as pessoas iam correr para substituir as fechaduras vulneráveis. Para a sua surpresa, isso nunca acontecera. Apesar das notícias diárias e artigos em revistas, o truque da chave micha fora completamente ignorado. Era raro encontrar uma fechadura que ele não conseguisse abrir em dez segundos.

Depois que entrara, a busca na residência dos Grey também acontecera sem muito esforço. Ao se tratar de armazenamento, ele separava as vítimas em três categorias: organizadas, desorganizadas e cismadas. As desorganizadas, o maior grupo de todos, eram as que davam mais trabalho, já que largavam os documentos em qualquer lugar. Algumas vezes ele precisava procurar por horas para encontrar e duplicar todos os documentos de que precisava. As cismadas também demandavam certo esforço de início, porque guardavam itens valiosos em lugares secretos ou em um cofre. Só que uma vez que o Mercenário encontrava a parte solta do assoalho ou conseguia acessar o cofre, todos os documentos estavam ali prontinhos para ele. Mas, entre todas, as organizadas eram as mais fáceis. Elas mantinham seus documentos em armários ou caixas, devidamente etiquetados. Às vezes até em ordem alfabética.

Martin e a esposa eram, definitivamente, organizados. Não levou muito tempo para encontrar o closet, que servia como armário de arquivos, dentro do quarto de Martin. Caixas empilhadas preenchiam o pequeno espaço, cada uma etiquetada com um ano específico, sendo a mais antiga de 1989, e estavam abarrotadas de contas antigas, extratos bancários e comprovantes. No canto encontrou dois armários compridos de metal. Esses eram interessantes por conter os documentos mais recentes do advogado. O sistema de organização de Martin era excelente, o que tornava o trabalho simples. Em apenas uma hora todo o conteúdo dos arquivos tinha sido duplicado digitalmente e armazenado em um pequeno *flash drive* no bolso do Mercenário.

Clonar os computadores nas casas das vítimas era o trabalho mais imprevisível e demorado de todos. Além dos computadores e notebooks usados no dia a dia, muitas pessoas guardavam computadores velhos também. Eram máquinas antiquadas que os donos se recusavam a jogar fora porque haviam custado uma pequena fortuna, então acabavam ali ocupando espaço. Para fazer o trabalho completo, ele optava por clonar todos os computadores existentes. Os mais antigos eram vagarosos ou tinham HDs que precisavam de um software específico para extrair o conteúdo. De vez em quando também requeriam senhas que precisavam ser hackeadas, o que demandava ainda mais de seu precioso tempo.

Ele não encontrara nem um desses obstáculos tecnológicos dentro da casa de Martin Grey. Havia somente três computadores: um de mesa dentro do escritório e dois MacBooks Pro no quarto. O MacBook decorado com um adesivo de arco-íris era de Anna e o outro era de Martin. Nenhum deles era protegido por senha e foram clonados em minutos. Já o computador de mesa era outra história. O Dell XPS precisava de senha de acesso, mas com o uso de um programa *sniffer,* que ele mesmo havia criado, conseguiu decifrar o código sem demora: ADVOGADO. O Mercenário quase riu quando a senha apareceu na tela. A falta de imaginação das vítimas sempre o divertia.

Ele estava aliviado porque nem Martin nem a esposa retornaram à casa — deixando-o à vontade para trabalhar em paz. Apenas duas vezes ele tinha precisado matar suas vítimas para escapar sem ser visto. Embora não gostasse, era bom em matar, assim como era bom em todas as outras coisas que se prontificava a fazer. Mas do que gostava mesmo era finalizar seu trabalho com rapidez e sem alardes, desaparecendo em seguida como se nunca tivesse estado no local.

Checou o progresso do HD de novo: oitenta e cinco por cento. Só mais cinco minutos. Talvez desse tempo de voltar ao hotel e assistir ao seu programa de TV favorito, *Crime 360*. Era um entre os milhões de programas que mostravam as técnicas da polícia forense. O que diferenciava essa série das outras era a riqueza de detalhes. Os métodos mais recentes usados nas análises de cenas de crimes eram transmitidos para o público todo sábado às vinte e uma horas. O Mercenário frequentemente se questionava se os produtores do programa não se incomodavam de ensinar a trambiqueiros e a assassinos as melhores maneiras de evitarem ser pegos e condenados. Ele já conhecia a maioria das técnicas mostradas, é óbvio, mas vez ou outra aprendia um truque novo. Como naquele episódio em que —

O barulho do que parecia ser um carro estacionando na entrada despertou sua atenção. Ele retirou a pistola da caixa de ferramentas. O escritório ficava na parte dos fundos e não oferecia visão da entrada, então ele foi apressado até a sala e caminhou até a janela.

Ele moveu milimetricamente a cortina e olhou para fora.

Um Grand Cherokee azul estacionava na entrada. O Mercenário reconheceu o carro. Pertencia a Glen Grossman, sócio de Martin. Ele já havia feito uma investigação nível 1 sobre Grossman para o mesmo cliente. Nível 1 significava uma checagem básica feita através do monitoramento ao longo de um dia. A investigação sobre Martin havia começado também em nível 1 até que o cliente optou por elevar o nível até o mais invasivo de todos, o nível 3.

A mente do Mercenário fervilhava enquanto observava Grossman sair do carro. Que porra Grossman fazia ali? Grossman não sabia que Martin estava fora? Então ele viu algo que desvendou suas dúvidas. Quando o advogado começou a caminhar, guardou as chaves do carro no bolso e retirou de lá outro molho de chaves. Chaves da casa de Martin. O que mais poderiam ser? Não, aquela não era uma visita casual que faria com que Grossman desse meia-volta ao perceber que não havia ninguém em casa. Por alguma razão desconhecida, Glen Grossman estava prestes a entrar na casa de Martin Grey por conta própria.

CAPÍTULO 20

O chaveiro que Martin dera a Glen dois anos antes continha somente três chaves. Glen tentou usar as duas primeiras na porta dos fundos sem sucesso. Então a última funcionou. Ele abriu a porta e entrou na cozinha espaçosa de Martin e Anna. Azulejos, mármore e utensílios de metal eram banhados pela luz da lua através das cortinas. Glen trancou a porta e, ao esticar a mão para inserir o código do alarme, congelou. O que viu não fazia sentido. A tela de LED mostrava: *Desarmado*. Martin e Anna deviam ter esquecido de definir o alarme antes de saírem. Mas isso não era algo de que Martin se esqueceria. Não mesmo. O seu sócio era do tipo que pecava pelo excesso. Glen não podia acreditar que Martin se esqueceria de algo tão importante como a segurança da casa. Ele devia ter estado muito eufórico pelo show.

Glen seguiu para a sala de estar. Havia somente luz o bastante vindo das janelas para que conseguisse se mover ao redor. Mesmo no escuro, a casa era linda. Ele se lembrava de quando Anna e Martin haviam se mudado. Martin havia conseguido um bom preço porque o imóvel precisara de reformas. Muitas reformas. Demorou um pouco, mas Martin e Anna fizeram um trabalho incrível ao transformar uma casa caindo aos pedaços em um lar maravilhoso.

Glen passou pelas escadas e caminhou pelo pequeno corredor que levava ao escritório de Martin. A porta estava fechada e ele logo se preocupou. Torceu para que não estivesse trancada, porque ele não fazia ideia de onde poderia estar a chave. Ele precisava dos números dos processos.

Sorriu quando a maçaneta cedeu com facilidade. Mas quando Glen abriu a porta e acendeu a luz, o que viu fez seu coração parar.

CAPÍTULO 21

Escondido no armário de Martin, o Mercenário observou pela fresta da porta enquanto Grossman entrava no escritório e acendia a luz. Antes mesmo de a porta se abrir, ele chegara a uma única possível explicação lógica para a visita inesperada: Grossman devia estar lá para buscar algo. Alguma coisa importante relacionada ao trabalho que não poderia esperar. Óbvio que, considerando isso, o último lugar que ele queria estar era dentro do escritório de Martin, pois era provavelmente a direção que Grossman seguiria, mas não tivera escolha. Depois de ter retornado para desligar o computador e esvaziar a mesa de Martin, o Mercenário já podia ouvir Grossman se movendo pela casa. O único lugar que poderia se esconder era dentro do armário de arquivos. Ele esperava, pelo bem de Grossman, que o advogado encontrasse o que queria e fosse embora de vez. Mas o choque no rosto de Grossman não era um bom sinal. Por que Grossman estava olhando para a mesa de Martin daquele jeito?

O Mercenário observou intrigado quando Grossman correu até a mesa e começou a revirá-la atrás de algo. Abriu cada gaveta por duas vezes e olhou até mesmo embaixo da mesa.

Que diabos ele estava procurando?

Grossman olhava para a mesa como se algo tivesse desaparecido bem diante de seus olhos. Foi naquele momento que o Mercenário percebeu o seu erro. *Peguei coisas demais*, pensou.

Para facilitar a análise dos documentos pessoais de Martin, o Mercenário retirara todas as pastas relevantes de dentro do armário e as colocara em cima da mesa. Só que em vez de colocá-las de volta imediatamente depois de finalizar o trabalho, tinha deixado as pastas empilhadas para guardar uma vez que terminasse de clonar o computador. Aí Grossman aparecera.

Na pressa de devolver tudo ao armário, ele pegara todas as pastas. Quando tinha entrado no escritório, percebera que além do computador e do telefone, havia uma única pasta sobre a mesa. Agora não estava mais lá. O Mercenário olhou para os arquivos que ainda segurava. Não havia tempo de colocar de volta sem ser visto.

Ali no espaço apertado, ele pôde ver que todas as pastas tinham cor clara — exceto uma. A última pasta da pilha era mais escura e mais grossa do que as outras. Como pôde ser tão estúpido? Com certeza a pasta escura era o que Grossman tanto procurava.

O Mercenário observou com frieza enquanto Grossman discava em seu celular. O advogado deixou uma mensagem urgente para Martin retornar a ligação, então encerrou a chamada frustrado.

Então, como o Mercenário já esperava, Grossman se virou e olhou diretamente para o closet. Ele pôde ver o momento em que Glen teve a infeliz ideia. Que lugar melhor para procurar um arquivo do que um armário cheio de arquivos?

Enquanto via Glen se aproximar do armário, o Mercenário engatilhou a pistola.

CAPÍTULO 22

Glen hesitou diante da porta do closet. Não gostava da ideia de remexer nas coisas pessoais de Martin e sabia que Martin e Anna também não gostariam. Mas isso não era culpa de Martin? O sócio garantira que a pasta estava em cima da mesa e nitidamente não estava. Para piorar as coisas, o telefone de Martin estava desligado ou fora de área, então não tinha como falar com ele. Glen checou o relógio. Já passava das nove. Para conseguir as suas quatro horas obrigatórias de sono, tinha que estar na cama lá pelas duas. O tempo estava contra ele. Não havia escolha. Glen moveu a fechadura.

Tring!

Antes de abrir a porta, seu celular tocou. Glen o pegou depressa na expectativa de que fosse Martin, mas era a sua paralegal, Akiko.

— Desculpa — ela falou rápido com seu jeito tagarela —, acabei de ver sua mensagem.

— Onde você estava?

— Terra pra Glen. É quinta-feira. Yoga. Você sabe que desligo o telefone durante a aula.

Glen tinha uma vaga lembrança sobre Akiko ensinar yoga. Mas era difícil recordar tudo, já que Akiko estava envolvida em várias baboseiras de jovens. De astrologia a festas zumbis.

— Estava procurando os números dos processos que pesquisou — ele disse.

— Eu sei. Pronto pra anotar?

Glen pegou caneta e papel na mesa de Martin e anotou os seis números. Ele prometeu levar a auxiliar para almoçar e então encerrou a ligação com uma frase que, naquele momento, significava muito mais do que ele poderia imaginar.

— Akiko — Glen falou —, você salvou a minha vida. — Então Glen apagou as luzes e deixou o escritório.

O Mercenário observou pela janela da sala Grossman entrar na SUV e se afastar.

Ele estava chateado porque precisaria ficar mais tempo dentro da casa para completar o trabalho. Mas poupar a vida do advogado o agradou. Fazia com que ele se sentisse como um deus.

CAPÍTULO 23

Andar de limusine foi divertido. O show, maravilhoso. Tomar drinques com Stevie após o show, extraordinário. Mas fazer amor com sua linda esposa debaixo da água quente às duas da manhã? Não tinha preço.

Martin abraçou Anna por trás enquanto as mãos ensaboadas deslizavam pelas suas curvas. A sensação da bunda dela pressionando sua ereção era quase demais para aguentar. O calor da água combinado ao tesão que sentia fazia sua cabeça girar. Sem conseguir esperar mais, Martin inclinou o corpo de Anna debaixo do jato de água e a penetrou por trás. Anna puxou o ar pela boca e arranhou os azulejos enquanto Martin metia de novo e de novo. *Plaft*! Ele deu um tapa na bunda de Anna e ela soltou um gemido que o agradou. *Plaft, plaft, plaft*!

— Isso — Anna gemeu, jogando a bunda para trás, enquanto gotas de água escorriam por seus lábios. — Issoooo. — O seu corpo inteiro tremeu quando ela gozou, fazendo com que Martin gemesse e gozasse em seguida.

Martin e Anna se abraçaram debaixo das cobertas na cama king size, ambos tontos por um tipo bom de cansaço. A cabeça de Anna repousava no peito de Martin.

— Então é isso que acontece quando você socializa com poderosos? Bate na sua esposa?

— Acho que me empolguei um pouco.

Anna gemeu só de lembrar.

— Eu gostei — Anna deu um beijo na bochecha de Martin, que se surpreendeu com a resposta, e então ela fechou os olhos, pegando no sono.

CAPÍTULO 24

— E a ancestralidade africana dele? — Oscar questionou pela janela da videochamada do WhispeX no monitor de Damon.

— Me dá um instante. — Damon movimentou o cursor para outra janela em sua tela, que mostrava um documento PDF intitulado "M. GREY". O dossiê de cento e três páginas relatava uma análise criteriosa do passado de Martin Grey. O relatório tinha um visual sofisticado contando com um índice, vinte e três capítulos enumerados, fotografias, gráficos, mapas e até notas de rodapé. A pesquisa considerava quatro gerações antes do nascimento de Martin até os dias de hoje. Também não era para menos, já que o trabalho veio com uma fatura de US$ 30 mil em dinheiro e um tempo de espera de trinta dias, Damon não esperava nada além do melhor.

Enquanto ele aguardava a entrega do relatório através do e-mail criptografado, tinha se empenhado em nutrir amizade com o outro advogado. Eles tinham saído para almoçar duas vezes desde a noite do show e em ambas as ocasiões dividiram a conta. Damon sempre se oferecia para pagar, mas Martin nunca aceitava. Damon gostava verdadeiramente de Martin Grey. Gostava da inteligência, da determinação e da habilidade no tribunal. Parecia com Damon quando mais novo, antes de conhecer o Dr. Kasim. Um jovem preto com potencial incrível e poder inexplorado, mas impedido de avançar graças à enfermidade invisível que afeta todos os homens pretos. A doença. Damon tinha certeza de que Dr. Kasim veria em Martin o que ele próprio tinha visto e o abraçaria para encontrar a cura.

Damon continuou navegando pelo relatório até chegar ao Capítulo 11, intitulado "Análise de DNA". Junto com uma descrição da composição racial do DNA de Martin, havia um mapa das tribos do continente africano. Cada território tinha uma cor, o nome de sua tribo nativa e um número de porcentagem. Esses números representavam a probabilidade de que os ancestrais da pessoa fossem descendentes de uma região específica. Uma tribo tinha números bem maiores do que as outras.

Damon ficou surpreso ao ver qual tribo era.

Mesmo pela tela Oscar pôde perceber a reação de Damon.

— Então? — A voz impessoal soou pelo computador. — Qual é a tribo?

— Zantu — Damon respondeu e viu o interesse no semblante de Oscar. Assim como esperava que seria.

— Zantu? Tem certeza? Qual a porcentagem?

— Noventa e três por cento.

Por um momento, a imagem do rosto de Oscar ficou congelada de espanto. Damon nunca tinha visto aquele nível de emoção vinda do assistente do Dr. Kasim. E Damon sabia exatamente o porquê. Muitas tribos foram dizimadas por causa do mercado escravocrata africano, mas uma pequena e esquecida tribo da Costa do Marfim era especial para o Dr. Kasim.

Damon não pôde evitar a animação.

— Eu sabia. Sabia que Martin era um excelente candidato.

Oscar concordou com a cabeça.

— De fato. Ainda tenho que debater os detalhes do seu relatório com o doutor, mas acho que é seguro dizer que o Dr. Kasim vai ficar muito ansioso em finalmente conhecer um membro de sua tribo ancestral.

CAPÍTULO 25

O jogo de pôquer na sala de Damon já rolava há horas e Martin não estava indo bem. Ele começara o jogo com US$ 200 dólares em fichas e então tinha observado incrédulo sua pilha diminuir até restar pouco mais de vinte contos.

Após várias rodadas, a tensão competitiva no cômodo era tão densa quanto a fumaça dos charutos. Tobias levava a melhor, mas Martin considerava que aquilo se devia à sua imprudência e uma sorte absurda. Damon, que tinha a segunda maior fortuna, parecia ser o que jogava com mais habilidade e foco. Kwame e Solomon tinham um jeito bem relaxado de jogar e ambos ainda reuniam um número considerável de fichas. Carver tinha poucas fichas a mais que Martin e ficava mais mal-humorado a cada rodada. Quando Martin perdeu outra mão para Tobias, Carver balançou a cabeça como se estivesse enojado.

— Cara, seu jogo é fraco. Poupa seu tempo e dá logo todas as fichas pro Tobias.

— Merda — Martin disse casualmente —, achei que já *estava* fazendo isso.

Todos riram. Menos Carver.

Damon passou as cartas para Carver embaralhar.

— É a primeira vez dele jogando com a gente. Larga do pé do homem.

— É, Carver — Tobias concordou —, se me lembro bem, você não foi exatamente o rei do pôquer da primeira vez que jogamos.

— E ainda não é — Kwame completou apontando para a pequena pilha de Carver. — Parece que está agonizando aí, meu irmão.

Solomon balançou a cabeça para a mixaria de fichas.

— Agonizando, que nada. Ele já respira por aparelhos.

Depois que as risadas cessaram, Carver se dirigiu a Martin:

— Só espero que ele reme melhor do que joga.

— Remar? — Martin questionou. — Como assim?

— Ah, o Damon não falou? Foi mal.

Martin olhou para Damon.

— O que está rolando?

Damon reacendeu o charuto.

— Estamos planejando outra viagem e queremos que você venha.

— Outra viagem? Pra fazer rafting?

— Corredeiras. Sim. Sempre nos divertimos. Confia em mim, Martin, você vai adorar.

Martin balançou a cabeça.

— Acho que não. Te falei que sou um garoto da cidade. Seria um completo desastre na selva... Principalmente num bote.

— Não esquenta com isso. Vamos te ajudar a escolher os equipamentos e te dar uns panfletos bem informativos. Vamos te ensinar tudo o que precisa saber. É parte da experiência: aprender com seus companheiros, confiar neles e eventualmente se tornar um professor.

— Isso — Tobias confirmou, passando um braço ao redor de Martin em um gesto amigável —, já, já você vira um homem dos esportes.

— Não sei, pessoal. Não é pra mim.

— Te entendo, irmão — Kwame falou —, é sério. Antes de ir eu me sentia assim. Não queria ir a lugar nenhum que não tivesse uma privada e TV a cabo. Mas deixa eu te mostrar uma coisa. — Ele se levantou e pegou uma foto pendurada na parede, entregando a Martin. Na fotografia estavam Kwame e os outros, vestidos com roupas de trilha debaixo de uma imensa cachoeira. Todos eles sorriam, mas a expressão no rosto de Kwame era quase de êxtase, como se tivesse acabado de vivenciar uma experiência religiosa. — Isso foi tirado depois da minha primeira viagem. Olha pra mim. É o rosto de um homem transformado.

Solomon pegou a foto das mãos de Martin e sorriu.

— O que você vê nessa foto é muito mais do que uma viagem pra praticar rafting. É uma comprovação da nossa masculinidade. É como nos reconectamos com as nossas origens. Um vínculo espiritual. Mas, acima de tudo, Martin, é liberdade. Como você nunca sentiu antes. Isso é algo nosso, só pra nós. E estamos te convidando pra vir com a gente. Pra ser parte disso que é nosso. E, filho, acredite quando digo que não estendemos o convite pra qualquer um.

O discurso de Solomon era um tanto sentimental, mas Martin sabia que cada palavra era verdadeira. Não estavam somente convidando Martin para uma viagem de rafting. Eles estavam estendendo as mãos e convidando Martin para se juntar ao círculo. Abrindo uma porta que não abriam com frequência e que não ficaria aberta por muito tempo. Martin percebeu que se recusasse o convite, poderia até ser convidado para um jogo de pôquer ou um jantar de vez em quando, mas jamais seria parte do círculo exclusivo.

Solomon colocou a mão no braço de Martin.

— Não vamos te amolar com isso, filho. Só avisa se vai vir ou não até o fim da semana.

CAPÍTULO 26

Na tarde seguinte, Martin saiu do elevador no quadragésimo quarto andar do prédio 1114 da Avenida das Américas no centro de Manhattan. Os sapatos dele clicavam contra o chão de mármore enquanto atravessava uma série de portas de vidro. Entrou em uma luxuosa sala de espera com paredes de vidro e uma mesa de recepção feita de mármore preto. Em cima da mesa uma placa de metal mostrava "Darrell e Associados".

Dois jovens recepcionistas, um homem e uma mulher, ambos afrodescendentes, estavam empenhados em atender as ligações incessantes. A mulher, enquanto falava ao telefone, sorriu para Martin e ergueu um dedo no gesto *só um minuto*.

Martin tinha marcado de almoçar com Damon.

A recepcionista se voltou para Martin.

— Por favor, sente-se, Sr. Grey. A assistente do Sr. Darrell irá recebê-lo.

Martin arqueou a sobrancelha.

— Obrigado, mas como sabia quem eu era?

Ela sorriu.

— O senhor é famoso por aqui.

A frase da recepcionista foi confirmada em instantes quando Irene, a assistente executiva de Damon, guiou Martin pelos corredores da firma. Rostos curiosos surgiram por entre os cubículos e as portas dos escritórios. Martin percebeu uma pausa perceptível no barulho de teclados enquanto ele passava. Também notou outra coisa. Apesar de alguns rostos brancos, asiáticos e latinos, a maioria dos funcionários de Damon era de pretos.

Irene, uma sósia da Halle Berry trajando um terninho justo, lançou-lhe um olhar divertido.

— Então, como se sente pisando em solo inimigo?

Ele se sentia estranho, Martin pensou. Há algumas semanas provavelmente a maioria dessas pessoas estivera fazendo hora extra para ajudar o chefe a derrotá-lo no tribunal. Agora ali estava ele caminhando entre todos como um general vitorioso.

— Vou tentar desviar das bolinhas de papel — Martin respondeu, arrancando uma risadinha de Irene.

Eles se aproximaram de uma porta de madeira ladeada por duas secretárias. Ambas pausaram para sorrir para Martin e então retornaram ao trabalho. Irene abriu a porta pesada e fez um gesto para Martin ir em frente.

— O Sr. Darrell está aí dentro.

Como Martin esperava, o escritório de Damon era enorme. Paredes de vidro forneciam uma vista incrível do Empire State e do centro de Manhattan. Uma biblioteca jurídica ocupava um canto e o outro lado comportava um saguão espaçoso com um bar completo. Damon estava vestido com o requinte de sempre e deu a volta na mesa cheia de pastas, estendendo a mão.

— Aí está ele. Bem legal, né?

— Sinto que entrei num paraíso executivo.

Damon riu e guiou Martin para dentro. Só então ele percebeu a grande caixa de pizza, pratos e utensílios na mesa de centro.

— Espero que não se importe de comermos aqui — Damon falou. — Tive um imprevisto e só tenho vinte minutos livres, mas não queria cancelar.

Martin garantiu que não havia problema.

Damon abriu a caixa de pizza e grunhiu quando viu que não estava cortada. Foi até sua mesa, pegou um abridor de cartas e o usou para cortar duas fatias. Ele ofereceu uma a Martin e ergueu seu próprio pedaço em um brinde.

— Às Indústrias Autostone.

Martin piscou confuso.

— Por que a Autostone?

— Se não fosse por eles — Damon explicou —, não teríamos nos conhecido.

Os dois brindaram com as fatias e comeram. A pizza era tão boa quanto tudo que Damon tinha oferecido a Martin até então.

— Um dia — Damon disse entre uma mordida e outra — você terá um escritório como esse. Até maior. É sério. Você vai ver. Lembre desse momento.

Martin colocou a pizza sobre o prato.

— Por que está fazendo isso?

— O que estou fazendo?

— Isso. Passando um tempo comigo. Me convidando pra conhecer seus amigos. Está me encurralando pra alguma vingança?

Damon gargalhou.

— Não. É algo bem mais brega.

Martin aguardou enquanto Damon dava mais uma mordida. Finalmente Damon disse:

— Você me faz lembrar de mim.

Martin fez uma careta.

— Falei que era brega, mas é verdade. Antes disso tudo, eu era como você. Cheio de talento, inteligência e mais paixão do que os outros, mas estagnado.

— Eu não diria que estou estagnado.

Damon sorriu.

— Eu sei. A questão é que alguém me mostrou o caminho, e eu quero mostrar pra você. Bem simples. Tudo bem pra você?

Martin observou pelas janelas a cidade agitada. "Esse tipo de coisa realmente acontece?" Era assim que se ia de uma carreira mediana e uma vida mediana para... O quê? Era assim que se chegava ao topo do mundo?

Martin concordou com a cabeça.

— Tudo bem pra mim — ele disse.

— Ótimo. Você pensou a respeito da viagem?

— Sem dúvida.

Damon parou de comer para se concentrar inteiramente em Martin.

— Olha, isso é mais do que uma viagem de rafting. Você sabe disso. Esses homens não fazem esse tipo de convite sem mais nem menos. Essa é uma oportunidade. Um começo. E estarei com você. — Damon deu um tapa no ombro de Martin. — Como uma espécie de irmão mais velho.

Martin observou seu anfitrião terminar a fatia e usar o abridor de cartas para cortar outra. Há algumas semanas, Damon Darrell era só um nome no jornal, um cara alimentando a imprensa com frases de efeito, uma personalidade ilustre. Mas agora, por alguma razão, esse homem era seu amigo e, por mais estranho que parecesse, seu mentor.

— A pizza está esfriando — Damon avisou. — Você está bem?

Martin fez que sim com a cabeça.

— Estou. Só... Não sei o que dizer.

— Isso é fácil — Damon respondeu. — Diga que vai na viagem.

CAPÍTULO 27

— Você vai *aonde*?

Enquanto Martin se encolhia, pensou que talvez tivesse sido melhor esperar até o término do jantar com Glen e Lisa para contar a novidade à Anna. Ele achara que a esposa não faria uma cena na frente dos convidados. Mas a julgar pelo olhar furioso e pela força com que segurava a faca, estava errado.

Glen estava surpreso com a novidade também, mas sua reação foi diferente.

— Puta merda — Glen parou de cortar o bife para olhar para ele. — Isso é algo grande. Quando ia me contar?

— Eles me convidaram durante o pôquer numa noite dessas.

— Mas me dá detalhes. Onde? Quando?

— Daqui a duas semanas. Saímos na quinta, dia vinte e quatro. Voltamos na segunda-feira. Vai ser no Rio Wenatchee. É em Washington, fora da cidade, em algum lugar perto de Seattle. É aonde eles vão sempre. E escuta só: vamos no jatinho do Solomon.

— Boa. Esse é o jeito certo de viajar.

— Pois é, deve ser maneiro.

Anna já tinha ouvido o suficiente. Largou os talheres em um estalo e fuzilou Martin com o olhar.

— Você só pode estar brincando. Lembra da nossa conversa no carro? Nada de viagens irresponsáveis de rafting. Você prometeu.

Martin negou com a cabeça.

— Não, acho que minhas palavras exatas foram "Não estou interessado em ir". Pode me dizer quando usei a palavra "prometo"?

Anna o repreendeu:

— Não faça isso. Você sabe que odeio quando age assim.

Nada deixava Anna mais irritada do que quando Martin bancava o advogado no meio de uma discussão.

— Olha, Anna, sinto muito. De verdade. Sabia que você não ficaria feliz com a viagem, mas isso é mais complicado do que parece. Quando eles me convidaram, eu precisei aceitar. Não tive escolha.

— O que quer dizer com não teve escolha? Bastava responder: "Foi mal. Não vai rolar. Prefiro não colocar minha vida em risco para bancar o machão na selva. Próximo tópico".

Lisa concordou:

— Para mim, parece simples.

Glen balançou a cabeça.

— Não. Não funciona assim. Não com esses homens. Quando poderosos te convidam para uma viagem de golfe, pesca ou para participar de qualquer atividade que demanda boa parte do precioso tempo que eles têm — é aí que eles estão prontos pra falar de negócios.

— Exatamente — Martin disse para Anna. — Pense nisso como uma viagem de negócios.

— Não tenho problema com uma viagem de golfe. Agora essa ideia de rafting... Não sei. Martin, é muito arriscado.

— Qual é, o Solomon tem quase setenta anos e Tobias pesa cento e vinte quilos. O quão arriscado pode ser?

— Não sou casada com eles. Sou sua esposa. E você tem que envelhecer ao meu lado. Esse é o seu dever.

Martin esticou o braço sobre a mesa e segurou a mão de Anna.

— São só quatro dias. Vou ficar um pouco molhado e estar de volta antes que você perceba.

— Só me promete que você não vai acabar morto.

Martin levantou a mão direita.

— Prometo que não vou acabar morto. E Glen e Lisa estão aqui de testemunhas, então a promessa tem validade legal. Não posso quebrá-la.

As palavras de Anna tinham um tom divertido, mas seus olhos ainda demonstravam inquietação:

— É melhor mesmo.

Então ela se levantou e começou a retirar a mesa com a ajuda de Lisa, em seguida indo até a cozinha buscar a sobremesa.

Martin se dirigiu a Glen:

— Espero que consiga segurar o tranco por alguns dias. Quando eu voltar, pode tirar uns dias de folga.

— Sócio, tenho uma ideia ainda melhor. Por que não pergunta para o Damon se eu posso ir junto? Tenho certeza de que tem espaço pra mais um no meio do mato.

Martin sentiu como se um buraco se abrisse em seu estômago. Aquela era a pergunta que ele temia ouvir. Glen amava tudo relacionado ao ar livre: acampar, pescar, andar a cavalo, até tiro esportivo. Quando estavam na Universidade de Nova Iorque, Glen quase convenceu Martin a entrar em um clube de escalada até que percebera que não era escalar em uma academia, e sim escalar em pedras reais. Pedras grandes. Martin sabia que no instante em que Glen soubesse sobre a viagem, ouviria o chamado da natureza selvagem. Ele pensou em mentir. Podia dizer que o bote só conseguia comportar seis homens por causa de todo o equipamento ou que o jatinho de Solomon já estava cheio. Mas Martin não se sentia bem mentindo para o sócio.

— Estava morrendo de vontade de fazer algo assim — Glen continuou enquanto acabava de beber o vinho — e é a chance perfeita pra eles me conhecerem melhor. O que acha?

— Honestamente, não acho uma boa ideia.

— Por que não?

Martin franziu a testa.

— Qual é, Glen. Realmente precisa que eu desenhe? Você não ia se encaixar.

— Eu não ia me encaixar? Que porra isso significa?

— Você sabe bem o que significa. Se vamos fazer negócios com esses homens, todos precisam entender o posicionamento deles. Desculpa, cara.

Várias emoções disputaram espaço no rosto de Glen, mas antes que outra palavra pudesse ser dita, Anna e Lisa retornaram da cozinha com o café e a sobremesa.

Glen jogou a mão para o alto chamando a atenção.

— Escutem essa merda. Martin acabou de me dizer que não sou bem-vindo para viajar com eles porque sou branco.

Anna e Lisa olharam para Martin.

— Isso é verdade? — Anna perguntou.

Martin revirou os olhos.

— Ah, qual é. Não fiquem tão surpresos. Esses são homens pretos extremamente bem-sucedidos. A palavra-chave é ser *preto*. É isso que faz deles únicos. Esse é o elo que compartilham. — Martin se voltou a Glen. — Não é que eles não gostem de você nem nada disso. É só que esse grupo é diferente. É uma coisa de pretos.

Glen riu.

— É uma coisa de pretos? Você está falando sério?

— É. É uma coisa de *pretos*. Não sei que outro nome posso dar.

— Que nome daria se um grupo de amigos meus não te quisessem por perto porque você é preto?

— Isso é totalmente diferente.

— É mesmo? Por quê?

— É diferente por causa da História. O que não falta são clubes de brancos ricos, acredite. Por favor, Glen, você provavelmente sabe até mais do que eu porque é diferente. Você só está ofendido porque não pode dar uma volta no jatinho do Solomon.

Glen não disse nada por um momento. Então concordou com a cabeça.

— Martin, você está certo. É diferente. Não posso discordar. — Ele se levantou e olhou para Lisa. — É melhor irmos.

— Quer parar de ser tão dramático? — Martin pediu. — Tenta lembrar de porque estou fazendo isso. Por nós. Pelo escritório. Acha mesmo que eu quero ir numa viagem de rafting estúpida?

— Tranquilo, Martin. Tudo uma maravilha. Só não estou a fim de ficar aqui pra comer bolo com você. E não se preocupe com o escritório. Enquanto estiver lá no mato estreitando laços com seus irmãos, vou cuidar dos negócios. Sem problemas, sócio.

No mesmo instante em que Anna fechou a porta depois do casal sair, ela virou em direção ao marido, balançando a cabeça.

— Ele não é só seu sócio, Martin. É seu melhor amigo.

— Vai ficar tudo bem — Martin disse, cortando um pedaço de bolo. — Ele já entendeu. Você ouviu.

— *Eu* o ouvi em alto e bom tom. E se você acha que ele está bem com essa situação, então foi você que não o ouviu.

CAPÍTULO 28

Após fazer a ronda da manhã e distribuir medicamentos, Anna decidiu sentar por alguns minutos na sala das enfermeiras. Maxine, a secretária da unidade, tinha se afastado da mesa, então o computador estava desocupado.

Anna encarou o monitor mostrando a proteção de tela com a logo do Centro Médico Elmhurst.

O que está esperando? Anna pensou. *Foi para isso que esperou Maxine sair, não foi?*

Anna não queria fazer isso; na verdade, estava orgulhosa de si mesma por ter resistido nas últimas duas semanas. Mas aquele dia era diferente. Era o dia anterior à viagem de Martin e ela não conseguia mais se conter.

— Foda-se.

Anna se sentou na cadeira de Maxine e apertou F9 no teclado, passando direto pelo banco de dados dos pacientes em busca do que queria. Em seguida clicou no ícone do Google e aguardou até a página de pesquisa carregar.

Depois de jogar a bomba sobre a viagem, Martin tinha mostrado para ela alguns vídeos no YouTube de pessoas fazendo rafting em rios de classe III, como o rio que ele e sua "turma" desbravariam. Para Anna, praticar rafting em um rio devia ser como a sequência inicial do programa *O Elo Perdido* que passava aos sábados de manhã. Aquela em que Rick, Will e Holly se aventuraram em uma cachoeira durante a expedição. As outras imagens na mente de Anna não eram muito diferentes. Pessoas com capacetes em pequenos botes amarelos, à mercê de um rio impetuoso, sendo jogadas contra as pedras. Mas os vídeos que Martin apresentou não eram daquele jeito, mostravam turistas eufóricos navegando por rios tranquilos.

Havia dezenas de vídeos como aqueles no YouTube e isso amenizou um pouco o medo de Anna, mas não por completo. Porque tinha uma coisa que Martin não havia mostrado. Os acidentes. Todos os vídeos mostravam diversão e céu azul, mas e os acidentes? Anna era sensata e sabia que tudo envolvia risco. As pessoas morriam em suas próprias banheiras, caramba. Mas algumas atividades eram mais perigosas do que outras e ela queria entender o exato nível de risco que aquela envolvia. Praticar rafting em um rio de classe III parecia muito divertido no YouTube — mas quantas vezes a diversão acabava em morte?

A janela de pesquisa aguardava a pergunta de Anna. Ela digitou "acidentes de rafting em rios de classe III", em seguida clicou nos resultados. Matérias e mais matérias sobre acidentes. O que surpreendeu Anna foi que somente uma matéria relatava morte e datava de cinco anos antes. A maioria dos acidentes envolvia botes virando e não era grave. Anna sentiu a tensão deixando seu corpo, como um nó afrouxando. Talvez ela estivesse exagerando, deixando um programa bobo de televisão influenciá-la a ponto de agir de modo irracional. Só para ter certeza, Anna decidiu modificar a busca. Pergunte logo o que quer e acabe com isso.

Ela digitou "estatísticas de mortes durante rafting em rios". Decidiu não incluir o termo "classe III" porque queria encontrar mais resultados e considerou que a estatística separaria automaticamente os acidentes por tipos de rios.

Anna respirou fundo e apertou "pesquisar". Mais dezenas de links. A maioria era de artigos apontando o rafting em rios como seguro. Analisou alguns e descobriu, para o seu alívio, que a maioria das mortes causadas pela atividade acontecia em rios de classe V e superiores, ou então por um fator não relacionado como problemas de coração, por exemplo.

Anna já abria um sorriso, satisfeita. Mas quando ia fechar o navegador, percebeu algo que a fez parar. Uma matéria sobre outro acidente de rafting. Mas aquela era diferente porque mencionava um nome que conhecia.

Anna clicou no link e uma nova página foi aberta. Um artigo do *New York Times* de três anos antes. Ela começou a ler e logo foi tomada pelo choque.

— Não posso... Acreditar.

Com cada frase que lia, o pânico crescia dentro dela — junto com outra sensação. O café da manhã. Sentindo a onda de enjoo, ela colocou a mão sobre a boca.

— Anna, você está bem? — Era Maxine, retornando à mesa.

Anna desviou da colega de trabalho e correu pelo corredor em direção ao banheiro, uma mão sobre a boca e a outra pressionando a barriga.

CAPÍTULO 29

Martin olhou pela janela da sala e estranhou ao ver a entrada de carros ainda vazia. Ele não esperava que Damon já tivesse chegado porque tinham combinado às 8h e ainda eram 7h47, mas estava ansioso e queria colocar logo o time na estrada.

Tinha feito hora extra no escritório para adiantar o trabalho e, por isso, as duas semanas passaram num piscar de olhos. Por causa do horário apertado, Martin e Damon se encontraram apenas uma vez para almoçar nesse meio tempo. Martin tentara sondar Damon a respeito da viagem, mas, estranhamente, ele não parecia muito disposto a falar sobre o tema. Em vez disso, fizera o que amava: relatar histórias de guerra. Contava a Martin em primeira mão sobre suas batalhas lendárias no tribunal. Martin se lembrava das manchetes, é óbvio, e amava cada detalhe, mas teria preferido falar sobre a viagem. Até mesmo quando Martin pedira por uma lista de equipamentos que precisaria, Damon desconversara.

— Tudo o que precisa será providenciado — o outro advogado tinha dito, então mudara de assunto.

Apesar disso, Martin passara uma tarde de sábado comprando itens dos quais pudesse precisar. Comprara botas de trilha, jeans, uma jaqueta à prova d'água e uma mochila. Tinha considerado colocar as despesas na conta da firma, mas não tinha certeza se Glen concordaria. Considerando o clima ruim no escritório nos últimos tempos, decidira bancar ele mesmo.

Ontem antes de se deitar, Martin, transbordando de ansiedade, tinha arrumado tudo para a viagem. Agora, assim como ele, sua mochila aguardava ao lado da porta pela hora de sair.

Martin checou o relógio: 7h54, estranhou novamente a entrada vazia. Então se lembrou de algo. *Cadê a Anna? Ela não sabe que está quase na hora?*

Martin sabia que Anna não estava radiante com a viagem, mas certamente não deixaria que ele saísse sem lhe dar um beijo de despedida. Não é? De início os vídeos de rafting no YouTube pareceram ajudar. Ela estivera tranquila nas últimas duas semanas. Seus medos tinham cessado. Mas ontem à noite algo estava estranho. Anna estava silenciosa e nervosa, enquanto Martin arrumava a mala. Ela tinha deixado o hospital mais cedo porque estava se sentindo mal, mas Martin teve a impressão de que sua aparente dor de estômago não era a causa do humor azedo. Martin perguntara várias vezes se ela estava bem e Anna sempre sorria, dizendo que sim. Não tinha acreditado, mas não fazia sentido insistir. Ele não descreveria sua esposa como um poço de delicadeza. Se algo estivesse errado, cedo ou tarde ela compartilharia.

O barulho repentino de três buzinadas de um carro prometia acordar o bairro inteiro. Martin viu o Range Rover preto e cintilante estacionar em frente à casa. Damon vestia um casaco corta-vento e acenou de dentro do carro. Martin acenou de volta, gesticulando que já sairia. "Mas onde está Anna?" Ao se virar para chamar a esposa, deparou-se com Anna parada bem atrás dele. O seu semblante mostrava um misto de hesitação e culpa.

— O que houve? — Martin perguntou.

Anna suspirou.

— Não sabia o que fazer. Fiquei acordada metade da noite pensando nisso.

— Pensando no quê?

— Sei o quanto essa viagem é importante pra você, eu sei. Então não queria dizer nada, mas se eu não disser e acontecer alguma coisa...

— Anna, do que está falando?

Anna ergueu um pedaço de papel. Era o artigo de um jornal.

— Achei isso na internet ontem. Você devia ler.

A buzina de Damon incentivou novamente que Martin se apressasse.

— Escuta, não posso ler na volta?

— Não, você tem que ler agora. Antes de ir. Por favor.

Martin franziu a testa e segurou o papel. Viu a foto de um homem preto de meia-idade abaixo do título "Escritor morre em trágico acidente".

Martin suspirou e tentou entregar o papel de volta.

— Anna, qual é, achei que já tínhamos passado desse ponto.

Anna cruzou os braços.

— Só lê, Martin.

Martin suspirou mais uma vez, sabendo que nem ferrando a esposa deixaria que ele saísse antes de ler. Fim de papo.

O artigo era sobre um autor chamado Donald Jackson, o homem da foto, que praticava rafting em um rio em Wenatchee, Washington, com alguns amigos e se afogara quando o bote tinha virado. Agora podia ver por que Anna estava nervosa. A coincidência era mesmo perturbadora. Quantos homens pretos saíam para fazer rafting em rios em Wenatchee? Mas era só uma simples coincidência.

Martin tentou explicar isso, mas a esposa não queria saber. O que Anna disse a seguir o fez pausar.

— São eles, Martin. Damon e os amigos levaram esse homem em uma dessas viagens irresponsáveis e ele morreu.

— Você não pode estar falando sério.

— Cinco amigos. Não parece a mesma situação?

— Aqui diz que era um rio de classe VI.

— Talvez eles tenham se perdido. Talvez eles estejam mentindo pra você. Quem sabe?

Martin balançou a cabeça.

— Anna. Só porque esse cara é preto—

— Esse cara? Vai me dizer que nunca ouviu falar no Donald Jackson?

O nome soava familiar, sim, mas Martin não conseguia lembrar o porquê. Balançou a cabeça de novo.

— Donald Jackson escreveu um grande best-seller há uns quatro anos. E ganhou fama porque foi seu primeiro livro. Iam adaptar para um filme e tudo o mais.

— Tá bom, lembro vagamente. E daí?

— Não acha que Donald Jackson parece exatamente o tipo de pessoa que Damon e seus amigos ricos iriam querer no grupinho? Jovem, preto e em ascensão. Parece familiar?

Bi, bi, bi! A buzina já soava impaciente.

— Anna, pensa no que está dizendo. Damon, Solomon, Tobias — todos são famosos. Gigantes da indústria. Se um deles se envolvesse em um acidente, seria manchete nacional. Porra, manchete internacional. — Martin ergueu o artigo. — Você viu o nome de algum deles aqui?

— Não. Na verdade, nem um "amigo" de Donald Jackson é mencionado. Não acha isso estranho?

Martin analisou o artigo. Ela estava certa. O único nome mencionado na matéria inteira era o da vítima. Nem um dos "cinco amigos" aparecia em lugar algum.

— Lógico que — Anna continuou — às vezes os jornais não colocam o nome da vítima de um acidente pra preservar a família. Mas por que esconder os nomes dos sobreviventes? Nunca vi isso. Por que fariam isso a menos que as identidades dos sobreviventes precisassem ser protegidas?

Martin observava o papel. Tentou lembrar se nas fotografias na sala de Damon, aparecia o rosto sorridente de Donald Jackson em algum lugar. Não. Apenas Damon, Tobias, Kwame, Solomon e Carver estavam naquelas fotos. Daquilo tinha certeza.

Martin negou com a cabeça.

— Não. Não acredito nisso. Tudo o que disse é no máximo circunstancial. Não tem como essa história ter a ver com eles.

O som prolongado da buzina soou da entrada seguido pela voz de Damon:

— Martin, vambora! Temos um jatinho pra pegar!

Anna disse a Martin:

— Espero que esteja certo. De verdade. Mas antes de ir a qualquer lugar com aquele homem, quero que pergunte a ele.

CAPÍTULO 30

Parado no meio da sala de estar, Damon Darrell lia o artigo impresso. Martin procurou por algum vestígio de familiaridade ou inquietação no rosto de Damon, mas o advogado superstar não demonstrou nada. Somente quando terminou de ler, franziu a testa e amassou o documento em seu punho até formar uma bolinha de papel.

Martin e Anna se entreolharam. Aquela era uma expressão de culpa, indignação ou só decepção?

— Me desculpa — Martin disse. — Mas Anna encontrou isso e—

Damon interrompeu levantando um dedo.

— Me dá um segundo. — Ele retirou seu iPhone do bolso, digitou uma mensagem e o guardou novamente. — Só queria avisar o Solomon que vamos nos atrasar. Vou precisar de alguns minutos pra explicar o que realmente aconteceu.

Martin e Anna observaram em ansiedade enquanto Damon se sentava em uma das poltronas e cruzava as pernas.

— Então, eu estava certa? — Anna perguntou. — Donald Jackson... Ele era parte do seu grupo?

Damon apontou para o sofá como se fosse o anfitrião e aquela fosse a sua sala.

— Por favor, sentem. Esse não é um assunto fácil...

Anna hesitou, então Martin a incentivou a se sentar. Damon começou a se desculpar em nome de todos por não terem avisado a Martin sobre o acidente antes. Eles não tentaram enganar Martin, só era muito difícil para eles conversarem sobre a forma como Donald tinha morrido.

Anna encarou Damon.

— Vocês mentiram pra ele sobre a segurança dessas viagens... Assim como mentiram para o Martin?

Damon balançou a cabeça.

— Nunca mentimos, nem para o Donald nem para o seu marido.

— Só rios de classe III — Martin repetiu com frieza. — Foi isso que vocês disseram. Donald Jackson morreu em um rio de classe VI.

— Donald Jackson nunca esteve em um rio de classe VI — Damon confessou. — Inventamos tudo aquilo sobre o bote virar. Isso nunca aconteceu.

— O quê? — Anna questionou.

Martin trincou o maxilar.

— Damon, que porra tá acontecendo?

Damon suspirou.

— Donald tinha a "doença da fama súbita". A trindade profana: drogas, apostas e mulheres. Mas, pior do que isso, ele não conseguia escrever. Estava tentando escrever a sequência do livro naquele ano e não saía nada. Ouvir comentários maldosos sobre ele ter tido sorte de principiante e as contas se acumulando foram demais. Foi por isso que fez o que fez.

Martin ouviu as palavras com atenção.

— Está dizendo que ele se afogou de propósito?

Damon negou com a cabeça.

— Não. Estou dizendo que enquanto dormíamos na barraca, Donald Jackson saiu no meio da noite, escalou até o topo de uma cachoeira de noventa metros e se jogou de lá de cima.

— Meu Deus! — Anna prendeu a respiração. — Isso é horrível.

— Donald tinha mesmo uma puta paixão pelo drama. Acho que é por isso que escrevia bem.

Anna se dirigiu a Martin:

— Me lembro de ler sobre a dificuldade dele pra escrever o segundo livro. Mas, honestamente, não sabia que estava morto até ver a matéria.

— Graças à nossa considerável influência — Damon continuou —, a história foi enterrada quase que por completo. O que saiu foi a nossa versão.

Martin balançou a cabeça em choque. Para acobertar a morte de uma celebridade, até mesmo alguém não tão famoso como Donald Jackson, era preciso mexer muitos pauzinhos e pedir uma boa quantidade de favores.

— Isso significa que vocês tiveram que mentir pra polícia e pra impressa — Martin falou. — Fizeram isso pra proteger a reputação dele?

Damon balançou a cabeça em tristeza.

— Não, não podíamos fazer nada pra ajudar a reputação do garoto.

— Então por quê?

Damon fez uma pausa para deixar explícita a importância do que estava prestes a revelar.

— É simples. Se Donald tivesse feito algo irresponsável como se jogar de uma cachoeira, isso seria classificado como suicídio, e seu seguro de vida seria invalidado. Mas já que ele morreu em um acidente trágico de rafting, sua esposa e seus filhos receberam um cheque de US$ 2,5 milhões, livre de impostos, em apenas uma semana. Eu cuidei de tudo para a Sra. Jackson, sem cobrar nada, é lógico. — Damon se reclinou na poltrona. — Fizemos o que fizemos pra ajudar um amigo. Espero que vocês dois consigam entender e, o mais importante... Consigam guardar o segredo da família — Damon disse essas últimas palavras olhando diretamente para Martin.

— Lógico. — Martin concordou com a cabeça depois de uma breve hesitação. Ele olhou para Anna e ela concordou também. A palavra "família" saiu tão naturalmente dos lábios de Damon que ele podia ver que Anna tinha aprovado. Era aquilo que eles estavam se tornando de certo modo, Martin pensara. Uma família. E nas famílias, um cuida do outro.

— O que vocês fizeram pelo Donald — Anna falou —, foi incrível.

— Estou feliz que resolvemos isso — Damon respondeu. — Tudo o que disse pro Martin sobre as nossas viagens é verdade. Segurança em primeiro lugar. Palavra de escoteiro. — Damon fez o gesto característico dos escoteiros e piscou para ela.

Anna sorriu envergonhada.

— Eu me sinto tão tola. Estava tão preocupada com o Martin que—

— Anna, por favor. Pare com isso. É culpa minha por não ter contado isso pro Martin antes. — Damon se levantou e abriu os braços. — Amigos?

Martin observou Damon abraçar a sua esposa bem ali na sala. Há três meses, quando estava duelando com Damon Darrell num tribunal, jamais imaginaria que aquela cena seria possível.

Damon deu um tapa no braço de Martin.

— Dá um beijo na sua garota e se apressa. Carver vai ter um ataque. — Damon pegou a mochila de Martin e saiu.

— Ops — Anna disse a Martin com um sorriso sem graça.

— Alguém vai levar umas palmadas quando eu voltar — Martin provocou.

— Continua falando assim e nem vou deixar você ir.

Martin puxou a esposa para os braços e a beijou. Quando caminhava para a porta, Anna disse:

— Martin, espera.

Ele parou e olhou para trás.

— Isso não significa que você pode esquecer sua promessa.

— Nunca — ele garantiu. Então saiu pela porta.

CAPÍTULO 31

O jatinho executivo Gulfstream G200 arranhava o céu azul a oitocentos e oitenta e cinco quilômetros por hora e quase dez mil metros do chão. Abaixo dele nuvens iluminadas pelo sol se espalhavam como um campo suspenso de algodão.

Pela janela, Martin observava abismado a vista enquanto se acomodava em uma poltrona de couro aconchegante e desfrutava de uma vodca tônica Stoli. Nunca tinha viajado em um jato particular antes, então só podia comparar a experiência com aquelas que assistira em filmes. Lógico que Martin esperara por luxo e conforto, e o saguão com suas paredes de madeira e área para coquetéis os entregava perfeitamente. O que ele não tinha previsto era a sensação indescritível de velocidade. A vibração constante das turbinas e as pequenas turbulências faziam com que Martin sentisse cruzar a atmosfera superior na velocidade da luz.

Se os outros homens a bordo perceberam que estavam viajando a três quartos da velocidade do som, certamente não demonstraram. Damon e Tobias estavam no sofá perto do bar, bebendo cerveja e falando sobre *Fantasy football*. Solomon e Kwame se acomodavam nos assentos que posicionaram um de frente para o outro, jogando xadrez. Carver se sentava do outro lado do corredor, resmungando em um dos telefones disponíveis ao lado de cada poltrona. Era a primeira vez que Martin os via trajando roupas casuais. Jeans e calças cáqui, camisas e suéteres, botas de trilha. Sem os ternos de alfaiataria, Martin pensou que eles pareciam menores, do mesmo jeito que um cavaleiro pareceria pequeno sem a armadura.

Martin adorava andar de avião e toda oportunidade que tinha, reservava um voo com antecedência para garantir um assento na janela. Com que frequência alguém podia ver o mundo sob essa perspectiva? Ele nunca tinha entendido pessoas que reservavam poltronas na janela e mantinham o vidro coberto por toda a viagem. Não espiavam nenhuma vez. Quem eram essas pessoas? Será que suas vidas eram tão interessantes e cheias de beleza que observar o sol brincar de esconde-esconde com as nuvens bem diante da janela nem se comparava? Martin almejava o mesmo nível de sucesso e poder que seus novos amigos possuíam. Ele só esperava que quando alcançasse esse patamar, não perdesse a sua capacidade de se impressionar com esse tipo de coisa.

Neste momento, percebeu algo estranho fora da janela. Era o sol, brilhando do lado direito da asa da nave, quase na frente do jato. Martin observou o astro, confuso. Não era piloto, mas, pelos seus cálculos, o sol estava no lugar errado.

O jato tinha decolado um pouco depois das dez horas no aeroporto de Teterboro, em Nova Jérsei. Destino: Seattle, Washington. Estimava-se que a viagem duraria cinco horas e meia, já tinham se passado duas. Pela lógica, o sol devia estar à esquerda deles, já que seguiam na direção Oeste. Então, Martin se perguntou, como o sol estava no lado direito do avião?

Martin pressionou a testa contra o vidro da janela para tentar ver lá embaixo. Queria analisar a área que sobrevoavam, mas as nuvens eram densas e impediam a visão do território. Mesmo se pudesse ver a área, como aquilo explicaria o mistério? Não era como se os limites geográficos estivessem delimitados com nomes de estados, cidades e municípios como num mapa.

— Qual o problema? — perguntou uma voz por trás dele.

Martin se virou e viu Carver o observando. Tinha terminado de gritar ao telefone e virara a poltrona para ficar de frente para Martin.

— Viu um duende pendurado na asa ou algo do tipo?

— Não. Na verdade, estava me questionando sobre o sol.

— Está quente pra caramba. O que mais quer saber?

— Se estamos indo para o Oeste, o Sol não devia estar à nossa esquerda?

— Você é piloto, Grey?

— Não.

— Um navegador?

— Não.

— Então como pode definir qualquer merda só de olhar pela janelinha?

Martin não gostava de Carver Lewis. Ele se lembrava de sentir um desgosto instantâneo no momento em que conhecera o jovem magnata. Três meses depois, Martin gostava ainda menos dele. Também tinha certeza de que o sentimento era recíproco. Carver aproveitava qualquer oportunidade para ridicularizá-lo ou diminuí-lo na frente dos outros homens. De início, Martin pensara que aquele comportamento derivava do medo de Carver de perder a posição no grupo para ele, mas depois de passar um bom tempo com o Sr. Lewis, notara a desconfortável verdade: Carver era um genuíno babaca de primeira. Simples assim. E Martin sabia que havia uma regra na hora de lidar com um babaca. Se você permitisse que ele cagasse em você, ele continuaria cagando. Afinal, é isso que babacas fazem. Martin decidiu que não ia aguentar nenhuma palhaçada de Carver nessa viagem. Nenhuma.

— Só estou dizendo que — Martin respondeu balançando os ombros — o Oeste é um só e qualquer um que enxergue pode ver que não estamos indo na direção Oeste. — Martin encostou na poltrona para Carver conseguir observar pela sua janela. — Vá lá. Dá uma olhada.

O sorriso de Carver desapareceu. Parecia incerto se tinha sido ofendido ou não. Ele deu um sorriso depois de um momento e se virou em direção aos outros.

— Galera, escuta só. É uma emergência. O Martin acha que o Sol está no lugar errado.

Damon, Solomon, Kwame e Tobias riram.

— Vá — Carver incentivou. — Conte pra eles.

Martin contou.

— A julgar pelo Sol, não parece que estamos indo na direção Oeste.

— Então acha que estamos indo pra onde? — Carver rebateu, falando mais com os outros do que com Martin. — Pra Terra do Nunca?

Os homens continuaram a rir. Solomon se levantou, caminhou pelo corredor e se inclinou sobre a poltrona de Martin para olhar lá fora.

Ele fez uma cara surpresa.

— Ah, você está certo — ele confirmou. — O sol devia estar na esquerda. Provavelmente vamos corrigir a rota logo. A Administração Federal de Aviação aprova todos os planos de voo. Naves particulares quase nunca conseguem uma rota direta.

Martin concordou com a cabeça, apesar de ainda estar incerto.

— Até então só voei em companhias comerciais — explicou.

Solomon deu um tapa no ombro de Martin.

— Meu piloto é um dos melhores no mundo. Não precisa se preocupar.

Para Martin, o sorrisinho no rosto de Carver era como sentir a dor da broca de um dentista.

— Não estava preocupado — Martin assegurou Solomon. — Só curioso.

Solomon se voltou aos outros.

— Acho que devíamos brindar a primeira vez do Martin num jato particular.

— Não, não é necessário — Martin assegurou, mas Solomon e os outros insistiram.

Solomon se dirigiu a Damon.

— Aquela boa — ele pediu.

Damon concordou com a cabeça, então foi para trás do bar e retirou uma jarra decanter de cristal de dentro do armário superior. Nela havia um líquido cristalino como água. Damon preparou seis doses e as entregou a cada homem. Martin se surpreendeu ao ver Kwame aceitar uma.

Kwame balançou os ombros quando viu que Martin o observava.

— Não é todo dia que podemos beber a tequila mais cara do mundo.

Damon enfim entregou a Martin a dose.

— O nome é Porfidio. É deliciosa, mas bem forte.

— É, cuidado — Carver disse com uma falsa preocupação. — Talvez seja melhor beber de golinho em golinho.

— Porra nenhuma! Tem que virar. É o único jeito de beber — Tobias instigou.

Solomon, ainda de pé, ergueu seu copo. Os outros se levantaram e se juntaram a ele.

— À primeira viagem de Martin. Que venham muitas outras no futuro.

Os homens brindaram os copos e viraram a bebida.

— *Uuuuuh!* — Tobias gritou. — Essa sim é das boas!

Os outros exclamaram coisas parecidas quando os quarenta por cento de álcool da bebida desceu na garganta.

Martin fez uma careta e soltou um som gutural que nunca ouvira de si mesmo antes, antes de sentir o líquido flamejante descer pelo esôfago, causando a sensação de lava queimando o peito.

Damon riu e bateu no ombro de Martin.

— Você aguentou firme. Tá tudo bem?

— Ótimo — Martin respondeu com a voz rouca.

— Acho que ele precisa de mais uma — Carver disse.

— Com certeza — Tobias concordou. — Mais uma.

Martin teve dificuldade até de dizer a palavra "não". Ele recusou com a mão e caiu de novo na poltrona.

— Já chega — Damon disse para Carver e para os outros. — Parece que ele já bebeu o suficiente.

Martin ouviu a risadinha dos homens, mas, estranhamente, elas pareciam bem distantes. Ele sentiu a cabeça rodar e estranhou que uma única dose tivesse um efeito tão rápido e potente. Eles disseram que era forte, mas... Olhou pela janela para o sol de novo. Dessa vez os olhos de fogo pareciam olhar de volta — e pareceram piscar e pulsar se tornando cada vez menores. Era como se alguém estivesse usando uma cortina para bloquear a luminosidade da lâmpada de milhões de watts no céu. Antes de desmaiar, Martin se virou na cadeira e tentou dizer algo. Queria contar a eles que estava se sentindo mal... Mas tinham muitos rostos olhando para ele. Muitos olhos. E aí tudo ficou escuro.

CAPÍTULO 32

— Martin! Martin, acorda!

Martin se esforçou para abrir os olhos pesados e piscou para uma figura embaçada. Sua visão começou a ficar mais nítida como uma névoa indo embora. A figura era Damon. Sacudindo-o.

— Acorda. Chegamos.

— Quê?

Martin percebeu o silêncio. A vibração constante tinha desaparecido. O jato não estava se movendo. Martin deu um sobressalto. Os assentos estavam vazios. Ele e Damon eram os únicos ali.

Damon sorriu.

— Aterrissamos há dez minutos. Você é mesmo fraco pra bebida, hein?

Martin esfregou os olhos em uma tentativa de acordar. Não acreditava que um drinque tinha o derrubado por — quanto tempo? Mais de três horas? E por que ele se sentia tão estranho? Tinha recuperado os sentidos, mas ainda estava confuso. Parecia com a sensação que teve depois da codeína que tomara quando tinha arrancado os sisos. Depois de três horas de sono, ele ainda conseguia estar bêbado por causa de um drinque?

— Cadê todo mundo? — Martin perguntou ao se virar para a janela.

Alguém tinha baixado a cortininha.

— Lá fora esperando a gente — Damon respondeu.

Martin levantou a cortina. O que ele esperava ver era um pequeno aeroporto com uma modesta torre de controle. Talvez alguns aviões pequenos estacionados em frente a um único hangar. Uma biruta solitária se movendo com o vento. Mas o que viu foi um conjunto de árvores. Só árvores. Uma extensão infinita das maiores árvores que já vira na vida, separadas da pista por uma cerca de arame que cobria toda a extensão. Martin olhou para as janelas do outro lado do corredor. Só enxergou mais árvores.

Ele se virou para Damon.

— Não parece mesmo com Seattle.

— Na verdade, estamos a duzentos e quarenta quilômetros ao Leste de Seattle.

— Qual aeroporto?

Damon balançou a cabeça.

— Não é um aeroporto. É uma pista de pouso particular que só recebe um jatinho... E você está nele.

— Está dizendo que o Solomon tem uma pista de pouso própria?

Damon sorriu como se guardasse um segredo.

— Não exatamente. — Ele ignorou a expressão de Martin. — Olha, temos uma longa viagem pela frente. Última chance de usar o banheiro. Estamos prontos pra ir.

CAPÍTULO 33

A pista particular de pouso se estendia por quase dois mil metros em meio a uma floresta densa de quatrocentos e oitenta metros quadrados. Como uma cicatriz na superfície da Terra. Luzes para pouso marcavam ambos os lados da pista e lâmpadas de halogêneo ladeavam a cerca. Duas estruturas de aço estavam posicionadas ao fim da pista. Uma delas era grande o suficiente para comportar dois Land Rover Defenders bege no estilo safári e a outra era uma pequena guarita de segurança. O jatinho com um tanque de nove mil galões estava a noventa metros das estruturas.

Ao descer as escadas do jatinho, Martin observou o cenário e não pôde evitar se impressionar com a aparente organização. Quanto devia custar construir uma pista de pouso ali no meio de uma floresta? Quanto devia custar mantê-la operando vinte e quatro horas com dois seguranças? E de onde vieram esses seguranças? Martin não tinha certeza, mas vendo mato em todas as direções, pensou que dificilmente os guardas iam e vinham de casa.

Dois guardas pretos, jovens e musculosos, estavam na frente do jato conversando com Solomon. Os dois usavam calça cáqui, jaquetas camufladas e botas de trilha. Apesar dos coldres nos quadris, pareciam bem amigáveis. Mas por que as armas de fogo? O que aqueles rejeitados do UFC estavam protegendo? Ursos? Até onde Martin sabia, combustível e mel não tinham o mesmo gosto. Talvez por causa de invasores? Com certeza traficantes de drogas matariam por um lugar isolado como aquele.

— Olha ele aí! — Tobias gritou para Martin. — Você vem ou não?

Eles aguardavam ao lado de um dos Land Rover perto da cauda da aeronave. A outra picape ainda estava dentro da garagem. Os veículos 4x4 estavam equipados com suspensões altas, grandes pneus para estrada de terra e um sistema elevado de entrada de ar para trajetos dentro da água, evitando atolamentos.

A mala da Land Rover estava aberta e quando Martin se aproximou para se juntar a eles, percebeu sua mochila lá dentro com as outras malas e o equipamento de rafting.

— Dormiu bem? — Tobias perguntou.

— Dormir? — Martin riu. — Parece que eu fui drogado.

Martin esfregou os olhos mais uma vez. Quando levantou a cabeça, percebeu os homens se entreolhando de modo estranho. Eles pareciam achar graça de algo, mas havia alguma outra coisa nos semblantes que ele ainda estava muito confuso para conseguir identificar.

— Olha, Grey. Você vai precisar ser mais forte pra bebida se quiser andar com os grandões — Carver falou.

Kwame retirou um saquinho do bolso de seu casaco e de dentro dele, um pequeno galho que ofereceu a Martin.

— Mastiga isso. Vai fazer você se sentir melhor.

Martin observou o galho. Tinha mais ou menos cinco centímetros e as pontas estavam cortadas meticulosamente.

— O que é isso?

— Bastão de mascar. É africano. — Como demonstração, Kwame pegou outro bastão e colocou entre os dentes. — É bem relaxante. Experimenta.

Martin deu de ombros e colocou o bastão na boca. Ele mastigou e sentiu o sabor de menta em seu paladar. Era relaxante como Kwame dissera.

— Bom, né?

Kwame ofereceu o bastão para os outros. Tobias e Damon aceitaram, mas Carver grunhiu e recusou.

— Você sabe que não gosto dessas merdas vodus.

Martin olhou para a montanha ao longe, visível por cima dos topos das árvores. A vista era inacreditável.

— Parece que alguém passou tempo demais preso na cidade — Damon disse a ele.

Martin concordou com a cabeça.

— É muito lindo.

— Meu amigo, você ainda não viu nada.

— Nada mesmo — Solomon completou, aproximando-se de Martin. — Porra, filho, isso é só uma pista de concreto e uma cerca velha. Espera só até ver o que tem lá fora. O que me lembra que... — O velho bilionário olhou para os outros. — Por que diabos ainda estamos aqui?

— Andando! — Tobias comandou como um sargento do exército.

Ele fechou a mala do carro e se dirigiu para o banco do motorista. Solomon e Carver foram para a frente junto com Tobias. Damon, Kwame e Martin ocuparam os bancos do meio.

Martin observou os dois guardas correrem até a cerca e destrancarem o cadeado pesado. As dobradiças de metal rangeram quando os portões foram abertos. Em frente a eles, uma estrada de terra se estendia em direção à floresta fechada.

— Qual a distância até o rio? — Martin perguntou para ninguém em particular.

— Só alguns quilômetros — Damon respondeu. — Mas temos que ir devagar. A estrada não é das melhores.

Tobias ligou a ignição e pisou no acelerador. O Land Rover atravessou o portão e desapareceu em meio à densidade da floresta.

CAPÍTULO 34

O Land Rover cruzava a floresta a vinte e quatro quilômetros por hora. Assim que deixaram a pista de pouso, Martin conseguiu distinguir a estrada de terra escura que marcava o caminho pelo qual passavam, mas depois de uma hora em meio ao terreno selvagem, já estava totalmente perdido. Tobias comandava o 4x4 sacolejante em meio a árvores e elevações como se seguisse uma pista invisível, da mesma forma que um cão rastreia um odor específico.

Martin observava o verde-esmeralda pela janela e a floresta ao redor era tão incrível que nem parecia real. No chão se estendia uma cobertura densa formando uma meia-luz. Vestígios de névoa pairavam sobre o musgo no chão e se moviam com qualquer promessa de brisa. Um cenário utópico assim era algo que se via na capa de um livro de fantasia ou talvez em um filme de aventura cheio de computação gráfica. Para ele, ver a cena diante de seus olhos castanhos, deparar-se com a beleza crua da natureza em sua expressão máxima... A experiência era extasiante.

— Que diabos eles estão fazendo? — Tobias exclamou, arrancando Martin do devaneio.

Tobias apontava pela janela para um lamacento jipe 4x4 parado a 500 metros, exatamente no caminho deles. Dois guardas-florestais uniformizados tentavam sem sucesso enfiar na traseira do jipe o que parecia ser uma enorme carcaça de pelo marrom.

Solomon colocou a cabeça para fora da janela.

— Parece que encontraram um filhote de urso morto. Provavelmente estão levando pra descobrir o que matou ele.

— Aquilo é um filhote? — Martin perguntou surpreso. — Aquela coisa parece tão grande quanto os dois juntos.

— Acredite, filho — Solomon respondeu —, se fosse a mamãe urso, nem quatro guardas dariam conta de levantá-la.

O Land Rover se aproximou e Martin percebeu que Solomon estava correto. A grande bola de pelos que dava trabalho aos guardas era a carcaça de um jovem urso. A cabeça enorme e os membros caídos faziam a tarefa de colocá-lo na mala do jipe parecer uma Missão Impossível. Os dois guardas eram brancos e fortes, e pausaram para enxugar o suor das testas, dando um sorriso e acenando para o carro que se aproximava.

Eles acenaram de volta, mas não pararam. Martin esperava que Tobias pisasse no freio para que eles pudessem sair e dar uma mão para os guardas, mas ele só deu a volta com o carro, contornando os guardas, e continuou dirigindo como se tivesse desviado de uma árvore caída.

— Ei, talvez devêssemos parar pra ajudar — Martin sugeriu.

Por um momento houve um silêncio desconfortável dentro do carro. Eles se entreolharam.

Finalmente Solomon respondeu:

— Não. Eles estão bem. É o trabalho deles. Aliás, está ficando tarde. Temos que seguir se quisermos chegar ao rio antes do anoitecer.

Martin tentou aceitar a justificativa. Mas o quanto eles realmente demorariam para ajudar os guardas se todos fizessem o esforço? Dois minutos? Porra, provavelmente Tobias conseguiria levantar o filhote sozinho. Martin olhou para trás até perder os guardas de vista, então viu que Carver olhava para ele com seu sorriso torto característico.

— Me responde uma coisa, Grey. Se eu e você estivéssemos lá no sufoco e, a caminho de matar animais, uma picape com bons samaritanos passasse por nós, você acha que eles iam parar pra nos ajudar?

Martin deu de ombros.

— Talvez. Depende de quem eles são.

— Exato, porra — Carver concordou. — Eles também podiam parar e meter bala nos pretinhos.

Todos riram, inclusive Martin. Carver tinha razão nesse ponto. A imagem de um homem preto sozinho no meio do mato com um monte de homens brancos armados era sem dúvida assustadora. E aquilo fez Martin pensar. Algum deles estava armado? Considerando seus status e tudo o que precisavam proteger, seria natural que alguns deles trouxessem algum artefato de segurança. Mas quando Martin perguntou, não recebeu nenhuma resposta de início, somente o balança para cá e para lá da picape em movimento.

Naquele momento já estava explícito para Martin que Damon e os outros estavam escondendo alguma coisa sobre a viagem. Mas não fazia sentido insistir. Ele já estava envolvido dos pés à cabeça e sabia que uma hora eles o incluiriam no segredo.

Quando Solomon finalmente se virou no banco para responder à pergunta de Martin, a resposta só deu brecha para mais perguntas.

— Aonde vamos — Solomon disse —, não precisamos de nenhuma arma.

O Land Rover finalmente parou em uma inclinação íngreme que descia até as margens de um rio corrente. O caminho de águas tinha mais ou menos trezentos metros de largura e quase um metro de profundidade. Somente algumas pedras bloqueavam a corrente tranquila. A água era tão cristalina que Martin podia ver o musgo e o leito fluvial. As árvores densas ficavam significativamente mais espaçadas perto da margem do rio e com aquela vista espetacular, com certeza aquele espaço daria um excelente acampamento. Então, ele pensou, por que será que ninguém estava fazendo menção a sair do carro?

— Ficamos sempre num espaço do outro lado — Damon explicou. — É aqui que a gente atravessa.

— Atravessa?

Martin tinha pensado que o equipamento de snorkel era só para "caso precisassem", como um pneu estepe preso em cima do carro ou o guincho acoplado ao para-choque da frente. Não tinha considerado que para chegar ao destino eles teriam que atravessar um rio em movimento.

— Relaxa — Damon falou. — A picape foi feita pra isso.

— É. Atravessamos aqui o tempo todo — Kwame completou. — Na verdade, é divertido.

— Não sei — Carver disse enquanto olhava para o rio com nervosismo. — A água parece mais brava do que o normal. Pode ser que a gente vire. — Então olhou para Martin. — Você sabe nadar, não sabe, Grey?

— Como um peixe — Martin respondeu. — Vambora.

Damon piscou.

— Esse é o espírito!

— Você ouviu o homem, Tobias — Solomon disse. — Vambora.

Tobias mudou a marcha do Land Rover.

— Segurem.

Martin apertou o braço do banco quando a frente do carro afundou de forma abrupta. O Land Rover desceu até o aterro e engatou para frente em meio ao rio em movimento. Martin sentiu o veículo balançar para os lados com a correnteza sacudindo as rodas. Por um momento pareceu que eles seriam levados rio abaixo, mas os pneus em movimento fincaram no leito fluvial e a picape seguiu em frente. O Land Rover balançou, sacudiu e tremeu violentamente enquanto avançava pelo rio. O cheiro da água e a brisa gelada dentro da picape fizeram Martin se lembrar da sensação de estar em um aquário: aquela textura tangível do ar característica de estar cercado por um volume enorme de água. No meio do rio, na parte mais profunda, o motor rangeu enquanto se esforçava para manter o veículo andando. O volume da água agora batia na metade das janelas, proporcionando uma visão do universo submerso. Martin viu peixes se afastando do invasor feito de metal e a imagem o fez sorrir. Kwame tinha razão. Era mesmo divertido.

Um instante depois a picape encharcada espalhava lama enquanto subia pelas margens do outro lado do rio.

— Todo mundo inteiro? — Tobias perguntou, recebendo sorrisos entusiasmados em resposta.

Era a primeira vez desde o início da viagem que Martin se sentia como um real membro do grupo.

Tobias continuou dirigindo, guiando o veículo cada vez mais para dentro da floresta até onde Martin pensava que seria o acampamento. Ele relaxou um pouco. Reclinou-se no banco e sentiu como se a floresta estivesse um tanto mais hospitaleira. *Esse negócio de acampar não é tão mal*, pensou. *Eles gostam de mim e tudo vai ficar bem. Nada disso, vai ser tudo ótimo.*

CAPÍTULO 35

Anna estava sentada na beirada da cama, observando o celular que segurava firme em sua mão. *Devo ligar para Martin para contar ou não?* Essa era a pergunta que martelava em sua mente. Quando descobriu, no momento em que teve certeza, quis ligar para Martin com cada fibra do seu ser. Na verdade, ela estava pressionando o número dele quando uma voz em sua cabeça a interrompeu. *Você não pode contar por telefone*, a voz disse. *Você precisa dizer a ele pessoalmente*. Anna sabia que a voz tinha razão; e ela era mesmo irritante. A coisa certa a fazer era esperar aqueles quatro dias e contar quando Martin retornasse. Mas quatro dias pareciam uma eternidade quando precisava compartilhar a notícia mais importante da sua vida. E aquele era outro problema. Anna não podia contar para ninguém antes de falar com Martin. Ele precisava ser o primeiro. Ela não achava que Martin ficaria chateado por não ser o primeiro a saber, principalmente considerando que ele estava longe nessa viagem estúpida, mas contar para alguém antes não parecia certo. Ela, definitivamente, devia esperar até ele voltar. Mas quatro dias? Quatro dias era tempo demais. Anna grunhiu e apertou o celular com mais força. Quem ela estava enganando? Não havia a menor chance de aguentar todo esse tempo. Ela tinha que contar para alguém ou ia explodir. Mas quem? Em quem ela poderia confiar? Sua irmã, Lorraine? Anna balançou a cabeça. Não, Lorraine não conseguiria ficar de boca fechada nem que sua vida dependesse disso. A família inteira ficaria sabendo em menos de uma hora. Então, a resposta veio à mente de Anna. Mamãe. É lógico. Ela faria a mãe jurar diante de uma pilha de Bíblias não contar para ninguém. Bem, uma pilha não seria necessária, uma Bíblia era o bastante.

Anna começou a digitar no celular, mas antes de alcançar o último número, a voz irritante em sua mente falou de novo. *Mentir para o Martin não é certo*, a voz disse, *especialmente sobre algo tão importante*. Ela virou e olhou para o bastão azul bebê de plástico ao seu lado na cama. Era reto e tinha dez centímetros; se olhasse rápido, pareceria uma escova de dentes. Mas não era uma escova de dentes. Em vez de conter cerdas na ponta, havia uma pequena janela do tamanho de um chiclete no meio do bastão. A coisa incrível sobre aquele pequeno bastão azul bebê era sua habilidade nata de mudar as vidas das pessoas. Aquele bastão podia prever o futuro.

Anna pegou o bastão e seus olhos se encheram de água ao olhar para a janelinha. Toda vez que olhava, mais lágrimas surgiam. Ela não podia evitar. A previsão na janela era bem fraquinha, quase invisível, mas era o terceiro teste que fazia e todos eles estavam em perfeita harmonia. Todos mostravam um sinal de "mais". Anna e Martin teriam um bebê. Finalmente.

Anna limpou as lágrimas e franziu a testa ainda olhando para o celular. Balançou a cabeça e suspirou.

— Quatro longos dias.

CAPÍTULO 36

— Onde diabos nós estamos? — Martin perguntou.

— No nosso acampamento — Damon respondeu com um sorriso.

— Nem fodendo — Martin falou enquanto olhava pela janela do Land Rover sem acreditar.

Onde quer que eles estivessem, Martin tinha certeza de uma coisa: aquilo não era nenhum acampamento. Martin viu os homens olhando para ele e sorrindo. *Aquilo devia ser a grande piada*, pensou. Devia ser pelo que estavam esperando, ver o novato surtar quando finalmente chegassem. Mas o que era aquilo? O que aquele lugar estava fazendo no meio do nada?

Martin viu Solomon fazer um gesto com a cabeça como se dissesse à Damon: *dá um tempo pro garoto*. Damon colocou a mão no ombro de Martin de maneira afetuosa.

— Você está certo. Nós te enganamos um pouco. Esse não é o nosso acampamento.

— Não brinca — Martin respondeu e os homens gargalharam.

O Land Rover tinha parado em frente a um portão ladeado por um muro maciço de quase cinco metros. Coberto por heras e vinhas, o muro parecia ter crescido naturalmente a partir do chão da floresta. Estendia-se para os dois lados do portão e desaparecia em meio ao mato. De onde estavam era impossível determinar o cumprimento exato, mas Martin tinha para ele que se estendia por quilômetros. Duas portas grandes que pareciam compor o portão principal eram feitas de madeira maciça e aço, como a porta de um antigo forte militar.

Na verdade, Martin facilmente confundiria o misterioso edifício com um forte abandonado se não fossem por algumas características perturbadoras. Câmeras de segurança que oscilavam de uma direção para outra estavam posicionadas a cada seis metros do muro. O topo era coberto por curvas impiedosas de arame farpado que brilhavam com a luz do sol que se despedia. E havia outra coisa — algo que fez os instintos de Martin o incentivarem a correr dali. Guardas armados. Martin observou dois homens vestidos com roupas camufladas patrulhando o topo do muro. Ambos carregavam rifles com mira telescópica. Que diabos eles estavam vigiando? Martin pensou. Que porra havia atrás daquele muro?

— Lembra da noite em que mencionamos o Dr. Kasim? — Damon perguntou.

— Quem?

— Na festa da minha mulher. Conversamos um pouco sobre os ensinamentos do Dr. Kasim. Lembra?

— Sim, lembro. O filósofo clandestino. Acho que foi assim que você o chamou.

Damon sorriu.

— Isso mesmo. — Ele moveu a cabeça em direção ao portão. — Isso aqui é dele.

— Isso? O que quer dizer com isso é dele?

— A casa dele.

— Que? — Martin observou o grande muro com um novo olhar.

Ignorando o lugar remoto e os guardas armados, era incrível que a casa de alguém pudesse se esconder atrás daquele muro de tamanho exorbitante. Martin se virou de novo e viu que eles o olhavam com sorrisos nos rostos. Deliciando-se com a sua reação.

— Seu filósofo clandestino mora num forte armado?

— Sim, mora — Damon confirmou. — É como um retiro particular.

— Um retiro particular pra quem? — Martin perguntou. — Ex-presidiários?

Os homens gargalharam de novo. Antes que Martin pudesse fazer qualquer uma das milhões de perguntas que queria, o enorme portão de madeira começou a se abrir. Martin tentou espiar o que havia depois das portas que se abriam, mas só viu arbustos altos e um homem preto parado na entrada do portão. Trajava roupas pretas, desde as botas de combate até o chapéu de caçador, e carregava um rifle no ombro. Aparentava ter um excelente condicionamento físico, e se aproximou deles como um militar, movendo-se com passos precisos. Ele parecia com os guardas na pista de pouso, mas aqueles eram mais novos. Martin acreditava que o guarda que se aproximava agora devia ter mais de quarenta anos.

Tobias abaixou a janela para apertar a mão do homem.

— Oi, Frank. Tudo bem?

Frank mal sorriu, aceitando o aperto de mão entusiasmado como se o gesto não fosse apropriado.

— Estou bem, senhor. Bem-vindos de volta, senhores. — Então, rígido como se estivesse em formação no quartel, Frank fez questão de cumprimentar cada homem no veículo. — Sr. Aarons, Sr. Lewis, Sr. Jones, Sr. Darrell. — Frank se dirigiu a Martin por último sem hesitar. — E é um prazer conhecê-lo, Sr. Grey.

Martin acenou de volta, surpreso porque o guarda já sabia o seu nome. Não, era mais do que isso. O que fez Martin hesitar foi que eles o esperavam. Ele estava na lista de convidados. No meio de Deus sabe onde, um cara, carregando uma arma enorme, o cumprimentou usando o seu nome, como se fosse o porteiro dos hotéis Ritz-Carlton. *No que fui me meter?* Martin se perguntava. *Não, não me meti em nada. Eles me trouxeram aqui. Eles mentiram e me trouxeram aqui.*

Martin estava dividido. Borbulhava de curiosidade para saber o que havia além daquela muralha, para entender por que os seus companheiros tinham se esforçado tanto para esconder o verdadeiro destino. Mas também havia algo dentro dele que não queria saber. Uma parte dele que só queria voltar para casa e ficar agarradinho com Anna no sofá.

O guarda se voltou a Tobias novamente.

— O Sr. Lennox já foi notificado sobre sua chegada e vai recebê-los na casa principal. Aproveitem a estadia, senhores.

— Obrigado, Frank — Tobias disse, engatando a marcha e seguindo para o portão.

Martin olhou para Damon e viu um sorriso em seu rosto. Solomon, Kwame, e até mesmo Carver, todos estavam sorrindo. Semblantes carregados de expectativa, como crianças a caminho da sorveteria.

Martin sussurrou:

— Pra onde diabos vocês me trouxeram?

— Só relaxa e aproveita — Damon disse. — Você pode me agradecer depois.

O Land Rover cruzou o portão e as duas grandes portas se fecharam atrás deles.

CAPÍTULO 37

Tara. Para Martin, a enorme casa que podia ver ao longe parecia com a casa-grande do filme *E o Vento Levou*.

Depois de passar pela pequena guarita que abrigava dois outros guardas, o Land Rover seguiu por uma estrada de pedregulho ladeada pelos maiores carvalhos que Martin já havia visto. A sombra da vegetação sobre a estrada era tão densa que o carro parecia atravessar um beco mal iluminado. Bem ao fim do caminho, uma mansão de quatro andares reluzia sob a luz do crepúsculo. A casa branca contava com colunas gregas e em frente havia um jardim com flores de cores vivas e um chafariz gentilmente jorrando água para o alto. Como uma luz no fim do túnel, era como se a casa brilhasse. A imagem era tão exuberante que se tivessem dito a Martin que eles estavam na estrada que dava no céu, ele teria acreditado.

— Meu Deus. — Martin ouviu a si mesmo murmurar.

Solomon se virou no banco e olhou para Martin de maneira orgulhosa. Sua voz expressava formalidade quando disse:

— Bem-vindo, Martin. Bem-vindo a Forty Acres.

— Forty Acres?

Depois de passar pelo grupo de árvores, Martin teve uma visão melhor do cenário pitoresco. Um lago cintilante se estendia à esquerda. À direita havia um pomar de maçãs prontas para a colheita. A vista extraordinária e perfeitamente desenhada continuava em todas as direções, sem sinal algum do muro.

— Esse lugar com certeza é maior do que quarenta acres.

Os homens riram.

— Você está certo — Damon confirmou — é bem maior. Colocar o nome de Forty Acres nesse lugar foi uma piadinha do Dr. Kasim.

Martin riu também. Ele entendia a piada do Dr. Kasim. Como quase qualquer criança em fase escolar poderia explicar, perto do fim da Guerra Civil, depois que Lincoln assinou a Décima Terceira Emenda, o governo dos Estados Unidos prometera que todos os antigos negros escravizados receberiam quarenta acres de terra e uma mula para que pudessem construir uma fazenda e se tornarem autossuficientes. O que não contavam na escola era que essa nova lei não agradou aos brancos que eram donos de terras. Menos de um ano depois, o cadáver de Lincoln nem havia esfriado e o presidente sucessor, Andrew Johnson, revogou a Ordem Especial de Campo nº 15 tomando os quarenta acres que já haviam sido doados aos antigos escravizados; com eles, só restaram as roupas que vestiam. Agora, enquanto olhava para a enorme extensão diante dele, cada árvore, cada pedra, cada arbusto pertencente a um homem negro, a ironia do nome da propriedade era tão perfeita que tocou a alma dele.

Martin olhou pela janela de maneira dramática.

— Então, cadê a mula? — ele perguntou e depois de trocarem olhares, os homens gargalharam sem parar.

Martin estava feliz com a repercussão da piada, mas achou um pouco exagerada. Como se estivessem rindo de uma piada muito melhor. Uma que Martin não conhecia.

Enquanto cruzavam até a entrada da casa, Martin percebeu algumas outras pequenas casas no terreno. Uma casa na beira do lago. Outra pequena perto de um estábulo. Martin pensou que se Forty Acres estivesse localizado em outro lugar, daria um puta resort.

— E aí, qual é o lance? — Martin questionou. — Vocês alguma vez vão nessas viagens de "rafting" ou sempre ficam aqui?

— Nós fazemos rafting às vezes — Tobias respondeu. — Mas a verdade é que quase nunca nos damos ao trabalho porque tem muito a se fazer aqui.

Solomon adicionou:

— O Dr. Kasim criou Forty Acres para ser um oásis de relaxamento, diversão e reflexão para o homem negro.

— E as suas esposas? — Martin perguntou. — Elas sabem desse lugar?

O interior da picape foi tomado pelo silêncio. Foi Kwame quem finalmente respondeu:

— Pense assim, irmão, o Dr. Kasim nos ensina que homens negros usam suas mulheres como muletas com frequência. Esse lugar é sobre nos restaurar. É sobre fazer com que o homem negro viva com mais confiança. Nada de esposas ou namoradas.

— Na verdade — Damon complementou —, eu nem falaria sobre isso perto do doutor. Para que Forty Acres exerça seu efeito completo, ele prefere que seus hóspedes passem o mínimo de tempo possível pensando sobre suas vidas fora daqui. Isso inclui esposas. Esse é o seu tempo, ele não quer que gaste esse tempo pensando na Anna. Confie em mim.

Martin conteve a vontade de rir enquanto observava os rostos dos outros.

— Isso é piada?

Solomon olhou de volta para Martin.

— O Dr. Kasim é provavelmente o homem mais engraçado que já conheci, mas em relação às suas opiniões sobre coisas específicas, ele também é o mais sério. Você vai ver.

A entrada circular que rodeava o jardim da frente e o chafariz era tão grande que Martin sentiu como se estivessem fazendo uma curva numa pista de Fórmula 1. Martin viu vários jardineiros ajoelhados na terra escura cuidando de canteiros coloridos. Um guarda portando um rifle andava em frente a eles. Ele vestia o mesmo uniforme dos guardas no muro.

— Segurança pesada por aqui — Martin falou.

Os homens se entreolharam como se decidindo de quem era a vez de responder. Era a vez de Carver.

— Pensa, Grey. Um irmão rico como ele vivendo no meio do nada. Os Estados Unidos mudaram, mas nem tanto.

Martin entendeu o ponto de vista de Carter. Por esse ângulo, o pequeno exército particular do Dr. Kasim fazia bem mais sentido. Enquanto prosseguiam pela entrada, Martin notou outra empregada, uma jovem, usando uma escumadeira de folhas para limpar o fundo do chafariz. A mulher era loira e, apesar de usar um avental feio e demonstrar um semblante entediado, muito bonita. Martin se questionou por que uma mulher tão atraente trabalharia ali no meio do nada. "Talvez ela adore o ar livre". Como se pudesse ouvir os pensamentos dele, a mulher levantou o rosto quando o veículo passou e seus olhos se encontraram. Martin sorriu e acenou. Espantada com o gesto, a mulher abaixou a cabeça e retomou a tarefa. Martin pensou ter visto um leve nervosismo no semblante dela. Talvez o Dr. Kasim tivesse uma regra sobre empregados não interagirem com hóspedes.

Finalmente o Land Rover chegou até a entrada da mansão. Três valetes uniformizados com coletes apertados estavam em frente aos degraus com as colunas eretas e os braços atrás das costas, dois deles pareciam universitários e o outro era um pouco mais velho. Os três eram caucasianos. Dr. Kasim parecia dar oportunidades iguais de trabalho para todos, independentemente de suas opiniões sobre raça.

Na varanda atrás dos valetes, um homem negro alto trajando um terno branco aguardava. Com a cabeça raspada, feições duras e um corpo atlético, ele tinha uma presença imponente.

Martin se dirigiu a Damon.

— Achei que o Dr. Kasim seria bem mais velho.

— Aquele não é o Dr. Kasim — Damon respondeu. — É o Oscar.

— Quem é Oscar?

Antes que Damon pudesse responder, Oscar bateu as mãos duas vezes e os três valetes avançaram sobre o Land Rover. Enquanto o mais velho abria o porta-malas e começava a retirar as bagagens, ele ordenou que os outros dois abrissem as portas dos passageiros. Enquanto cada um deles descia do carro, era recebido com um "Boa noite, senhor".

Quando Martin agradeceu, o garoto magricela sardento que tinha o cumprimentado pareceu surpreso, mas logo correu até a traseira da van para ajudar com as malas.

— Bem-vindos de volta, senhores — Oscar disse enquanto descia as escadas. — Já faz algum tempo.

— É verdade — Solomon confirmou. Os dois homens se abraçaram. — Porra, tempo demais.

Martin observou enquanto os outros alternavam em cumprimentar Oscar com um abraço também. O que o surpreendeu foi como Oscar parecia indiferente. Mesmo quando abraçava os homens, seu semblante permanecia inalterado. Impossível de decifrar.

— E você, é óbvio, é o Sr. Martin Grey — Oscar disse, concentrando o olhar penetrante em Martin. Sua voz era forte e a dicção, impecável. — Sou Oscar Lennox, mas pode me chamar de Oscar. Em nome do Sr. Kasim, eu te dou as boas-vindas a Forty Acres.

— Obrigado. É um prazer conhecê-lo — Martin respondeu, estendendo a mão.

Oscar ignorou o gesto.

— Esse hábito europeu não significa nada aqui. Em nosso mundo cumprimentamos uns aos outros como irmãos. — E com isso, Oscar puxou Martin para um abraço firme.

Enquanto retornava o abraço, se surpreendeu ao sentir a firmeza inconfundível do coldre de um revólver por debaixo da jaqueta de Oscar. Então ele também andava armado — mas por quê? Martin conseguia entender que os guardas tivessem armas, mas Oscar, em seu terno branco perfeito, nitidamente não era um guarda. Então, por que tinha uma arma?

Quando eles se separaram, Martin se reaproximou do grupo de homens.

— Vocês podiam ter me falado sobre a regra de "não apertar as mãos" — Martin disse.

— Verdade. *Podíamos* ter falado — Tobias concordou com um sorriso.

— O doutor ouviu muito sobre você — Oscar disse a Martin. — E está muito ansioso para conhecê-lo.

— Ouvi falar muito dele também — Martin respondeu —, mas não ouvi nada sobre você. Você é o gerente aqui ou uma espécie de *concierge*?

Foi então que Oscar sorriu. Um sorriso pequeno e que não durou por muito tempo, mas ainda assim — era prova de que ele era humano.

— Digamos que eu administro a Forty Acres para o Dr. Kasim. É o meu trabalho garantir que tudo corra tão bem quanto o — Oscar foi interrompido por um súbito barulho. O valete magricela tinha derrubado uma mala e o conteúdo tinha se espalhado na entrada.

— Ei, babaca, cuidado com as minhas coisas! — Carver gritou.

Martin percebeu Oscar lançando um olhar para o garoto, que demonstrava uma expressão culpada. O olhar foi breve, mas, ao mesmo tempo, capaz de parar um coração. O jeito frio de Oscar tinha o efeito de maximizar até o mais sútil dos gestos.

— Anda, pega — o valete mais velho ralhou com o mais novo.

— Desculpe, senhor. Mil desculpas — o valete magricela se desculpou com Carver, praticamente implorando enquanto se ajoelhava para ajeitar o conteúdo dentro da mala.

O valete mais velho olhou para Oscar com uma expressão desolada.

— Desculpe, senhor. Não acontecerá de novo, senhor.

Oscar não disse uma palavra. Apenas voltou a atenção para seus hóspedes.

— O jantar é em uma hora. Tenho certeza de que gostariam de se acomodar antes. Seus quartos de sempre estão prontos. — Enquanto Damon, Solomon, Kwame, Carver e Tobias começavam a subir, seguidos pelos valetes com os braços abarrotados de bagagens, Oscar se voltou para Martin. — Alguém vai mostrar o seu quarto. — Ele interrompeu o último valete. Era o mesmo garoto que tinha derrubado as malas de Carver.

Martin observou o sufoco do garoto para carregar todas aquelas malas, pensando que ele parecia novo demais para trabalhar ali.

— Leve o Sr. Grey até o quarto — Oscar orientou.

O valete concordou com a cabeça.

— Sim, senhor. — Então ele mostrou um sorriso forçado a Martin. — Por aqui, senhor. Por favor. — Martin podia ver que o peso das malas estava incomodando o garoto e ele estava ansioso para começar a se mover.

— Deixa eu te ajudar com isso — Martin disse enquanto fazia menção de pegar uma mala.

— Não, senhor — o garoto exclamou, se afastando tão depressa que quase caiu com o peso da bagagem. — Posso carregar, senhor. Sem problemas.

— Não, é sério. Não tem problema — Martin disse, tentando pegar a mala de novo.

— Não — Oscar disse, segurando o pulso de Martin. O aperto era firme, mas gentil. — Deixe o garoto fazer o trabalho dele. É pra isso que ele está aqui. Para te servir e aprender habilidades valiosas. Não irá ajudar se reduzir as responsabilidades dele. — Oscar soltou o braço de Martin. — Agora, por favor, aproveite sua estadia. — Ele ofereceu aquele pequeno sorriso. O sorriso que não era bem um sorriso.

— Obrigado — Martin respondeu. — Eu irei.

CAPÍTULO 38

Martin foi guiado por um foyer majestoso com um lustre espetacular de cristal pairando sobre eles e uma escadaria sinuosa que levava até os andares superiores. Qualquer um que chegasse era agraciado com o aroma fresco de flores vindo dos vasos ao longo do caminho.

— Por aqui, senhor — o valete disse, enquanto reajustava as bagagens nas mãos em preparação para a subida. — O seu quarto é no segundo andar.

Martin seguiu o valete pela longa escada. Estar com as mãos vazias enquanto o valete sofria para carregar o peso das malas fazia com que se sentisse mal. Ele pensou em oferecer ajuda novamente, mas mudou de ideia. O garoto magrinho parecia vacilar com o peso, mas o que não tinha de força bruta compensava com determinação. Logo Martin atravessava um largo corredor coberto por carpete, passando por vários quartos. O valete pausou duas vezes para bater na porta e entregar as malas a Solomon e Kwame antes de alcançar uma porta fechada no fim do corredor.

— Aqui está, senhor — disse o valete, empurrando a pesada porta de madeira.

Martin entrou em um quarto espaçoso. A mobília antiga remetia ao início do século XIX, combinando perfeitamente com a decoração colonial do resto da casa. A única coisa que desfazia a ilusão de ter voltado no tempo era a televisão de cem polegadas posicionada na parede de frente para a cama king size. A luz do crepúsculo, que banhava o quarto por meio de duas grandes janelas com vista para o jardim da entrada, dava ao lugar aconchegante a impressão de uma fotografia em sépia. O quarto fez Martin se lembrar de uma antiga pousada em Atlanta onde se hospedou com Anna uma vez.

O valete apontou para uma porta de madeira do outro lado do quarto.

— O banheiro é ali. — Ele apontou para outra porta adjacente à cama. — E ali é o closet. — Então depositou a mala abarrotada de Martin sobre a cama e se dirigiu à porta.

— Espera — Martin pediu, enfiando a mão no bolso. O garoto merecia uma coisinha pelo esforço que fizera. Martin pegou uma nota de cinco dólares. — Isso é pra você.

— Não, não, não, senhor — o valete respondeu, balançando a cabeça enquanto se afastava em direção à porta. — Isso não é permitido.

Martin colocou o dinheiro na mão do valete de qualquer forma.

— Tá tudo bem. Fica entre a gente.

— Não, senhor — o valete insistiu, e por um momento olhou ao redor do quarto com nervosismo. — Sinto muito, senhor, mas não posso. Desculpe. — O valete deixou o dinheiro cair no chão e saiu apressado do quarto.

Martin olhou para a rejeitada nota de cinco dólares sobre o carpete.

Era impressão ou o garoto parecera verdadeiramente assustado? Estava difícil para todo mundo. Era complicado conseguir emprego. Talvez o menino estivesse com medo de perder o dele. Mas Martin tinha a sensação de que não era só aquilo que causara o medo do jovem. Sem dúvidas, Oscar era duro com os empregados. Talvez gritasse ou, ainda pior, fosse um babaca. O tipo de chefe que se alegrava ao fazer os empregados infelizes. De cara, Oscar parecia ser totalmente profissional, mas Martin sabia que uma pessoa rígida daquele jeito tinha que ter algumas falhas. E o Dr. Kasim?

Martin pegou a nota do chão e começou a esvaziar a mala. Depois de passar tudo o que estava na mochila para um armário antigo, sentou-se na cama e pegou o celular. Ainda faltava uma hora para o jantar, então ele aproveitaria o tempo para ligar para Anna e avisar que havia chegado bem. Ele decidiu não contar a ela sobre Forty Acres, ao menos não agora. Ainda que os caras não o houvessem feito jurar segredo, Martin sentia que fazer fofoca para a esposa logo de primeira seria uma traição ao seu gênero. Além disso, Anna já estivera preocupada com a viagem. Por que ele pioraria as coisas? Talvez contasse para ela depois de voltar. Talvez nem assim.

Martin ligou o celular e franziu a testa para a mensagem que apareceu: sem sinal. Não estava surpreso. Por que uma companhia telefônica construiria uma torre naquele lugar? Ursos não andavam com celulares e muito menos pagavam contas telefônicas superfaturadas. Mas então reparou que não havia telefone no quarto também. Havia abajures e cinzeiros nas duas mesas de cabeceira ao lado da cama, mas nada além disso.

Martin saiu do quarto e começou a andar pelo corredor em direção à escada. Ele viu uma empregada saindo de um quarto carregando algumas toalhas e a parou.

— Com licença.

Quando ela se virou para olhar para ele, Martin se espantou com seu rosto estonteante. Ela aparentava ter pouco mais de vinte anos, cabelo loiro-avermelhado, olhos verdes, pele lisa e corpo cheio de curvas, notório mesmo com o uniforme sem graça. Martin se perguntou a mesma coisa que pensara quando vira a garota limpando o chafariz. Por que uma mulher jovem e bonita estava trabalhando ali, num lugar tão remoto e isolado?

A empregada bonita sorriu para Martin.

— Olá, senhor. Há algo em que eu possa ajudá-lo?

Martin apontou para o celular.

— O meu celular não está funcionando. Há algum telefone aqui que eu possa usar?

A empregada franziu a testa.

— Não, senhor. Sinto muito, mas não há nenhum telefone na casa.

— E fora da casa?

— Não, senhor. Não há nenhum.

— É sério? E um computador que eu pudesse usar pra mandar um e-mail?

A empregada negou com a cabeça.

— Não, senhor. Telefones e computadores não são permitidos aqui.

Martin não podia acreditar no que estava ouvindo. Não haver telefones na casa era uma coisa, mas não conseguir se comunicar com o mundo exterior de forma alguma era, no mínimo, uma negligência.

— Tem que ter alguma forma de se comunicar. Como você liga pra casa?

A jovem empregada apenas piscou, como se não esperasse a pergunta.

Quando finalmente respondeu, havia um tom de melancolia em sua voz.

— Não ligamos, senhor.

— Como assim? — Martin não era especialista em linguística, mas o sotaque da empregada parecia ser da Nova Inglaterra. — Você é de Boston, não é? Como mantém contato com a sua família? Com os seus amigos?

A empregada parecia bastante ansiosa.

— Sinto muito, senhor, mas... Preciso voltar ao trabalho. Com licença, por favor.

Ela tentou sair, mas Martin a impediu de passar.

— Calma. Espera um pouco. Não quero te causar problema nem nada. Só preciso mesmo de um telefone.

— Mas eu já disse, senhor, não há nenhum telefone.

— Mas por quê? Como é possível não ter um único telefone aqui?

A sua boca se moveu, mas ela não ofereceu nenhuma resposta. Então seu semblante mudou. Aconteceu tão rápido que Martin se assustou. Era como se a luz tivesse ido embora, enchendo os olhos da mulher com uma tristeza profunda.

— Não há telefones em Forty Acres — disse uma voz por trás deles — porque ter um telefone é contra as regras do Dr. Kasim.

Martin se virou e viu Damon caminhando pelo corredor.

A empregada aproveitou a interrupção para escapar.

— Com licença, senhor.

Martin observou a empregada correr pelo corredor.

— Você tem bom gosto — Damon disse com um sorriso malicioso.

— O quê?

— A empregada. Coisinha linda, né?

— É. Acho que sim.

— O nome dela é Alice. A garota mais gostosa da equipe. É como ter a Scarlett Johansson como empregada. E cara... Eu ia adorar ter uma Scarlett Johansson me servindo. Entende o que quero dizer?

A fala de Damon era típica de homem, mas naquele momento as palavras não caíram bem para Martin. Por causa dos olhos de Alice. Martin ainda estava atormentado com aqueles olhos verdes tristes.

— Então me diz — Martin começou —, o que o Dr. Kasim tem contra telefones e e-mail?

— Ele diz que são distrações — Damon explicou — e está certo, é óbvio. Nós viemos pra cá pra nos isolar da vida cotidiana.

— Então telefones e e-mails são distrações, mas a televisão não?

— Exatamente — Damon confirmou. — O Dr. Kasim considera a televisão a sua janela mágica com vista pro mundo branco.

— Tem que ter um jeito de falar com o mundo exterior. E se alguém ficar doente? Como se pede ajuda?

Damon deu de ombros.

— Tem um rádio de baixa frequência em algum lugar, algo assim. Não sei. Acho que nunca usamos.

— Exceto quando Donald Jackson cometeu suicídio, né?

Damon sorriu e concordou com a cabeça.

— Correto, advogado.

Martin franziu a testa.

— Queria que tivesse me falado sobre o telefone.

— Desculpa — Damon respondeu. — Acho que imaginei que você saberia que não ia ter sinal no meio do mato.

— Você viu como a Anna estava nervosa com a viagem. Ela vai surtar quando eu não ligar.

— E aí o quê, advogado? — O tom de Damon era como um professor orientando um aluno a se esforçar para resolver uma questão. — Depois que sua esposa "surtar", o que ela vai fazer?

Martin pensou.

— Acho que ela vai ligar pra sua esposa. Pra ver se tem um jeito de falar com você.

Damon sorriu.

— Exatamente. Então Juanita vai avisar pra Anna que é impossível falar com a gente pelo telefone. Crise remediada.

Martin não gostava da ideia de preocupar Anna, ainda que por um pequeno período de tempo, mas não podia refutar a lógica de Damon.

— Acho que você está certo — ele disse.

— Lógico que estou — Damon respondeu. Olhou para o Rolex no pulso. — Ei, ainda temos um tempo até o jantar. Anda, vou te mostrar o resto da casa.

CAPÍTULO 39

Quando Damon disse "o resto da casa", ele se referia ao complexo recreativo impressionante atrás dela. O espaço era dividido em cinco áreas de atividades, todas perfeitamente organizadas e que se conectavam por caminhos de pedras iluminadas.

As primeiras estrelas já surgiam no céu que escurecia enquanto Damon guiava Martin pela porta dos fundos em direção a uma cúpula de vidro abrigando a piscina interna. Mesmo antes de Damon abrir a porta, o familiar e marcante cheiro de cloro já saudava as narinas de Martin. A piscina tinha tamanho olímpico, talvez até maior, e o fundo era revestido por azulejos em forma de mosaico, visíveis na água cristalina. Próximo à piscina estava um ofurô grande o suficiente para comportar uma pequena multidão. Também havia um bar elegante e um saguão digno de um resort cinco estrelas. A casa da piscina estava vazia, mas não era difícil imaginar as festas incríveis que poderiam acontecer ali. Mas também, quantas pessoas iriam para uma festa naquele lugar?

— O Michael Phelps adoraria isso aqui — Martin disse.

Damon respondeu com uma gargalhada alta que parecia exagerada para um comentário tão bobo.

— Espera só até você dar um mergulho — Damon falou. — A água é mantida na temperatura perfeita de vinte e sete graus.

Martin concordou com a cabeça. Ele não sabia ao certo porque aquela era a temperatura perfeita, mas acreditaria na palavra de Damon.

— Os senhores gostariam de dar um mergulho?

Damon e Martin se viraram e viram um guarda parado na porta. Ele era alto e usava dreadlocks bem arrumados. Em vez do rifle que os outros carregavam, exibia um coldre em seu quadril.

— Se quiser, Sr. Darrell, posso mandar alguns domésticos trazerem toalhas e abrirem o bar para que o senhor e o Sr. Grey possam entrar na água.

— Não, obrigado — Damon respondeu com um sorriso. — Só estou levando o novato em um tour pela casa.

O guarda concordou com a cabeça.

— Está certo. Divirtam-se. — Ele fez menção de sair, então, de repente, voltou. — Ah, Sr. Darrell. O senhor provavelmente verá uma equipe fazendo uns reparos no campo de golfe, mas não se desespere.

— Como assim? O que aconteceu com o campo?

— Foi uma tempestade anteontem. Causou algum dano. Mas o Sr. Lennox colocou o pessoal para trabalhar noite adentro para deixar o campo em perfeitas condições pela manhã. Sabendo como o senhor ama golfe, achei que deveria avisá-lo.

Damon sorriu em agradecimento.

— Obrigado — ele respondeu e quando o guarda saiu, Damon guiou Martin ao redor da piscina até a porta no lado oposto.

— Tenho duas perguntas — Martin disse. — Primeira: como diabos você arruma tempo pra jogar golfe?

— Quando venho aqui, é óbvio — Damon respondeu. — É só um campo de seis buracos, mas espera só até vê-lo. É lindo. Digo mais, vou te dar umas aulas. Você vai amar, ficar completamente viciado e aí a sua esposa vai me odiar.

Martin riu.

— Qual a segunda pergunta?

Martin olhou de novo para a porta onde o guarda tinha aparecido repentinamente.

— Talvez eu estivesse ouvindo coisas, mas aquele cara usou mesmo o termo "domésticos"?

Damon riu.

— Quer saber, acho que usou mesmo.

Depois de saírem da casa da piscina, Damon levou Martin ao longo de outro caminho que os fez passar por uma quadra de tênis e outra de basquete. Ambas tinham tamanhos satisfatórios e eram equipadas com iluminação noturna. As luzes estavam apagadas ainda, mas, mesmo com o cair da noite, Martin podia ver que as quadras eram muito bem cuidadas. Damon perguntou se Martin praticava um dos esportes e Martin admitiu que não.

— Na verdade — Martin completou enquanto eles se afastavam das quadras —, Banco Imobiliário e Palavras Cruzadas são mais a minha praia.

Damon e Martin se aproximaram do que parecia ser, por fora, uma aconchegante cabana, mas no instante que entraram, Martin descobriu que na verdade era uma academia completa.

— Tem de tudo aqui — Damon disse, guiando Martin pelo labirinto de aço e metal. — Estações de musculação, esteiras, bicicletas...

O tour de Damon foi interrompido por um grunhido alto. Do outro lado do espaço havia uma área de frente a um espelho separada para o levantamento de pesos. Um homem jovem e negro fazia agachamentos, usando uma barra supercarregada sobre os ombros. Martin não sabia dizer quantos quilos o homem levantava, mas o tamanho das pernas dele e os grunhidos sofridos diziam o bastante. O homem parecia não saber ou não ligar para o fato de estar sendo observado.

Martin se voltou para Damon.

— Quem é aquele?

— Não o reconheço. Deve ser um novo guarda. Eles podem usar a academia quando não estão trabalhando.

Martin franziu a testa, confuso.

— Sabe, reparei algo estranho nesses guardas.

— É mesmo? E o que seria? — Damon perguntou com um sorriso cheio de expectativas.

— Qualquer guarda precisa ter uma boa forma, é lógico, mas esses aqui estão em excelente forma. Ao menos os que vi até agora.

Damon achou graça.

— É isso? Isso que você acha tão estranho?

— É. Olha pra aquele cara. — Martin fez um gesto com a cabeça em direção ao guarda, ainda focado nos agachamentos. — Ele parece mais um policial de Operações Especiais. Todos parecem.

Damon concordou com a cabeça.

— Você está certo. O Dr. Kasim exige que cada integrante da força de segurança em Forty Acres esteja em perfeitas condições físicas.

— Esse é um puta de um requisito. O salário deve ser ótimo.

— Não faço ideia de quanto eles ganham. Mas o conhecimento que o Dr. Kasim pode oferecer a esses rapazes não tem preço.

Martin balançou a cabeça e riu. Ele não queria rir. Foi mais pelo clima estranho do que qualquer outra coisa. A forma como Damon e os outros idolatravam o Dr. Kasim começava a soar esquisita.

Damon fechou a cara.

— Eu disse algo engraçado?

— Vocês falam desse Dr. Kasim como se ele fosse um Deus ou coisa assim. Não acham que é capaz de eu me decepcionar?

— Quando conhecer o doutor, vai entender o nosso entusiasmo — Damon garantiu. — Posso te prometer.

— Viu, lá vai você de novo. E você *disse* que o Dr. Kasim é o homem mais engraçado que conhece.

— Verdade, verdade — Damon confirmou — e também o mais sério. Vamos. — Ele pegou Martin pelo braço. — Hora de te mostrar o meu lugar favorito.

Debaixo do céu estrelado, Damon e Martin pararam bem na beirada do campo de golfe de seis buracos. A noite tinha se instalado de vez, banhando a grama verde perfeita com a luz da lua. O barulho onipresente das cigarras parecia acentuar a calma do lugar. Martin não sabia nada sobre golfe, muito menos sobre a aparência que um campo de golfe deveria ter, mas ao olhar para o campo resplandecente diante dele, não imaginava que algum pudesse ser mais lindo.

— É incrível — Martin disse.

Damon concordou com a cabeça.

— Eu te disse.

— É tudo incrível. Mas parece demais para só uma pessoa e uns hóspedes ocasionais.

— Não somos os únicos a visitar o Dr. Kasim. Tem outros grupos como o nosso de todo o país que vem aqui. E uma vez a cada dois anos mais ou menos, todos os grupos vêm juntos. Nós chamamos de "Convocação". É uma experiência fantástica. Você tem que vir com a gente na próxima.

A pouco mais de noventa metros deles, a equipe mencionada pelo guarda se dedicava à labuta. Seis homens sem camisa empregavam ancinhos, pás e cortadores no solo sob a iluminação forte de luzes de trabalho. Dois guardas, armados com rifles, estavam encostados em um carro de golfe enquanto observavam a performance.

De um jeito estranho, a cena fez Martin se lembrar daqueles filmes antigos que mostravam presidiários trabalhando. As únicas coisas que faltavam eram os uniformes listrados e as correntes nos tornozelos.

— O que exatamente eles estão fazendo ali? — Martin perguntou a Damon.

— Ajustando a grama. Removendo detritos. Limpando lama dos buracos. Esse tipo de coisa.

— E por que os guardas estão ali tomando conta?

— O que você acha? Pra impedir que os preguiçosos escapem.

Damon caiu na gargalhada. Martin tentou rir junto, mas tudo o que conseguiu foi uma risada educada e, ainda assim, sentiu-se mal.

Eles estavam parados sobre uma pequena elevação, o que possibilitava uma visão completa dos limites do campo de golfe. Na outra beirada, havia um córrego separando a grama cortada da floresta selvagem no horizonte. Uma estrada de chão cercava a área do campo de golfe até uma simples ponte de madeira que atravessava o córrego. Do outro lado, a estrada desaparecia em meio ao mato. Por entre as árvores, Martin podia ver as silhuetas de algumas estruturas próximas umas às outras.

Ele apontou para elas.

— Aquelas ali são casas?

— Não. É mais um alojamento — Damon respondeu. — É ali que os empregados moram.

— Deve custar uma fortuna manter tudo isso — Martin disse, olhando de novo para a casa principal. — Deve haver muitos empregados aqui.

Damon estalou a língua contra os dentes.

— "Muitos" é eufemismo. Guardas, caseiros, empregados... É preciso um pequeno exército pra manter esse lugar. Sem contar a mina de ouro.

— Mina de ouro? — Martin olhou para Damon, incrédulo. — Está brincando?

Damon sorriu.

— Existe uma mina de ouro antiga em funcionamento na propriedade, a mais ou menos um quilômetro e meio daqui. — Damon apontou para o outro lado da ponte. — Depois da ponte, a estrada leva até lá.

Martin sabia que a mineração de ouro tinha sido um grande combustível econômico para os Estados Unidos, mas achava que o recurso tinha sido extinto cem anos antes. Se Martin pensasse em mineração de ouro hoje, em sua mente vinha a imagem de homens africanos suados e sem camisa, no trabalho escravo dentro de uma caverna claustrofóbica na África do Sul, imagem essa incentivada por documentários no Discovery Channel. Nunca imaginara que pudesse haver uma mina de ouro ativa em solo americano.

— É assim que o Dr. Kasim faz dinheiro? — Martin perguntou. — Com a mineração de ouro?

— Na verdade — Damon explicou —, não é assim tão simples. — Mudando de assunto, ele checou o relógio. — Está quase na hora do jantar. Melhor voltarmos. Te levo na mina amanhã.

Quando se viraram para voltar, Martin olhou novamente para os homens trabalhando no campo de golfe. Então a compreensão de tudo o fez parar. A imagem dos homens na labuta, as costas fortes despidas brilhando de suor, continuava o lembrando dos trabalhadores africanos em um documentário que havia visto, exceto por uma diferença gritante. No documentário, todos os trabalhadores eram homens negros africanos supervisionados por homens brancos. Mas ali no campo de golfe era o oposto. Os guardas supervisionando a tarefa eram negros e todos os trabalhadores eram brancos.

Percebendo que Martin não o seguia, Damon olhou para trás e viu Martin observando os trabalhadores.

— O que está fazendo, Martin? Vamos.

Martin o ignorou. Ele estava ocupado relembrando dos rostos que tinha visto. Os trabalhadores ali no campo de golfe, a mulher limpando o chafariz, os valetes parados na escadaria em frente à casa. Alice, a empregada tímida.

Damon pegou o braço de Martin.

— Martin, o que houve?

Martin olhou para Damon, compreendendo tudo, sua voz era baixa e carregava um tom de absoluta surpresa:

— Não acredito que não percebi antes.

— Percebeu o quê?

— Todos eles são brancos. Não são?

Damon deu um sorriso divertido que respondeu à pergunta de Martin.

— Parabéns. Eu me perguntava quanto tempo demoraria pra notar.

— O Solomon não tava brincando sobre o senso de humor do Dr. Kasim. cem por cento de empregados brancos em um country club de negros? Essa é uma puta piada.

— Ah, é bem mais do que uma piada — Damon corrigiu. — O Dr. Kasim considera a dinâmica em Forty Acres terapêutica.

— Terapêutica? Por quê?

Damon checou o relógio de novo.

— Sabe de uma coisa, por que não pergunta ao próprio Dr. Kasim quando conhecê-lo?

Enquanto os dois homens refaziam o caminho pelo qual vieram de volta à casa principal, Martin olhou para a propriedade luxuosa e enorme com novos olhos.

— Esse seu Dr. Kasim criou um mundo fantasioso perfeito, não é?

— Fantasioso? — Damon repetiu. — Olha ao redor, Martin. Isso não é fantasia. É a mais pura realidade.

CAPÍTULO 40

Martin ouviu os passos do Dr. Kasim antes de ver o homem. Ele presumiu que o *thump thump* lento e preciso indicando que alguém se aproximava era o anfitrião porque todos na sala de jantar se levantaram. Damon gesticulou para que Martin fizesse o mesmo, mas era desnecessário. Martin, que se sentava em um lugar de honra na ponta da mesa esplendorosamente posta, já se levantava. Quando o *thump thump* se aproximou mais e mais, Martin observou curioso como os cinco empregados que estavam alinhados em frente à parede esticaram as colunas e ajeitaram os uniformes. Dois eram homens e três, mulheres. Todos caucasianos. Martin reconhecia dois deles pois já os havia visto antes, embora agora usassem uniformes diferentes. Um era o ruivo que levara Martin ao seu quarto e a outra era Alice, a empregada bonita a quem questionara sobre o telefone. Oscar, trajado com um belo terno preto, estava firme ao lado da cadeira vazia na ponta da mesa que aguardava o anfitrião. Até ele checou brevemente o seu traje.

O *thump thump* estava bem na porta da sala de jantar agora. Martin olhou ao redor da mesa para Damon, Solomon, Carver, Tobias e Kwame. Todos eles encaravam Martin em expectativa. Sorrindo para ele de dentro de seus trajes e colarinhos. Martin também estava impecável. O casaco de alfaiataria, a camisa, a gravata e a calça foram presentes surpresa de Damon que, sabendo que Martin só levaria jeans e suéteres na mochila, providenciara as vestimentas para essa ocasião. *São só para essa ocasião, não é?* Martin se questionou. Damon estava fazendo um esforço tão grande para estreitar a amizade: as perguntas intrusivas dos homens durante os jogos de pôquer, o convite para a viagem de rafting... Todos eram degraus que guiavam Martin para dentro daquele mundo exclusivo. E esse jantar — o último degrau. Conhecer alguém que era... O que deles exatamente? O mentor, o conselheiro, o líder espiritual? Quem era esse homem recluso que orquestrava piadas tão excêntricas e elaboradas e, ao mesmo tempo, detinha tamanha influência sobre esses homens poderosos? A única coisa que Martin sabia era que Damon, Solomon, Tobias, Kwame e Carver tinham um profundo respeito pelo doutor misterioso. Para que Martin se transformasse em um membro oficial desse clube íntimo, ele precisava da aprovação do Dr. Kasim.

Dr. Kasim entrou na sala de jantar com o auxílio de um cajado africano. Como imaginava, ele era velho, talvez na casa dos noventa, mas tendo o firme controle sobre seus empregados escolhidos a dedo, andava com o queixo levantado e bem seguro de si. O cabelo ralinho e a barba crespa eram incrivelmente brancos, mais ainda em contraste com a pele marrom-escura. O rosto não mostrava muitas rugas, mas os olhos denunciavam sua idade verdadeira. Por trás de pequenos óculos e pálpebras pesadas, os olhos cinza demonstravam uma vida de sabedoria. Diferentemente de seus hóspedes, o doutor usava roupas relativamente casuais, pijamas verdes de cetim por debaixo de um longo roupão de seda e chinelos de couro. Martin se lembrou de outro gigante idoso com seu próprio reino privado que cumprimentava seus hóspedes ricos usando pijamas elegantes. Mas enquanto Hugh Hefner era uma celebridade conhecida mundialmente, aquele homem idoso que acabara de entrar na sala de jantar como um rei africano era um verdadeiro mistério.

Os homens cumprimentaram o anfitrião com acenos solenes de cabeça, mas não disseram uma palavra. Dr. Kasim retribuiu o gesto fazendo o mínimo de esforço possível. Quando Martin imitou os outros e também acenou com a cabeça, o Dr. Kasim não retribuiu. Apenas o observou. Ele deu um passo para mais perto. Bem devagar, o Dr. Kasim observou Martin de cima a baixo, da cabeça aos pés, da mesma forma que um sargento avaliaria um soldado. Sem saber o porquê, Martin apenas ficou parado. Quieto. Nervoso. Paralisado mediante o olhar invasivo daquele homem estranho. O doutor franziu o cenho ao olhar para o rosto de Martin. Ele olhou dentro dos olhos do advogado. Aquela batalha pareceu durar uma eternidade. Martin estava desesperado para desviar, mas algo o impediu. Sentia que se baixasse os olhos agora, perderia tudo. E ficou grato quando o Dr. Kasim finalmente abriu um sorriso.

— Bem-vindo, Irmão Zantu — ele disse em uma voz baixa e tranquila.

Martin pareceu confuso.

— Desculpe, mas meu nome é Martin. Martin Grey.

Dr. Kasim negou com a cabeça.

— Não. Você só pensa que é porque está inconsciente.

Martin olhou para Damon em busca de ajuda. *O que esse velho está falando?*

Dr. Kasim gargalhou. Uma risada profunda e intensa que deu sem nem abrir a boca. Era como se o que o fez rir fosse gostoso demais para deixar escapar pelos lábios.

O doutor colocou uma mão firme no ombro de Martin.

— Não se preocupe, irmão. Hoje você vai acordar. Mas, no momento, estou faminto. — Quando Dr. Kasim se aproximou da ponta da mesa, Oscar puxou sua cadeira. Apenas quando ele estava sentado confortavelmente, os outros se sentaram também.

Durante todo o período em que desfrutaram da sopa de camarão, da costela de cordeiro e do risoto de cogumelos, o Dr. Kasim não falou com Martin de novo. Ele se inteirou sobre as vidas dos outros homens. Parecia verdadeiramente interessado em seus negócios e mais ainda na quantidade de dinheiro que estavam dando de volta à comunidade negra. Martin teve que se segurar para não demonstrar o espanto diante dos valores que eram debatidos. Kwame doara milhões para várias universidades negras. Carver dera US$ 2 milhões para construir um centro de recreação no bairro do Bronx onde cresceu. Solomon oferecera computadores que juntos contabilizavam quase US$5 milhões para crianças em fase escolar. Tobias e um grupo de doadores estavam financiando a construção de uma faculdade de artes e mídia no Harlem que custaria US$ 30 milhões. Ao ouvir esses relatos, Martin teve um pensamento perturbador. O que ele diria se Dr. Kasim virasse para ele e perguntasse sobre *suas* doações caridosas? Não haveria nada a dizer. Martin não tinha doado um centavo para a caridade, fosse para negros ou brancos, em toda a vida. Não era que ele não quisesse doar, era que nunca havia estado em uma posição financeira que o permitisse doar. Mas Martin sabia que essa era uma desculpa esfarrapada. As pessoas doavam o que podiam. Doar cem dólares para o Fundo Coletivo de Faculdades Negras já era alguma coisa. Martin decidiu que a partir dali também tentaria doar um pouco no futuro. Não os milhões que Damon e os outros investiam, ao menos ainda não, mas algo mais dentro de suas possibilidades para que ele e a esposa fizessem parte do jogo.

Felizmente, o Dr. Kasim não perguntou a Martin sobre doações e ele pôde relaxar quando a conversa se dirigiu para tópicos mais comuns como família. Dr. Kasim interrogou cada homem sobre os filhos. O seu interesse não parecia simplesmente casual. Ele queria detalhes específicos sobre o comportamento, a educação e, principalmente, suas escolhas de trabalho. E quando Dr. Kasim ouvia algo que o incomodava, fazia uma sugestão precisa para solucionar o problema. Por exemplo, quando Damon mencionara que o seu filho mais velho, Kevin, estava pensando em entrar na Aeronáutica quando saísse da faculdade, Dr. Kasim balançara a cabeça e dissera:

— A vida militar não é para o homem negro, você sabe disso. Faça com que ele mude de ideia.

Damon concordou com a cabeça sem titubear, como se acatasse uma ordem e a conversa prosseguiu. Martin também percebeu que Dr. Kasim não perguntara sobre as esposas e os homens nunca as mencionaram... Com a exceção de uma vez. Depois de algumas taças de vinho, Tobias estivera bem relaxado e mencionara a opinião de sua esposa sobre o curso que seu filho queria fazer, e foi quando Dr. Kasim interrompera limpando a garganta. O som fora alto e proposital. Tobias percebera seu erro e tinha se desculpado imediatamente.

A sobremesa foi servida, a melhor torta de maçã que Martin já tinha comido, e o Dr. Kasim ainda não tinha sequer olhado em sua direção. Estranhamente, Martin não se incomodava por ser ignorado pelo anfitrião e também, estranhamente, o comportamento do Dr. Kasim não parecia grosseiro. A dinâmica parecia o protocolo de um clube. Os membros tinham as questões costumeiras a tratar e como Martin ainda era um estranho, não podia fazer parte daquilo. Ele só precisava ficar quieto e aguardar que lembrassem dele. Depois de raspar o prato, Martin pediu à Alice mais um pedaço daquela torta deliciosa. Alice deu um sorriso gracioso e correu até a cozinha para atender ao pedido. Martin notou que as outras duas mulheres que serviam também eram lindas. Quem quer que fosse o responsável por recrutar os empregados gostava de loiras jovens e bonitas. Martin presumia que o recrutamento e a demissão eram responsabilidades de Oscar, mas enquanto distribuía ordens para lá e para cá como um tenente, ele nunca olhava para as garotas. Era tão duro com elas quanto com os homens. Caso a contratação de tantas jovens loiras bonitas fosse o papel de Oscar, era ou uma coincidência inocente ou a fachada impenetrável do gerente era mais eficiente do que ele imaginava.

Alice reapareceu com o pedaço de torta, mas a poucos passos de Martin ela tropeçou e derrubou o prato. A louça se espatifou e todos os empregados congelaram no lugar. Alice instantaneamente entrou em pânico. Ela se desculpou incessantemente, não só para Martin, mas principalmente para Oscar, cujos olhos indecifráveis estavam grudados na garota. Com lágrimas nos olhos, Alice se desculpou mais uma vez para Martin, então se ajoelhou e começou a catar a torta e os cacos.

— Tá tudo bem — Martin assegurou. — Não chora. É só uma torta. — Então Martin se ajoelhou e começou a ajudá-la a limpar tudo.

Dr. Kasim levantou o bastão alto e o bateu forte contra o chão. Todos ficaram paralisados com o barulho, inclusive a garota que tremia.

Espantado, Martin levantou a cabeça e viu Dr. Kasim olhando para ele.

— Por que você está no chão?

A resposta para aquela pergunta parecia óbvia, mas a forma como Dr. Kasim perguntara tinha sido tão sincera que por um momento até Martin ficou confuso.

Finalmente ele encontrou a voz.

— Só estou ajudando.

Dr. Kasim franziu a testa. Ele parecia desorientado com a resposta de Martin.

— Você é meu convidado. Por que sentiu necessidade de servir... A serviçal?

— Ela estava chateada. Achei que podia melhorar a situação.

Dr. Kasim balançou a cabeça e franziu a testa novamente, como se estivesse desapontado.

— Você não sabe a verdadeira razão de estar aí no chão, não é?

Mais uma vez Martin se viu preso na teia formada pelas palavras do doutor.

— Não sei o que quer dizer.

— Isso é exatamente o que eu disse. — Dr. Kasim sorriu. — Volte ao seu lugar, irmão. Por favor.

Oscar fez um sinal e um dos homens agachou para ajudar a garota abalada. Martin afastou a sujeira de sua calça e retomou o lugar. Os homens olhavam para Martin sem acreditar, como se ajoelhar para ajudar a empregada fosse coisa de um tolo.

— Traga outra fatia de torta para ele — Dr. Kasim disse à Alice, quando ela terminou de limpar a bagunça. — E traga uma para mim também. — Quando a garota correu para a cozinha, Dr. Kasim voltou a olhar para Martin. — Você deve mesmo amar torta — Dr. Kasim falou com falso espanto. — Quero dizer, o bastante pra comer do chão.

Martin forçou uma risada junto aos outros homens.

— É uma torta especialmente boa — Martin respondeu, sem baixar a guarda.

— É a maçã que faz a torta. Esse é o segredo.

— A maçã?

Dr. Kasim concordou com a cabeça.

— É maçã de Zantu. Muito rara. É o único lugar no mundo onde ela dá. Uma região pequena e remota a oeste da África Central. A mesma região onde uma pequena tribo chamada Zantu certo dia viveu. — Dr. Kasim esperou para ver se Martin reconheceria o nome. — Você já ouviu falar sobre a tribo Zantu?

— Acho que o senhor disse essa palavra quando entrou, mas não, nunca ouvi falar.

— Existe uma explicação trágica para isso. No dia 3 de outubro de 1756, um grande bando de escravagistas atacou a vila Zantu, sequestrou os mais novos e os mais fortes e matou o resto. Exceto pelos noventa e quatro homens e mulheres que foram mandados acorrentados em navios para os Estados Unidos e vendidos como escravizados, a linhagem Zantu foi extinta por completo da face da Terra.

— Isso é horrível. — Foi tudo o que Martin conseguiu pensar em dizer.

A sombria aula de história instantaneamente sobrecarregou o clima na sala de jantar. Martin se perguntou por que o Dr. Kasim levaria a conversa para aquele lado. Também havia os empregados brancos a considerar. Devia ser estranho para eles estarem ali, ouvindo como seus ancestrais cometeram genocídio contra pessoas que se pareciam bastante com seus atuais patrões.

Um silêncio tenso permaneceu no lugar até que Alice retornou com as fatias de torta. Ela colocou um prato em frente ao Dr. Kasim e o outro em frente à Martin, então retomou o seu lugar próximo à parede.

Dr. Kasim levantou o garfo e então pausou, esperando que seu convidado começasse a comer. Com o garfo na mão, Martin apenas olhava para o pedaço de torta de maçã.

— Anda, garoto. Coma — Tobias disse. — Eu comeria outro pedaço, mas estou cheio. — Ele apalpou sua barriga como se fosse um bichinho de estimação.

— Talvez ele prefira comer do chão — Carver disse com o sorriso familiar.

Martin olhou para o Dr. Kasim.

— Depois da história que contou, me sinto desconfortável comendo isso.

— Bobagem — Dr. Kasim falou. — Não há ninguém nesse planeta que mereça mais apreciar essa fruta nativa Zantu como eu e você.

Martin percebeu que Dr. Kasim levava jeito para a ambiguidade. Seu modo de falar forçava qualquer um a pensar duas vezes sobre tudo o que ele dizia. Mas a última frase do doutor tinha sido particularmente intrigante.

Como se pudesse ler seus pensamentos, Dr. Kasim respondeu à pergunta não feita:

— Você e eu somos parte de um pequeno grupo de pessoas que ainda carrega o sangue Zantu. — Dr. Kasim sorriu, pegando mais um pedaço de torta antes de continuar. — Como eu, no seu DNA existe um traço que identifica você como um descendente da tribo Zantu. Restam poucos de nós. Pelas minhas contas, menos de cinquenta.

Dr. Kasim disse aquilo com uma confiança que não deixava nenhum espaço para dúvidas, mas não era aquilo que incomodava Martin.

Ele colocou o garfo sobre o prato de maneira brusca.

— E como você saberia isso sobre mim?

— Olhe onde está — Dr. Kasim respondeu. — Olhe para os indivíduos ao seu redor. Está realmente surpreso?

Martin olhou ao redor da mesa para Damon, Solomon, Tobias, Kwame e Carver. Alguns dos homens mais influentes do mundo. Observando-o. Analisando-o. O Dr. Kasim estava certo. Uma vaga naquela mesa exclusiva não existiria sem um processo de filtragem.

Martin assentiu para o doutor.

— Entendo o que quer dizer.

— Excelente — Dr. Kasim disse. — Nunca conheci um homem que compartilhasse o meu sangue Zantu. É bom ver que pensa de maneira lógica... Mesmo na inconsciência.

Intrigado, Martin respondeu:

— Disse isso mais cedo. Que eu estava inconsciente. O que quer dizer?

Dr. Kasim sorriu.

— Termine sua torta. Temos muito o que conversar, irmão Zantu.

CAPÍTULO 41

— Você pode achar que se ajoelhou no chão para ajudar aquela garota porque tentava ser gentil — Dr. Kasim dizia —, mas essa é só uma desculpa. A verdade, meu irmão, é que desde o início da vida você sofre de uma patologia mental e nem faz ideia.

Depois do jantar, Dr. Kasim guiou o grupo até a biblioteca. O cômodo espaçoso não só abrigava livros como também uma impressionante coleção de arte africana. O doutor estava sentado em uma cadeira de couro alta de costas para a lareira acesa e fumava um cachimbo. O cajado estava encostado na cadeira e os símbolos tribais que cobriam sua extensão pareciam dançar sob a luz da lareira. Damon, Solomon, Tobias, Kwame e Carver se sentavam ao redor do doutor fumando seus charutos e desfrutando de seus drinques favoritos. Para evitar a costumeira implicância de Damon na frente do anfitrião, Martin decidira experimentar um charuto. Para sua surpresa, achou relaxante. Depois que os drinques foram servidos e os charutos acesos, Oscar expulsou todos os empregados do local e fechou a porta quando saíram. Ele não se juntou aos outros ao redor da lareira. Apenas se sentou próximo à porta e permaneceu quieto. Não ficou óbvio para Martin se a intenção de Oscar era impedir a entrada dos empregados ou a saída daqueles que estavam ali dentro, mas o gesto o deixou nervoso. Depois do que havia sido dito na sala de jantar na frente dos empregados, Martin não conseguia imaginar o que seria dito ali dentro que os ofenderia. Mas não precisou esperar muito para descobrir. Com os empregados do lado de fora, Dr. Kasim retomou o assunto sobre o incidente com a torta. Dr. Kasim observou Martin por meio da fumaça do cachimbo e sem cerimônias o acusou de sofrer de um tipo de distúrbio mental. Martin não se ofendeu porque não havia sido dito de forma ofensiva. O tom de voz do Dr. Kasim era neutro, como se estivesse simplesmente apontando um fato, como dizer que Martin tinha olhos castanhos. Quando Dr. Kasim falou, Damon e os outros homens concordaram com a cabeça. Seus semblantes demonstravam compaixão e preocupação, como se Martin tivesse acabado de ser diagnosticado com uma doença letal e eles estivessem ali para dar apoio. Martin, por sua vez, não sabia como reagir. Que tipo de doutor ele era afinal? Martin nunca perguntou e ninguém nunca falou.

Martin estava sentado na ponta do sofá, bem próximo ao Dr. Kasim. Vendo o rosto confuso de Martin, o doutor esticou o braço e apertou a mão dele. Até que, para um idoso, seu aperto era bem firme.

— Não precisa se preocupar, irmão — Dr. Kasim garantiu. — Vou te ajudar. Todos nós vamos.

Damon e os outros concordaram com as cabeças de novo.

— Me ajudar com o quê? — Martin questionou. — Eu não chutei a pobre garota. Só a ajudei a pegar a torta do chão.

— Chutá-la teria sido menos pior — Carver disse.

Martin o olhou com surpresa, mas os outros homens, incluindo Dr. Kasim, não demonstraram nenhuma reação.

— Já ouviu falar no termo "mentalidade escravizada"? — Dr. Kasim perguntou.

— É lógico.

— Você sabe o que significa?

Martin franziu a testa.

— Está querendo dizer que eu tenho mentalidade escravizada...

Dr. Kasim balançou a cabeça devagar.

— Não. Estou dizendo que você tem algo bem pior. A mentalidade escravizada é só um dos muitos trágicos sintomas. E, pior ainda, você não é o único. Todos os homens negros no mundo sofrem do mesmo distúrbio mental que você. Desde o dia em que nascem até o dia em que morrem.

Martin olhou para os outros homens. Semblantes sérios, solenes. O que o Dr. Kasim estava prestes a revelar era muito importante para eles. Um segredo que veneravam. Essa era a última porta se abrindo. Martin se virou de novo para o doutor. Aqueles olhos milenares e fantasmagóricos o analisando. Ele estava quase receoso de fazer a pergunta.

— Do que está falando?

Dr. Kasim encostou a ponta do cachimbo contra a têmpora.

— Existe uma interferência que confunde a mente do homem negro. Essa interferência atrapalha a concentração de crianças negras na escola. Transforma adolescentes negros em viciados em drogas e assassinos. Impede que homens negros se tornem bons pais e provedores. Faz com que o homem negro se comporte como um escravo, mesmo quando é o senhor. Essa interferência impede o homem negro de andar com a cabeça erguida. Não existe um nome científico para ela e não vai achar essa descrição em nenhum livro médico, mas é tão real quanto a depressão, a bipolaridade ou qualquer outro distúrbio psicológico. Eu chamo simplesmente de "ruído negro".

— E está dizendo que eu tenho essa doença? Esse ruído negro?

Dr. Kasim assentiu.

— Mas não só você. Como eu disse, todos os homens negros sofrem com isso. E essa foi a razão que me fez construir Forty Acres. Para ajudar homens negros fortes a livrarem suas mentes dessa interferência. Para ensiná-los a diminuir o ruído. E quando os meus alunos conseguem isso, ninguém mais pode pará-los. Olhe só para os resultados. — Dr. Kasim balançou as mãos indicando os outros homens no cômodo, como um mágico concluindo seu maior truque.

Os homens estavam sorrindo para Martin agora, seus semblantes iluminados por uma alegria desconhecida. Será que aquilo era verdade? Que esses homens conseguiram seu sucesso extraordinário por causa de uma terapia misteriosa?

— Martin, ouça o que ele tem a dizer — Damon instruiu. — O doutor vai mudar a sua vida pra sempre.

— Irmão, quando o ruído vai embora — Solomon completou —, o mundo inteiro ganha uma nova forma.

— Esse é um novo começo, irmão — Kwame disse. — Um lindo começo.

Tobias bateu no ombro de Martin.

— Eu queria ser você, aprendendo tudo pela primeira vez.

Até Carver estava sorrindo para ele.

— Você tem sorte de estar aqui, Grey. Reduzir o ruído vai mudar toda a sua forma de pensar.

Dr. Kasim soltou uma onda de fumaça enquanto olhava para Martin. Estudando-o.

— Eu posso curá-lo da doença. Posso reduzir o ruído negro em sua cabeça. Mas você tem que abrir a mente para a cura funcionar. Será que consegue abrir sua mente, irmão?

Foi o último comentário de Carver que ficou na mente de Martin. Parecia que Martin estava no centro de uma intervenção surreal. E quanto mais pensava, mais fazia sentido. Era exatamente isso. Nas mentes deles, ele era um viciado. Não um viciado em drogas, mas viciado nessa tal doença que eles acreditavam ser a responsável por atrapalhar o desempenho do homem negro. Eles tinham levado Martin para Forty Acres numa tentativa de fazê-lo confrontar a verdade e, como Carver mesmo tinha colocado, mudar o seu jeito de pensar. O objetivo era convencê-lo a aceitar essa visão de mundo incomum — uma visão afrocentrada que, sem dúvidas, os fortalecia. Fazia com que ganhassem confiança e andassem com a cabeça erguida. E o que havia de errado nisso? O que diferenciava Forty Acres de outros country clubes particulares no país? Clubes onde os empregados negros serviam os membros brancos. Forty Acres era o oposto, atendendo ao humor ácido. Se aceitar a filosofia do "ruído negro" era o passo que faltava para fazer parte do círculo íntimo, tudo bem. Martin não sabia se Damon e os outros realmente se beneficiavam com os ensinamentos do Dr. Kasim, mas o que tinha ouvido até ali era intrigante.

— Sim, posso abrir a mente — Martin respondeu enfim. — Diga. Como diminuo o ruído negro?

Dr. Kasim franziu a testa.

— Antes de responder isso, você precisa de outra resposta.

— O que quer dizer? Qual resposta?

— A resposta para a pergunta que ainda não fez. — Martin ficou calado, tentando entender. Dr. Kasim continuou. — Se você dissesse para mim que ouve um ruído estranho, o que esperaria que eu respondesse?

— Que ruído?

Dr. Kasim concordou com a cabeça.

— Por que não me perguntou isso?

Martin pensou a respeito.

— Acho que imaginei ser um tipo de metáfora.

— Talvez. Mas metáfora relacionada ao quê? Você não perguntou por que não acredita em nada disso. Estou certo?

Depois de um momento, Martin franziu a testa.

— Desculpe. Não é que eu não acredite. É só difícil de entender.

Dr. Kasim sorriu.

— Não se desculpe por ser sincero. A honestidade é a primeira indicação de que sua mente está pronta para se abrir. — Então o Dr. Kasim se moveu para mais perto. — Só um tolo acredita em qualquer coisa que digam para ele sem questionar. Você é um tolo, irmão?

Martin negou com a cabeça.

— Não, não sou.

— Prove. Prove que sua mente está aberta de verdade.

De início Martin não soube o que responder. Sua mente ficou paralisada diante daqueles olhos fantasmagóricos e intensos. Então a resposta veio à sua mente. Era tão óbvio que ele não tinha conseguido ver de início. A resposta era a pergunta.

— O ruído negro. O que é?

Dr. Kasim se reclinou na cadeira, com um sorriso satisfeito.

— Agora sim estamos avançando.

CAPÍTULO 42

Oscar pegou cuidadosamente um antigo porta-retratos sobre a verga da chaminé e entregou ao Dr. Kasim. A fotografia desbotada, em preto e branco, mostrava um jovem negro, as costas nuas e musculosas, ao lado de um arado de madeira preso a um cavalo. Ao fundo havia uma casa gasta e um estábulo novo em folha em meio a um campo. O jovem parecia cansado e sujo, mas ainda havia determinação e orgulho em seus olhos cinza.

— Esse sou eu, quando ainda era Thaddeus Walker, na minha fazenda em 1937. — Dr. Kasim falava com tanto orgulho, que não havia dúvidas de que era o homem da foto. — Meu pai era um arrendatário e, quando o dono morreu, ele deixou de herança para o meu velho um pequeno pedaço da terra. Pouco depois de um ano, meu pai caiu morto e eu a herdei. Era apenas um acre, mas trabalhei duro naquele chão. Meu pai tinha dado duro naquela terra e eu estava disposto a fazer vingar. Um belo dia me dei conta de que o pequeno pedaço de terra tinha expandido um pouco. Ao longo dos anos fui comprando pedaços de terra ao redor do meu terreno e, rapidamente, uma fazenda de quinze acres era minha. Pode não parecer muito hoje, mas na Macon daquela época, a única coisa que homens negros tinham eram as roupas que vestiam. Um negro com um terreno de quinze acres era algo extraordinário. Casei com a negra mais linda da cidade. As pessoas se espelhavam em mim. Tinha grandes planos para expandir ainda mais o meu terreno e ter muitos filhos para me ajudar a mantê-lo. Eu achava que estava com a vida ganha. Mas fui ingênuo. Tinha mais dinheiro do que muitos brancos na cidade, mas não percebi a inveja e o desgosto nos olhos deles até ser tarde demais.

O Dr. Kasim passou a fotografia de volta para Oscar, que a retornou à verga com cuidado. Havia um vestígio de tristeza nos olhos do Dr. Kasim quando a fotografia deixou suas mãos, como se odiasse ter que se despedir do jovem sonhador da foto. Martin e os outros esperaram pacientemente enquanto o doutor reacendia o seu cachimbo. Embora com certeza os outros já tivessem ouvido a história antes, pareciam tão compenetrados quanto Martin.

Dr. Kasim deu um trago no cachimbo e depositou as cinzas no cinzeiro mais próximo, então continuou sua história, com os olhos transbordando amargura.

— Richard Brown Júnior era filho único do dono de terras que deixou aquele pequeno terreno para o meu pai. Pai e filho só eram parecidos no nome. Desde o início, Júnior se ressentiu do generoso presente deixado para o meu velho. E quando o meu negócio começou a concorrer com o dele, ele foi consumido pelo ódio. Por várias vezes quis comprar minha fazenda e eu sempre recusei de cara. Não porque o valor não fosse justo, mas porque acreditava que aquele terreno era quem eu era. Minha identidade. E sem aquilo eu não seria nada.

Mas Júnior enxergou o gesto como o de um Negro abusado o fazendo parecer um tolo, logo ele, um homem branco. Então desistiu de comprar minha terra e deu outro jeito de consegui-la. Ele sussurrou nos ouvidos de alguns amigos, pessoas que tinham contatos na justiça e no cartório. Pessoas brancas que se sensibilizaram com o problema que ele tinha com o Negro. Então, de repente, o juiz revogou o testamento do pai de Júnior. Aquele pequeno pedaço de terra foi arrancado de mim e entregue a Júnior. E, ainda pior, já que adquirir os terrenos ao redor estava diretamente ligado ao fato de que herdei aquela terra, fui obrigado a vender tudo para Júnior por menos de um décimo do valor. E quando recusei o dinheiro de Júnior, o xerife e seus agentes expulsaram a mim e a minha esposa do terreno.

— Mas eles não podiam fazer isso — Martin disse, imediatamente se arrependendo da frase impulsiva. A história do Dr. Kasim acontecera numa época em que a cor da pele determinava qual justiça receberia.

— Ah, mas fizeram — Dr. Kasim falou. — Eles fizeram aquilo da mesma forma que o governo arranca cinquenta por cento de cada dólar que você ganha. Eles roubaram a minha terra ali em plena luz do dia. Em nome da lei...

— A lei branca. — Tobias disse com um grunhido.

Martin se comoveu com a história do Dr. Kasim, e podia entender que qualquer um que sofrera tamanha injustiça guardaria rancor de quem o fez mal, mas o que aquilo tinha a ver com o ruído negro que afetava a todos os homens negros?

Martin se questionava quando Dr. Kasim sorriu e disse:

— Paciência, irmão. Estou chegando lá. A pergunta é: você está pronto?

Martin não ofereceu resposta e Dr. Kasim não esperou por uma. Em vez disso, o velho soprou fumaça e continuou.

— Minha reação ao perder a terra foi surpreendente. Não fiquei desolado, arrasado ou deprimido. Nada disso. Sentia tanta raiva que não havia espaço para mais nada. Nem para o amor de minha esposa. Eu a levei de volta para a casa do pai dela e nunca mais a vi. Vivi no mato ao redor do meu terreno e tudo o que fazia era comer, cagar e observar o homem branco. Por semanas e mais semanas, vi aquele homem branco, com sua família branca e seus amigos brancos, aproveitando o que era meu, e minha raiva só aumentou. Comecei a perceber que aquela raiva, pura e genuína, não se devia só a uma perda pessoal. Era algo mais profundo. Como se uma pressão dentro de mim tivesse finalmente se libertado. Era a raiva que sentia por todos os crimes cometidos contra o meu povo. O sequestro, o estupro, a escravidão e o genocídio. Era a raiva porque ninguém tinha sido punido. Era a raiva que diziam que os homens negros tinham que reprimir. A raiva que nos dizem para esquecer porque o estupro e o assassinato aconteceram no passado. Era essa raiva que eu sentia ao olhar para aquele homem branco... E comecei a me sentir grato a ele. Porque aquela raiva me guiou em direção a um propósito maior. Um propósito mais importante do que ser dono de meros acres de terra. Decidi que não ia mais seguir as regras dos homens brancos. Não, eu ia libertar a minha raiva acumulada e dedicaria a minha vida a vingar o meu povo.

Dr. Kasim pausou, retomando o fôlego.

— E como pretendia fazer isso? — Martin perguntou.

Inesperadamente, o Dr. Kasim deu de ombros.

— Não fazia ideia. Mas sabia por onde começar. Saí do mato segurando o meu chapéu e pedi um trabalho a Júnior. A maioria das pessoas pensaria duas vezes antes de manter por perto um cara cuja vida havia destruído, mas ele estava tão ansioso para terminar de humilhar o Negro abusado que me deu o trabalho. Dei duro e economizei cada centavo até que, depois de uns anos, eu tinha o suficiente para pedir demissão e comprar o meu próprio pedaço de terra no condado vizinho. Era só um acre, outro pequeno pedaço de terra como aquele que meu pai tinha deixado para mim, mas dessa vez eu tinha uma ideia nova para fazer o terreno render. Voltei para fazer uma visita a Júnior, mas não na luz do dia. Fui no meio da noite. Do mesmo jeito que os ancestrais dele invadiram as vilas africanas. Do mesmo jeito que os senhores de engenho se deitavam nas camas das negras escravizadas e as estupravam. Eu sequestrei Júnior e o mantive acorrentado a uma viga no meu estábulo. O meu terreno era bem isolado, então eu o fazia trabalhar durante o dia e o acorrentava à noite. E olha, o trabalho rendia muito daquele jeito.

Martin não podia acreditar. Não podia.

— Tá dizendo que fez o Júnior seu *escravizado*?

— É exatamente o que estou dizendo.

— Mas isso é...

— Sim, diga — Dr. Kasim incentivou. — Ilegal?

Martin tinha pensado em outra palavra: "errado". Mas ao ouvir o tom irônico do Dr. Kasim, ele apenas concordou com a cabeça.

— Ultrapassar um sinal vermelho é ilegal. Saquear a casa de alguém é ilegal. Mas sequestrar um homem e o manter preso pela vida inteira como um animal, isso é bem pior, não concorda?

Martin não disse nada. Dr. Kasim tinha acabado de confessar um crime seriíssimo como se não fosse nada. Sim, aquilo havia acontecido há décadas, mas até onde Martin sabia, crimes de sequestro e escravidão não prescreviam. E o que mais o incomodava era que Damon, Solomon, Tobias, Kwame e Carver pareciam bastante confortáveis com a confissão do Dr. Kasim.

— Você parece chocado — Dr. Kasim disse a Martin.

— Não devia estar? Se essa história for verdade...

Dr. Kasim sorriu.

— Sou um homem velho. Posso confundir alguns detalhes, mas as partes boas, como a primeira vez que acorrentei aquele babaca branco, isso eu nunca erro.

— Esse é um crime bem sério. Por que contar pra mim?

— Porque você me perguntou sobre o ruído negro.

— Ainda não ouvi nada sobre nenhum ruído negro.

— Ouviu, sim. O desconforto e a resistência que está sentindo agora é uma reação normal quando começa a tomar consciência do ruído.

— Mas não ouço nenhum maldito ruído — Martin respondeu bruscamente.

Dr. Kasim gesticulou seu cachimbo em direção a Martin.

— A irritação também é uma reação comum. Sua mente quer se fechar, mas você tem que resistir ao impulso. Precisa manter a mente aberta até eu terminar a história. Pode fazer isso, irmão?

— Acredite, tô tentando. Mas até agora você só ficou falando.

Dr. Kasim concordou com a cabeça.

— Às vezes você não percebe algo até que desaparece. E foi exatamente isso que aconteceu comigo. Quando eu tinha a minha primeira fazenda, só entrava em contato com os homens brancos quando precisava ir até a cidade comprar sementes ou mantimentos nas lojas deles. Um homem negro tinha que ter cuidado porque o humor do homem branco era imprevisível. Às vezes um homem branco te trataria como qualquer outra pessoa e cobrava um preço justo. Outras vezes era cruel e subia o preço só por você ser um Negro. E de vez em quando eles simplesmente se recusavam a fazer negócio com você. Eu detestava ter que ir lá porque fazia com que me sentisse menos que um homem, mesmo que eu fosse um dos fazendeiros mais bem-sucedidos no condado. Eu nem olhava nos olhos desses homens brancos por muito tempo porque tinha medo de que eles entendessem mal. Mas depois que Júnior roubou a minha fazenda e eu o raptei, algo em mim mudou. Ao longo do tempo, enquanto forçava Júnior a trabalhar na minha terra, comecei a perceber uma mudança forte na minha personalidade. De pouco em pouco, quando ia até a cidade, lidava com aqueles homens brancos com cada vez mais confiança. Meu jeito se tornou mais firme e direto. Eu erguia a cabeça e olhava bem nos olhos daqueles homens brancos. E o estranho era que, não importava o humor deles, nunca se ofendiam. De repente, eles agora me tratavam com respeito. Era como se o subconsciente deles estivesse reagindo ao que tinha mudado em mim. Mas o que era? O que havia mudado em mim? Olhando para trás, a resposta parece óbvia, mas na época eu tive que pensar muito até desvendar o mistério. — Dr. Kasim tocou um dedo na têmpora. — O constante ruído negro na minha cabeça que tinha acabado com o meu orgulho e a minha humanidade... Havia desaparecido. Era essa a mudança.

— Isso ainda não explica o que é o ruído negro — Martin falou.

Dr. Kasim cravou os olhos em Martin, uma eternidade de conhecimento jorrava daquele olhar.

— O ruído negro são gritos — o doutor respondeu com a voz sombria. — Os gritos dos nossos ancestrais que foram sequestrados, escravizados, torturados, estuprados e assassinados, e pedem por vingança.

A súbita intensidade do discurso do Dr. Kasim fez com que Martin recuasse, como se estivesse desviando de uma onda de calor proveniente de uma chama acesa. Os outros homens concordaram com as cabeças.

— Os gritos dos nossos ancestrais assombram a alma de todo homem negro — Dr. Kasim disse, sua voz demonstrando angústia. — É um lembrete constante de que os homens brancos não só dominaram nossos antepassados como arrancaram sua humanidade. E por causa desse legado de vergonha e humilhação, no fundo, todo homem descendente da África, não importa o quão rico ou o quão poderoso seja, cultiva a semente venenosa que o faz duvidar de que seja igual ao homem branco. E, ainda pior, faz com que ele tenha medo do homem branco.

Martin ficou calado por um momento.

— Não me sinto assim — ele disse enfim de modo pensativo. — Não me sinto inferior às pessoas brancas.

Dr. Kasim soltou um grunhido, como se não acreditasse.

— É óbvio que vai negar. Que tipo de homem admitiria que é inferior a outro homem? Mas se sua mente estivesse aberta mesmo, veria que o que digo é verdade. O ruído negro é bem real. Vive ali nos bastidores, inibindo o homem negro como uma coleira invisível. Apenas quando você o conhece, pode aprender a minimizá-lo.

Martin pensou nisso por um instante.

— E como você faz isso? — perguntou.

— Foi isso que descobri quando fiz do Júnior meu escravo — Dr. Kasim respondeu. — O meu pequeno ato de vingança amenizou o ruído negro. Então, toda vez que eu encarava um homem branco, podia olhar bem nos olhos dele, porque eu tinha feito algo para vingar a minha raça. Não era mais uma vítima, rastejando aos pés do meu opressor. Podia, enfim, estar frente a frente com o homem branco porque agora eu era seu igual. Os gritos dos meus ancestrais foram substituídos pelas súplicas do homem branco acorrentado no meu estábulo.
— Dr. Kasim se aproximou e colocou a mão no ombro de Martin, como um pai faria com um filho. — Irmão, até minimizar o ruído em sua mente, você será incapaz de olhar no olho do homem branco com verdadeiro orgulho. E, por causa disso, nunca vai atingir seu potencial verdadeiro.

Damon, Solomon, Tobias, Kwame e Carver sopraram fumaça e viraram seus drinques.

— Amém — Tobias disse.

Martin se virou para o doutor de novo. Ainda não fazia sentido.

— Está dizendo que pra conseguir alcançar o verdadeiro potencial, um homem negro tem que prender um homem branco no porão?

Dr. Kasim fez uma careta.

— Vamos lá. Pense, irmão. Acha que homens como esses, homens sob constante vigilância, conseguiriam se safar fazendo isso?

— Não — Martin respondeu, captando o tom dissimulado na voz do doutor. — Isso seria insensatez.

— Lógico que seria — Dr. Kasim sussurrou.

— Mas, de acordo com a sua teoria, é preciso um ato de vingança para se livrar do ruído negro. Um ato de vingança contra um homem branco.

— Ah, não é uma teoria, irmão. — Dr. Kasim gesticulou ao redor indicando os livros na biblioteca. — Poderia te mostrar inúmeros estudos sobre os efeitos da injustiça nefasta na psique humana. Depressão, autodepreciação, QI reduzido, suicídio, até disfunção erétil. Poderia te mostrar outras dezenas de pesquisas feitas por psicólogos renomados que alegam que a vingança é uma característica essencial no ser humano. Um instinto primordial tão natural e necessário como a reprodução. Está até mesmo na Bíblia. Olho por olho, dente por dente. — Dr. Kasim balançou a cabeça. — Não, Martin. O que ensino não é uma teoria. É um fato.

Martin olhou para os outros homens. Todos o observavam em expectativa. Martin não sabia exatamente o porquê, mas de repente sentiu medo de fazer a próxima pergunta.

— Então se vocês não têm escravizados presos em porões ou sótãos, como fazem? Como se livram do ruído negro?

Em perfeita sincronia, Damon, Solomon, Tobias, Kwame e Carver se viraram para o Dr. Kasim, como se não se atrevessem a responder sem sua permissão. Martin se sentia muito mal ao ver esses homens poderosos se comportando de maneira tão subserviente ao velho enigmático. Dr. Kasim simplesmente assentiu para Damon, que então se virou para Martin e sorriu. Era o sorriso de quem mal podia esperar. E esse sorriso aterrorizou Martin por completo. Isso porque, antes mesmo de Damon abrir a boca, Martin soube que havia algo de muito errado com Forty Acres. Algo tão errado que eles tinham que escondê-la no meio do nada e protegê-la com um exército particular. De repente Martin não queria saber a resposta à sua pergunta. Mas era tarde demais.

CAPÍTULO 43

— Nós nos livramos do ruído negro vindo pra cá — Damon disse, abrindo os braços como se desse boas-vindas a alguém. — Passando um tempo aqui em Forty Acres.

Demorou até que o significado das palavras de Damon fincasse. Martin sabia que tinha algo estranho em Forty Acres e tinha se preparado para o choque, mas nada podia tê-lo preparado para a verdade terrível. Ele prendeu a respiração. Estava tão embasbacado que se sentia tonto. Ele largou o drinque e cobriu o rosto com as mãos.

— Você está bem, filho? — Solomon questionou.

Martin ignorou Solomon. Ele levantou a cabeça e olhou para o Dr. Kasim. Seus olhos observavam o velho em completa descrença. Martin tentou fazer a pergunta que precisava ser feita, mas as palavras simplesmente não saíam. Talvez fosse porque já soubesse a resposta.

Dr. Kasim ergueu a mão, gentilmente silenciando Martin, então disse com a voz cheia de orgulho:

— Sim, irmão. Aqui em Forty Acres os homens negros são os Senhores... E os brancos são os nossos escravizados.

Martin fez algo que surpreendeu até a si mesmo. Ele riu. Gargalhou do desatino e da surrealidade daquele momento. Riu porque era absurdo demais para ser real. Martin olhou para os outros homens, esperando que gargalhassem também. Esperando que Damon lhe desse um tapa nas costas e contasse que aquela leviandade era só mais uma das piadas sombrias do Dr. Kasim.

— Sabemos como se sente agora — Dr. Kasim disse. — Sua primeira reação vai ser de horror. Revolta. Talvez até ódio. Mas terá que pensar além disso. Você precisa ver o propósito maior. O que fazemos não é pessoal nem é sobre os indivíduos. É sobre fazer a raça branca pagar pelos seus crimes impunes contra a raça negra. Por muito tempo o homem negro contemporâneo decepcionou seus ancestrais. Vivemos no conforto sobre os túmulos de nossos antepassados que sofreram de maneira horrenda e nunca foram vingados. O que fazemos aqui em Forty Acres não atende ao egoísmo. É um dever que somos privilegiados por executar. Um dever necessário para livrar nossas mentes do ruído e para usar essa liberdade como combustível para nos tornar homens negros fortes. Homens que podem guiar o nosso povo para fora da lixeira histórica em que fomos jogados. E talvez um dia todos os homens negros conseguirão diminuir esse terrível ruído em suas mentes e erguer a cabeça com verdadeiro orgulho. Não apenas reaja, meu irmão. Lembre-se de que foi programado pelo homem branco para ignorar o ruído negro. Mas estou te dizendo agora para ouvi-lo. Realmente os ouça! — Dr. Kasim se inclinou para frente e segurou o ombro de Martin. Sua voz era tranquila. — Vai ignorar os gritos dos seus milhões de ancestrais ou irá se juntar a nós?

Martin não respondeu. Sua mente tinha entrado em curto-circuito pelo choque e pela indecisão. Tudo o que Dr. Kasim tinha dito fazia sentido de um jeito distorcido. E ainda que Martin sentisse que o que faziam era errado, ele teve que se perguntar: *Sinto que é errado por que, como o Dr. Kasim disse, fui programado a pensar assim? Por não buscar vingança, estou realmente traindo meus ancestrais?* Damon, Solomon, Tobias, Carver e Kwame eram homens inteligentes e seguiam a filosofia do Dr. Kasim. Eles tinham que estar vendo algo que Martin não via. Era realmente a programação que o fazia hesitar ou era simplesmente o bom senso?

Damon e os outros homens começaram a colocar as mãos nos ombros de Martin para confortá-lo.

— Essa é a parte mais difícil — Damon disse. — A dúvida que sente agora é impossível de negar. A lavagem cerebral é tão profunda que não consegue ver nada além disso.

Então Solomon falou:

— É por isso que precisa confiar em nós. Nunca vai deixar de pensar que é errado enquanto não aceitar. Quando aceitar e o ruído deixar a sua cabeça, verá o lado bom.

A cada aperto encorajador em seus ombros, a cada palavra convincente, Martin se sentia mais tentado a se juntar à irmandade secreta. E seria tão fácil se deixar levar, tão fácil se deixar seduzir. Seria membro de uma fraternidade rica e poderosa, unida por um segredo tão grande que a lealdade que compartilhavam seria infinita. Os benefícios dessa relação mudariam sua vida de maneira incalculável. Não somente ele, como Anna e seus futuros filhos. E o preço dessa conexão também era tentador. Tudo o que precisava fazer era abraçar a ideologia do Dr. Kasim. Não seria difícil, já que Martin acreditava haver alguma verdade na ideia do "ruído negro". Martin sentia que sua autoestima diminuía toda vez que estava perto de homens brancos? Com certeza não. Mas, às vezes, quando estava perto de homens brancos, ele sentia algo. Um vestígio de insegurança, do mesmo modo que ficaria diante de alguém que respeita muito. Uma necessidade desmedida de aprovação. Martin não sabia se outros homens negros se sentiam assim também, mas para ele era real. De fato, quanto mais pensava, mais tinha certeza de que Dr. Kasim havia descoberto algo importante: um bicho-papão na psique da comunidade negra que devia ser discutido e estudado. Mas tomado pelo ódio, o velho doutor não estava interessado em pesquisas, somente na vingança em nome da justiça há muito tempo necessária. E era ali o limite de Martin. Sequestrar e escravizar pessoas inocentes por causa de maldades cometidas por seus antepassados parecia um crime ainda maior do que o original. Martin tinha orgulho de ser negro, mas, antes de tudo, era humano. O que era verdade há centenas de anos ainda era verdade hoje e continuaria a ser verdade para sempre.

Escravizar outro ser humano era um ato abominável e cruel.

Não podia ser justificado simplesmente com uma baboseira filosófica. O Dr. Kasim e seus discípulos tinham se transformado exatamente naquilo que juravam odiar.

E com essa conclusão, uma onda de raiva invadiu Martin. Raiva porque homens que ele admirava tanto tinham se mostrado criminosos. E do pior tipo. Criminosos do ódio. Raiva porque eles o convidaram para ser cúmplice de um crime contra a humanidade como se estivessem fazendo um grande favor. Mas o pior de tudo era a raiva porque Damon e seus amigos de merda acreditavam que ele era igual a eles.

Martin olhou para Damon. Um olhar que berrava "para onde você me trouxe?"

Damon respondeu com um sorriso paciente.

— Está tudo bem, Martin. Você vai ver.

Está tudo bem? Martin teve vontade de avançar contra ele e esganá-lo, mas Dr. Kasim esticou o braço e apertou a mão de Martin.

— Irmão, por favor, não permita que essa decisão te cause estresse. Está tudo bem, independentemente do que decida.

Os outros homens assentiram.

Martin trincou o maxilar e olhou bem no olho do velho doutor. Martin estava prestes a rejeitar o convite leviano de cara quando foi surpreendido por uma voz atrás dele.

— É óbvio, Sr. Grey, que se você decidir não aceitar, acreditamos que podemos confiar em você para guardar o nosso segredo.

Martin se virou e viu Oscar parado atrás dele. Com os últimos acontecimentos, Martin tinha se esquecido de que o braço direito do Dr. Kasim estava ali. Mas o olhar frio de Oscar serviu como um balde de água fria, estimulando ainda mais a raiva de Martin. Naquele instante elucidativo, outro sentimento surgiu. Medo. *Era isso que tinha acontecido com Donald Jackson? Jackson tinha rejeitado a filosofia leviana do Dr. Kasim? E para mantê-lo calado, eles tinham...?*

Chocado, Martin percebeu que sua vida corria perigo. Não o deixariam voltar para casa carregando esse segredo. Não esses homens. Ele entendeu que não importava a sua opinião sobre Forty Acres, só havia um jeito de conseguir retornar inteiro para Anna.

Os olhos inexpressivos de Oscar continuavam fixos no rosto de Martin. Analisando-o. Procurando por brechas.

— Podemos contar com a sua discrição, não é, Sr. Grey?

— É lógico — Martin disse, tentando manter a voz estável. Tentando impedir que o pânico ficasse nítido.

— É óbvio que sim — Dr. Kasim disse a Oscar em um tom que encerrava a discussão. — Não duvidei disso por um segundo. — Dr. Kasim então se voltou para Martin. Seu sorriso era relaxado e convidativo, quase hipnótico. — Então me diga, irmão, vai se juntar ao meu pequeno clube ou não?

Martin sabia que sua resposta tinha que ser completamente convincente. Se eles suspeitassem por um único minuto que ele estava fingindo...

— Você nasceu pra esse lugar, irmão — Kwame disse. — Junte-se a nós.

— O Kwame tá certo — Tobias confirmou. — Você precisa fazer parte disso.

Damon demonstrava compaixão.

— Sei que deve estar em choque com isso, Martin, mas como o Solomon disse, precisa confiar em nós.

Poderia ser assim tão simples? Martin se questionou. Se dissesse que queria fazer parte, simplesmente acreditariam nele e providenciariam um cartão de membro? Não podia ser assim tão fácil.

Carver estava impaciente.

— Pare de ser tão dramático, Grey. Você sabe que quer aceitar. Desembucha logo.

Enquanto os outros olhavam para Carver, Dr. Kasim continuou recitando seus conselhos de avô.

— Não deixe Carver influenciá-lo — ele disse a Martin. — Qualquer coisa que decidir será aceita. Apenas me dê a sua resposta.

Martin olhou para Carver, que exibia seu familiar sorriso malicioso. Ele assentiu para Martin, incentivando-o a responder. Na verdade, Carver parecia quase ansioso demais. Aquilo confirmou tudo o que Martin precisava saber.

Martin se levantou e se virou para o Dr. Kasim.

— Minha resposta é não! *Não, porra!* Esse lugar é bizarro e todos vocês perderam a porra da cabeça!

CAPÍTULO 44

Quando Martin viu Dr. Kasim e os outros homens reagindo à sua rejeição com sorrisos e risadas, soube que tinha feito a escolha certa. Qualquer homem que concordasse prontamente em fazer parte de uma conspiração ilegal tinha que ser estúpido ou mentiroso. Martin preferiu permitir que eles continuassem tentando seduzi-lo. Deixá-los acreditar que haviam vencido através da persuasão, assim acreditariam. Como Martin tinha esperado, Dr. Kasim e os outros confirmaram que a reação dele era perfeitamente normal. Martin simulou resistir, então finalmente fingiu ceder e se sentou de novo.

— Você precisa entender que a resistência que sente é resultado da lavagem cerebral — Dr. Kasim disse. — O homem branco colocou na sua mente que precisa sentir medo da própria negritude.

Martin balançou a cabeça, incerto.

— Não sei. Não sei o que pensar.

— A questão é o que te fez *sentir*. A história que te contei sobre os Zantu, sobre o fato de ser um descendente direto de uma tribo extinta. Como isso te fez sentir?

— Terrível, é lógico. E, ainda assim, especial.

— E com raiva? Te causou raiva?

— Sim, um pouco.

— Um pouco? Você acha que essa é uma reação normal de alguém que descobre que sua família foi massacrada? Um pouco de raiva?

— Mas foi há tanto tempo.

— Quando judeus falam do seu povo assassinado em câmaras de gás nazistas, eles parecem ter só um pouco de raiva?

— Não — Martin respondeu.

— Você está certo — Solomon interferiu. — Os judeus têm tanto ódio que estão até hoje caçando nazistas. E não os culpo.

— Só o homem negro sofre lavagem cerebral para enterrar a raiva — Dr. Kasim disse a Martin. — É por isso que está resistindo ao que oferecemos, porque o homem branco fez uma lavagem cerebral na sua cabeça para evitar que o odiasse. Para deixar o passado no passado enquanto eles e seus filhos se beneficiam com a exploração de nossos ancestrais. Eles sorriem para nós e fazem negócios conosco, mas estão rindo pelas nossas costas.

— Não. Não acredito nisso, e mesmo se acreditasse, não podemos simplesmente fazer o que quisermos. Aplicar nossa própria punição.

— E por que não, porra? — Tobias perguntou. — Tudo o que você é foi pisado e rejeitado por pessoas brancas, e, mesmo assim, você tá feliz de viver sob as regras deles? Onde estavam essas regras quando estupravam nossas mães e chicoteavam nossos pais?

Dr. Kasim assentiu para Oscar, que recolheu um álbum de fotografias de couro de uma prateleira e entregou a Martin. Em uma caligrafia gravada em ouro na capa, podia-se ler "Fotos de Família".

Martin arqueou a sobrancelha para o doutor.

— Abra — Dr. Kasim disse.

Martin abriu o álbum e estremeceu com o que viu. Era uma fotografia em preto e branco de 1920 mostrando um linchamento horroroso. Quatro homens brutalmente espancados e mortos estavam pendurados pelos pescoços em uma árvore. A multidão branca ao redor festejava enquanto um homem usava um facão para cortar os genitais de uma das vítimas, como se fosse um troféu. Martin já tinha visto fotos de linchamentos antes, mas nada como aquilo.

— E onde estavam as regras deles quando fizeram isso? — Tobias perguntou.

Martin balançou a cabeça em desgosto e fechou o álbum.

— Não pare aí — Dr. Kasim falou. — Tem muito mais. Corpos queimados, mutilações, desmembramentos, está tudo aí. Tudo de cruel que pode ser feito no corpo humano, fizeram com o nosso povo. Quero que testemunhe isso, irmão. Continue olhando.

— Não — Martin disse, sentindo verdadeira repugnância. Ele jogou o álbum sobre a mesa de centro, como se queimasse a pele. — Conheço a história. Não preciso ver.

Dr. Kasim apontou um dedo em sua direção.

— Mas você viu o que acaba de fazer? — Ele provocou. — Em vez de enfrentar a raiva e a dor que essas imagens causam em você, em vez de enfrentar a verdade horrível, você prefere fechar as páginas do passado. Exatamente o que todo homem negro foi condicionado a fazer desde a suposta abolição. Esse é o ruído em você. Ele te faz duvidar do seu valor, da sua humanidade, do seu direito à justiça. Infectando a sua alma com medo.

Martin podia sentir que o observavam. O cômodo de repente pareceu menor, como se os homens estivessem se mesclando uns aos outros. Podia sentir que esperavam por algo. Um sinal de que eles estavam conseguindo fazê-lo entender. Mas que sinal?

— É hora de você parar de temer o homem branco — Damon disse. — É hora de parar de pensar que ele é melhor do que você.

— Mas eu não me sinto assim — Martin insistiu. — Não sinto.

— Você teme o homem branco — Dr. Kasim falou. — Você sabe que sim. — Ele se inclinou para frente e colocou a mão sobre a de Martin. Depois de apertá-la de modo paternal, disse: — Você tem que confiar em mim. Estou aqui para ajudá-lo, irmão. Todos nós estamos.

Os outros homens concordaram com as cabeças.

— Primeiro você admite o medo — Dr. Kasim incentivou —, então vou te mostrar o que é a real liberdade.

Martin percebeu Solomon buscando um lenço em seu paletó. Era isso. Estavam esperando por algum tipo de colapso emotivo. Mas será que ele era capaz? Martin colocou as mãos sobre o rosto. Balançou a cabeça.

— Não sei. — Ele grunhiu. — Simplesmente não sei...

Todos colocaram as mãos sobre ele.

— Seus irmãos estão aqui para te apoiar, Martin — Dr. Kasim disse. — Para te resgatar. É hora de ouvir os gritos dos seus ancestrais, que foram ignorados por tanto tempo por causa do medo. Você consegue ouvir? Consegue ouvir o ruído?

Martin pensou em nunca mais voltar para casa. Em nunca mais ver Anna. Imaginou a dor que Anna sentiria ao descobrir que estava morto. Então seus olhos começaram a arder. Seu corpo foi invadido pela emoção e sentiu lágrimas se formando.

— Sim, consigo ouvir — ele disse enquanto abaixava a cabeça e deixava as lágrimas escorrerem por seu rosto. — Consigo ouvir. Consigo. Meu Deus, consigo ouvir!

Dr. Kasim puxou Martin para perto e o abraçou.

— Está tudo bem, irmão. Vai ficar tudo bem.

Depois que Martin secou os olhos, os homens revezaram em abraçá-lo e dar boas-vindas à família. Damon foi o último a abraçá-lo e seu abraço foi o mais longo. Martin pensou ver alívio e orgulho verdadeiros nos olhos alegres de Damon. Sentiu-se estranhamente tocado, percebendo que a amizade significa muito para eles.

— Hoje foi um momento decisivo para você, Martin. Mas amanhã à noite você terá a sua Iniciação — Dr. Kasim disse. — E então o seu processo de cura vai realmente começar.

— O que é a minha Iniciação? — Martin questionou, levantando a cabeça e sentindo uma pontada de ansiedade.

— Saberá amanhã. Mas tenho certeza de que se sairá muito bem, irmão. — Sua resposta enigmática foi seguida por um alto *pop!*

Eles se viraram e viram que Oscar segurava uma garrafa borbulhante de champanhe. Ele encheu várias taças de cristal e ofereceu a todos. Quando Oscar ofereceu a taça a Martin, disse em um tom formal:

— Bem-vindo, irmão.

Dr. Kasim ergueu a taça no alto e sorriu para Martin.

— Ao meu irmão Zantu. Bem-vindo ao lar.

Com sorrisos enormes, eles brindaram e beberam... Com a exceção de um.

Após dar um gole, Martin percebeu que havia uma pessoa na biblioteca que não sorria nem bebia. Carver estava parado somente observando Martin, a taça de champanhe intocada.

CAPÍTULO 45

Onde seria o melhor lugar para esconder uma câmera de vigilância? Martin se perguntou sentado na cama, as costas contra a cabeceira, fingindo assistir TV. Martin não reconhecia o programa, mas a cena da família brigando durante o jantar o fez desejar estar em casa no mundo normal, e não preso em uma realidade alternativa depravada, criada e governada por um psicopata rico.

Homens negros influentes escravizando homens brancos para vingar seus antepassados. Como isso era possível? E não era em um país atrasado, mas ali mesmo, nos Estados Unidos. Ao menos, ele presumia que ainda estavam nos Estados Unidos. A verdade era que não fazia a menor ideia de onde estava. Ele dormira por quase todo o voo — que ingênuo tinha sido ao achar que fora a tequila a derrubá-lo. Tinha sido drogado, é óbvio. A situação inteira parecia ilógica demais para ser real. Talvez estivesse preso em um episódio de *Além da Imaginação*, um de seus programas favoritos. Mas Forty Acres não era uma fantasia, era bem real e Martin estava determinado a acabar com ela.

Martin sabia o que precisava fazer. Entraria no jogo. Usaria a oportunidade para conseguir o máximo de informações possíveis sobre Forty Acres, então retornaria à civilização e abriria o bico para qualquer autoridade que lidasse com esse tipo de insensatez. Mas participar do jogo não seria fácil. Martin tinha certeza de que desde o momento em que entrara neste lugar, estava sendo analisado minuciosamente.

Quando retornara ao quarto, finalmente longe daqueles olhos observadores, tinha feito todo o possível para conter o medo e o horror que sentia. Ele tinha que aguentar firme. Mesmo dentro do quarto, Martin não podia deixar que a ansiedade revirando seu estômago ficasse aparente, porque se lembrou do rosto do valete magrelo. Lembrou de tentar dar uma gorjeta pelo valete ter carregado as malas e de como o garoto tinha olhado ao redor do quarto com nervosismo. Agora entendia o porquê. O valete sabia que havia câmeras no quarto e que provavelmente estava sendo observado.

Mas onde estavam as câmeras?

Discretamente, Martin desviou o olhar da televisão para observar o quarto, mas ainda não tinha reparado em nenhum lugar que poderia esconder uma câmera. Isso não diminuiu suas suspeitas. Pelo que sabia, as câmeras de espionagem, as melhores, eram tão minúsculas que podiam ser escondidas em quase qualquer lugar, até dentro de itens domésticos como relógios de parede, rádios, lâmpadas e alarmes de incêndio. O problema era que não tinha como Martin vasculhar a mobília do quarto sem denunciar que procurava por uma câmera. Se isso ficasse notório, perceberiam que ele estava fingindo acreditar na história, e então ele se transformaria em um problema que precisava ser solucionado. Muito provavelmente, como Donald Jackson, sofreria um acidente fatal. Ou, para evitar usar a mesma desculpa, diriam que Martin se perdeu em meio ao mato. Talvez fossem mais criativos e alegariam que um urso atacou Martin e o arrastou no meio da noite. Independentemente da mentira da vez, Martin tinha certeza de uma coisa: se Dr. Kasim e os outros desconfiassem por um segundo que Martin planejava traí-los, iriam matá-lo e usariam o poder e o dinheiro para esconder o crime, protegendo o segredo.

Depois de outras espiadelas discretas pelo quarto, Martin decidiu que a estratégia mais segura seria aceitar que as câmeras estavam lá e adequar o comportamento conforme o necessário.

Não procuraria por nada ali, não ainda.

Martin se moveu para debaixo da água do chuveiro e deixou que a pressão gostosa atingisse seu rosto ansioso. A água quente o relaxou enquanto corria pelo corpo, fazendo com que tudo parecesse um pouco mais fácil. *Apenas finja*, Martin dizia a si mesmo. *Tudo o que precisa fazer é fingir.* Apenas aguente a Iniciação amanhã à noite, seja lá o que isso for, e mantenha o personagem por mais dois dias. O quão difícil isso poderia ser?

Lógico que essa era a pergunta que o deixava nervoso. Ele conseguiria enganá-los por mais três dias? E ainda mais problemático — poderia enganar Carver? Martin podia se lembrar dele o encarando depois do brinde. Analisando-o com aqueles olhos traiçoeiros. Se Carver realmente suspeitasse de algo, será que o confrontaria diretamente? Talvez Carver estivesse conversando com os outros em segredo naquele exato momento. Convencendo-os de que não podiam confiar em Martin e de que ele tinha que ser eliminado. Talvez já estivessem orquestrando seu assassinato.

Martin balançou a cabeça debaixo da água, como se assim lavasse os pensamentos tóxicos que invadiam sua cabeça. Não podia deixar o medo paralisá-lo. Ele precisava manter a cabeça fresca e alerta para sobreviver. Talvez o cansaço o estivesse impedindo de enxergar uma saída. Dormir, era disso que precisava. Dormir.

Martin fez menção de fechar o chuveiro. Então, de repente, congelou. Apesar do barulho da água conseguiu ouvir um som perturbador. O som de alguém entrando em seu quarto.

CAPÍTULO 46

Martin saiu do banheiro, ainda molhado e com a toalha enrolada na cintura, e encontrou Carver sorrindo apoiado na porta.

— Agora sei por que não me ouviu bater.

A invasão e o sorriso irritante no rosto de Carver o fizeram esquecer de suas preocupações por um momento.

— Então você decidiu entrar de qualquer jeito?

— Desculpa, Grey. A porta não estava trancada. Além do mais, tenho uma boa razão.

— Sério? Qual?

— Te trouxe um presente. — Ainda sorrindo, Carver se moveu para o lado, permitindo que uma linda jovem entrasse no quarto.

— Boa noite, Sr. Grey.

Por um momento Martin não reconheceu a garota. Ela usava um bonito vestido azul no lugar do uniforme de empregada. Seu cabelo loiro-avermelhado não estava mais amarrado, e sim, solto formando ondas sobre os ombros. Era Alice, a empregada assustada que tinha derrubado sua torta. Era difícil acreditar que era a mesma garota. A beleza de Alice era visível antes, mas agora parecia quase angelical.

— Olá — Martin conseguiu dizer enfim.

— O tanto que você a cercou no jantar, ficou óbvio que gosta dela — Carver disse. — Bem, aqui está. Ela é toda sua.

Martin não conseguiu esconder a surpresa.

— Minha?

Carver riu, aparentemente achando graça de tamanha ingenuidade.

— Uma das minhas coisas preferidas de Forty Acres: as mulheres lindas.

Martin olhou nos olhos de Alice. Ela deu um sorriso agradável, mas a tristeza no olhar era evidente. Martin sentiu vontade de socar Carver. Mas não podia fazer isso. Não ainda. De certa maneira, era tão refém daquela situação quanto Alice.

— Qual o problema? Você gosta de mulher, não gosta, Grey?

— Sim. Óbvio. É só que... — Martin puxou Carver para o canto e sussurrou: — Olha, eu amo minha mulher, ok?

Carver riu.

— E eu amo a minha. Porra, todos nós amamos. O que isso tem a ver? Relaxa. O que acontece dentro dessas quatro paredes fica entre as quatro paredes. — Carver então fechou a cara. — Você não tem um problema sério com isso, tem?

Martin se lembrou do seu personagem. Ele agora era um participante voluntário de um crime desumano; hesitar com a mera ideia de infidelidade pareceria inconsistente e levantaria suspeitas. Quem sabe até levar Alice a ele era parte da Iniciação. Um teste. Hesitar ou demonstrar fraqueza podia fazer com que Dr. Kasim e os outros questionassem seu comprometimento.

— Se te incomoda, é só dizer — Carver falou com os olhos brilhando em suspeita. — Não tem problema, sério.

Martin fez o possível para demonstrar tesão ao se virar para olhar Alice de cima a baixo. Despindo-a com os olhos.

— Não, tô bem — ele respondeu. — Ela realmente é bem bonita.

Mas Carver ainda não tinha comprado.

— Certeza, Grey? Assim, se não for sua praia, posso levar ela de volta pro meu quarto. Tenho uma garota esperando, mas tem sempre espaço pra mais uma.

Martin voltou a olhar para Carver.

— Aqui vai uma ideia melhor. Por que não mete o pé pra que eu possa desembrulhar meu presente?

Carver sorriu.

— Tá bom, Grey. Calma. Tô indo. Escuta, não precisa se preocupar com DSTs nem anticoncepcional nem nada disso. Eles cuidam e testam as bonitas com frequência. Como Dr. Kasim gosta de dizer, "vira-latas não são bem-vindos aqui". — Ele gesticulou com a cabeça para Alice. — Não é verdade, coração?

Alice olhou para o chão enquanto concordava.

— Sim, senhor.

Martin achou a atitude nojenta. E tentou não demonstrar isso ao falar:

— Bom saber. Acho que o doutor pensou em tudo.

— E como — Carver respondeu. Ele olhou para Alice uma última vez. — Ela é incrível, vai por mim. — Carver deu uma piscadela para Martin antes de sair.

Martin trancou a porta e passou a corrente. Quando se virou, Alice tinha se movido. Agora estava ao lado da cama, olhando para ele. Ela alargou o sorriso, mas a tristeza continuava lá.

— Gostou do meu vestido? Escolhi especialmente por sua causa, senhor.

A palavra o atingiu como um tapa. Mal podia olhar para ela. Não podia suportar a ideia de que tinha uma parcela de culpa pelo sorriso triste em seu rosto. A garota o enxergava como os outros, um sequestrador depravado que podia fazer o que quisesse com o seu corpo. Martin estava desesperado para explicar que não era como os outros. Queria oferecer esperança para ela, dizer que traria ajuda. Porém, naquele momento, tudo o que podia fazer era encenar para as câmeras.

— Gosto bastante do vestido — ele respondeu. — Gostaria ainda mais se você o tirasse.

— Sim, senhor.

Com os lindos olhos fixos nele, Alice abriu o vestido. O tecido deslizou até seus tornozelos, deixando-a nua diante dele. Os seios empinados eram proporcionais ao corpo pequeno e curvilíneo.

Martin prendeu a respiração ao ver o corpo dela, uma reação genuína que o pegou de surpresa. Era impressionante que a crueldade da situação não conteve o desejo repentino ou o pulsar no meio de suas pernas, mas Alice era incrivelmente linda.

Ele observou enquanto ela puxava a colcha e se deitava sobre os lençóis brancos. Ela permaneceu ali, com a cabeça erguida, sorrindo para ele. Por debaixo dos lençóis, seus mamilos marcavam o tecido, as montanhas e os vales marcando seu corpo perfeito tornavam tudo mais excitante.

— Você vem pra cama agora, senhor?

Depois de um momento, Martin removeu a toalha e foi para a cama.

CAPÍTULO 47

— Você consegue clarear um pouco? A imagem tá uma merda — Carver disse.

Carver e Oscar estavam dentro de uma sala de vigilância minúscula e apertada, olhando para três monitores LCD por cima do ombro de um guarda. Cada monitor mostrava um ângulo diferente do mesmo quarto escuro. O primeiro mostrava uma visão do teto, o segundo uma visão na altura do olho e o terceiro, um ângulo olho de peixe amplo. Todas as telas transmitiam a mesma imagem granulada de um casal transando debaixo das cobertas. O guarda era um jovem preto de óculos e mexeu com alguns botões e comandos num painel de controle, sem sucesso. As imagens continuavam irritantemente escuras.

Carver grunhiu.

— Você sequer sabe o que tá fazendo?

— Desculpe. Me dá mais um segundo. — O guarda mexeu em mais uns botões até que o vídeo nas três telas se tornou um pouco mais óbvio.

Os rostos tensos de Martin e Alice estavam levemente visíveis, seus corpos em movimento um pouco mais nítidos.

O guarda olhou para Carver com a testa franzida.

— Infelizmente, é o máximo que posso fazer já que as luzes estão apagadas, senhor.

— Tá, tá, me poupe.

— Sinto muito mesmo, senhor, mas a única forma de ver melhor seria com câmeras de visão noturna.

— E por que diabos você não tem câmeras de visão noturna?

Antes que o homem cansado pudesse responder, Oscar interveio, colocando a mão sobre o ombro do guarda.

— Está tudo bem, Sam. Podemos ver mais do que o bastante. Há quanto tempo está monitorando o Sr. Grey?

— Desde que ele voltou ao quarto, senhor. Como queria.

— Notou algum comportamento incomum?

Sam balançou a cabeça.

— Não, senhor. Ele assistiu um pouco de televisão e foi para o chuveiro. Foi isso. Na minha opinião, o Sr. Grey está se ajustando bem.

Carver bufou, então percebeu que Oscar o encarava. O homem parecia estar irritado com alguma coisa, mas não sabia o que era. No geral, Carver gostava de Oscar. Gostava da atitude direta e respeitava o fato de que Oscar mantinha um lugar como Forty Acres funcionando perfeitamente. O que não gostava era daquele par de olhos duros como titânio. Principalmente quando o olhar estava direcionado a ele.

— Algo errado? — Carver perguntou.

— Terminamos aqui, Sr. Lewis. — Oscar foi até a porta e a abriu. — Vamos deixar Sam voltar ao trabalho.

— Vá na frente, se quiser. Quero vigiar o Grey mais um pouco.

— Impossível. O doutor já ficaria insatisfeito de saber que permiti que viesse aqui. Agora, por favor, depois de você. — Oscar gesticulou para a porta aberta.

Ao observar a expressão impenetrável, Carver soube que não adiantava discutir. Os dois homens deixaram a sala de vigilância e Carver parou diante da porta. Estavam dentro de uma despensa no porão da casa. Nas paredes de pedra, havia prateleiras organizadas com comida e outros mantimentos. A porta sem identificação da sala de vigilância ficava entre duas estantes.

— Espero que esse garoto saiba o que tá fazendo — Carver falou para Oscar. — Grey precisa ser vigiado com atenção.

— E ele será, Sr. Lewis. Mas, honestamente, considerando o que acabamos de ver, acredito que suas suspeitas são... Infundadas.

— Não é uma porra de uma suspeita. É mais do que isso.

— Mesmo? Por favor, explique.

Carver franziu a testa. Ele se orgulhava de sua habilidade nata de saber ler o caráter de um homem. Por toda a vida tinha possuído uma intuição certeira na qual aprendera a confiar completamente. Era uma espécie de formigamento no estômago, que o ajudava a desviar de corretores desonestos e maus negócios, e tinha resultado na sua fortuna no mercado imobiliário. Bem recentemente Carver tinha experimentado aquele formigamento de novo. Foi no dia em que conhecera Martin Grey. Tinha lido sobre Grey no jornal. O advogado preto de direitos civis com sócio branco. O artigo relatara que não eram somente sócios, mas bons amigos. Jesus. Aquele fato por si só já teria causado dor na boca de seu estômago. Ele tentara dizer a Solomon e aos outros que havia algo de errado com Martin Grey, mas não tinham dado ouvidos. Damon apostara todas as fichas em Martin e os outros se afeiçoaram ao jovem advogado de cara. Óbvio que Carver podia entender o porquê. Martin era esperto, determinado e parecia um candidato perfeito ao clube particular graças à sua história com o ativismo. E tinha sido exatamente por isso que Carver não fora contra a candidatura de maneira incisiva; apesar da sombra branca que chamava de amigo, Martin parecia, *sim*, uma boa escolha no geral. A intuição de Carver era forte, mas não infalível. Ele supôs que talvez estivesse errado daquela vez. Talvez Grey fosse tão perfeito quanto parecia e no futuro eles se tornariam tão íntimos como irmãos.

Talvez. Mas então houve aquele momento na biblioteca que mudara tudo. O momento em que Grey finalmente cedera à verdade do Dr. Kasim. Na superfície, a submissão comovente de Martin parecia real, mas fora naquele momento que o estômago de Grey se pronunciara de novo, e de maneira bem mais insistente. O que Carver sentira não fora um formigamento, era como se um abismo tivesse se aberto dentro dele. O que estava fazendo com que reagisse daquela maneira? A submissão de Martin era uma encenação? Martin estava fingindo até conseguir voltar para o mundo real e expor o segredo deles? Carver não tinha certeza, ao menos não ainda, mas sabia de uma coisa: Martin Grey não era confiável. Ele, literalmente, podia sentir dentro do corpo. Óbvio que essa sensação não era suficiente para convencer o Dr. Kasim e os outros de que Grey era uma ameaça a ser eliminada. Carver precisava de uma prova concreta.

— É difícil explicar — Carver disse. — Apenas sei que tem algo de errado com aquele cara. Você sabe o que está em risco aqui. Não podemos ter a menor das dúvidas.

— Concordo plenamente. É por isso que o Dr. Kasim sempre insiste na Iniciação. Acho que pode concordar que se o Sr. Grey completar a cerimônia amanhã à noite, sua lealdade será inquestionável.

Um sorriso surgiu no rosto de Carver. Oscar estava certo. A cerimônia era um teste extremo, para dizer o mínimo. Carver não podia imaginar como alguém, incluindo Grey, conseguiria passar por ela a menos que estivesse seriamente comprometido com a filosofia do Dr. Kasim. Mas, ainda assim, Carver tinha uma ideia. Um jeito de elevar o nível da noite de Grey e eliminar qualquer chance de dúvida. Enquanto passava a mão pela barriga de maneira inconsciente, pensou: *Talvez assim meu estômago me dê uma trégua.*

CAPÍTULO 48

Depois que o Senhor Grey saiu de cima dela, Alice o observou deitado com os olhos fechados enquanto a respiração voltava ao normal. Seu corpo suado brilhava sob a luz da lua que preenchia o quarto. Alice não sabia como devia se sentir. Assustada? Confusa? Grata? Nem tinha certeza do que tinha acabado de acontecer. Ela fizera algo de errado? Será que o Senhor Grey contaria aos outros? Ela seria punida por não satisfazer o Senhor Grey — ainda que não tivesse culpa?

Alice rebobinou na mente os últimos minutos. Ela tinha feito exatamente o que fora ensinada a fazer quando os senhores a levavam para a cama. Sorrir. Sorrir sempre. Fazer com que acreditassem que não havia nenhum outro lugar no mundo que preferissem estar do que aqui. Quando Alice tinha retirado o vestido e subido na cama, sabia que o Senhor Grey sentira atração por ela pela forma como a havia olhado. Então, quando ele tinha tirado a toalha, não restara dúvida. Ele estivera excitado e seus olhos a devoraram. Quando ele subira na cama ao seu lado, ela tinha pensado que ao menos ele não era velho ou cruel. Quando conhecera o Senhor Grey no corredor pela primeira vez, tinha sentido que ele não era como os outros senhores. Então, posteriormente, quando o Senhor Lewis a havia levado até o quarto, sentira de novo. Não era só sua gentileza, a maioria dos Senhores era gentil com ela, mas algo mais profundo. Algo sobre o modo como ele a olhava. Quando os outros Senhores falavam com ela, seus olhos eram frios e indiferentes, como se estivessem interagindo com um móvel. Mas o Senhor Grey a enxergava. No corredor tinha falado como se ela fosse uma pessoa que importasse de verdade, não somente uma escrava ali à sua disposição. Quando Alice era forçada a ir para a cama com um dos

Senhores, sempre sabia o que esperar. Alguns queriam somente serem paparicados e mimados por horas. Outros gostavam da ilusão de que seus toques indesejados causavam um prazer genuíno nela. E tinham alguns cruéis, que pareciam se deleitar em infringir dor. Mas, independentemente do que desejavam, debaixo dos lençóis, uma coisa era sempre a mesma. Eles a tratavam como um objeto. Como uma boneca em tamanho real que podiam dobrar, amassar e usar de qualquer jeito depravado que quisessem sem se importar com o que ela sentia. Ela tinha torcido para que o Senhor Grey fosse diferente dos outros Senhores na cama também. E ele fora, mas não do jeito que ela podia sequer ter imaginado. Quando o Senhor Grey tinha esticado o braço para tocar em seu corpo, ele, estranhamente, parecera hesitar. Havia acariciado sua pele com delicadeza, como se esperasse que ela pudesse quebrar. Quando tinha aproximado a boca de seus seios, em vez de sugar ou lamber os mamilos, parecera contente em apenas encostar os lábios neles. Foi ali que Alice percebeu que não havia tesão naquele toque. Ele estava apenas agindo de acordo com o padrão do sexo, sem desejar fazer aquilo. Mas não fazia sentido para ela. Alice podia sentir a ereção pressionada contra sua perna. Ele não podia fingir isso. Então por que estava hesitando? Pensara que talvez ele fosse tímido ou estivesse nervoso. Mas quando tentara encorajá-lo com gemidos, movimentos e fazendo menção de masturbá-lo, ele havia empurrado a mão dela e dito:

— Não. Não faça isso.

Confusa, Alice tinha estranhado e abrira a boca para questionar o porquê, mas antes que pudesse dizer qualquer coisa, ele tinha a calado com os lábios. O beijo era firme de um jeito desconfortável e tão sem paixão quanto seus toques. Quando se afastaram, ele tinha enfiado o rosto no pescoço dela e sussurrado em seu ouvido:

— Não fale nada. Só me escute.

E tinha sido ali que Alice começara a ficar assustada. Porque em vez de dizer todas as coisas nojentas que queria fazer com ela, como os outros Senhores faziam, o Senhor Grey tinha aproximado a boca do seu ouvido e sussurrado:

— Não vou fazer sexo com você. Só quero que a gente finja. Você pode fingir comigo?

Fingir fazer sexo? Alice não soubera o que o Senhor Grey quisera dizer, mas tinha balançado a cabeça que sim de qualquer forma. Ele era o Senhor e ela era a sua escrava. Ela não poderia negar, mesmo se quisesse. Debaixo dos lençóis a mão dele tinha tocado seu quadril. Ela obedecera separando as pernas e o Senhor Grey tinha se posicionado sobre ela. Olhando em seus olhos de maneira reconfortante, ele tinha segurado o pênis como se fosse penetrá-la. Ela ficara tensa, aguardando que acontecesse, mas a sensação de preenchimento nunca ocorrera. Em vez disso, ele tinha começado a impulsionar os quadris, a ereção indo e voltando contra a pélvis depilada dela. O Senhor Grey tinha gemido e rosnado com cada movimento como se estivesse mesmo a fodendo, mas não estava. Aquele era algum tipo de jogo erótico que o agradava?

— Vamos. Finja comigo — ele tinha sussurrado em seu ouvido.

Alice obedecera. Ela tinha levantado os quadris, combinando com o ritmo dele, gemendo e estremecendo com um prazer ensaiado.

— Isso, senhor — ela gemia, fazendo o possível para agradá-lo. — Assim, assim!

Alice tinha pensado que ninguém que visse seus corpos enrolados daquele jeito debaixo dos lençóis, suspeitaria que estavam somente se esfregando.

E Alice se lembrou das vezes em que tinha escapado da escola com Kevin, seu único namorado, e dos amassos que eles davam até que a mãe dele chegasse do trabalho. Alice nunca tinha deixado que Kevin fosse até o fim, mas se lembrava de como era excitante chegar tão perto. Ao se lembrar disso agora, Alice desejou que tivessem feito sexo de verdade em todas aquelas tardes roubadas em vez de perderem tempo fingindo. Ah, se ela tivesse transado com Kevin em vez de pedir que ele esperasse até a noite da formatura, uma noite que nunca aconteceria para Alice. Assim ela saberia como era dormir com um homem do qual gostava. Talvez assim tivesse memórias do que era fazer amor de verdade.

Alice tinha sentido o corpo do Senhor Grey congelar e então começar a estremecer enquanto ele fingia gozar. O olhar dele a incentivara a continuar fingindo, então ela tinha respirado fundo e arqueara as costas, juntando-se a uma onda de orgasmo imaginário. Então o Senhor Grey saíra de cima dela e o que quer que fosse que tinham feito chegara ao fim.

Enquanto continuava a observar o Senhor Grey deitado ao seu lado, ela analisou o seu rosto. Seus olhos estavam fechados e sua respiração mais tranquila, mas ele ainda estava acordado. Não parecia com raiva ou descontente. Na verdade, parecia aliviado. Mas não era assim que os homens geralmente ficavam no momento entre o orgasmo e o sono. O Senhor Grey se parecia com alguém que passara por uma tarefa estressante e agora se sentia feliz porque tinha acabado. Isso deixou Alice ainda mais confusa. Se o Senhor Grey não queria fazer sexo com ela, por que fingir que sim? Por um momento considerou que talvez ele fosse gay e quisesse esconder isso dos outros homens, mas então se lembrou da ereção. Um homem gay reagiria daquele jeito na frente de uma mulher nua? Ela achava que não. Além disso, todos sabiam que um dos Senhores dormia com homens, então não havia motivo para o Senhor Grey esconder sua sexualidade. Quanto mais pensava sobre o Senhor Grey, mais confusa e preocupada ficava. Apenas esperava que ele fosse tão legal quanto parecia e que sua ideia sexual estranha não a fizesse ser castigada.

Finalmente o Senhor Grey abriu os olhos e olhou para ela. Por um momento a expressão em seu rosto era indecifrável.

Alice sorriu para ele com nervosismo.

— Ficou satisfeito, senhor?

Ele sorriu e concordou com a cabeça. — Sim, Alice, você foi muito bem.

Alice sentiu uma onda de alívio tomando seu corpo. Ela se aproximou e colocou a cabeça em seu peito.

— De onde você é? — ele perguntou.

— "De onde", meu Senhor?

— Antes de te trazerem pra cá.

Alice levantou a cabeça e o olhou com uma expressão confusa. Por que ele estava perguntando isso? Ele a estava testando?

— Não existe "antes" — Alice respondeu com o medo fazendo sua voz tremer. — O Senhor Lennox não permite que pensemos sobre isso. Por favor, não me faça responder isso, senhor. Por favor.

— Tá bem. Não tem problema. Esqueça que eu perguntei.

— Obrigada, senhor.

Enquanto Alice observava o Senhor Grey olhar de novo para o teto, percebeu um vestígio de tristeza em seu olhar; mas tão rápido quanto surgira, a emoção foi eliminada e de novo sua expressão era neutra.

Alice colocou a cabeça sobre o peito dele. Ouviu a batida constante de seu coração. Sentiu a mão dele acariciando seu cabelo. Ela pensou na compaixão em seus olhos. Agora tinha certeza de que havia algo de diferente sobre o Senhor Grey. Ele não se parecia em nada com os outros senhores.

CAPÍTULO 49

K wame se ocupava com o hobby que mais amava, a leitura. Ele estava sentado na cama próximo ao abajur, a única luz acesa no quarto, segurando um livro antigo que havia encontrado na biblioteca do Dr. Kasim. Uma das coisas que ele mais amava em Forty Acres era a biblioteca extraordinária do doutor. Toda vez que viajava, tinha o costume de visitar bibliotecas com coleções voltadas à literatura, à cultura e à história de povos com descendência africana. Essas bibliotecas, assim como aquelas comandadas pelo governo ou de propriedades de grandes universidades, tinham coleções bem mais extensas, mas Kwame nunca encontrara nenhuma com obras tão ricas e raras como aquelas nas prateleiras do doutor. Alguns dos livros eram tão antigos e inusitados que Kwame não conseguia encontrar registro deles em nenhum outro lugar.

Quando Kwame estudava belas-artes na Universidade Howard, tinha passado por um período em que só lia narrativas de pretos escravizados. Ficara fascinado pelos relatos do cotidiano da vida escrava a ponto de se tornar quase uma obsessão. Procurara e mergulhara em todas as narrativas que conseguia encontrar e, devido a isso, tinha se tornado uma espécie de autoridade no assunto. Considerou por um tempo escrever um livro científico sobre o tópico, mas as demandas da carreira em publicidade logo sobrepuseram essa ambição.

Ele nunca vira nenhuma menção ao livro que agora lia em uma leitura ou pesquisa anterior sobre narrativas escravas. A lombada parecia antiquíssima, as beiradas e a coluna desgastadas, mas, apesar disso, o livro estava em bom estado. A autora era uma garota chamada Emma que já nascera escravizada no início de 1800. Ela fora vendida e separada da família quando adolescente e comprada por um homem três vezes mais velho para trabalhar, não nos campos de algodão ou na cozinha, mas no quarto dele. A narrativa descrevia uma década de constantes estupros e espancamentos, relembrando que o seu Senhor a havia alugado para outros homens brancos para que fizessem com ela o que quisessem. A história de Emma era trágica e revoltante, e enquanto Kwame lia, podia sentir suas emoções fervilhando.

Era aquilo que havia atraído Kwame a ler narrativas escravas. Contrária à literatura ensinada nas escolas, que estava preocupada em mostrar as vitórias e as tragédias dos brancos, narrativas escravas eram histórias sobre pessoas que se pareciam com ele. Aquelas eram histórias cujas consequências transformaram o tempo e a história e influenciaram o homem que ele era hoje. Quando Kwame lia as narrativas, sentia como se estivesse lendo sobre os próprios familiares, uma tataravó ou um avô, talvez um primo distante. Aquelas histórias trágicas mexiam com os sentimentos dele mais do que qualquer outra narrativa, frequentemente o fazendo rir e chorar ou se afogar em tristeza — mas no geral causavam raiva. Quando Kwame se formara em Howard e começara a carreira na publicidade, havia passado a odiar muito a raça caucasiana.

Foi esse ódio borbulhante que impulsionou Kwame ao sucesso. Recém-formado e cheio de talento, facilmente conseguira uma vaga na Miller and Cline Communications, uma grande empresa publicitária em Chicago. Kwame odiou o lugar no primeiro dia. A empresa era quase cem por cento branca. Dois funcionários asiáticos, ele e a equipe de limpeza eram os únicos não brancos no prédio inteiro. A Miller and Cline Communications tinha um bom motivo para contratar Kwame, o primeiro funcionário preto em cinquenta e três anos de empresa. Queriam aumentar o alcance demográfico ao incluir consumidores afro-descendentes e pensaram que era inteligente ter um rosto preto em suas campanhas. Kwame ficara lá por apenas três semanas. Tempo suficiente para analisar bem todas as pesquisas de mercado que a Miller and Cline Communications tinha feito a respeito de consumidores pretos e cumprir seu aviso-prévio de duas semanas. Então, munido de estatísticas, dados e vontade de não ser escravizado pelo dinheiro do homem branco, Kwame abrira sua própria agência de publicidade. Uma agência comandada e gerenciada por pessoas pretas que focaria exclusivamente em alcançar o consumidor preto. Seus amigos e familiares disseram que ele não estava preparado, que era louco, e estavam certos. Ele não estava nada preparado para assumir um negócio próprio e era louco abrir um escritório quando não se tinha dinheiro nem para pagar o aluguel do mês seguinte. Mas aquilo não o impediu. Kwame usou seu desespero como combustível para movimentá-lo. Foi de porta em porta até as grandes empresas apresentando a perspectiva única de sua marca e pedindo que dessem uma chance a ele, até que alguém finalmente deu. Em menos de um mês a agência desconhecida de Kwame tinha seu primeiro cliente importante e não parara de crescer depois disso.

Kwame estava muito bem como CEO de uma das agências de publicidade mais lucrativas no mundo quando Solomon Aarons, seu amigo e mentor, sussurrou o nome "Dr. Kasim" em seu ouvido. Kwame tinha ficado intrigado com a perspectiva única do doutor sobre relações raciais e se tornara um membro integral de Forty Acres sem hesitar. A única coisa que Kwame lamentava sobre o refúgio do Dr. Kasim era que precisava continuar secreto; infelizmente, nem todo homem preto poderia usufruir da experiência libertadora de ter escravizados brancos. Frequentemente Kwame fantasiava sobre criar uma campanha nacional sobre Forty Acres. Não exigiria muito esforço. Apenas a reprodução de algumas cenas de africanos escravizados sendo perseguidos, acorrentados, chicoteados; então cortaria para a imagem de um homem preto segurando um homem branco acorrentado com o simples slogan: "Agora é a nossa vez". Toda vez que Kwame fantasiava sobre aquilo, um sorriso surgia em seu rosto.

Houve uma batida na porta do quarto. Kwame abaixou o livro.

— Entre.

Uma mulher jovem entrou carregando uma pequena pilha de livros. Ela sorriu e disse:

— O Senhor Lennox disse que esses são os livros mais novos da biblioteca.

— Ótimo. Deixe ali na mesa.

A garota se aproximou e colocou os livros na mesa de cabeceira. Em vez de seguir para a porta, ela surpreendeu Kwame ao continuar ali ao lado da cama.

— Algo mais? — ele perguntou com frieza.

A garota parecia temer falar.

— Gostaria que eu fizesse companhia hoje?

Kwame a encarou.

— Quem mandou você me perguntar isso?

A garota se acanhou.

— O Senhor Lennox, senhor. Sinto muito. Não queria chateá-lo.

Kwame suspirou. A pergunta o irritava. Oscar e os outros se recusavam a aceitar o fato de que ele não dormia com mulheres brancas. Não era que não sentisse atração por elas. A garota que agora tremia ali de pé era loira e tinha curvas nos lugares certos. Se ela fosse de qualquer outra raça, dormiria com ela no mesmo instante. Mas ela era branca e sua repulsa era tão intensa que a ideia de tocar em alguém daquela raça intimamente, mesmo alguém tão linda, era repugnante.

— Volte e diga pro Sr. Lennox que prefiro transar com um cachorro.

Kwame viu que sua frase magoou a garota e não se importou. Por que se importaria? Não era humana. Era sua propriedade.

— Vá. Diga pra ele exatamente o que eu disse. Dê o fora!

A garota concordou com a cabeça e se apressou para sair. No momento em que fez isso, Kwame pegou o livro e retomou a leitura. Estava ansioso para saber como Emma conseguiria escapar do seu Senhor cruel e conquistar sua liberdade.

CAPÍTULO 50

Slap! Carver deu um tapa na cara da garota e ela caiu na cama chorando. Seu corpo nu convulsionava com o pranto. A visão dela deitada ali, indefesa, as mechas loiras coladas ao rosto banhado em lágrimas, fez o sangue de Carver borbulhar com tesão. Ele começou a mexer no cinto, ansioso por tirar as calças.

— Por favor, não me machuque, meu Senhor — a garota implorou. — Por favor, por favor.

Seus lamentos só serviram para aumentar a raiva de Carver. Ele arrancou as calças e pulou em cima da garota, apertando a garganta dela com força.

— Eu mandei você abrir a boca? *Mandei?!*

A garota implorava por ar.

Carver sorriu diante da tentativa fútil e apertou ainda mais.

— Você não é nada mais do que uma putinha branca. Não é? *Não é?*

Tentando respirar, a garota assentiu desesperada.

— Isso mesmo, porra. — Carver soltou a garganta da garota e observou com prazer enquanto ela tossia buscando encher os pulmões de oxigênio.

Deus, como ele queria que a garota tremendo na cama fosse aquela vadia da Diana Miller e não uma puta branca qualquer. Mais de uma vez Carver tinha tentado convencer Dr. Kasim a capturar Diana e arrastá-la para Forty Acres. Carver tinha inclusive feito o trabalho de preparação. Rastreara o endereço atual de Diana e tinha orquestrado qual seria o melhor lugar e a melhor data para pegá-la. Mas o doutor se recusava a ouvir. Apenas respondia a mesma merda.

— A família Miller não se encaixa no perfil. E Forty Acres não é sobre vinganças pessoais.

Para Carver aquela desculpa não fazia o menor sentido. Forty Acres era a maior das vinganças pessoais já feitas.

Carver respeitava o velho mais do que qualquer pessoa no mundo, mas ele ficava louco só de imaginar o quão doce seria ver o rosto de Diana Miller no primeiro dia em que acordasse em Forty Acres. Seu semblante provavelmente seria bem parecido com o dele na noite em que ela tinha armado para ele.

A noite mais assustadora da vida de Carver tinha começado de maneira bem inocente quando conhecera uma garota branca bonita chamada Diana em uma festa. Ele e seus irmãos da fraternidade davam as melhores festas no campus da Universidade Purdue e não era incomum ver uma galera branca em meio ao grupo. Diana tinha dado em cima de Carver sem disfarçar. Quase se jogando para cima dele. Se ele tivesse estado menos bêbado e excitado, teria desconfiado de algo, mas só pensara em conseguir aquela boceta branca de primeira linha. Carver tinha estranhado o fato de que ela queria que voltassem para a casa dela. Mas ela jurara que os pais estavam fora e que teriam privacidade para fazer qualquer coisa que quisessem. Carver não precisara de mais incentivo. Eles entraram no carro dele e foram embora. Ele hesitara um pouco em cruzar para a parte branca da cidade, mas não havia nenhum problema em Lafaiete há anos e com a Diana massageando o volume entre suas pernas, sentia-se motivado. Eles fizeram uma curva numa rua escura e estavam parados em um sinal quando ele viu cinco ou seis homens mascarados e armados com bastões correndo até o carro. Carver tentou dar partida, mas eles já haviam aberto a porta e começavam a arrastá-lo para fora. O resto da memória assombrosa era um misto de dor, gritos e berros de "Crioulo!".

Quando Carver acordou do coma depois de seis dias, sua história havia virado manchete na cidade. Enquanto se recuperava no hospital por mais um mês, ele assistira as notícias sobre as passeatas, os discursos e os protestos quase sem acreditar. Repetia a mesma pergunta na cabeça: *Por que eu? Por que eu? Por que eu?* As únicas imagens que penetravam o seu estado incrédulo eram as inúmeras entrevistas dadas por Diana Miller. Sua compaixão fingida e as mentiras — ela jurava não conhecer os agressores — eram tão absurdas que, para Carver, começaram a soar como um escárnio. Não havia dúvida na mente dele de que aquela puta branca o havia seduzido para ir até lá e ser atacado, talvez até morto. Talvez ela mesma tivesse usado o bastão algumas vezes.

— Você está bem, meu Senhor? — A garota podia ver a tempestade de emoções nos olhos frios de Carver. — Fiz algo que o chateou?

Carver a encarou. — Cale a boca. — Ele pegou um punhado daquele cabelo bonito e a jogou de volta na cama. Rapidamente se posicionou em cima dela e a penetrou. Ele se deliciou com os ofegos, os gritos e a forma como ela se movia fracamente sob ele. Tomado por uma mistura de tesão e raiva, Carver meteu nela usando cada vez mais violência, tão forte quanto o seu corpo permitia. Os olhos dele se reviraram e ele rosnou enquanto gozava. Um momento depois, quando retomou os sentidos, surpreendeu-se ao ver a garota curvada ao seu lado e chorando.

— Por que ainda tá aqui? Saia! Saia logo, porra!

Chorando histericamente, a garota pegou as roupas e correu do quarto.

CAPÍTULO 51

Está gostoso, meu Senhor?

— Não faça perguntas bobas — Damon respondeu. — Tá gostoso pra cacete.

Ele estava deitado de bruços na cama, pelado, enquanto um jovem chamado Everett massageava suas costas com óleo aromatizante. Havia várias velas ao redor do quarto escuro e as sombras dançavam nas paredes graças à iluminação aconchegante. Uma música relaxante tocava no aparelho de som. Damon ansiava por essa viagem há um longo tempo. Havia passado seis meses desde a sua última vez em Forty Acres e já não era sem tempo de retornar. Entre os julgamentos e os eventos sociais que Juanita adorava inventar, Damon não tinha tempo para quase nada ultimamente. Enfim estava de volta ao isolamento reconfortante que era aquele lugar. Ali onde podia esquecer do tumulto cotidiano e dos olhos tomando conta da sua vida de quase-celebridade, e simplesmente relaxar.

Para Damon, o isolamento garantido por Forty Acres era a maior parte de sua atratividade. Num mundo tomado pelo circo midiático, ali estava um lugar onde Damon podia ter privacidade de verdade. Um lugar em que podia ser ele mesmo, sem se preocupar se uma fotografia constrangedora apareceria em uma revista de fofocas ou no YouTube. Damon tremia com o mero pensamento de um de seus lances com homens ir a público. Podia imaginar as manchetes infames: "Damon Darrell Fora do Armário. Juanita Darrell Alega que Não Sabia". A ironia era que ele não era homossexual. Óbvio que gostava do toque de um jovem musculoso e atraente de vez em quando, mas sem dúvidas preferia mulheres. Ele realmente amava Juanita, ele e a esposa tinham uma vida sexual fantástica. Sabia que Juanita corroboraria a sua história por completo, mas também sabia que não faria diferença. Aos olhos de muitos, ser bissexual era a mesma coisa que ser homossexual, que era a mesma coisa que ser uma aberração. Infelizmente, essa visão atrasada era real, sobretudo na comunidade negra, em que a igreja tinha feito uma lavagem cerebral em seu povo. Damon sabia que se seu segredo fosse a público, apesar de tudo o que havia feito e doado, seus irmãos e suas irmãs pretas dariam as costas para ele. Sua credibilidade intacta na comunidade negra norte-americana era um artifício crucial que usara para construir seu império. Se perdesse aquilo, perderia tudo. Era por isso que o oásis secreto do Dr. Kasim era o refúgio perfeito. Em Forty Acres, Damon podia saciar seu apetite sexual onívoro com segurança total.

Para Damon, Forty Acres não era só um lugar feito para conseguir sexo fora dos holofotes. Ele acreditava verdadeiramente na filosofia do Dr. Kasim. No contexto da história mundial, o que o Dr. Kasim estava fazendo em Forty Acres era completamente justificável. O que realmente havia encantado Damon era que a maioria dos escravizados em Forty Acres era de descendentes diretos de antigos Senhores de escravizados. Damon não sabia a exata logística — e nem queria saber —, mas do jeito que o Dr. Kasim explicava, parecia que dedicavam muito esforço e tempo em pesquisar e localizar pessoas brancas que esbanjavam dinheiro hoje porque seus ancestrais haviam lucrado com o suor e o sangue de africanos escravizados. Para Damon, essa metodologia fazia todo o sentido. Era uma política justa? Não mesmo, mas a escravidão também não havia sido. Há muito tempo, Damon Darrell aprendera a regra de sobrevivência número 1: a porra da vida não é justa.

Damon olhou para o corpo esculturar do jovem ajoelhado massageando suas costas. Observou os braços musculosos de Everett, as tatuagens tribais se movimentando a cada gesto. Damon se perguntou de que família Everett teria vindo. Eles eram pessoas gentis que se envergonhavam do passado desonroso de seus ancestrais? Ou eram um clã de jecas que herdaram as opiniões racistas e o ódio junto com o dinheiro? Tão rápido como esses pensamentos surgiram, Damon os forçou para longe. Dr. Kasim constantemente os alertava sobre o perigo de achar que os escravizados eram seres humanos com passados antes de irem para lá. Era melhor tratá-los do mesmo jeito que os pretos escravizados sempre tinham sido tratados, como uma propriedade, e nada além disso. Os olhos de Damon se fixaram no corpo atlético de Everett. A camiseta larga e o jeans não conseguiam esconder a perfeição daquele corpo. *E ele é minha propriedade*, Damon pensou com um sorriso mental. *Todo meu.*

Everett parou de massagear as costas de Damon.

— Pode virar agora, Senhor.

Damon virou de costas, revelando a ereção.

Everett soltou um som de satisfação enquanto colocava mais óleo nas mãos.

— Gosta do que vê? — Damon perguntou.

— Gosto, meu Senhor.

Everett começou a massagear a parte superior do quadril de Damon. O advogado gemeu de prazer enquanto as mãos firmes de Everett se aproximavam mais e mais de seu pênis.

— Sim. Isso é gostoso — Damon disse. — Porra, muito gostoso.

Everett sorriu, satisfeito com os resultados de seu esforço. Levando os dedos para mais próximo da ereção de Damon, perguntou:

— Gostaria que eu passasse a noite com o senhor?

Damon arfou de tesão antes de conseguir responder.

— O que falei sobre fazer perguntas bobas?

CAPÍTULO 52

Solomon observou com grande surpresa quando Dr. Kasim moveu o bispo preto pelo tabuleiro de xadrez e ameaçou sua rainha branca.

— De onde diabos você tirou isso?

Desfrutando da reação de Solomon, Dr. Kasim tragou o charuto casualmente e soltou uma onda de fumaça. Então apontou para o tabuleiro com a ponta do charuto.

— Acho que é a sua vez.

Os dois homens estavam sentados numa pequena mesa na varanda da frente com vista para o jardim banhado pela luz da lua e das estrelas. Uma mariposa determinada rodeava a lâmpada sobre eles, formando sombras dançantes sobre as peças de madeira.

Solomon olhou novamente para o tabuleiro, confuso. Como Dr. Kasim tinha pensado naquele movimento? Diferentemente de Solomon, que era um jogador assíduo desde que o pai o havia presenteado com peças de xadrez em seu aniversário de oito anos, o Dr. Kasim jogava casualmente. Embora jogar com o doutor nunca fosse desafiador, Solomon considerava o jogo do adversário interessante o suficiente para apreciar as partidas, mas nada além disso. Solomon conhecia o estilo do Dr. Kasim de cabo a rabo. Quando Solomon ameaçou a rainha do doutor, estivera certo de que seu velho amigo simplesmente tiraria a rainha de perigo, mas, em vez disso, Dr. Kasim escolheu um contra-ataque agressivo, uma movimentação digna de um jogador muito mais experiente.

Dr. Kasim olhou para o relógio.

— Você vai se mover ou não? Sou um homem velho. Quanto antes eu vencer, mais cedo consigo dormir.

Solomon riu.

— Esteve praticando, não é mesmo?

Dr. Kasim franziu a testa como se aquela fosse uma ideia estranha.

— Convenço o Oscar a jogar ocasionalmente. Mas não consideraria aquilo como prática. O homem é terrível.

Solomon não pareceu acreditar.

— Ah, por favor. Jogamos juntos há vinte anos. Nunca vi você jogar tão bem. Algo mudou.

Dr. Kasim não conseguiu conter mais o sorriso.

— Talvez eu tenha encontrado uns livros de estratégia. Só alguns.

— Você, lendo livros de xadrez? — A surpresa de Solomon se tornou ainda maior.

Dr. Kasim nunca demonstrara interesse em aprofundar sua compreensão sobre o jogo. E se ele queria entender melhor, por que não tinha pedido a Solomon para lhe dar algumas dicas?

— Thaddeus, o que tá acontecendo? Começando a ficar entediado aqui no paraíso?

Dr. Kasim soltou uma risada. Então levantou o copo vazio de uísque e o ergueu em direção a um empregado parado sozinho no escuro. O escravizado rapidamente preencheu o copo com o auxílio de um carrinho de bebidas, então o entregou de volta para o seu Senhor. Dr. Kasim deu um gole e pausou para apreciar o calor confortante da bebida.

— Vivi uma vida maravilhosa. Moldei a realidade à minha vontade e tenho muito orgulho disso. Mas há uma coisa que não conquistei. Um desejo que não me deixa dormir à noite. Você sabe o que é?

Solomon apenas o olhou. Dr. Thaddeus Kasim era o homem mais incrível que já havia conhecido. Ele se lembrava de quando o vira pela primeira vez. Em Atlanta, apenas alguns dias após o assassinato do Dr. Martin Luther King. Os dois participavam de um protesto pelo fim dos motins que aconteciam em várias cidades. Solomon se lembrava do semblante de Thaddeus enquanto ouvia os manifestantes. Em um oceano de rostos pretos bravos, Thaddeus parecia calmo, determinado. Enquanto todo mundo parecia desorientado, Thaddeus Kasim parecia ter todas as respostas. Eles se tornaram amigos bem rápido. Solomon ficou encantado com as ideias de Thaddeus sobre a psique de homens pretos, principalmente sua teoria sobre o ruído negro. E então, finalmente chegou o dia em que Thaddeus confiou o suficiente em Solomon para mostrá-lo que mantinha um homem branco acorrentado no estábulo. A "solução final" de Thaddeus para o ruído negro. Era brilhante.

Diferentemente do Dr. King, que havia tentado convencer o homem branco a mudar suas atitudes racistas, uma abordagem fadada ao fracasso porque a raça branca não se importava com pessoas não brancas, a abordagem de Thaddeus, a longo prazo, era bem mais empoderadora. Estimular homens pretos. Reforçar sua confiança e seu orgulho, então libertá-los para enfrentar o homem branco de igual para igual. A partir daquele dia, Solomon vivia hipnotizado pela genialidade do Dr. Kasim, por isso havia se empenhado em ajudá-lo a sedimentar a ideia do que era aquele lugar hoje — o berço do verdadeiro orgulho preto. O homem havia conseguido quase o impossível; Solomon não conseguia imaginar qual objetivo que pudesse estar fora do alcance do doutor.

Ele jogou as mãos para o ar.

— Você me pegou. O que é?

— O único desejo que ainda tenho é vencê-lo no xadrez. Nunca consegui.

Solomon riu.

— Óbvio que não. Participo de torneios desde garoto. Para você, xadrez é só um hobby.

— Seja como for, estou determinado. Vou vencê-lo ao menos uma vez antes de deixar essa Terra.

— Acho que isso é possível se você viver por mais vinte ou trinta anos.

O semblante do Dr. Kasim ficou sombrio. Ele balançou a cabeça.

— Não tenho todo esse tempo.

Solomon congelou, somente agora percebendo o brilho por trás dos olhos duros do Dr. Kasim.

— Thaddeus, o que há de errado?

— Nada. — Seu rosto murchou. — Ao menos nada que eu possa descrever.

— Já foi a um doutor?

— Sim. Eu.

— Quero dizer um doutor de verdade. O Dr. Taylor não veio aqui com o último grupo?

Dr. Kasim franziu a testa.

— Tenho quase cem anos. Pessoas da minha idade não deviam desperdiçar o tempo de médicos. Esqueça isso.

Solomon franziu a testa também. Sabia melhor do que ninguém que não fazia sentido discutir com o homem.

— Ainda é a sua vez, caro jovem — Dr. Kasim disse, reacendendo seu charuto.

Solomon voltou a atenção para o tabuleiro de xadrez. Viu a oportunidade de chegar ao xeque-mate em três movimentos, mas decidiu encorajar a recente paixão do doutor e prolongar um pouco o jogo. Solomon moveu uma peça insignificante.

Dr. Kasim o encarou.

— Que diabos pensa que está fazendo? Você poderia ter o xeque-mate em três movimentos!

— Quê? — Solomon olhou para o tabuleiro. — Acho que tô um pouco distraído.

Dr. Kasim balançou a cabeça em desgosto.

— Solomon, peço a Deus que você administre esse lugar melhor do que você mente.

"Administrar aqui?", Solomon estava incrédulo. Dr. Kasim constantemente soltava informações arrebatadoras tão casualmente que era como se estivesse falando sobre o clima.

— O Oscar deveria assumir — Solomon disse. — É pra isso que você vem treinado ele.

Dr. Kasim balançou a cabeça.

— Não tem prestado atenção? Ele ainda não está pronto.

— Mas minha esposa. Meus filhos.

Dr. Kasim franziu a testa.

— Pare. A raça negra é a sua família. Sabe disso.

Solomon concordou com a cabeça. Era uma das lições mais importantes do Dr. Kasim. Os membros de Forty Acres tinham um dever com todas as pessoas negras, não somente com aquelas que viviam debaixo de seu teto ou dividiam sua cama.

Dr. Kasim bebeu de novo o uísque e olhou para o jardim e a floresta.

— A vida aqui é linda. Calma. Com significado. Importante. Estou te passando uma grande responsabilidade.

— Desculpe, Doutor. Não pensei direito. Seria uma honra incrível assumir Forty Acres. Obrigado.

— Devagar, devagar — Dr. Kasim murmurou. — Não estou indo a lugar nenhum ainda. Tenho que vencê-lo no xadrez primeiro... E *sem* a sua ajuda. — Dr. Kasim derrubou o rei. Em seguida pegou o cajado e se levantou. Enquanto o doutor caminhava para a porta da frente, Solomon o ouviu dizer:

— Revanche amanhã. Depois da Iniciação do Sr. Grey.

CAPÍTULO 53

Martin acordou com o movimento na cama. Com a cabeça ainda enfiada no travesseiro, abriu os olhos a tempo de ver a imagem embaçada e nua de Alice saindo da cama. Fingindo dormir, Martin viu Alice colocando o vestido, pegando os sapatos e andando até a porta na ponta dos pés. Com cuidado, abriu a porta, mas, antes de sair, olhou para trás. Alice congelou, nervosa, quando viu que Martin a observava. Ele sorriu para eliminar o medo que ela podia estar sentindo por sair de fininho. Alice assentiu, então deixou o quarto depressa. Martin se perguntou se ela diria aos outros escravizados o que ele tinha feito... Ou o que não tinha feito. Ele havia considerado instruir Alice a ficar quieta sobre a pequena encenação, mas pensou que seria muito arriscado. Melhor que a garota achasse que tudo tinha sido um fetiche sexual esquisito do que dar a ela uma razão para desconfiar da lealdade dele ao Dr. Kasim e aos outros. Se ela suspeitasse que Martin pretendia expor Forty Acres assim que voltasse para a civilização, poderia contar para os outros. Esse tipo de rumor se espalharia bem rápido entre os escravizados e seria basicamente impossível esconder isso dos guardas. E se isso acontecesse, Martin tinha certeza de que da próxima vez que Anna o visse, ele estaria morto.

Martin olhou o relógio na mesa de cabeceira e viu que passava um pouco das três da manhã. Ele saiu da cama e foi ao banheiro para mijar. Quando retornou, ouviu um barulho estranho, um ruído baixo que parecia vir do lado de fora da janela. Parecia o som de um carro, mas quem dirigiria em plena madrugada? Martin deu a volta na cama, afastou a cortina e espiou. Um SUV verde-escuro, com o motor ligado e os faróis acesos estava estacionado na frente da casa. Era um veículo parecido com o que ele e os outros tinham usado mais cedo. Podia até ser o mesmo carro, mas era difícil ter certeza por causa do ângulo da janela e da escuridão da noite. Além do fato de que alguém achava uma boa ideia romper o silêncio da noite com aquele carro barulhento, havia outra coisa peculiar no SUV. A porta do motorista e as duas portas de trás estavam abertas, mas o veículo estava vazio. Era como se tivesse parado e todos os passageiros houvessem corrido para dentro da casa. Mas quem eram eles e o que poderia ser tão urgente às três da manhã? Será que era alguma emergência? Havia alguém passando mal? E, se sim, onde estavam as vozes alarmadas e os sons de comoção? Martin se virou para a porta e prestou atenção. Mas com exceção do motor do SUV, a casa estava completamente silenciosa. Enquanto olhava para a porta, pensou em outra possibilidade. Uma bem preocupante. Talvez ele fosse a emergência. Talvez Damon ou Oscar houvessem interrogado Alice e desvendado seu segredo. Eles não precisariam ter cem por cento de certeza, havia muito em risco. Bastaria a semente da dúvida para transformar Martin de um candidato em potencial em uma ameaça que precisava ser eliminada.

O coração de Martin disparou. Guardas armados poderiam estar indo até o quarto neste exato momento. Indo atrás dele. Olhou ao redor procurando por algo que pudesse servir como arma. Qualquer coisa com que pudesse se defender. Sabia que suas chances eram mínimas, mas se conseguisse escapar dos guardas em direção à floresta poderia... Martin congelou quando ouviu o barulho da fechadura. Então a porta foi aberta.

— Ah, sinto muito incomodá-lo, senhor.

Era Alice. Estava sozinha e, mesmo com a porta escancarada, a casa seguia silenciosa.

Ela tocou o pescoço nu.

— Meu cordão. Acho que caiu. Posso procurar rápido, senhor?

Martin ainda estava paralisado com o pânico anterior.

— Por favor, meu Senhor. Minha mãe me deu. É tudo o que tenho.

Martin concordou com a cabeça, então viu Alice indo até a cama e afastando a colcha. Depois de um momento, resgatou um colar fino de prata com um crucifixo e mostrou a Martin.

— Desculpe, meu Senhor. Ele vive caindo. — Então fez menção de sair.

— Espera.

Alice pausou perto da porta. — Sim, meu Senhor.

— A picape ali fora. O que tá acontecendo?

— É a picape do Senhor Lennox.

— Tem certeza? — Martin ouviu na própria voz que parecia ansioso demais.

Alice pareceu confusa com a pergunta.

— Senhor?

Martin se lembrou de que era provável que cada gesto seu estava sendo observado, todas as palavras monitoradas. Gesticulando com a mão, Martin disse:

— Não importa. Esquece.

— Posso ir agora, senhor?

Martin assentiu da forma mais fria que podia para enganar sua audiência invisível.

— Boa noite, meu Senhor.

Quando Alice fechou a porta, Martin ouviu vozes lá fora. Virou-se para a janela a tempo de ver Oscar descendo as escadas da frente seguido por duas jovens. Como a maioria das mulheres em Forty Acres, ambas eram loiras e muito bonitas. Martin conseguiu ver seus rostos rapidamente, mas nem uma delas parecia familiar. Apesar de estarem usando vestidos simples de verão e chinelos, havia algo de sedutor nelas. Era o cabelo. Em vez de usar o cabelo preso atrás, como a maioria que ele tinha visto na propriedade, ambas as garotas usavam os cabelos soltos sobre os ombros, como Alice tinha usado quando Carver a levara até o quarto. Ao lado de Oscar, que usava um terno como de costume, parecia que estavam indo a uma boate ou a um bar. Oscar colocou as garotas nos bancos de trás e fechou a porta. Quando assumiu o banco do motorista, um *flash* de metal ficou visível em sua jaqueta. Era uma pistola nove milímetros, de aço inoxidável, em um coldre. Um momento depois, o SUV deixava o jardim da frente em direção à estrada de pedregulhos que levava ao portão principal. Martin observou as luzes dos faróis se tornando fracas em meio à paisagem sombria até desaparecerem.

Martin voltou a se deitar. Ficou ali pensando para onde Oscar estaria levando as duas escravas tão tarde da noite e com qual propósito, até que o sono o tomou mais uma vez.

CAPÍTULO 54

Diferentemente do jantar, no café da manhã não havia formalidade. Oscar havia informado na noite anterior que o café seria servido na sala de jantar por toda a manhã, então Martin poderia dormir o quanto quisesse. Infelizmente, Martin estava ansioso demais para ficar enrolando na cama. Passando um pouco das oito, Martin se remexeu com a luz do sol entrando pela janela. O céu parecia limpo, mas Martin podia identificar uma nuvem se formando ao longe. Talvez uma tempestade estivesse se aproximando.

Depois de um banho rápido, Martin vestiu calça jeans, camiseta, jaqueta leve e botas de trilha, torcendo para que fossem roupas adequadas para o tour na mina de ouro, como Damon prometera. Na verdade, a última coisa que queria era passar um único segundo a mais com Damon Darrell. Não somente gostara de Damon como o havia admirado e respeitado. Nunca havia formado um laço tão rápido com alguém antes. Pensara que talvez com o tempo a amizade deles se tornasse tão íntima quanto a que tinha com o Glen. Mas a noite de ontem mudara tudo. Não sabia se Damon era realmente cruel ou se estava simplesmente hipnotizado pela loucura do Dr. Kasim, mas não tinha importância. Martin jamais olharia para Damon Darrell do mesmo jeito. Contudo, para sobreviver e acabar com Forty Acres, Martin fingiria. Continuaria ouvindo os conselhos de Damon e rindo das piadas, mas seria tudo teatro. Apenas um esquema para aprender os segredos daquele lugar. Para Martin, seu antigo amigo agora era um inimigo perigoso.

Martin entrou na sala de jantar e foi cumprimentado por Damon e Carver, que conversavam enquanto comiam. Damon desfrutava de um prato com ovos mexidos, bacon e panquecas cobertas com calda enquanto Carver parecia satisfeito com uma torrada e café preto. Antes que pudesse se sentar, ele foi interrompido por um escravizado usando uma jaqueta branca que o questionou educadamente o que gostaria de comer. Depois de ver as escolhas de Damon e Carver, resolveu por um meio-termo. Pediu por ovos mexidos com duas fatias de torrada e café.

— Experimente o bacon — Damon aconselhou. — Está ótimo. Confia em mim.

Martin instruiu o escravizado a adicionar o bacon, então se sentou.

Carver e Damon deram sorrisos maliciosos.

— Então? — Damon finalmente perguntou.

— Então o quê?

— Carver contou que te levou um presentinho ontem à noite. Como ela se saiu?

Martin lançou um olhar em direção a Carver. O magnata abriu um grande sorriso em resposta.

— Qual o problema, Grey? Você esconde que gosta de boceta?

Damon insistiu:

— Qual é, Martin. Conta. O que achou da Alice?

Nitidamente os homens trocavam figurinhas sobre as garotas.

— Ela foi boa — Martin disse, sem se alongar.

Carver e Damon franziram a testa com a resposta puritana. Quando o escravizado se aproximou com o café de Martin, Carver disse:

— Quer parar com o cavalheirismo? A Alice foi a melhor boceta branca que já comeu ou não?

Martin olhou de modo constrangido para o escravizado, que naquele momento colocava a xícara diante dele. Então Martin respondeu bruscamente:

— Vamos mudar de assunto.

Carver bufou e apontou para o escravizado.

— Você tá preocupado com ele? — Perguntou. — Eles não ouvem nada do que dizemos. — Carver se dirigiu ao escravizado. — Você ouve alguma coisa?

O jovem ansioso balançou a cabeça.

— Não, senhor. Nada. — Então correu de volta para a cozinha.

— Você é o Senhor. Eles se preocupam com os seus sentimentos, não o contrário. Sei que demora até se acostumar, mas não esqueça disso. Especialmente perto deles.

Martin assentiu, aceitando o conselho de Damon como um aluno obediente. Ele percebeu que o fato de ser novo em Forty Acres poderia ser um bom disfarce para o nojo que sentia.

— Então, qual é — Carver insistiu. — Como Alice se saiu? Tem que nos dar mais do que só "ela foi boa".

— Tá bom, tá bom — Martin respondeu, desenhando no rosto o melhor sorriso que conseguia. — Foi como disse, Carver. Melhor boceta branca da minha vida. Porra, aquela garota é outro nível.

— Outro nível mesmo — Carver disse com um sorriso debochado. — Se acha que ela é boa agora, imagina quando ela te chupar.

— Verdade — Damon confirmou. — Ela vai te fazer ver estrelas.

Martin observou os dois rindo. A boca grande de Carver tinha acabado de confirmar a suspeita de que o quarto estava sendo vigiado. Esse era o único jeito de Carver saber o que Alice havia feito ou deixado de fazer na noite anterior.

Carver percebeu o olhar de Martin.

— Algo errado, Grey?

— Não. Só pensando aqui que não seria nada mal passar a noite com Alice de novo. Já que ela tem esses outros talentos que não explorei.

Damon deu de ombros.

— Não imagino por que não.

O escravizado entrou com o café da manhã de Martin. Enquanto a comida era colocada na mesa, Carver perguntou:

— Você gosta mesmo da Alice, não é, Grey?

— Por que não gostaria?

— Não. Quero dizer que você *realmente* gosta dela. É por isso que tava escondendo o jogo, não é? Aquela coisinha gostosa te pegou de jeito.

Martin sentiu sua pulsação acelerar. Estava certo de que Carver estava jogando um verde, mas sua resposta tinha que ser inegavelmente convincente.

Martin abaixou o garfo.

— Você tá certo. Descobriu tudo. Tô apaixonado pela Alice. Na verdade, estamos fugindo hoje pra casar. Talvez você queira ser o padrinho. O que me diz?

Carver apenas o olhou por um momento, ansioso por encontrar a mínima brecha no rosto de Martin. Então dissipou a tensão com um pequeno sorriso.

— Você é um homem engraçado, Grey. Bem engraçado.

Martin percebeu que ainda havia um toque de suspeita nos olhos do magnata.

— Carver tá certo, na verdade — Damon disse. — Se divirta o quanto quiser com as garotas, mas cuidado. Não se apegue. Entendeu?

Martin abriu um sorriso casual.

— Qual é, gente. Passei uma noite com a garota. Não tô apegado a ela, só tô com tesão.

Damon riu. Carver, não.

CAPÍTULO 55

Nuvens carregadas no horizonte anunciavam uma tempestade violenta acima das árvores. Elas preenchiam o céu azul como um prelúdio da potência da Mãe Natureza. Martin seguiu Damon por uma estrada de terra que se distanciava da casa principal e seguia em paralelo ao campo de golfe. A equipe de ontem havia ido embora e os campos verdes estavam impecáveis.

— Quanto tempo até chegar na mina? — Martin questionou.

— Não muito. Uns dez minutos.

Martin olhou de soslaio para Damon.

— E onde é aqui, exatamente? Por favor, não diga "fora de Seattle".

Damon não teve sucesso tentando segurar o sorriso.

— O que quer dizer? Lógico que estamos fora de Seattle. Você andou olhando pro sol de novo?

Martin estava aliviado por Damon ter levado a frase na esportiva.

— Damon, qual é, eu sei que não estamos nem perto de…

Damon levantou a mão, cortando sua frase, e seu tom de voz era sério.

— Por agora, estamos fora de Seattle. Quando chegar a hora certa, você vai saber mais. Beleza?

Sabendo que não seria inteligente insistir, Martin concordou com a cabeça e deixou o assunto morrer.

Logo eles alcançaram o córrego. A água corrente estava transparente como um cristal. Eles atravessaram a ponte de madeira e continuaram a caminhar pela estrada de terra na parte selvagem da propriedade. Diferentemente da paisagem trabalhada que cercava a casa principal, daquele lado do córrego as árvores e a vegetação cresciam sem interferências. Se não fossem pelas cabanas estranhas, Martin pensaria que haviam saído de Forty Acres e retornado para o meio da floresta. Quatro estruturas achatadas, parcialmente escondidas pelas árvores, se erguiam afastadas da estrada. Madeiras haviam sido pregadas nas janelas e portas. Todas pareciam desgastadas e tomadas pela vegetação selvagem ao redor, como alojamentos militares que foram abandonados. Enquanto passavam, Damon apontou para elas como se fosse um guia.

— Ali era onde os escravizados costumavam dormir. Mas há uns vinte anos o Dr. Kasim decidiu fazer umas mudanças.

— Por quê? O que aconteceu?

— Isso foi antes de eu virar membro, mas Solomon disse que tinha a ver com aviões sobrevoando a propriedade, aí ficaram com medo de que acabassem vendo alguma coisa. Então decidiram mover a maioria para o lado de dentro.

Isso fazia todo o sentido, Martin pensou. Com vários trabalhadores e guardas armados ao redor, Forty Acres, vista de cima, pareceria com uma prisão. Se considerasse então o aumento do tráfego de aviões particulares e a sofisticação cada vez maior de equipamentos de vídeo e foto, o resultado certamente seria alguém sobrevoando o lugar e percebendo algo de muito estranho em Forty Acres.

— Mas pra onde levaram eles? — Martin perguntou.

— Pra casa principal. Os escravizados vivem na ala leste da casa, ali no porão. Os guardas moram nos andares acima deles e ocupam o resto da ala.

— E os trabalhadores da mina? Onde ficam?

— Na mina, é lógico.

— Você quer dizer embaixo da terra?

— Exatamente. Não somente evita que sejam vistos, mas também evita que escapem.

À sua direita, Martin conseguiu enxergar vagamente o enorme muro através de um bloco denso de árvores. Parecia impossível escalar a barreira imponente, mas Martin sabia que pessoas desesperadas às vezes encontravam maneiras de fazer o impossível.

— Alguém já conseguiu escapar? — Martin questionou.

A resposta de Damon foi bastante casual:

— Não. E nunca vão conseguir.

— Como pode ter tanta certeza?

Damon parou de andar e se virou para encarar Martin.

— Olha, quando eu era o novato, também me preocupei com a mesma coisa. Se um único escravizado foge daqui, minha carreira, minha vida, tudo estará arruinado.

Martin havia levantado a questão para conseguir informações, e não porque se preocupava com repercussões. Mas a interpretação de Damon era a desculpa perfeita.

— É verdade — Martin confirmou. — Ficaria cismado pensando que o FBI bateria na minha porta um dia. Como diabos você consegue dormir à noite?

— Pense assim — Damon disse. — A usina nuclear mais antiga do país, que, pra piorar, foi construída em cima de uma falha geológica, mas que atualmente está desativada, ficava a oitenta quilômetros de oito milhões de nova-iorquinos, e também da sua casa. Você deixava de dormir por isso?

— Na verdade, não.

— Lógico que não, porque sabia que havia muita coisa em jogo pra que os operadores de Indian Point deixassem algo passar despercebido.

Martin pensou nisso.

— Parece que tá dizendo que Forty Acres é importante demais pra falhar.

Damon assentiu.

— Agora você entendeu. Isso que temos aqui, e as pessoas envolvidas, se o nosso segredo fosse a público um dia, seria...

— Catastrófico.

— Exatamente. Então, ainda que seja impossível eliminar todos os riscos, todas as precauções possíveis foram tomadas.

Damon sorriu quando viu que Martin continuava temeroso.

— Confia em mim, quando você vir a mina, vai entender como a segurança é levada a sério aqui.

Martin seguiu Damon cada vez mais adentro da parte selvagem de Forty Acres. Por uma parte do caminho, os únicos sinais visíveis de civilização eram as marcas de pneus na estrada de terra, então eles alcançaram uma abertura. Viu uma guarita feita de tijolos ao lado de dois jipes e adjacente à entrada da mina de ouro. A boca da caverna estava localizada em uma colina de pedras e a entrada era protegida por uma porta de aço que parecia impenetrável. Um sinal quase apagado mostrava as palavras manuscritas: "Nossa Min(h)a". Martin trincou o maxilar ao ler. O jogo de palavras indicando o duplo sentido de propriedade adicionando o h para formar "Min(h)a" era um dos exemplos do humor torto do Dr. Kasim.

Carregando uma arma na cintura, um guarda alto e careca saiu da guarita para cumprimentá-los. Apertou a mão dos dois.

— Sr. Darrell, Sr. Grey. Como posso ajudá-los hoje?

— Quero levar o Sr. Grey aqui num tour rápido — Damon falou.

— É pra já. Deixe-me só liberar com o meu chefe. — O guarda aproximou um walkie-talkie da boca e apertou um botão. — Roy, na escuta? Tenho o Sr. Darrell e o Sr. Grey aqui em cima. Eles querem um tour.

— Certo — uma voz grave soou no aparelho. — Envie-os para o portão dois. Vou encontrá-los lá.

— Afirmativo. — O guarda colocou o rádio no bolso e voltou a olhar para Damon e Martin. — Espere, deixe-me pegar proteções para vocês. — Ele desapareceu dentro da guarita e retornou com dois capacetes resistentes. Ele passou um para Damon e outro para Martin, então os guiou até a entrada da mina.

O guarda retirou do bolso uma chave tetra esquisita, inseriu-a na fechadura camuflada e girou. Martin ouviu o barulho de uma tranca eletrônica se abrindo, então o guarda recolocou a chave no bolso. Martin ficou se perguntando se todos os guardas carregavam chaves como aquela. Era uma espécie de chave-mestra, talvez?

O guarda segurou a maçaneta grossa com as duas mãos e a moveu. A porta pesada rangeu, abrindo para fora devagar. Parecia que o guarda estava abrindo o cofre de um banco. A abertura revelou um ar gélido e pungente que fez Martin recuar. O odor de terra era tão forte que o advogado podia sentir o gosto. Martin colocou uma mão sobre o nariz para minimizar o cheiro.

— É, o cheiro é bem forte — Damon falou. — Leva um tempo pra se acostumar.

Logo depois da porta, um caminho curto reforçado por colunas de madeira e vigas cruzadas moldava a passagem para dentro da terra. Estruturas blindadas com luzes no teto ofereciam uma iluminação modesta. No assoalho empoeirado, os trilhos dos carrinhos de mineração apresentavam a trilha em declive.

— Continuem reto até o portão dois — o guarda explicou. — Não é longe e não há outro caminho, então não vão se perder. Vou deixar a porta aberta até que alcancem o Roy.

— Já estive aqui embaixo algumas vezes — Damon respondeu. — Vamos ficar bem. — O guarda concordou com a cabeça. — Até a volta.

Martin seguiu Damon para dentro da mina. O barulho de seus passos ecoava assustadoramente enquanto desciam. Logo a luz reconfortante vinda da entrada da caverna já não era mais visível atrás deles. Na passagem curva à frente, só conseguiam ver as paredes cinza entalhadas.

Damon sorriu para Martin.

— Bem bizarro, né?

Martin não respondeu. Estava ocupado demais analisando um carro de mineração antigo encostado em uma parede do túnel. A carcaça enferrujada e corroída, com rebites monstruosos e peças forjadas, jazia sobre o manto de sua própria ferrugem. Devia fazer mais de cem anos desde que aquele carro fora abandonado ali. E tinha o aspecto do túnel. As vigas de madeira construídas à mão que sustentavam a terra eram tão antigas que quase pareciam fósseis. Martin percebeu que, ao longo dos anos, partes das vigas foram substituídas por suportes de metal. As luzes elétricas também eram adições modernas. As marcas carbonizadas ao longo das paredes eram provavelmente causadas por lamparinas a óleo ou até mesmo tochas.

Jesus, quão antiga é essa mina? Quando Damon mencionara no dia anterior que havia uma mina de ouro em operação, Martin havia presumido que seria uma operação moderna. Imaginara elevadores, correias transportadoras, talvez até uns caminhões basculantes. Nunca havia pensado que visitaria um buraco na terra que parecia fazer parte do próprio Velho Oeste.

A passagem dobrou de largura quando Damon e Martin alcançaram outra guarita diante de uma formidável parede de aço. Ela impedia o acesso às partes mais profundas da mina como um grande tampão. Não havia janelas nem olheiros, só uma porta reforçada no centro. O número 2 estava pintado de branco nela. A guarita era duas vezes maior do que a da parte de cima e parecia bem mais sofisticada. Vários cabos elétricos saíam da guarita e desapareciam através da parede de aço, em direção ao interior da mina. Martin chegou à conclusão de que a estrutura tinha que ser a espinha dorsal da mina inteira. Isso foi confirmado quando a porta se abriu e Roy saiu. Pela pequena fração de tempo em que a porta ficou aberta, Martin viu outro homem dentro da guarita diante de monitores de vigilância e prateleiras repletas de armas.

A barba de Roy não estava feita e entre os dentes carregava um charuto; ele não parecia com os outros guardas. Não se vestia como eles também. Não tinha uma arma na cintura, somente o rádio, e em vez de vestir preto, usava calça jeans e uma camisa azul. Escrito na camisa com letras garrafais estava a frase "Obama É Meu Amigão". Martin se perguntou o que o amigão pensaria da escolha de carreira de Roy.

Roy tirou o charuto da boca e ergueu o rádio até ela.

— Tô com eles. Tudo certo.

— Afirmativo.

Com um grande sorriso, Roy ergueu os braços e sua voz grave ecoou nas paredes.

— Bem-vindos ao inferno, meus irmãos. Meu nome é Satã e eu serei seu guia hoje.

Damon cumprimentou Roy com um abraço caloroso. Roy se virou e puxou Martin para um abraço em seguida.

— Só pra explicar, não sou Satã de verdade. É Roy Cooper. Sou o responsável aqui embaixo.

— Prazer. Sou Martin Grey.

Roy bufou.

— Porra, sei quem você é. Você é o irmão que ganhou do invencível Damon Darrell no seu próprio jogo. — Roy provocou Damon com um sorriso debochado.

Damon bufou.

— Como pode ver, o ar forte aqui debaixo afetou a mente dele. Roy tem gerenciado essa mina desde sempre.

— Treze anos, quatro meses e três dias — Roy disse estufando o peito. — É o meu jeito de fazer a diferença nesse mundo fodido.

— Camisa maneira — Damon disse.

Roy sorriu.

— É. Tenho certeza de que o nosso trabalho aqui em Forty Acres é a principal razão que fez o irmão Obama emplacar. Coisa boa se espalha, saca? — Ele olhou para o relógio. — Merda. Temos que ir andando. É quase meio-dia e tenho certeza de que não vieram aqui pra ver os escravizados comendo. — Roy os guiou para a porta na parede de aço e a destrancou com outra chave tetra. Ele abriu a porta e pausou antes de prosseguir.

— Esqueci de perguntar. Se estiverem armados, têm que deixar a arma aqui. Armas não são permitidas daqui pra frente. — Martin e Damon asseguraram que não estavam armados, então o seguiram.

O túnel se afunilou mais uma vez enquanto o trio descia. O chão começava a ficar bem desnivelado e Martin se apoiava na parede para não perder o equilíbrio. Viu vários outros carros de mineração abandonados pelo caminho, inclusive alguns que bloqueavam a passagem e que eles tiveram que pular. Vez ou outra apareciam outras relíquias no chão da caverna. Um balde deformado antigo, uma maçaneta quebrada, até um amontoado de poeira com o formato de uma bota.

— Quantos anos tem essa mina? — Martin perguntou.

— Muitos — Damon respondeu com uma risada. — Quase uns duzentos, certo, Roy?

— Passou perto, mas errou. — Roy franziu a testa para os resquícios de seu charuto, então o jogou no chão. — É de 1829. Teve uma grande corrida do ouro naquela época.

— Não sou expert em história — Martin interveio —, mas tenho certeza de que a corrida do ouro aconteceu na Califórnia por volta de 1840.

— Você tá falando da corrida do ouro de 1849. Essa é a mais famosa que aconteceu nos Estados Unidos. Mas tiveram outras. Já ouviu falar na mina de ouro do Reed na Carolina do Norte?

— Não. Deveria?

— Na verdade, não. O ouro foi encontrado lá em 1799. Essa é considerada a primeira real corrida do ouro nos Estados Unidos. A segunda foi em 1829. Foi então que esses túneis foram escavados... Todos por negros escravizados. — Reagindo ao olhar de espanto de Martin, ele adicionou. — Não me diga que achava que eles foram usados só pra colher algodão.

Independentemente do que Martin pensava sobre a escravidão norte-americana, a imagem padrão que vinha à mente era de africanos inclinados sobre campos de algodão. Lógico que fazia sentido que eles tivessem sido explorados em tarefas mais árduas, mas ele nunca havia pensado muito sobre isso.

— Lógico que não — ele respondeu. — Só não sabia que o trabalho escravizado também era usado na mineração no Sul.

— Lógico que sim, porra — Roy confirmou. — Negros escravizados eram usados pra todo o tipo de trabalho de merda que se possa imaginar. E, acredite em mim, naquela época não faltava trabalho de merda. No geral, eram forçados a trabalhar nas minas de carvão, mas eram explorados em todas as minas, inclusive as de ouro como essa aqui.

— Como Dr. Kasim passou a ser dono disso aqui?

— A mina foi fechada logo depois da Guerra Civil. Ficou abandonada por mais de cem anos. Foi aí que o Dr. Kasim apareceu.

— Ouvi dizer que a razão principal do Dr. Kasim ter construído Forty Acres aqui foi por causa da mina — Damon complementou.

— Mas se a mina foi abandonada — Martin disse —, isso não significa que o ouro tinha acabado?

— Com toda a certeza — Roy disse com uma risada. — Duvido que eles iam deixar dinheiro largado embaixo da terra.

Martin franziu a testa. Ou Roy não dizia coisa com coisa ou Martin estava perdendo algo.

— Mas se não tem mais ouro — Martin continuou —, pra quê os escravizados estão cavando?

Roy e Damon se entreolharam achando graça, mas ninguém ofereceu uma resposta.

— Espera só chegarmos lá — Roy falou. — É mais fácil explicar se você vir com os próprios olhos.

Eles continuaram seguindo cada vez mais fundo ao longo do túnel. O ar ficou mais gelado e, da mesma forma, mais silencioso. Martin sentiu um arrepio. Ele não sabia se era por causa da temperatura ou do medo. Sua mente foi invadida pela ideia de que podia estar indo voluntariamente para a própria cova, mas Martin tentou conter a desconfiança. Se houvessem descoberto a verdade e planejavam matá-lo, por que perderiam tempo com a aula de História?

O desnível ficou mais proeminente e Martin se questionou a quantos metros embaixo da terra estavam. Estranhamente, o túnel parecia ficar cada vez mais escuro, embora a frequência e o tamanho das lâmpadas continuassem os mesmos. Martin não se lembrava de sequer ter visto uma lâmpada escangalhada. Provavelmente não havia nada de errado com a luz. Era só o nervosismo pregando truques nele.

No canto superior da caverna, Martin reparou o grupo alinhado de cabos que vinha da guarita se estendendo ao longo do túnel. Então, do lado oposto do teto, notou algo estranho. Havia outro cabo indo em direção ao interior da mina. Mas, diferentemente dos outros fios, que eram no geral pretos e brancos, esse cabo solitário era um vermelho vivo. De resto parecia exatamente igual aos outros. Então, por que se dar ao trabalho de separar aquele cabo dos outros? E por que tão longe? Antes que Martin pudesse perguntar, chegaram a uma bifurcação. O lado esquerdo continuava para baixo enquanto o direito parecia seguir no mesmo nível. Roy explicou que iria levá-los até os alojamentos dos escravizados, que ficava a apenas alguns metros ao longo do túnel direito, antes de guiá-los até o local da escavação. Ele os levou por outra porta grossa de aço para dentro de uma câmara de teto baixo.

O local de aproximadamente oitenta metros quadrados não era uma cavidade natural, havia sido escavado e montado com placas de madeira que agora estavam desgastadas e definhando. Em alguns lugares, os buracos nas paredes pareciam sangrar terra. O chão imundo estava abarrotado do que pareciam ninhos humanos. Vários lençóis e cobertores sujos, cada um com a própria pilha de relíquias de vidas passadas — fotos de crianças, relógios quebrados e joias, até uma bíblia de bolso. Câmeras camufladas estavam posicionadas em cada canto para que os escravizados fossem monitorados até enquanto dormiam. E então havia o cheiro. Martin tentou ao máximo esconder o horror que sentia ao testemunhar a situação grotesca em que os escravizados viviam, mas não conseguia disfarçar sua repulsa pelo cheiro fétido que preenchia o espaço: um odor denso que, como amônia, fazia seus olhos arderem. Tanto Martin como Damon levantaram o colarinho da camisa para cobrir as narinas, mas Roy não parecia afetado enquanto se movia para dentro do espaço e começava a explicar.

— Quando não estão escavando a mina, os escravizados são mantidos aqui. Tudo o que precisam tá aqui nesse cômodo. — Ele apontou para uma parte isolada do espaço. — Ali tem vasos e até um lugar pra lavarem as roupas. Todas as refeições são feitas na mina, então não há necessidade de cozinhar ou armazenar nada. Todos os dias eles cumprem quatorze horas, têm duas horas livres e então as luzes são apagadas e é hora de dormir. No dia seguinte, tudo de novo. Aos domingos fazem meio expediente e têm folgas no Natal, no aniversário do Dr. Kasim e no aniversário de Martin Luther King.

Enquanto ouvia, Martin se lembrou das palavras que Roy havia pronunciado quando chegaram à guarita: "Bem-vindos ao inferno".

— Eles passam algum tempo lá fora, no sol? — Martin perguntou. Então se arrependeu com o olhar que Roy o lançou. Damon também pareceu confuso.

— Sol? — Roy disse bufando. — Lógico que não, porra! Eles têm sorte de ter lâmpadas nesse chiqueiro nojento. — Olhou para o relógio de novo. — Vamos descer pra escavação.

Enquanto saíam, Martin percebeu algo que o fez hesitar. Era o estranho cabo vermelho de novo. Estava colado no espaço entre as paredes e o teto ao redor do espaço todo. Tentou ver o ponto onde terminava, mas não havia. O cabo entrava por um buraco acima da porta, circulava o cômodo, então desaparecia pelo mesmo buraco da entrada. *Que porra é essa?*

Roy guiou os dois de volta até a bifurcação, então tomaram o túnel à esquerda. Martin começou a rastrear o cabo vermelho misterioso depois de sair do alojamento dos escravizados e agora continuava a monitorá-lo enquanto desciam. O cabo vermelho solitário estava preso ao teto em todos os lugares que olhava. Martin não tinha reparado no cabo estranho quando entrou antes de alcançarem o portão 2, mas tinha a sensação de que tinha estado lá. Algo o dizia que o cabo vermelho esquisito, qualquer que fosse a razão, estava na mina inteira. Martin estava receoso de perguntar por medo de levantar suspeitas, especialmente depois da pergunta sobre o sol, mas sua curiosidade ansiava por liberdade. Ele direcionou a pergunta a Roy:

— Tô percebendo que tem várias câmeras e portões elétricos aqui, mas me diz uma coisa: pra quê é aquele cabo vermelho?

Roy parou e se virou para olhar para Martin.

— Pra quê tá perguntando isso?

Martin deu de ombros.

— Não sei. Parece diferente dos outros. É isolado e parece estar em todos os lugares.

Damon olhou para cima e para baixo percebendo o cabo vermelho, seus olhos se estreitaram.

— Filho da puta. Nunca percebi isso antes. O que é isso?

Roy provocou os dois com um sorriso misterioso.

— Não sei se devo contar. Vocês podem ficar assustados.

— Para de palhaçada — Damon insistiu. — Pra quê é?

— O Sr. Lennox adicionou recentemente — Roy respondeu. — Ele considera uma camada extra de proteção. — Então Roy abaixou o tom de voz, como se estivesse com medo de que alguém pudesse escutar. — Já ouviram falar do Primacord?

Damon balançou a cabeça, mas Martin sentiu uma onda gelada tomando o corpo.

— É um tipo de explosivo, né?

— Afirmativo — Roy confirmou de um jeito casual demais para quem falava sobre explosivos perigosos. — A mina toda tá cercada por ele, do início ao fim. O plano é que se alguma coisa der errado, *kabum*! Não existem mais provas.

— Caralho, você tá falando sério? — Damon falou com a voz assustada. — Estamos andando dentro da porra de uma bomba?

— Não precisa se preocupar — Roy disse tranquilamente. — O Primacord é bem estável. Ele tem um jeito específico pra ser ativado e só pode ser detonado de dois lugares. No escritório do portão 2 e na casa principal. Confia em mim, é perfeitamente seguro.

— Espero mesmo que esteja certo — Damon respondeu. Então se dirigiu a Martin. — Como eu disse, por aqui eles se importam bastante com a segurança. Talvez até demais.

Martin não disse nada enquanto recomeçavam a descer. Ele sabia que falar naquele momento iria expor seu verdadeiro sentimento. Damon, por sua vez, olhava toda hora para o cabo vermelho e Martin percebeu que a preocupação dele não era por causa das dezenas de pessoas que morreriam se a mina implodisse; estava preocupado exclusivamente com o próprio rabo. Ele ficava incomodado porque, apesar de ter passado tanto tempo com Damon nos últimos três meses, não havia se dado conta de que Damon era, assim como os outros membros de Forty Acres, um monstro.

Uma luz verde sombria banhava o túnel logo à frente e agora Martin conseguia ouvir o barulho de metal contra pedra. Logo depois Roy os guiou por uma caverna aberta, iluminada por luzes fortes. Ao longo da cavidade, uns doze trabalhadores acorrentados usavam picaretas contra a parede de pedra. Outro time enchia carrinhos de mão com areia e carregava a carga até uma máquina que triturava pedras, onde outros trabalhadores garimpavam a terra áspera que tinha se formado com água corrente. Martin estimou cerca de uns trinta escravizados no total. Na maioria homens, mas algumas mulheres também. Seus corpos esqueléticos estavam cobertos pelos restos podres e rasgados das roupas que usavam quando foram raptados. Um usava uma camisa do Star Wars, o outro um boné sujo de beisebol da John Deere.

Ele queria saber de onde aqueles escravizados tinham vindo e como haviam sido raptados, mas tinha medo de que muitas perguntas em pouco tempo levantassem suspeitas. Como se estivesse tentando reunir provas em vez de fazer perguntas inocentes. Damon já havia deixado lógico que os detalhes mais sensíveis só seriam revelados "quando chegasse a hora". Então Martin decidira que por hora perguntaria só o básico. Arranharia a superfície agora, e então, depois da Iniciação, depois de ganhar a confiança deles, cavaria mais fundo.

Seis guardas armados com bastões de aço patrulhavam livremente, gritando com os escravizados para que mantivessem o ritmo. Alguns tentaram espiar os estranhos que acabaram de entrar e foram prontamente repreendidos:

— Continuem trabalhando, branquelos!

Bem no centro do espaço havia uma estrutura em formato de sino, com aberturas para armas. Para Martin, era o mix de um iglu com caminhão blindado.

— O que é aquilo? — ele perguntou enquanto apontava.

Roy sorriu como se tivessem acabado de perguntar sobre seu brinquedo favorito.

— Chamamos de redoma da morte. Tem um homem ali dentro armado com um fuzil de assalto AA-12, a arma de mão mais poderosa do mundo. Se as coisas um dia saírem do controle por aqui, ele conseguiria resolver bem rápido, se é que me entende.

Martin analisou o ritmo de trabalho na mina. Observou a escavação, o carregamento, a trituração, e, finalmente, o garimpo. Martin não era nenhum especialista, mas parecia que estavam procurando por ouro, apesar de Roy dizer que a mina havia sido abandonada um século antes. Por que alguém abandonaria uma mina de ouro se ainda rendia frutos?

Ele se voltou a Roy.

— Se não estão escavando ouro, o *quê* procuram?

Roy torceu a cara.

— Bom, essa é uma pergunta complicada.

Roy levou Martin até as fontes de água onde um homem careca, de uns quarenta anos, se ocupava enchendo a bateia de terra. Eles observaram enquanto ele submergia o utensílio na água e começava a sacudir e girar, gradualmente separando a terra leve dos sedimentos mais pesados. O escravizado era mestre nisso e logo somente uma colher de chá de terra permaneceu no fundo da bateia. O escravizado usou os dedos para explorar a terra escura; quando não encontrou nada, franziu a testa, lavou a bateia e se virou para enchê-la com mais um punhado de terra.

— Ned, pare o trabalho e vire pra cá — disse Roy.

— Sim, senhor — Ned respondeu com a voz fraca.

Ele abaixou a bateia e se virou, mantendo os olhos fixos no chão. Seu semblante era inexpressivo com exceção dos olhos, que demonstravam profunda tristeza.

Roy apontou para Martin.

— Esse é o Sr. Grey, seu novo Senhor.

— Olá, Senhor — Ned disse, sem olhar para cima.

Era óbvio que, ao contrário dos escravizados da casa principal, os escravizados da mina não tinham permissão para olhar nos olhos dos sequestradores.

— Encontrou algo hoje? — Roy perguntou.

— Sim, Senhor. Indo muito bem até agora.

— Mostre ao Sr. Grey.

Roy pegou uma pequena jarra branca de plástico, mais ou menos do tamanho de um pote de sorvete. Ele a abriu e a entregou a Martin. Dentro dela havia umas pequenas partículas de ouro, nem uma era maior do que um grão de arroz.

— Então — Martin disse a Roy, com a voz ainda incerta —, eles estão atrás de ouro.

Roy pausou. Ele ergueu a mão, então mandou Ned retomar o trabalho.

Martin devolveu a jarra a Ned e disse:

— Valeu.

A palavra gentil fez Ned pausar, como se estivesse se deliciando com uma brisa refrescante. Ele pegou a bateia e voltou ao trabalho. Roy levou Martin e Damon para longe dos ouvidos dos escravizados antes de oferecer uma explicação.

— Entenda, as pessoas que exploravam essa mina não a fecharam simplesmente porque o ouro acabou. Eles a fecharam porque chegaram a um ponto em que o ouro era escasso. Quando o custo da escavação se torna maior do que o valor do que sai da terra, é hora de arrumar as malas e meter o pé. Então, sim, tecnicamente os escravizados estão escavando ouro, mas só encontram alguns gramas uma vez por ano. Não é suficiente nem pra pagar a comida deles. O ouro não é o que importa aqui.

— Então o que é?

— Pensa comigo: não podemos exatamente colocá-los nos campos de algodão, né?

A verdade atingiu Martin como um raio. De repente entendeu o propósito perverso por trás da mina de ouro.

— É só pra ocupá-los — ele murmurou embasbacado. — Não importa o que eles extraiam do chão. É só pra fazê-los trabalhar.

— Não só trabalhar — Damon disse. — Trabalhar duro. A mesma cortesia que eles ofereceram aos nossos ancestrais. O Dr. Kasim não é brilhante?

Martin abriu um sorriso, mas por dentro o estômago se revirava. Enquanto observava os trabalhadores batendo contra a pedra, realmente caiu a ficha do peso do que tinha que fazer. Aquelas pessoas estavam realmente no inferno. E a salvação delas dependia exclusivamente dele. Custasse o que custasse, ele precisava contar ao mundo o que estava acontecendo ali.

Um grito raivoso de um guarda rompeu o barulho do trabalho.

— *Eu disse pra continuar trabalhando!*

Ele bateu nas costas de um escravizado com o bastão. O escravizado gritou de dor e caiu de joelhos. Ele era mais velho do que os outros e parecia estar doente, mas aquilo não impediu o punho do guarda.

— Levanta! Levanta! — o guarda gritava enquanto batia no escravizado de novo e de novo.

— *Para! Porra! Para!*

O guarda congelou. O trabalho cessou. A caverna inteira mergulhou num silêncio a não ser pelo choro do homem machucado. Damon, Roy, todos os guardas o observavam. Até alguns escravizados arriscaram olhar para Martin. Ele não tinha conseguido conter suas emoções. Sua reação fora tão inevitável quanto uma erupção vulcânica.

Martin viu olhos confusos o analisando, talvez sementes de dúvida germinando. "Agora eles sabem", Martin pensou. Agora eles sabem como ele se sentia de verdade... E ele estava tão amaldiçoado quanto os homens acorrentados na parede.

Mas as acusações nunca vieram. Só o riso debochado de Roy antes de sussurrar para Martin:

— Jesus, você é novo mesmo.

Então Roy gritou para que todos voltassem ao trabalho. O escravizado machucado, sem condições de continuar, foi arrastado para fora e os outros pegaram novamente as picaretas. E, rápido assim, o incidente havia acabado.

Damon apertou o ombro de Martin em apoio, então se voltou para Roy:

— Acho que o Sr. Grey já viu o bastante.

CAPÍTULO 56

Pouco tempo depois, Damon e Martin faziam o caminho de volta em meio à floresta em direção à casa principal. O céu agora estava tomado por nuvens e um chuvisco leve começava a cair.

Martin estranhou que nem Damon nem Roy haviam feito comentários sobre sua reação explosiva enquanto retornavam para a entrada da mina. Depois que saíram, Damon focara em falar sobre como ainda não havia conseguido jogar umas partidas de golfe. Martin não sabia dizer se eles evitaram intencionalmente o assunto que seria resolvido mais tarde ou se a mancada reveladora não tinha sido tão grave assim. De todo o modo, Martin se sentia impelido a dizer algo. Tentar salvar sua imagem antes que fosse destruída de vez. Mas decidiu ficar calado. Por que criar um problema que talvez nem existisse? De repente Damon tivesse até se esquecido do incidente.

Martin estava errado.

Estavam a alguns metros da casa principal quando Damon segurou o braço de Martin.

— Espere um pouco — Damon falou. A casualidade de minutos antes tinha desaparecido. Seu semblante estava sério. — O que aconteceu na mina. Aquilo não pode acontecer de novo. Nunca defenda um escravizado ao invés do Senhor. Nunca.

Martin fez o possível para concordar com a cabeça.

— Acredito que pode entender o porquê — Damon completou.

— Lógico — Martin disse. — Desculpe por isso. Acho que ainda tô me acostumando.

Damon balançou a cabeça.

— Você nunca vai se acostumar. E, de certa maneira, sua reação foi perfeitamente natural. Se você visse um cachorro sendo espancado, provavelmente reagiria da mesma forma. Mas aí que tá: você precisa se lembrar sempre do que "isso" significa. O que fizeram com o nosso povo. O que estamos fazendo aqui é um dever. Tem um propósito maior. Tá bom?

Depois de um momento, Martin assentiu.

— Entendo.

— Espero que sim. Se não, você nunca vai passar pela Iniciação hoje à noite.

Martin olhou para ele.

— Existe alguma forma de te convencer a me contar o que é a Iniciação?

O sorriso de Damon apareceu de novo.

— O que você viu até agora não é nada. Só um gostinho do que criamos aqui. O conhecimento e as experiências que te esperam vão te mudar pra sempre. Só que antes de te envolver mais ainda, precisa provar sua lealdade.

— Como?

Damon franziu a testa.

— Já falei demais. Mas vou dizer algo sobre hoje: é melhor você criar coragem, e bem rápido.

E com isso, Damon continuou andando para a casa principal.

CAPÍTULO 57

Alice parou em frente à porta do quarto do Senhor Lewis, ajeitou seu uniforme de empregada e respirou fundo. Tentou parecer calma, mas não era fácil com o coração acelerado. Não fazia ideia de por que o Sr. Carver queria vê-la no meio da tarde. Nos poucos anos desde que começara a ir para Forty Acres, ele só a havia chamado para o quarto dele uma vez, e fora para sexo. Na verdade, aquilo havia sido mais um espancamento do que sexo. Todos sabiam que o Sr. Lewis machucava as mulheres que iam para o seu quarto e que seria muito pior se o Senhor Lennox não tomasse as rédeas da situação. Alice sabia, porém, que o Senhor Lewis não havia gostado da noite que passou com ela. Alice não sabia o porquê, e nem queria saber. Certamente não tinha sido por falta de porrada. Ela só estava grata porque ele não a havia chamado de novo — até ontem à noite. Quando ele a chamara na noite anterior, tivera a certeza de que sua sorte havia acabado. Ela esperava que ele a jogasse na cama e rasgasse suas roupas como da última vez, mas, em vez disso, ordenara que ela dormisse com o novo Senhor, Martin Grey. Alice não gostava de dormir com nenhum deles, mas se tivesse escolha, preferia o Sr. Grey a um homem que confundia carícias com socos.

Alice respirou fundo enquanto olhava para a maçaneta. *Fique calma*, disse a si mesma. *Ele provavelmente só quer que você durma com o Sr. Grey novamente. Deve ser isso.* Alice abriu um sorriso enorme e bateu gentilmente na porta.

A voz firme de Carver respondeu que ela podia entrar. Alice abriu a porta e viu Carver sentado na ponta da cama. Ela ficou mais tranquila quando viu que ele estava vestido e sorria.

— Deseja me ver, meu Senhor?

— Sim. Tô curioso sobre a sua noite com o Sr. Grey.

— Curioso, senhor?

— Conta o que aconteceu.

Alice pareceu confusa.

— Fizemos sexo, senhor.

Carver franziu a testa.

— Eu sei disso. Quero saber sobre o que falaram.

— Na verdade, sobre nada. Não conversamos muito.

O sorriso de Carver se estreitou enquanto a olhava de cima a baixo.

— É, imagino que não. Aconteceu alguma coisa incomum?

— Incomum?

— Sim. Você sabe, ele te pediu para fazer alguma coisa... diferente?

Alice sentiu uma pontada no estômago. Tinha o pressentimento de que se revelasse a verdade, algo ruim aconteceria. Não com ela, mas com o Sr. Grey. Geralmente não dava a mínima para o que acontecia com aqueles homens que acabaram com sua vida e a mantinham presa. Mas, depois de pensar mais sobre o comportamento do Sr. Grey, apenas uma coisa fazia sentido para Alice: fingir fazer sexo não era um fetiche estranho como pensara de início. O Sr. Grey tinha fingido porque não queria estuprá-la. Ele estava tentando protegê-la. E se ele estava tentando protegê-la, nada mais justo do que protegê-lo de volta da forma que pudesse.

— Me responde — Carver ordenou, ficando impaciente.

Alice balançou a cabeça.

— Não, senhor. Nada de diferente. Só fizemos sexo.

Carver a observou, desconfiado. Alice estava aliviada; significava que o Sr. Grey também tinha guardado segredo.

— Você acha que ele gostou do sexo? — Carver questionou.

— Sim. Ele pareceu gostar, senhor.

Carver se inclinou para frente.

— Você acha que o Sr. Grey gosta de você, Alice? Ele foi gentil com você? Te tratou bem?

Achando a pergunta mais do que estranha, Alice franziu a testa.

— O Sr. Grey foi muito gentil comigo, senhor.

— Tenho certeza de que sim. Mas ele gosta de você? Você sabe quando alguém gosta de você, não sabe?

— Acho que sim, senhor.

— Então? Ele gosta de você ou não?

Alice assentiu.

— Sim, acho que o Sr. Grey gosta de mim.

Um sorriso frio preencheu o rosto de Carver.

— Sim, é o que eu acho também.

Alice não gostou da expressão no rosto do Sr. Carver. Deixou-a nervosa. Parecia o jeito que tinha olhado para ela na noite que a espancou. Quanto mais rápido saísse daquele quarto, melhor.

— Isso é tudo, senhor?

Carver balançou a cabeça, bem devagar.

— Não, não é. Chega mais perto.

O coração de Alice disparou de novo.

— O senhor tem mais perguntas sobre o Sr. Grey?

— Eu disse pra chegar mais perto.

Alice forçou o corpo, tenso por causa do medo, a dar alguns passos para perto dele.

— Não faça joguinhos. Venha. Aqui na minha frente.

Alice tentou se manter calma. Já sabia o que ia acontecer, parecia inevitável agora, mas demonstrar medo poderia deixá-lo com raiva e suas mãos ficariam mais pesadas. Ainda sorrindo, Alice deu mais alguns passos e parou a uma distância mínima de Carver. Distância essa que tornava possível que ele batesse nela. Por um momento, ele só analisou o corpo dela com o olhar. Podia ver aqueles olhos se preenchendo com um tesão cruel.

Então Carver disse algo inesperado.

— Me mostra as mãos.

Alice estava tão espantada com o pedido que apenas ficou ali parada olhando para ele.

— Não está ouvindo? Me mostra as mãos!

Alice ergueu as mãos. Elas tremiam e ela não podia fazer nada para evitar. Alice estava aterrorizada. Carver segurou as mãos dela e as analisou. Eram pequenas e delicadas. Carver observou as unhas com bastante interesse. Eram curtas, mas ainda tinham uma pontinha proeminente. Ele passou os dedos nas pontas das unhas e sorriu, aparentemente satisfeito com a aparência. Finalmente, soltou as mãos dela e a olhou, divertindo-se com algo misterioso.

— Você e eu vamos brincar — ele disse.

Então Carver pegou Alice e a jogou bruscamente contra a cama.

CAPÍTULO 58

Com seu bom gosto característico, Juanita Darrell escolheu Xander's, um restaurante afro-americano novo, na esquina da rua 127 com a Avenida St. Nicholas, no Harlem, para recepcionar a improvisada "noite das garotas". O restaurante contava com uma lista de espera de três meses; porém, como as esposas de homens poderosos têm seus privilégios, conseguiram a melhor mesa do restaurante na noite mais cheia da semana sem ter reserva. A decoração estilosa, a ambientação em veludo e os pratos deliciosamente autênticos superaram as expectativas de Anna. Em qualquer outra noite, estaria no céu por estar lá, mas naquela noite em particular tinha muita coisa na cabeça.

Anna revirava suas lascas de cordeiro cozido enquanto as outras esposas engatavam uma conversa animada sobre um milhão de tópicos diferentes. Durante os drinques, elas analisaram cada detalhe do novo salão sofisticado da Saks (veredito: eles se esforçaram, mas não conseguiram superar o Bergdorf). Então, depois que o vinho fora servido e cada prato chegara à mesa, a conversa tinha alternado entre assuntos como o atentado de Boston, o último episódio de *Real Housewives of Atlanta* e imóveis promissores nas Ilhas Cayman, e agora tinha chegado à crítica sobre o guarda-roupa de Michelle Obama. Anna permanecera quieta o tempo todo.

— Anna, ainda não ouvimos sua opinião — Juanita disse. — O que acha?

Anna levantou os olhos e percebeu que todas as mulheres olhavam para ela. Estava vagamente ciente do último tópico de debate. Em vez de fingir que se importava, ela apenas deu de ombros.

— Desculpa, acho que estou um pouco distraída.

Starsha, esposa de Carver e a mais nova na mesa, bufou.

— É? Não brinca. Você não disse nada a noite toda.

— Não, isso não é verdade — a esposa de Kwame, Olaide, respondeu. — Eu ouvi a irmã pedir aquelas lascas de cordeiro. Mas foi só isso mesmo.

As mulheres riram. Juanita, que estava sentada à direita de Anna, esticou o braço e segurou sua mão.

— Tá se sentindo bem?

— Sim. Tô bem. Acho que só sinto falta do Martin.

As mulheres se entreolharam achando graça. Betty Aarons, a primeira-dama de Solomon, balançou a cabeça.

— Por Deus, garota. Seu homem tá fora há um único dia. Durante a guerra, Solomon esteve longe por um ano inteiro e eu não parecia tão pra baixo como você está agora.

— É que nunca fiquei sem contato com o Martin antes. Só isso.

Juanita franziu a testa.

— Pensei que tínhamos resolvido isso ontem quando ligou.

— Eu sei. É só estranho não poder mandar mensagem nem nada. Nem dormi direito.

Starsha se inclinou para mais perto de Anna e abaixou a voz.

— Olha, o que você precisa nessas noites solitárias é de um bom vibrador. — Ela deu uma piscadela para a Sra. Aarons. — Fala pra ela, Betty.

As mulheres caíram na gargalhada e Anna riu junto. Juanita gesticulou com a mão, como se a tristeza de Anna não tivesse cabimento.

— Não se preocupa. Da próxima vez que eles viajarem, não vai nem pensar nisso.

— Especialmente se viajarmos também — Starsha completou. — Só não viajamos dessa vez porque Margaret tá fechando um negócio.

— Desculpa, meninas — a esposa de Tobias disse com um bico bem-humorado.

— A Starsha tá certa — Juanita disse para Anna. — Não importa pra onde, sempre vamos em grande estilo. Você vai se divertir tanto que nem terá tempo de se preocupar com o Martin. Não é, meninas? — Juanita ergueu a taça de vinho e as outras fizeram o mesmo.

Descrente, Anna observou as cinco esposas brindando e comemorando a habilidade de se esquecerem dos maridos por uns dias. Era o brinde mais estranho que já tinha visto e isso não a convenceu.

— Qual é, sejam honestas — Anna disse. — Vocês têm que se preocupar ao menos um pouco. Seus maridos estão no meio do nada, praticando um esporte superarriscado.

Juanita riu.

— Arriscado? Acho que não. Como eu te disse, eles brincam num rio feito pra crianças. Provavelmente correm mais risco quando estão ao redor da fogueira se embebedando.

As mulheres riram até que Anna cessou a discussão de imediato com o que disse a seguir.

— Tenho certeza de que a Sra. Jackson se sentia exatamente assim.

O humor na mesa mudou na hora. As mulheres se entreolharam, como se estivessem mais irritadas do que tristes com a lembrança.

Juanita franziu a testa em direção à Anna.

— Deixa eu adivinhar. Você viu isso na internet.

Anna concordou com a cabeça.

— E ontem, quando seu marido foi buscar Martin, perguntei a ele.

— Então tenho certeza de que o Damon te contou que a morte do Donald Jackson foi um suicídio, não um acidente como os jornais dizem.

— Ele contou, mas comecei a pensar em algo que não consigo deixar pra lá. — Anna analisou os rostos das mulheres, receosa de continuar. Não sabia como as próximas palavras seriam recebidas. — Acho que seus maridos mentiram pra vocês.

Por um momento ninguém disse nada. As esposas apenas bufaram. Na tentativa de apaziguar a situação, Juanita começou a rir.

— Tenho certeza de que não foi isso que Anna quis dizer. Não é, Anna?

— Na verdade, foi sim. Pensem só. Se seus maridos tivessem voltado e confessado que Donald Jackson tinha morrido fazendo rafting, vocês nunca teriam deixado que fossem de novo. Tô certa? Significaria o fim das viagens deles. Tinham um bom motivo pra mentir.

Starsha riu com deboche.

— Moça, admiro a sua coragem. Você não sabe porra nenhuma sobre nós e sabe menos ainda sobre os nossos maridos.

— Starsha tá certa — Olaide confirmou com a voz firme. — Talvez no seu casamento as mentiras sejam comuns, mas entre Kwame e eu não existem segredos.

Margaret Stewart balançou a cabeça, desconsiderando a ideia por completo.

— Não. Hã-hã. Sim, o Tobias é meio rebelde. Sim, ele bebe e joga muito. Sim, ele às vezes vai atrás de mulheres. Mas uma coisa que nunca faz é mentir sobre qualquer uma dessas coisas. Tobias me conta tudo... Mesmo nas vezes em que eu não quero saber.

A Sra. Aarons arrebitou o nariz para Anna e disse:

— O Sr. Aarons e eu estamos casados há mais tempo do que você tem de vida, mocinha. Isso faz de nós mais do que marido e mulher. Seu comentário casual não tá somente errado como é um enorme insulto.

Juanita esticou o braço e deu um tapa na mão de Anna.

— Preciso ir ao banheiro. Por que não vem comigo?

Enquanto Anna se levantava e seguia Juanita pelo restaurante, quase conseguia sentir os olhares das mulheres queimando suas costas.

— Acho que você devia ir pra casa — Juanita disse, enquanto retocava a maquiagem em frente ao espelho. — Você tá estragando a noite de todo mundo. Desculpa, não há jeito fácil de dizer isso.

Anna estava ao lado de Juanita, dentro do banheiro feminino sofisticado, enquanto a voz de Stevie Wonder saía dos alto-falantes. Anna não ficou magoada com o convite de Juanita para que se retirasse. Ela sabia que merecia. De fato, no momento em que Anna se afastara da mesa, tinha se arrependido de seu comportamento. Mesmo que achasse as visões das esposas sobre os maridos extremamente surreais, aquilo não lhe dava o direito de ser rude e desagradável. E tinha que pensar em Martin também. Ser aceito pelos maridos influentes era importante para ele, Anna sabia disso, e, ainda assim, estava ali tentando transformar as esposas em inimigas. Como podia ser tão estúpida? Se Martin se queimasse com os novos amigos como resultado de algo que ela fizera, ele até poderia perdoá-la, mas ela jamais se perdoaria.

Anna suspirou e se apoiou na pia.

— Juanita, sinto muito, de verdade. Acho que tô ficando desnorteada.

Juanita deu de ombros enquanto aplicava a sombra.

— Ah, isso acontece mesmo na gravidez.

— Quê? — Anna perguntou chocada. — Como você—

Juanita caiu na gargalhada.

— Hum, vamos ver... Primeiro notei que você pediu chá gelado em vez de vinho, e eu me lembro de que bebeu vinho no jantar lá em casa. Então, veio esse grude, sentindo falta do seu marido intensamente depois de um único dia. Você parecia mais sensata e independente quando te conheci. Isso tudo me fez suspeitar, mas, honestamente, não tinha certeza até esse exato segundo. — Juanita riu de novo. — Garota, você tinha que ver a sua cara! Parabéns! — Juanita puxou Anna para um abraço. Quando se separaram, Juanita notou a expressão ansiosa de Anna. — Qual o problema?

— Eu realmente queria que o Martin fosse o primeiro a saber. Você precisa me prometer que não vai dizer nada pra ninguém até eu contar pra ele.

Os olhos de Juanita brilharam com a informação.

— Isso explica muita coisa. Ele não sabe ainda?

Anna balançou a cabeça.

— Descobri no dia que ele foi embora.

— Tadinha. A novidade mais importante da vida e você não pode contar pra ninguém. Não é pra menos que tá desnorteada.

Anna olhou para ela com olhos pedintes. Juanita fez um gesto passando um zíper nos lábios e jogando fora a chave imaginária.

— Vou guardar seu segredo. Juro.

— Obrigada.

Anna observou enquanto Juanita terminava de retocar a maquiagem com destreza. Foi naquele momento que Anna percebeu que gostava dela. Não conseguia imaginar que era a mesma mulher glamorosa que aparecia em todas aquelas revistas. Nunca teria imaginado que a grande Juanita Darrell poderia ser tão... Normal.

— Então, acha que eu devo voltar e me desculpar antes de ir embora? — Anna perguntou.

Juanita dispensou a ideia com um gesto da mão.

— Da próxima vez que nos reunirmos, ninguém mais vai se lembrar. Confia em mim, elas preferem viver num fantasioso mundo de perfeição a guardar mágoa de alguém. Além disso, tudo o que disse é verdade.

— O quê? — O medo preencheu os olhos de Anna. — O que quer dizer?

— Ah, não. Não aquilo. Não me refiro ao Donald Jackson. Até onde sei, ele realmente se matou. Quero dizer aquela baboseira sobre os maridos delas serem príncipes encantados.

A tensão no corpo de Anna se dissipou de imediato.

— Pareceu mesmo um pouco estranho.

— Como eu disse, elas vivem num mundo fantasioso. Adoram seus estilos de vida e por isso fingem não ver o que tá bem na cara. Eu me recuso a enganar minha própria mente. Ignoro porque escolho ignorar.

— Ignorar o quê, exatamente?

Juanita ficou em silêncio por um momento. Então suspirou e disse:

— Quando eles vão nessas viagenzinhas, eles literalmente desaparecem da face da Terra por dias. Ficam totalmente sem contato com o mundo inteiro, não só com a gente. Por quê?

— Como assim? Quando eu liguei, você disse que é porque estão num lugar isolado.

— Certo. Te contei essa lorota porque é essa lorota que eles nos contam. Mas qual é, você é uma mulher esperta.

Anna estava confusa.

— Não sei o que quer dizer. Talvez eu não seja tão esperta quanto pensa.

Juanita gargalhou.

— Já ouviu falar em telefone por satélite? Você consegue fazer uma ligação de qualquer lugar do mundo com um desses. Digo, qualquer lugar mesmo. Pedi pro Damon comprar um pra quando vai nessas viagens, só pra emergências, e ele recusou imediatamente. Estamos no século XXI, pelo amor de Deus. E esses homens têm dinheiro o suficiente pra comprar um satélite inteiro, imagina um telefone. A única razão de nossos maridos estarem incomunicáveis é porque eles preferem assim. Bem simples. O que quer que seja que eles fazem nessas "viagens de rafting", não querem que nós, nem ninguém, fique sabendo.

— Espera um pouco. O Donald Jackson foi retirado de dentro do rio. Eu li isso. Isso tem que significar que eles realmente vão acampar. Ao menos essa parte da história é real, né?

Juanita deu de ombros.

— Acho que é. Mas por que precisam estar incomunicáveis se é só uma viagem de acampamento?

Anna começou a ficar perplexa. Tentou se acalmar pensando que Martin jamais trairia o compromisso deles, mas percebeu rapidamente que, assim como as outras esposas, estava idealizando o companheiro para minimizar seus próprios medos. Colocado na situação errada, ela acreditava que qualquer homem poderia vacilar, até Martin, ainda que doesse admitir isso.

Anna olhou para Juanita.

— Tá bom, então o que fazemos?

Juanita riu.

— Lidamos com isso. — Então apontou com a cabeça para a porta do banheiro. — Aquelas mulheres na mesa lidam com isso fingindo que seus maridos são uns santos. Eu lido tratando as coisas como elas são, o custo por viver uma vida que a maioria das mulheres deseja ter. Nossos maridos são homens ricos e poderosos, e o seu marido em breve será também. Esses homens podem ter e fazer qualquer coisa que quiserem. Tá certo, de vez em quando eles fogem pra esse lugar misterioso e fazem sabe se lá o quê, mas então voltam pra casa. Voltam pras nós, as mulheres que amam.

— Mas você não tem curiosidade? Não quer saber o que estão fazendo?

Juanita balançou a cabeça.

— Não, deixa eles com o segredinho deles. Você e eu temos o nosso.

— Que segredo é esse?

Juanita sorriu como o próprio diabo.

— Que sabemos que eles estão aprontando.

CAPÍTULO 59

Martin estava sozinho, sentado no quarto, observando o relógio e aguardando. Tentando permanecer calmo.

Mais cedo naquela noite, durante o jantar, somente um comentário fora feito sobre o ritual que se aproximava. Quando todos se sentaram, Dr. Kasim, em tom formal, dissera a Martin que ele deveria voltar diretamente para o quarto depois do jantar e que Damon o buscaria às oito para guiá-lo até a cerimônia de Iniciação. Quando Martin questionara onde a cerimônia misteriosa aconteceria, Dr. Kasim e os outros simplesmente ignoraram a pergunta.

Martin se conteve para não perguntar mais nada. Não queria parecer preocupado, e também sabia que nem um dos homens daria nenhuma dica. Quem sabe ver o novato se roendo de preocupação era um aperitivo para as festividades que aconteceriam em sequência. Certamente aquela era uma verdade para Carver; ele estava se deliciando com a ansiedade de Martin. Mais de uma vez, Martin havia desviado o olhar do prato e se deparado com Carver olhando para ele como se estivesse se divertindo. O que quer que Dr. Kasim tivesse preparado para Martin, era óbvio que Carver mal podia esperar para que chegasse a hora.

Martin olhou para o relógio perto da cama: 19h55. Só mais cinco minutos e ele conseguiria as respostas. A sensação de tensão em seu estômago triplicou de intensidade. Martin respirou fundo e tentou se acalmar. Era só uma Iniciação. O quão ruim podia ser? Mas mesmo ao pensar isso, Martin não conseguia ignorar aquela pequena e insistente voz na cabeça: *Pode ser ruim. Muito ruim. Há uma chance bem grande de ser aquela coisa terrível na qual você nem quer pensar.*

Martin balançou a cabeça, como se pudesse afastar os pensamentos sombrios. Mas eles criaram raízes, como uma música que gruda na mente. Não importava o quanto tentasse se convencer de que Damon e os outros jamais esperariam que ele fizesse aquilo, a possibilidade era real demais para ser ignorada. A Iniciação podia ser um assassinato.

Martin nunca havia participado de fraternidades ou cultos, mas sabia que uma cerimônia de Iniciação podia ser algo inocente, como fazer um juramento solene ou um ato constrangedor, ou chegar até o impensável: assassinato a sangue-frio. Geralmente eram os grupos envolvidos em atividades maliciosas, organizações secretas com o maior número de coisas a esconder, que pediam o maior preço de inscrição. Como as gangues de rua que requerem que se mate uma pessoa aleatória antes de se juntar a elas, ou um sindicato do crime em que se consegue a carteirinha de membro quando se mata alguém pela família. O preço alto para entrar nesses grupos estava ligado à sua natureza ilícita. Eles tinham muito a perder se os detalhes fossem a público, então se asseguravam de que qualquer um que entrasse fosse leal acima de tudo e levasse os segredos para o túmulo.

Era isso que preocupava Martin. Que segredo poderia ser mais vital do que proteger o que estava acontecendo em Forty Acres?

Ao pensar melhor, a verdade era nítida. A Iniciação no clube do Dr. Kasim não seria um simples juramento. Não poderia ser. Havia muito em risco ali, e esses homens eram espertos demais para aceitar alguém de maneira tão fácil. Então Martin se lembrou dos comentários do Dr. Kasim sobre sua ancestralidade. O único jeito de saber com certeza era fazendo um teste de DNA. E se eles sabiam daquilo, o que mais sabiam sobre ele? Suas finanças? Seu histórico médico? E Anna? Eles sabiam tudo da vida dela também? Será que ela também corria perigo, assim como ele?

Martin olhou para o relógio: 19h59. Mais um minuto.

Se um assassinato fosse preciso, o que ele poderia fazer? Ele precisava de um plano. Uma desculpa para evitar machucar alguém.

Então a voz em sua mente mudou o tom. "Você tem que fazer". A lógica era simples, óbvia. Se fosse preciso sacrificar um homem para salvar dezenas, teria que fazê-lo. A polícia entenderia, não? Óbvio que havia a possibilidade de que não entendesse. A lei tinha o costume de ser irredutível em casos de assassinato. Talvez eles nem acreditassem na história. Poderiam pensar que ele havia mudado de ideia depois de fugir, qualquer coisa. Martin se preocupava com as implicações legais até se dar conta da verdade: não fazia diferença. Não importava o que a polícia dissesse. Agora, neste momento, Martin sabia que era a coisa certa a fazer. Só havia um jeito de resgatar todas aquelas pessoas, e um único jeito de voltar para Anna. Não importava o que pedissem para ele fazer. Ele tinha que fazer o que fosse necessário para voltar à civilização. Mesmo que fosse matar.

Houve uma batida sutil na porta do quarto. Martin olhou para o relógio perto da cama. Oito em ponto.

Martin abriu a porta e Damon estava parado em frente a ela. Seu sorriso malicioso costumeiro havia desaparecido. Ele apertou o ombro de Martin com firmeza.

— Pronto?

CAPÍTULO 60

Martin não fez nenhuma pergunta enquanto seguia Damon pela propriedade sob a luz da lua. As nuvens carregadas de mais cedo tinham sumido. O céu agora estava límpido. Martin sentia que cada estrela o observava. Que o universo estava em pausa. O futuro de tudo parecia depender de sua habilidade de passar no teste que iria encarar.

Eles caminharam ao longo de uma vereda de terra ladeada por pedras e pinheiros. O barulho dos passos contra a terra e o canto de animais noturnos eram os únicos sons. As lâmpadas externas que iluminavam o trajeto atraíam um grupo de mosquitos e algumas mariposas.

Eles chegaram a um campo aberto, e só então Martin percebeu para onde Damon o estava levando. A cinquenta metros havia um estábulo. Diferentemente das outras estruturas na propriedade que pareciam ter manutenção constante, a fachada de madeira do estábulo estava esburacada e deteriorada. Se a aparência decrépita era uma escolha proposital para decoração ou se refletia um ato de negligência, era impossível definir, mas de uma coisa Martin sabia: ele não gostava do estábulo. A estrutura torta e caindo aos pedaços parecia um lugar mau onde coisas ruins aconteciam. Quanto mais próximos eles ficavam, mais o estômago de Martin se retorcia.

Uma porta estava aberta e uma iluminação amarelada podia ser vista no interior.

— Eles não vão me pedir pra andar a cavalo, vão? — Martin perguntou, tentando amenizar o clima. — Digo, sou péssimo andando a cavalo.

— Não há nenhum cavalo lá — Damon respondeu sem emoção e sem olhar para ele. Damon apenas seguiu em frente, calmo e distante. Seu comportamento frio deixou Martin ainda mais temeroso.

Um pouco antes de alcançarem o estábulo, Damon pausou e se virou para Martin. Apertou seu ombro.

— Não importa o que aconteça lá dentro — Damon sussurrou —, não demonstre fraqueza. Você tem que ser forte. Entendeu?

Por três semanas, Martin tinha duelado com o homem no tribunal, e nunca vira Damon Darrell tão sério. Lutando consigo mesmo de maneira invisível para conter o medo, Martin olhou nos olhos de Damon e assentiu.

— Entendi.

Damon bateu no braço de Martin.

— Eles estão esperando. Vamos entrar.

CAPÍTULO 61

A primeira coisa que Martin percebeu ao entrar foi como o estábulo estava vazio. Ele tinha esperado que o interior estivesse abarrotado de ferramentas rurais, as paredes cobertas de teias de aranha monstruosas. Em vez disso, a estrutura continha somente colunas e vigas. As baias antigas, cinco de cada lado, se estendiam por todo o espaço. Arandelas elétricas forneciam iluminação sutil, deixando as baias vazias mergulhadas na escuridão.

Dr. Kasim, Oscar, Carver, Kwame, Tobias e Solomon estavam no centro do estábulo. Com exceção do líder mais velho, usavam ternos, camisas e gravatas, todos pretos. Dr. Kasim vestia um *dashiki** ornamentado com bordado dourado e um chapéu *kufi*† combinando. O bordado do *kufi* era tão elaborado e impressionante que lembrava uma coroa de ouro.

Os homens olhavam para Martin sem dizer nada. Os sorrisos carismáticos e fraternos que o haviam convencido a viajar para tão longe de casa tinham desaparecido. Os semblantes frios e sérios que os substituíam eram quase irreconhecíveis.

Havia também dois seguranças de preto guardando a porta. Ambos exibiam caras fechadas e tinham pistolas a postos na cintura. Durante a estada, Martin encontrara vários membros do exército particular do Dr. Kasim, mas esses dois ele não reconhecia. Martin observou quando os guardas fecharam as portas do

---

* Bata ou túnica colorida, comumente usadas por homens na África Ocidental. [Nota da Tradutora]
† Boné sem abas, curto e arredondado, usados por homens em lugares como norte da África, leste da África, África Ocidental e sul da Ásia. [N. da T.]

estábulo, trancando com um ferrolho de madeira, e então retomaram às posições iniciais.

Observando as enormes portas trancadas, Martin se perguntou se viveria para ver o lado de fora de novo.

Damon deu um tapa de apoio nas costas de Martin, então seguiu para se juntar ao Dr. Kasim e aos outros. No mesmo momento em que parou perto deles, seu semblante também se adequou, duro como pedra.

Com o auxílio do cajado, Dr. Kasim deu alguns passos para frente. Seus olhos sábios e concentrados analisaram Martin dos pés à cabeça. A inspeção foi lenta e cuidadosa, como se as retinas fantasmagóricas conseguissem escanear cada célula do corpo de Martin.

Martin ficou ainda mais incomodado, mas resistiu ao ímpeto de falar. Finalmente Dr. Kasim olhou nos olhos dele. Mais segundos de tensão, encarando-o sem piscar. Martin quase podia sentir o que o doutor queria. A vontade de desviar o olhar era grande, mas Martin se manteve firme. Sabia o que aconteceria se demonstrasse qualquer fraqueza.

Quando o homem velho finalmente falou, sua voz era quase um sussurro, mas cada palavra pareceu grudar na mente de Martin.

— Irmão Zantu, você está pronto para reinstituir sua dignidade e sua honra?

Martin concordou com a cabeça.

— Fale alto — Dr. Kasim comandou.

A boca de Martin estava seca. Ele engoliu. Forçou-se a falar.

— Sim.

— Está pronto para se vingar da tortura e dos assassinatos sofridos pelos seus ancestrais africanos?

Martin sabia que não seria o suficiente simplesmente dizer o que eles queriam ouvir.

Ele tinha que ser convincente. Tinha que fazê-los acreditarem que compartilhava da paixão.

— Sim — Martin respondeu com mais convicção, não apenas na voz como também na postura, esticando a coluna, erguendo o queixo. — Sim, Doutor. Estou pronto.

Dr. Kasim deu um sorriso quase imperceptível.

— Bom. — O doutor se virou para o lado direito do estábulo e apontou o cajado para a baia do meio. — O objeto de sua vingança te aguarda ali.

Martin sentiu uma onda de pavor. As portas de todas as baias estavam abertas, com exceção da que o Dr. Kasim acabara de apontar. Não somente fechada, mas trancada com dois ferrolhos enferrujados. Algo estava preso dentro daquela baia, e Martin tinha certeza de que não era um cavalo.

Dr. Kasim fez menção para que os outros homens liberassem o caminho, possibilitando que Martin seguisse sem impedimentos até a baia selecionada. Martin entendia o que precisava fazer em seguida, mas o medo o congelou no lugar.

— O que tá esperando? — Carver falou. — Abra.

Dr. Kasim gesticulou para que Carver se calasse, então se voltou para Martin.

— Vá em frente, irmão.

Os outros homens continuaram a observá-lo; ele percebeu Damon assentindo minimamente para encorajá-lo. O último conselho do advogado veio à mente de Martin: o que quer que aconteça... Seja forte.

Dar o primeiro passo o fez sentir arrancar o pé de uma poça de concreto fresco. Mas aí ele começou a se mover. Um passo firme depois do outro. O *crac-crac* dos passos contra a terra era quase tão alto quanto seu coração batendo. Podia sentir os olhares o seguindo. Podia ouvir os pés se movendo contra o chão quando eles se viraram para acompanhá-lo com os olhos.

No instante em que Martin pausou em frente à baia, ouviu um gemido baixo vindo lá de dentro. O som deplorável e aterrorizado fez Martin tremer. *Seja forte*, Martin repetia na mente. *Seja forte*.

Dr. Kasim sussurrou por trás dele:

— Esses ferrolhos são fáceis de abrir.

Martin segurou a maçaneta do trinco superior. A sensação do metal corroído era fria contra a mão. Martin puxou o trinco e ele se abriu com um leve estalo. De dentro da baia ouviu-se alguém arfando e então mais gemidos. Martin fez o possível para ignorar os sons enquanto pegava o trinco inferior. Ele tentou abrir com delicadeza, mas o ferrolho antigo não cooperava. Não teve escolha a não ser puxar o trinco o mais forte que conseguia. A porta se abriu com violência, causando mais um sobressalto de quem estava lá dentro.

— Bom — Dr. Kasim disse. — Muito bom.

Uma corda gasta com um laço grosso em uma ponta servia como maçaneta para a porta da cocheira. Martin fez menção de segurar a corda, mas Dr. Kasim o impediu.

— Espere. Ainda não, irmão.

Martin puxou a mão de volta para esconder que tremia.

— Vire-se e olhe para nós.

Martin obedeceu.

Os seis homens ao lado do doutor se assemelhavam a um júri de estátuas. Dr. Kasim gesticulou com a cabeça para Oscar. Ele deu um passo para frente e parou bem diante de Martin. Pela primeira vez, Martin percebeu que Oscar carregava uma pequena maleta de couro. Oscar destrancou dois fechos de prata, mas não abriu a maleta. Em vez disso, esticou-a em direção a Martin. O significado daquilo era óbvio: abra você.

A forma como Oscar apresentou a maleta foi de uma execução tão deliberada que parecia uma oferenda sagrada.

Dr. Kasim anuiu com a cabeça para Martin.

— Abra, irmão.

Martin esticou os braços e abriu. Imediatamente sentiu o cheiro de couro antigo e de sela. O revestimento vermelho da maleta fazia o chicote preto em seu interior parecer uma cobra em meio a uma piscina de sangue. O comprimento do chicote era feito de um material trançado cru e grosso. Bem na ponta, havia um conjunto de tiras de couro entrelaçadas.

— Você sabe que tipo de chicote é esse? — Dr. Kasim perguntou.

Martin se esforçou ao máximo para esconder o profundo alívio que sentiu de repente. Finalmente, sabia o que seria a Iniciação, e, de um jeito perverso, fazia todo o sentido. Eles queriam que ele açoitasse um dos escravizados. A ideia de espancar outro ser humano aterrorizava e enojava Martin, mas o açoitamento não era assassinato. Ao menos, não na maioria das vezes.

Martin olhou para o chicote.

— É antigo — ele disse. — Suponho que tenha sido usado no passado, em negros escravizados.

Dr. Kasim concordou com o semblante sombrio.

— Os capatazes chamavam esse tipo de chicote de "pele de vaca". Era o brinquedo favorito dos homens brancos na hora de torturar nossos ancestrais. Não aqueles de tira única que você vê nos supostos filmes sobre escravidão. O "pele de vaca" é mais curto e encorpado. Não é necessário girar o pulso de jeito extravagante, e não se corre o risco de errar ou de chicotear de leve. Cada golpe encontra e marca seu alvo. Não só na pele do homem preto como também no seu espírito. E essas cicatrizes são passadas de geração para geração.

Martin viu os outros homens concordarem com as cabeças, como uma congregação reafirmando as palavras do pastor. Até os dois guardas na porta assentiam.

Dr. Kasim apontou para o chicote.

— Mas esse "pele de vaca" em particular é bem especial. Pertencia a um descendente em quarto grau de um antigo senhor de engenho do Mississipi. Ele o mantinha em exibição em casa. Em uma moldura bonita e tudo, como uma herança de merda da família.

A raiva na voz do Dr. Kasim era palpável.

— Então, doze anos atrás — Dr. Kasim continuou —, quando sequestramos esse tataraneto, pegamos o "pele de vaca" também. E agora é a nossa herança. O homem branco usava para destruir o nosso espírito. Agora usamos para recuperá-lo.

Atrás do Dr. Kasim, os homens abaixaram as cabeças, como se a reviravolta da história fosse música para os seus ouvidos.

Dr. Kasim esticou a mão e apertou o braço de Martin.

— Hoje, meu irmão Zantu, você tem a honra de ser o redentor do sofrimento dos nossos ancestrais. Pegue o chicote.

Martin pegou o chicote antigo pelo punho rígido e o retirou da maleta. Os pequenos arranhões eram a única indicação de que o chicote bem-cuidado era uma relíquia. O couro era flexível como se tivesse sido comprado naquele dia. Mas o que mais o surpreendeu foi como era pesado. Havia mais couro naquela arma do que parecia. Martin deixou a corda se esticar até o chão de terra. Percebeu como o comprimento era exato. Longo o suficiente para potencializar o golpe de um braço esticado e curto o suficiente para evitar que fossem destrambelhados. O "pele de vaca" parecia perfeito para garantir uma punição exemplar.

— Vinte e cinco açoites, firmes e fortes — Dr. Kasim disse. — Naquela época essa era a punição típica para o Negro. É isso que você vai devolver hoje. Nem mais, nem menos. — Dr. Kasim ergueu a cabeça e olhou dentro dos olhos de Martin, como se tentasse espiar a alma do homem mais jovem. — Você consegue fazer isso, irmão?

Era isso, Martin pensou. *Vinte e cinco açoites com o 'pele de vaca'. Ninguém precisará ser morto.* Com essa certeza, Martin se acalmou. Tudo o que precisava fazer era ser forte pelos próximos dez minutos, logo o resto seria fácil. Em dois dias ele estaria de volta em casa com Anna e esse pesadelo teria acabado. Não somente para ele, mas para as dezenas de pessoas sofrendo no antro escravagista do Dr. Kasim. Martin só esperava que a pobre alma presa dentro da baia, a pessoa a qual ele teria que açoitar, também tivesse força para sobreviver aos próximos dez minutos.

Martin assentiu para o Dr. Kasim.

— Sim. Sim, estou pronto.

Dr. Kasim sorriu.

— Ótimo. Abra.

Com o chicote em mãos, Martin virou de costas para Dr. Kasim e os outros e ficou de frente para a porta. Ele pausou para respirar fundo, então pegou a corda e puxou. As maçanetas superiores e inferiores começaram a se abrir ao mesmo tempo. As dobradiças rangeram enquanto a luz ambiente penetrou o breu da baia revelando quem estava pendurado na parede ao fundo.

Martin sentiu o estômago revirar; a bile subiu até a garganta. Ele precisou fazer todo o esforço do mundo para não vomitar o que tinha comido no jantar e, ao mesmo tempo, esconder o seu horror.

Era uma mulher, e estava nua, com uma mordaça na boca e os pulsos acorrentados pendurados em um gancho enferrujado. Sua pele estava tão suada e cinzenta que era como se irradiasse a própria luz fosca. Embora a mulher estivesse com o rosto virado para a parede, Martin reconheceu de imediato o cabelo loiro-avermelhado e o corpo pequeno e curvilíneo.

Era Alice.

CAPÍTULO 62

As algemas nos pulsos de Alice eram velhas e grosseiramente forjadas, como aquelas no display na sala de jogos de Damon. Martin podia ver anéis de sangue se formando na pele da garota. Alice gemia de dor enquanto virava o corpo para olhar para Martin por cima do ombro. Martin ficou entorpecido com a visão daqueles olhos verdes apavorados.

Por que ela? Martin pensou. *De todos os escravizados mantidos em Forty Acres, por que tinha que ser Alice?* Martin tinha se preparado mentalmente para fazer o que tinha que ser feito, mas não havia se preparado para aquilo. Sabia que não devia importar qual dos escravizados açoitaria, mas a terrível verdade era que importava. Punir um estranho seria bem mais fácil do que machucar essa jovem que sentia conhecer intimamente. Então algo veio à mente de Martin, a dúvida o enchendo de pânico. Eles sabiam? Dr. Kasim, Oscar e os outros sabiam que eles tinham fingido fazer sexo? Sabiam que ele fingia estar seduzido pelo despautério deles e que iria expô-los?

Martin se virou para olhar para os homens. Esperava encontrar olhares cheios de ódio. Que o acusassem de traidor da raça enquanto os guardas corriam para prendê-lo. Mas nada disso aconteceu. Dr. Kasim e os outros apenas olharam para ele de volta. Sem um pingo de malícia.

A exceção era Carver. O sorriso malicioso foi como uma facada nas costas. Martin percebeu naquele momento que a presença de Alice não tinha nada a ver com o grupo desconfiar de sua lealdade. Fora ideia dele. Com o simples propósito de tornar a Iniciação de Martin ainda mais difícil, Carver tinha convencido os outros a escolher Alice como alvo da cerimônia brutal. Como Carver estava na parte de trás, os outros homens não conseguiam ver o júbilo no rosto do magnata quando Martin o encarou. Martin entendeu o que ele tinha feito e ao notar isso, o sorriso de Carver se alargou.

— Algo errado, irmão? — Carver perguntou.

Martin trincou o maxilar. Balançou a cabeça.

— Não. Tô bem.

— Certeza? Digo, você tá meio pálido, meu irmão.

— Eu disse que tô bem — Martin repetiu.

— Ah, então tá só enrolando?

Martin não conseguiu responder. Sabia que se o fizesse, poderia dizer a coisa errada, então se sentiu grato quando Dr. Kasim se virou e lançou outro olhar para calar Carver.

— O medo que sente é normal — ele disse. — Não somos cruéis como o homem branco. A violência não é natural para nós. Mas somos forçados a usá-la para acertar as contas. Você entende?

Martin concordou com a cabeça. Era vantajoso fingir que estava somente nervoso com o que tinha que fazer. Quanto menos tivesse que esconder seus sentimentos, mais fácil seria manter seu personagem em Forty Acres.

— O que você está fazendo hoje — Dr. Kasim continuou — não é um simples teste de lealdade; é um resgate do poder. Você precisa se acostumar a vestir esse poder como se fosse tão confortável quanto um terno. — Ele gesticulou para a baia. — Agora, por favor. Deve continuar.

Martin ia se virar, mas pausou. Ele precisava saber. Precisava fazer a pergunta, mas não podia levantar suspeitas. Ele gesticulou com a cabeça para Alice de maneira indiferente.

— Por que essa aí?

Houve uma pausa desconfortável, então uma troca de olhares entre os homens. O coração de Martin disparou. Tinha ido longe demais? O pequeno sorriso de Carver sugeria que sim.

Foi Dr. Kasim quem respondeu.

— Por que isso importa para você, irmão?

Martin balançou a cabeça.

— Na verdade, não importa. É só que... Me diverti com ela ontem. Estava ansioso por um repeteco.

Houve outra pausa pesada, mas a tensão foi quebrada pelo risinho de Damon. Tobias e Kwame também sorriram levemente. Mas essa reação alheia ao protocolo da cerimônia foi passageira; num piscar de olhos seus semblantes estavam duros de novo.

Dr. Kasim balançou a cabeça para Martin.

— Não é inteligente se apegar à propriedade. Não é nada inteligente.

Martin assentiu.

— Entendo.

Dr. Kasim olhou para trás dele, dentro da baia obscura. Não demonstrou nenhuma compaixão pela mulher que se desfazia em lamentos.

— Essa daí infringiu nossas regras e precisa ser punida severamente. Isso é tudo que você precisa saber. Agora, já desperdiçamos muito tempo. Por favor, comece.

Martin se virou de frente para a baia. Atravessou a porta aberta.

Aproximadamente quatro metros o separavam da parede dos fundos e de Alice. O chicote que pesava em sua mão tinha metade daquele cumprimento. Ele precisava se aproximar.

Ouvindo os passos, Alice olhou por cima do ombro como um animal assustado. Ela viu o chicote na mão de Martin e entrou em pânico. Começou a se remexer, balançar a cabeça e gritar "Não!" contra a mordaça em sua boca. As correntes batendo contra a parede de madeira.

Com cada passo, Martin tentava prender o olhar de Alice no dele, mas ela estava apavorada demais. Seus olhos cheios de lágrimas se moviam em todas as direções. Martin parou no meio do caminho. A escuridão na baia e a distância entre ele e sua audiência atenta deram a Martin a confiança para sussurrar:

— Alice.

Alice olhou nos olhos de Martin. O momento não durou mais do que uma respiração, mas foi o suficiente para que ele dissesse com os olhos: "Me desculpe".

Martin golpeou. Um movimento rápido. Não houve encontro da arma com o ar, apenas o estalo do couro contra a pele e o grito abafado de Alice. O corpo dela estremeceu; uma ferida sangrenta se abriu em suas costas.

Ver a pele dilacerada de Alice revirou o estômago de Martin mais uma vez. Ele teve que engolir para não vomitar.

— Um — veio um grito atrás dele. Era a voz de Oscar. — Mais forte.

Martin lançou o chicote contra as costas de Alice mais uma vez. Alice berrou enquanto outra ferida surgia, dessa vez no ombro.

— Dois — Oscar esbravejou. — Mais forte ainda.

Martin sabia que eles perceberiam se tentasse conter a força do golpe, mas pensara que poderia se safar com a tentativa. Agora sabia que não adiantaria. Golpear com um chicote era impossível de disfarçar. Não tinha escolha a não ser usar toda a força.

Martin chicoteou pela terceira vez. A força do golpe quase fez o chicote escapar de sua mão. A cabeça de Alice pendeu para trás. Ela chorou com profunda melancolia.

— Três. Está bom, irmão. Continue.

Martin golpeou uma, duas, três vezes. Cada açoite arrancava um espasmo e grunhidos de dor de Alice. Quando alcançou dez açoites, o corpo de Alice pendia sem forças. O sangue escorria das lacerações pelas costas, bunda e quadris pálidos. Mas o pior era o choro de Alice. Seu corpo inteiro tremia com choramingos deploráveis. O impulso para largar o chicote, soltar Alice e abraçá-la era um chamado intenso na alma de Martin. Seus olhos queimavam, as lágrimas prestes a cair, mas ele conteve sua infelicidade e continuou a golpear.

— Quinze.

Seu cérebro e corpo doíam com o esforço para manter o foco, mas a cada novo golpe, a cada espasmo de Alice, podia sentir a fachada se desfazendo. Martin não sabia até quando suportaria.

— Vinte.

Martin não conseguia mais ver o chicote rasgando as costas de Alice, então nos últimos cinco açoites fechou os olhos. Não se importava se erraria o alvo. Não se importava se o vissem errar. Só queria que acabasse. Martin golpeou no escuro, de novo e de novo até que ouviu Oscar dizer...

— Vinte e cinco. Acabou.

As mãos de Martin penderam para os lados. Após hesitar, forçou os olhos a se abrirem.

Com as costas diaceradas pingando sangue, Alice pendia diante dele. Imóvel.

CAPÍTULO 63

Martin ficou paralisado com medo de Alice estar morta. Seus pulmões imploravam por ar, mas ele não conseguia respirar. Não conseguia fechar os olhos para o terror diante de si. Não podia se mexer. O único barulho era o pulsar frenético de seu coração.

Então o pé de Alice se torceu.

Ela gemeu e se mexeu sem forças. Estava quase inconsciente, mas viva.

Martin respirou de novo. Levou um tempo para refazer o semblante indiferente, então se virou e se juntou aos homens do lado de fora.

No lugar das expressões duras, foi recebido com sorrisos fraternais. Depois da brutalidade que os homens tinham presenciado, brutalidade proferida pela sua mão, Martin enxergou os rostos felizes como ainda mais monstruosos. Ele precisou usar toda a força de vontade que restava para abrir um mínimo sorriso.

Até Dr. Kasim sorria com orgulho.

— Seus ancestrais estão orgulhosos — ele disse a Martin. — Agora, irmão, você é um de nós de verdade. — O velho abriu os braços. O cajado em sua mão e o *dashiki* se abrindo o faziam parecer um rei Africano. Ele gesticulou para que Martin se aproximasse.

Os outros homens observaram Martin dar um passo à frente e abraçar seu líder.

O abraço foi ao mesmo tempo firme e gentil. O cabelo do doutor tinha um aroma doce e forte. Estranhamente, Martin se lembrou do abraço da mãe, não do pai.

No momento em que se separaram, Oscar colocou uma mão firme sobre o ombro de Martin. O braço direito do doutor não disse uma só palavra. Somente concordou com a cabeça demonstrando aprovação, e selou o momento com um abraço rápido.

Damon Darrell colocou o braço ao redor de Martin como se fosse um irmão mais velho orgulhoso.

— Disse a vocês que ele não decepcionaria. — Ele puxou Martin para mais perto. — Você conseguiu, Grey. É um de nós agora.

Tobias puxou Martin para um abraço apertado.

— Sabia que você era capaz, irmão.

Kwame e Solomon também deram os parabéns a Martin com abraços.

Carver se aproximou por último. O jovem empreendedor surpreendeu Martin ao dar um sorriso grande, aparentemente genuíno.

— Preciso admitir, Grey, você é mais forte do que parece. Parabéns, irmão.

Seria possível que depois de fazer de tudo para humilhar Martin em cada oportunidade, Carver finalmente tinha se convencido? Tirar a desconfiança de Carver da sua lista de preocupações seria um grande alívio. Infelizmente, essa pequena esperança se desfez no minuto em que Carver o abraçou. Os abraços dos outros homens foram realmente acolhedores e comoventes. Até mesmo o abraço de Oscar tinha demonstrado alguma camaradagem. Mas o abraço de Carver era frio e mecânico, mais como um embate do que uma demonstração de afeto. Naqueles segundos em que estavam peito a peito, Martin percebeu que apesar de tudo o que tinha acabado de passar, a opinião de Carver seguia a mesma. E, ainda mais grave, quando os dois se afastaram, Carver sussurrou:

— Agora vamos nos divertir de verdade.

O brilho nos olhos de Carver era bem óbvio. "Algo pior estava por vir". Mas o quê? A Iniciação tinha acabado. Olhando para dentro da baia novamente e vendo o corpo destruído de Alice pendendo ali, Martin teve dificuldade de imaginar algo pior.

Então percebeu que ainda estava segurando o chicote. Ele o enrolou e tentou entregar a Oscar.

— Aí está.

Mas Oscar não o aceitou de volta.

Martin ficou confuso e desesperado quando, em vez de pegar o chicote, Oscar balançou a cabeça e disse:

— Ainda não terminamos.

CAPÍTULO 64

— Garota tola — Dr. Kasim disse. Ele franziu a testa olhando o corpo ensanguentado pendendo na baia escura. — Ela cometeu um crime que requer uma punição bem mais severa do que vinte e cinco açoites.

— O que ela fez exatamente?

O doutor não respondeu. Apenas virou-se e gesticulou com a cabeça para Carver.

Martin sentiu uma onda de raiva ao aguardar, junto com os outros, enquanto Carver Lewis desabotoava a camisa com cuidado. Ele piscava forte a cada botão desabotoado. Martin não sabia dizer se era fingimento ou se o puto realmente estava com dor, mas de uma coisa tinha certeza: o que quer que fosse que Carver revelasse debaixo da camisa era uma mentira. Martin sabia que Carver tinha convencido os outros de algum modo a escolherem Alice para a Iniciação. Agora Martin descobriria como. Mas o que o incomodava, acima de tudo, era que não podia fazer nada a respeito. Não tinha condições de salvá-la. "Nunca defenda um escravizado ao invés do Senhor". Esse fora o aprendizado do tour matutino pela mina. Uma lição séria que Martin jurou ter entendido.

Carver desfez o último botão, em seguida jogou a camisa para Tobias. Seu peitoral era magro e musculoso, com o famoso tanquinho. Mesmo vestido, Carver parecia estar em ótima forma, mas Martin não tinha esperado que o corretor tivesse um físico tão atlético.

Dr. Kasim disse a Carver:

— Agora, vire-se. Mostre ao Martin o que aquela garota fez a você.

Os outros homens já pareciam saber os detalhes do crime de Alice. Martin era o único desinformado.

Carver se virou para mostrar as costas ao grupo.

Os arranhões vermelhos feios que marcavam os ombros de Carver pareciam marcas de garras de algum animal selvagem.

— Viu o que aquela puta fez comigo? — Carver disse, olhando para o alvo de suas acusações dentro da baia. — Ela me atacou do nada. Ela é problemática.

Alice gemeu "Não" contra a mordaça e balançou a cabeça tão fracamente que as correntes mal se moveram. Ver aquilo doeu em Martin e, ao mesmo tempo, confirmou a crueldade de Carver. Se os outros perceberam a tentativa de negação de Alice, não expressaram.

Carver se virou para olhar de novo para Martin.

— E aí, o que acha, Grey? — ele perguntou. — Quantas chicotadas extras aquela piranha tem que receber pelo que fez comigo?

Martin sentiu os joelhos vacilando de novo, e a mão direita, que segurava o chicote, começou a tremer. Não podia acreditar que aquilo estava acontecendo. Não podia acreditar que queriam que ele machucasse Alice de novo.

— Anda, Grey — Carver comprimia os lábios para conter o sorriso. — Quantas mais? Dez? Vinte? Trinta? Me dá um número.

Martin queria gritar a plenos pulmões: "Nenhuma! Ela já teve o suficiente!" Melhor ainda, queria estrangular Carver com o chicote. Mas tudo o que podia fazer era balançar a cabeça e fingir não saber.

— Não sei. Como se decide esse tipo de coisa?

— Não decidimos — Oscar respondeu, franzindo a testa para Carver. — O doutor decide todas as punições. E como o Sr. Lewis está ciente, a punição já foi escolhida. — Oscar se virou para o líder. — Suas instruções eram cinquenta açoites ao todo, correto?

Dr. Kasim concordou com a cabeça.

— Sim. Logo a garota tem que receber mais vinte e cinco.

O coração de Martin parou. Mais vinte e cinco açoites? A ideia era impensável. Ele olhou para Damon e para os outros, esperando ver algum sinal de compaixão. Esperando que alguém ficasse ao seu lado caso se atrevesse a se opor em voz alta. Mas tudo o que viu foram olhares frios, rostos de homens cuja humanidade fora corroída pelo ódio. Indiferentes ao sofrimento de Alice durante o primeiro espancamento e indiferentes ao fato de que vinte e cinco açoites extras certamente a matariam.

— Vamos acabar com isso — Dr. Kasim resmungou. — Então podemos voltar e celebrar em honra do Martin.

Enquanto os outros homens murmuravam concordando, Martin sentiu algo dentro dele ceder. Era o bloqueio mental formado para conter suas emoções. Não dava. Ele não conseguiria machucar Alice de novo. Pensar que tudo era por um bem maior ou considerar a lógica da coisa não mudavam sua realidade material. Naquele instante ele sabia que não seria capaz daquilo.

Mas ele precisava fazer algo. Não podia simplesmente recusar. Era arriscado demais. Até onde sabia, dobrar a punição da escravizada era um teste. Uma parte comum da Iniciação para pegar o candidato de surpresa.

A solução surgiu facilmente na mente de Martin, porque não havia solução. Sua única saída era dizer a verdade. Diria que não tinha condições de machucar Alice de novo. Não sabia qual seria a reação do Dr. Kasim e dos outros. Era mais do que provável que percebessem sua fraqueza como uma ameaça, mas havia outra possibilidade. Talvez, só talvez, eles culpassem o fato de ser um novato em Forty Acres. Como quando tinha se descontrolado na mina: Damon o reprendera, mas tinha deixado passar como erro de calouro. Talvez seria o mesmo agora no estábulo. Talvez houvesse um tempo de tolerância que pudesse salvar sua vida. Talvez. Mas, no fundo, Martin sabia que era uma bobagem. No íntimo, ainda podia ouvir o último conselho de Damon, ecoando repetidamente. Um conselho que soara mais como um alerta: "Seja forte. Seja forte".

A verdade era que, depois de chicotear uma garota vulnerável até a beira da morte, a força tinha deixado Martin Grey.

Martin respirou com nervosismo, então se virou para olhar para o Dr. Kasim. Ele abriu a boca para falar, mas antes que pudesse fazê-lo, o "pele de vaca" foi arrancado de sua mão.

Martin se virou e viu algo que o paralisou: Carver, ainda sem camisa, praticava golpes com o chicote contra o ar. O som alto *vulp vulp* soava ao redor das vigas. Carver desferiu um golpe final, em seguida jogou o chicote para cima, que deu uma cambalhota. Carver o capturou de volta com facilidade, virou-se e deu uma piscadela para Martin.

— Minha vez.

Martin enfim percebeu. Tinha entendido tudo errado. Sua Iniciação tinha de fato terminado. Não queriam que *ele* açoitasse Alice mais vinte e cinco vezes. A função era de Carver. Ele tinha sido a vítima do crime, supostamente, logo era merecedor de aplicar a punição. Fazia todo o sentido. E aquilo aterrorizou Martin até a alma.

Martin só pôde observar Carver atravessando a porta e entrando na baia.

Quando Alice olhou para trás e viu Carver manuseando o chicote, ganhou vida nova. Começou a se remexer e lutar desesperadamente contra as algemas, gritando ao redor da mordaça.

Carver pareceu ficar ainda mais excitado com a reação dela. Ele golpeou o chicote contra o chão entre ele e Alice, apenas provocando antes do primeiro açoite. Mesmo que Martin não quisesse usar o chicote, também não queria que Carver açoitasse Alice até a morte. Mas não podia desviar o olhar porque sabia que estava sendo observado. Desde o primeiro momento em que Carver entrou na baia com Alice, Martin estivera sendo analisado por vários homens, incluindo Dr. Kasim e Oscar. Isso era parte da Iniciação, afinal? Esperavam que ele fraquejasse?

Martin sentiu uma mão em seu braço. Era Damon.

— Tá bem?

Martin assentiu com esforço.

— Bem. Tô bem.

Damon se aproximou e sussurrou:

— Então muda essa cara.

Então era isso. Martin não estava ciente de fazer cara nenhuma, mas a enxurrada de sentimentos correndo por ele naquele momento, do terror à dor, era quase impossível de disfarçar. Martin redobrou o foco. Acalmou a respiração, trincou o maxilar e endureceu o rosto.

Os músculos nas costas e no braço de Carver eram proeminentes quando desferiu o primeiro golpe. O estalo do couro rasgando a pele soou pelo estábulo, abafando o grito de Alice.

Um espasmo tomou o corpo de Martin.

Oscar gritou:

— Um!

CAPÍTULO 65

Martin não conseguia observar e não podia desviar o olhar, então focou num ponto escuro em uma das pranchas que formavam a parede dos fundos da baia. Qualquer um pensaria que ele estava hipnotizado pela barbaridade acontecendo diante de si, mas sua visão periférica somente captava o movimento embaçado do chicote. Era impossível ignorar o ruído produzido pelos golpes. Cada *wap!* fazia Martin estremecer e ele torcia para que ninguém notasse. Depois que Carver desferiu os primeiros açoites, não se ouviu mais nenhum grito ou gemido de Alice e aquilo deixou Martin aterrorizado.

— Vinte e cinco — Oscar anunciou. — Acabou.

Carver recolheu o chicote, formando um laço, e então limpou o suor da testa com a parte de trás da mão. Seu peito subia e descia depressa enquanto tentava acalmar a respiração. Estava feito. Satisfeito, Carver olhou para o seu trabalho uma última vez, saindo da baia na sequência.

No momento em que Carver saiu do caminho, Oscar entrou e inspecionou o corpo mole e ensanguentado. Com cuidado para não sujar seu terno, Oscar pressionou dois dedos contra a artéria carótida de Alice. Após um pequeno instante, reposicionou os dedos. Mais um momento, moveu os dedos de novo.

Martin observava essas ações pós-açoite quase anestesiado. Sentia-se dormente, seus neurônios congelados. E, naquele instante, enquanto via Oscar assegurar se Alice ainda vivia, sua própria respiração cessou. Os homens ao redor, e até mesmo o estábulo, pareceram desaparecer. Cada célula de Martin estava focada no rosto de Oscar, em desespero, buscando um sinal, qualquer sinal. *Por favor, que ela esteja viva*, Martin implorava ao universo. *Por favor!*

Deixando a carótida, Oscar moveu os dedos até a têmpora direita de Alice e pressionou com firmeza. Houve uma pausa que pareceu durar uma eternidade. Finalmente, o rosto inexpressivo de Oscar demonstrou que ele franzia a testa de modo indecifrável. Martin precisou aguardar Oscar sair da baia e se aproximar do Dr. Kasim antes de descobrir o destino de Alice.

— Ela está viva — Oscar disse ao doutor com uma surpresa perceptível. — Por pouco, mas, definitivamente, viva.

Os pulmões de Martin relaxaram e ele precisou pressionar o diafragma para evitar que suspirasse alto. As feridas abertas de Alice eram graves, sabia disso, mas estava viva. Se conseguisse aguentar por mais dois dias, tempo suficiente para Martin voltar para casa e contatar às autoridades, então, talvez, só talvez, ela—

A esperança desesperada foi destruída pelo que Dr. Kasim disse em seguida:

— Deixe a garota onde está. — O doutor não parecia satisfeito nem insatisfeito com a notícia de que Alice tinha sobrevivido. — Se ainda estiver respirando amanhã de manhã, peça para que cuidem das feridas e então a transfiram para a mina.

Martin se sentiu despencando, como se um alçapão tivesse sido aberto debaixo de seus pés. Seus olhos recaíram para o fundo da baia. Para as gotas de sangue que formavam uma poça sob os pés de Alice, manchando o solo debaixo do corpo. Uma mancha vermelha e lamacenta que pouco a pouco se tornava maior. *Ping, ping, ping.* A vida de Alice se esvaindo.

Era óbvio que sem o cuidado adequado, a garota doce e triste de cabelo loiro-avermelhado jamais sobreviveria aos ferimentos por uma noite inteira.

Dr. Kasim acabara de condenar Alice a uma sentença de morte.

CAPÍTULO 66

— É chamada de cerveja sorgo — Dr. Kasim disse. — É uma cerveja africana. Artesanal.

— É, bem, parece vômito — Tobias falou. — Meio que cheira como vômito também.

Os homens riram, Martin também, mas não havia leveza em seu coração. Seu pensamento seguia no estábulo, em Alice. A imagem dela pendurada pelos pulsos acorrentados, sozinha no escuro, morrendo, era tão vívida quanto a visão dos homens sentados ao seu lado.

Após deixar o estábulo e condenar a pobre Alice ao seu destino, os homens se dirigiram para a biblioteca do Dr. Kasim para celebrar a Iniciação de Martin com um drinque. Todos ocupavam poltronas ao redor da lareira. Dr. Kasim, elevado em seu trono de couro que mais parecia uma poltrona, era o centro das atenções como sempre. Martin percebeu que Oscar se sentava com o grupo dessa vez. Na última reunião, tinha permanecido de guarda próximo à porta, mas desta vez estava ao lado do doutor. Com as pernas cruzadas e as mãos entrelaçadas, Oscar parecia bem contente apenas por estar ao lado de seu mestre, como um animal de estimação fiel.

Uma antiga tigela africana estava no centro do grupo, sobre a mesa de centro. Do tamanho de uma tigela de ponche, a madeira tinha superfície áspera e seu exterior era decorado com um modelo geométrico feito à mão.

A tigela continha a surpresa do doutor para o grupo: uma substância amarelada e leitosa salpicada com grãos pretos. Dr. Kasim chamava a mistura de bebida tradicional africana, mas os homens ao redor da mesa pareciam concordar com a opinião de Tobias. O negócio parecia nojento.

Até Martin se distanciou dos pensamentos em Alice por um momento quando o cheiro forte da bebida atingiu seu nariz.

Dr. Kasim não se surpreendeu nem se afetou com a repulsa inicial do grupo, apenas sorriu pacientemente.

— Mandei prepararem hoje, aqui mesmo na minha cozinha, seguindo uma receita bem antiga. Especialmente para esta noite. — Então seu sorriso desapareceu. — Ficaria muito decepcionado se vocês nem ao menos provassem.

Os homens foram tomados pelo horror. Desapontar o velho nitidamente não era uma opção.

O pequeno sorriso do Dr. Kasim retornou enquanto analisava as expressões hesitantes.

— Então, quem vai primeiro?

Martin se surpreendeu ao ver Carver levantar o braço, mas não ficou tão surpreso quando, em vez de se voluntariar, Carver apontou o dedo para ele.

— O Grey devia ser o primeiro. Afinal, é a a grande noite dele, né?

Ansiosos para não serem a cobaia, os outros homens concordaram com Carver. Até Oscar virou a cabeça em direção ao Dr. Kasim e disse:

— O Sr. Lewis tem razão, senhor.

Dr. Kasim reconheceu a opinião unânime anuindo com a cabeça, mas quando se virou para Martin, o advogado foi mais rápido.

— Seria uma honra — Martin disse.

Todos pareciam surpresos, até mesmo Carver.

Martin só queria manter as coisas andando. Estava desesperado para acabar com o pesadelo daquela noite para que pudesse retornar para a privacidade de seu quarto. Por trás dos sorrisos forçados, estava vivendo um turbilhão de emoções e não sabia até quando conseguiria disfarçar.

Dr. Kasim reagiu com um sorriso satisfeito, então gesticulou para a concha ao lado da tigela de madeira. A concha era tão antiga quanto a tigela, mas os desenhos nativos na alça eram bem diferentes.

— Por favor, aprecie, irmão — Dr. Kasim falou.

Martin pegou a concha e a mergulhou na cerveja leitosa. Os homens observaram com caretas enquanto ele a levou até a boca e deu um gole.

A consistência era arenosa e grossa como muco. O sabor era amargo e, ainda assim, frutífero. Martin engoliu. O gosto que deixava na boca era terrível. Uma pasta rançosa se espalhou dentro da sua boca, fazendo com que as glândulas salivares trabalhassem ainda mais e seu rosto se contorcesse em puro nojo.

Os homens gargalharam. Até Dr. Kasim se juntou na risada.

— Ah, qual é, filho — Solomon disse entre uma gargalhada e outra —, não pode ser tão ruim.

— É pior — Martin respondeu, incapaz de desfazer a careta. — Muito pior.

Os homens riram mais uma vez. Dr. Kasim assentiu para Martin como se dissesse *bom trabalho*, em seguida falou:

— Agora você escolhe quem é o próximo.

A risada cessou enquanto Martin analisava o círculo de homens. Seu olhar concentrado era uma farsa. Já sabia quem escolheria.

Estendeu a concha para Carver.

— Beba — ele disse com um sorriso.

Carver pareceu se fortalecer com a vingança do novato. Ele retribuiu o sorriso de Martin, pegou a concha, mergulhou-a bem fundo na cerveja e bebeu. Não só um gole, como Martin tinha feito. Carver jogou a cabeça para trás e engoliu cada gota na concha.

Os homens soltaram sons de espanto enquanto Carver se esforçava para manter a coisa tóxica no estômago. Trincou o maxilar, apertou os olhos, balançou a cabeça de um lado para o outro, até que relaxou e deu seu sorriso torto familiar.

— Nada mal.

As gargalhadas soaram junto a uma salva de palmas. Carver estava radiante ao ver Martin se juntar aos aplausos.

Nem um dos homens remanescentes chegou perto do feito de Carver. Tobias, o maior de todos, vergonhosamente, deu um gole minúsculo. O gole rápido de Solomon foi parecido com o de Martin, o bastante para causar repulsa sem fazê-lo vomitar. Esperto, Damon engoliu rápido para não dar tempo de sentir o gosto. Kwame, acostumado a uma dieta leve e natural, foi o que mais sofreu. Depois de um pequeno gole, o publicitário teve que colocar ambas as mãos sobre a boca para evitar vomitar o líquido de volta na tigela.

Quando a concha alcançou Oscar, Martin e os outros observaram atentamente. Estavam ansiosos para ver o líquido pungente desarmar a fachada impenetrável do tenente do Dr. Kasim.

Todos se decepcionaram.

A reação de Oscar foi tão calma e comedida como o próprio homem. Simplesmente mergulhou a concha, bebeu e engoliu. Nada de careta, engasgada, comentário, nada. Era como se tivesse bebido água.

Dr. Kasim foi o último a pegar a concha. Os homens ficaram em silêncio e aguardaram que o líder agisse.

Apoiando-se no empregado, Dr. Kasim se inclinou para frente e encheu a concha com a cerveja leitosa. Levou-a até a boca, mas em vez de beber, inspirou profundamente.

— Ah, isso é horrível — o doutor disse, retraindo-se com nojo. — Como vocês conseguiram beber isso? — Ele atirou a concha dentro da tigela, espalhando cerveja na mesa e no chão.

Quando Dr. Kasim encostou novamente na poltrona, Martin o observou sem entender. Que diabos estava acontecendo? Damon, Carver, Solomon, Tobias e Kwame também olhavam confusos para o doutor. Apenas Oscar não parecia afetado pela situação. Permaneceu ali sentado balançando a cabeça, com uma expressão estranha. Era quase como se achasse graça.

Então Martin percebeu. Os homens o haviam alertado sobre o senso de humor peculiar do Dr. Kasim. Seria possível? Será que era tudo uma piada?

Como se pudesse ouvir os pensamentos de Martin, Dr. Kasim de repente caiu na gargalhada. Ele deu de ombros e disse:

— Vocês estavam perfeitamente livres para dizer não.

Os homens grunhiram, suspiraram e balançaram as cabeças sem acreditar. Martin também estava incrédulo. Era uma piada. Uma pegadinha.

Tobias apontou um dedo em acusação na direção de Oscar.

— Ei, você sabia disso?

Oscar franziu a testa.

— Acha que se eu soubesse, teria realmente bebido?

— O que é essa droga, afinal? — Kwame questionou, olhando para a tigela como se fosse um inimigo de longa data. — É mesmo uma cerveja tradicional africana?

— É lógico — Dr. Kasim confirmou, seus lábios se curvando — e, ainda assim, eu não tocaria naquilo. Sabe, alguns de nossos irmãos africanos comem carne de macaco. Eu prefiro um bife.

Todos riram.

— Ei, Martin — Damon disse —, agora que sofreu com uma das piadas do velho, é de fato um de nós.

Todos concordaram com a cabeça, inclusive o Dr. Kasim.

— O Damon está certo — o doutor confirmou. — Esse foi um jeito divertido de te dar as boas-vindas. Mas é mais do que isso. — Dr. Kasim se virou para olhar para os outros e gesticulou para a tigela de cerveja africana. — Alguns homens pretos ainda bebem essa porcaria, só para manter uma tradição sem sentido. Como homens pretos, nunca se esqueçam disso. A tradição é sua inimiga. Ela foi feita para que os fracos e os pobres sintam que têm alguma coisa. Lógico que há algumas tradições boas, como um homem cuidar e proteger a sua família. A mulher apoiar o marido. Mas a maioria das tradições é uma prisão, um conjunto de crenças ignorantes e atrasadas que não servem para nada, a não ser te impedir de evoluir. Vocês acham que os brancos que comandam o mundo dão a mínima para tradições? Eles *pisam* na tradição. Então, como distinguir as tradições úteis das besteiras? Se está te machucando e não está te ajudando — ele gesticulou para a cerveja — ou se está te causando ânsia, provavelmente você devia descartá-la.

Martin viu os homens assentirem e murmurarem imediatamente. Então se lembrou de que agora ele também era um dos discípulos do doutor. Martin sorriu e se forçou a concordar com a cabeça, torcendo para que a reunião estivesse se aproximando do fim.

Dr. Kasim se reclinou na poltrona e com um sorriso, perguntou:

— Agora, os senhores gostariam de uma cerveja de verdade?

— Por favor — Tobias implorou.

Dr. Kasim gesticulou para um escravizado uniformizado parado ao lado da porta. O escravizado assentiu com obediência, então abriu a porta da biblioteca. Quatro outros escravizados domésticos, um homem e três mulheres, entraram carregando dois baldes de prata com gelo e repleto de garrafas Guinness, além de bandejas com aperitivos.

Ao perceber os homens pegarem cerveja e comida, Martin se deu conta de que a noite não estava nem próxima de acabar; a festa estava só começando. Pelo que parecia, Martin teria que manter o papel de senhor de engenho por horas antes de conseguir escapar dos olhos observadores. Aquilo significava mais horas de agonia até tomar um banho e se livrar dos vestígios de sujeira e sangue que denunciavam o crime que fora forçado a cometer. Mais horas angustiantes até se enfiar debaixo das cobertas e admitir para si mesmo o que sentia sobre a garota que sangrava até a morte no estábulo.

— Gostaria de beber uma cerveja, Senhor?

Martin olhou para cima e seu coração parou. Ou seus olhos estavam lhe pregando uma peça ou a garota bonita diante dele, com sorriso agradável e segurando uma cerveja, era Alice.

CAPÍTULO 67

— Senhor?

Martin apenas olhava para a escravizada. Não conseguia se conter. O cabelo loiro-avermelhado, os olhos verdes, a forma como o uniforme de empregada abraçava o corpo pequeno, até a voz era parecida. Não era Alice, aquilo ficou lógico depois de alguns segundos, mas a semelhança era apavorante.

— Está bem, Senhor?

Sem saber o que dizer, Martin assentiu e pegou uma cerveja. Estava prestes a agradecer, mas se refreou.

A garota deu um sorriso estranho, em seguida se afastou. Martin viu quando ela e os outros escravizados começaram a se retirar carregando bandejas vazias e a tigela de cerveja africana. Ele reconhecia os quatro colegas dela, havia os visto trabalhando pela casa, mas ela era nova.

Por trás dele, Martin ouviu Oscar dizer:

— O nome dela é Felicia.

Martin se virou e percebeu que todos os homens, incluindo Dr. Kasim, estavam o observando. Todos deviam saber da semelhança de Felicia com Alice e estiveram aguardando para ver sua reação.

— Podiam ser irmãs — Martin disse em voz alta.

— Felicia e Alice são primas, na verdade — Oscar explicou. — Foram capturadas juntas. Felicia costumava trabalhar na parte externa da casa. Agora vai substituir Alice aqui dentro.

— Porra — Carver falou com o sorriso torto —, do jeito que Grey olhou pra garota, provavelmente vai substituir Alice na cama dele também.

Martin fingiu achar graça, mas havia algo que Oscar mencionara que o intrigou. Era o jeito como disse "capturadas juntas". Parecia que falava de animais e não de dois seres humanos.

Ainda havia muito sobre Forty Acres que ele não sabia, como a logística da operação e a tática para camuflar um lugar daquele tamanho. Esses detalhes poderiam ser cruciais para que as autoridades rastreassem todos os envolvidos e fizessem justiça. Até então, Martin perguntara o mínimo possível para não levantar suspeitas. Mas agora tinha sido iniciado e era um membro verdadeiro do clube. Agora devia poder perguntar qualquer coisa.

Ele se virou para o Dr. Kasim.

— Como funciona exatamente? Como você captura esses... escravizados?

Dr. Kasim sorriu, achando graça da pergunta. — Bem, filho, não faço isso pessoalmente.

— O Dr. Kasim tem uma equipe especial pra isso — Damon disse. — Ex-militares. Uns homens fodas.

— Eles também são membros de Forty Acres?

Damon balançou a cabeça.

— Não. Não como nós. São tipo os guardas que trabalham aqui. Contratados com extremo sigilo.

— É — Carver adicionou. — Nossos próprios mercenários particulares. Só que esses caras são mais fodas. Pergunte ao Tobias. Ele foi caçar junto uma vez.

Tobias assentiu.

— O Carver tem razão. Esses caras não são de brincadeira. São como fantasmas. Encontram qualquer pessoa em qualquer lugar e a qualquer hora. Não somente sequestram, fazem as pessoas sucumbirem. E se elas não sucumbirem... — Tobias balançou a cabeça. — Vou só dizer que aqueles irmãos me assustaram pra caralho.

Martin ficou ainda mais assustado com o fato de que o Dr. Kasim controlava um grupo particular de mercenários que perambulava por cidades e subúrbios do país.

— Esses "contratados" simplesmente pegam pessoas no meio da rua? — ele perguntou. — Como escolhem as vítimas?

— Não são eles que escolhem — Dr. Kasim respondeu. — O trabalho deles é caçar e capturar. Eu escolho. As pessoas trazidas para cá não foram escolhidas por acaso. Também tenho pesquisadores. Eles identificam linhagens e árvores genealógicas. Até fazem testes de DNA. Cada escravizado aqui é descendente direto de um grande senhor de engenho, ou de indivíduos como o capitão de um navio negreiro ou um traficante de escravizados, todos que lucraram muito com a escravidão do homem preto.

— Como diz a Bíblia do homem branco — Kwame completou —, os filhos pagam pelos pecados dos pais.

— E as filhas também — Carver brincou. — Não podemos esquecer delas. O senhor branco usava as nossas tataravós como bonecas sexuais. Nada mais justo do que retribuirmos o favor usando as suas tataranetas.

Tobias levantou a garrafa.

— Soa justo pra cacete pra mim.

Martin se juntou ao brinde com os outros e engoliu a cerveja. Por dentro, seu cérebro fervilhava com a nova informação. Aparentemente, Forty Acress era bem mais complexa do que pensara. Caçadores de escravizados, pesquisadores, e, de acordo com as palavras anteriores de Damon, mais ou menos uma dúzia de membros secretos por todo o país. Homens pretos bem-sucedidos que escapavam da sociedade e da civilização por alguns fins de semana por ano para inflar os egos no refúgio secreto do Dr. Kasim. Acabar com aquele lugar teria um efeito dominó devastador.

Martin percebeu que a informação mais importante que podia repassar para as autoridades, ele ainda não sabia. Qual era a localização *exata* de Forty Acres? Damon se recusara a compartilhar a informação mais cedo pela mesma razão que o havia drogado dentro do jatinho. Os detalhes da localização eram bem mais perigosos do que meras acusações sobre a existência do lugar. Acusações poderiam ser negadas, manipuladas e enterradas, especialmente envolvendo homens poderosos como aqueles. Mas informar as autoridades sobre a real cena do crime seria quase impossível de negar.

Martin deu um grande gole na Guinness e se virou para Dr. Kasim. Tentou soar o mais casual que conseguiu.

— Então, doutor, tô curioso. Onde estamos exatamente?

Os homens ficaram calados. Dr. Kasim franziu a testa.

— Não sei o que quer dizer, irmão.

Martin olhou ao redor do grupo, um por um.

— Eu fui drogado no avião, imagino que tenha sido pra manter segredo sobre a localização real desse lugar. Tô certo?

Dr. Kasim olhou para Martin por um momento, então assentiu para Damon. Ele se virou para Martin.

— Nos sentimos muito mal por fazer aquilo com você, mas quando começou a perguntar sobre o plano de voo, tínhamos que fazer algo.

Dr. Kasim deu um sorriso de desculpas para Martin.

— Certamente você entende por que temos que ser tão cuidadosos.

— É lógico — Martin confirmou. — Entendo. Mas agora faço parte disso. É estranho não saber onde tô.

— Você é um jovem esperto — Solomon disse. — Pensa bem. Onde acha que tá?

— Bom — Martin começou a pensar —, quando Damon me levou até a mina, o Roy mencionou que escravizados trabalharam nela. Presumi que eram Africanos escravizados, então imagino que não estejamos no lado Oeste. Estamos em algum lugar no Sul. Um dos antigos estados escravocratas. Tô certo?

Os homens trocaram sorrisos, estavam impressionados.

Solomon disse:

— Nada mal, filho. Continue.

— O Roy também disse que a primeira corrida do ouro aconteceu na Carolina do Norte — Martin falou.

Os homens reagiram com grunhidos divertidos, balançando as cabeças. Carver fez um som de advertência, "resposta errada".

— Bela tentativa — Solomon elogiou. — Chegou perto.

— Mas estamos em um dos estados do Sul — Martin repetiu. — Qual deles?

Solomon transferiu a pergunta para o líder com o olhar.

Dr. Kasim observou Martin com cautela por um momento, como se estivesse presenteando o novato com o último selo de confiança, antes de prosseguir. O velho doutor se virou para Oscar, dizendo:

— O mapa, por favor.

Com um gesto da mão, Oscar ordenou que o escravizado perto da porta saísse do cômodo. Então ele atravessou a biblioteca até um cofre antigo que ocupava um canto inteiro. O gigante de aço tinha a metade do tamanho de uma geladeira e era bem antigo. Oscar se ajoelhou, mexeu no segredo e abriu a porta pesada. Um momento depois Oscar retornou ao círculo, carregando um grande caderno de couro. O objeto parecia um álbum de fotografias grande demais e com muitas páginas faltando. Não tinha nada escrito na capa e, em comparação ao cofre antigo, parecia bem novo. Tobias e Kwame retiraram garrafas e copos da mesa, abrindo espaço para que Oscar colocasse o caderno ali e o abrisse.

A primeira página era um mapa da Virgínia Ocidental, protegida por uma película de plástico transparente. Não era um mapa retirado de um atlas ou impresso da internet. Era um original exclusivo.

O mapa fora desenhado, escrito e pintado à mão, a qualidade do design denunciava o trabalho de um cartógrafo profissional. Para preservar a estética organizada, somente as cidades grandes como Charlote e Huntington estavam etiquetadas. As poucas cores foram utilizadas com sabedoria, basicamente para demonstrar características da água e das áreas florestais.

— Bem-vindo à Virgínia Ocidental — Dr. Kasim disse com um sorriso.

Os olhos confusos de Martin olharam para o mapa novamente.

— Mas onde? — ele questionou. — Digo, não é como se não tivesse ninguém morando na Virgínia Ocidental. Onde esconde um lugar desses?

Dr. Kasim olhou para Oscar, que se inclinou e tocou em um grande ponto verde no lado leste do mapa. A etiqueta indicava a Floresta Nacional George Washington.

— É aqui que estamos — Oscar disse. — Bem aqui.

— Essa é uma Floresta Nacional — Martin disse, perplexo.

— Correto — Dr. Kasim confirmou. — A maior parte nesse lado do Rio Mississipi. Mais de um milhão de acres. Consegue imaginar um lugar melhor para preservar a nossa privacidade?

— Mas não se pode ter uma propriedade particular dentro de uma floresta nacional.

Carver fez aquele som irritante mais uma vez.

— Errado de novo, Grey. — A voz de Carver logo mudou, adotando o agudo característico dos comerciais de TV. — Fábricas de madeira, ranchos, fazendas, empresas de pesca, você escolhe. Todas essas empresas têm permissão para comprar terra no meio de uma floresta nacional. O que a maioria não sabe é que pessoas físicas também podem, se tiverem dinheiro o suficiente e conhecerem as pessoas certas. — Carver olhou ao redor dos gigantes no cômodo, então se voltou para Martin com um sorriso. — Preciso dizer mais?

Martin balançou a cabeça em incredulidade. Virou-se para Dr. Kasim.

— Tudo isso, bem debaixo do nariz do governo e do público. Outra piadinha?

Dr. Kasim sorriu como se tivesse acabado de provar algo delicioso. Inclinou a cabeça em direção ao caderno.

— Vire a página.

Martin obedeceu, deparando-se com outro mapa pintado à mão e protegido por uma película. Esse mostrava uma imagem mais detalhada de Forty Acres e a floresta que o cercava. Um retângulo preto ladeado de vários retângulos menores e coloridos representavam o terreno protegido e as estruturas dentro dele. Características da área como montanhas e formações rochosas também apareciam. Na parte norte do terreno, uma listra sinuosa e grossa corria por todo o mapa. Martin reconheceu como o rio que tinham atravessado ao chegar com o jipe. Ele também procurou pela pista particular de pouso, mas como não encontrou, pensou que devia estar fora do alcance do mapa.

— Então, qual é o tamanho desse lugar de verdade? — Martin perguntou.
— Tem que ser maior do que quarenta acres.

— Setenta e dois acres na parte interna do muro — Oscar respondeu. — Mas somos donos de quase treze quilômetros quadrados, três mil e duzentos acres no total, a leste do rio. Essa é a parte mais isolada da floresta, e as placas indicando nossa propriedade particular são bem chamativas, para impedir que acampem muito próximo daqui. — Oscar gesticulou para a grande área verde que dominava o mapa. — Como pode ver, estamos bem isolados e temos pessoas posicionadas nos lugares certos para garantir que permaneçamos assim.

Foi então que Martin percebeu dois símbolos no mapa que chamaram sua atenção. O primeiro estava na parte superior da folha, o objeto mais distante do terreno de Forty Acres. Uma linha cinzenta fina cruzava a mata selvagem, de um lado a outro do mapa. Seria uma trilha ou estrada de terra, ou será que era uma rodovia rural? Não havia etiqueta no mapa, então ele não tinha como saber, mas ver uma conexão com a civilização ali tão perto de Forty Acres despertou algo na mente de Martin. O segundo símbolo causou ainda mais esperança.

Perto do centro do mapa, a uma pequena distância da margem oposta do rio, Martin notou um pequeno quadrado marrom. Era idêntico aos ícones que representavam o terreno de Forty Acres, mas não estava próximo a ele. Estava ali sozinho, isolado em meio à selva. Martin considerou que a distância entre Forty Acres e a margem mais próxima do rio era de dois quilômetros e meio, então o quadrado marrom devia estar a apenas cinco ou seis quilômetros de distância. Pela lógica, parecia ser uma estrutura, mas qual? Martin sentiu confiança de que aquela estrutura misteriosa, localizada no lado oposto do rio, bem depois dos limites da propriedade do Dr. Kasim, não era parte de Forty Acres. Seria possível que o Dr. Kasim tivesse um vizinho? Será que aquele pequeno quadrado marrom era uma cabana de férias ou um chalé de caça de um cara rico? E se fosse, será que os vizinhos estavam em casa? E, mais importante ainda, será que tinham um telefone?

O tempo pareceu congelar enquanto Martin olhava sem parar entre os dois símbolos não identificados: a linha cinza que parecia muito com uma estrada ativa e o pequeno quadrado marrom que poderia abrigar pessoas e uma forma de contatar o mundo exterior. Esses fios de esperança fizeram o coração de Martin disparar, porque se qualquer um deles fosse verdade, uma possibilidade inteiramente nova se apresentava. Talvez, apenas talvez, ainda houvesse chance de salvar a vida de Alice.

CAPÍTULO 68

Martin aguardou até que Tobias tivesse aberto as garrafas e repassado outra rodada de Guinness antes de perguntar a Oscar sobre os dois símbolos. O tom de Martin era curioso sem demonstrar ansiedade, como se não se importasse se receberia ou não uma resposta.

Por sua vez, Oscar respondia com uma indiferença similar, aparentemente sem notar que Martin estava atento a cada palavra.

— Sim, é uma estrada — Oscar confirmou, referindo-se à linha cinzenta. — Uma rodovia antiga de mão dupla que atravessa a floresta. É um pouco traiçoeira. Está há muito tempo sem manutenção. Quase não há tráfego, daria até para fazer um piquenique no meio da pista. As pessoas geralmente usam as pistas mais novas que vão direto para a divisa dos estados.

Ainda que estivesse certo sobre a estrada, a abstinência de tráfego tornava mínimas as chances de abordar uma picape ou um trailer em movimento, nem valia a pena tentar. Então Martin depositou toda a sua esperança no quadrado marrom. Quando Oscar olhou para o quadrado e franziu a testa, o coração de Martin se acelerou.

— Ali — Oscar apontou para o quadrado com desdém — é onde nossos vizinhos simpáticos moram.

— Vizinhos? O que quer dizer?

— Você os viu — Damon disse. — Passamos por eles na floresta quando estávamos vindo pra cá.

— É — Carver confirmou. — Praticamente tivemos que te segurar pra que não pulasse do jipe e fosse ajudar os garotos brancos.

Os guardas-florestais. Lógico. Como tinha se esquecido dos dois guardas-florestais que eles viram trabalhando na floresta? Os guardas alocados em regiões remotas costumavam passar meses em cabanas. E essas cabanas eram equipadas com tudo o que homens isolados precisariam para sobreviver, incluindo um rádio. Era perfeito. Parecia bom demais para ser verdade.

— Tá me dizendo que tem uma estação de guarda a cinco quilômetros daqui? — Martin falou. — Isso não é um problema?

— Sete quilômetros e quarenta metros, na verdade — Oscar corrigiu. — Não é ideal, mas a situação está sob controle. Como eu disse, essa é uma propriedade particular. Os guardas respeitam isso. A menos que a gente dê motivo para que eles atravessem o rio, não irão fazê-lo.

Dr. Kasim pigarreou.

— Lógico que o dinheiro que oferecemos para que tomem conta de suas próprias vidas não faz mal. Guardas-florestais amam as verdinhas, sabe.

Os homens riram e Martin riu junto, mas sua mente fervilhava. Olhou para o mapa de novo. Aquele pequeno quadrado marrom do outro lado do rio. A resposta para tudo estava dolorosamente em seu alcance. Não precisaria esperar mais dois dias para chegar em casa e contatar às autoridades. Alice não precisaria ser sacrificada. Bastava uma trilha de pouco mais de sete quilômetros em meio à floresta e aquele pesadelo acabaria naquela mesma noite.

— Sei exatamente o que está pensando, irmão.

Espantado, Martin levantou a cabeça e viu que o Dr. Kasim o observava.

— Não estava pensando em nada — Martin falou, falhando terrivelmente em tentar esconder o temor.

— Então por que tá perfurando o meu mapa com os olhos?

— Eu estava?

Os outros homens observavam. Olhavam para Martin. Aguardando que se explicasse.

— Não sei — Martin continuou —, eu só—

Dr. Kasim levantou a mão, interrompendo Martin.

— Você está preocupado com os guardas-florestais — ele disse. Seu tom carregava absoluta convicção. — Está preocupado que mais cedo ou mais tarde eles vão entrar aqui. Estou certo?

Grato pela brecha, Martin assentiu.

Dr. Kasim balançou a cabeça e suspirou.

— Meu irmão, quando está atrás dessas paredes, a última coisa no mundo com o que tem que se preocupar é com os homens brancos.

Os homens assentiram e deram soquinhos em celebração.

— Pode ter certeza disso, porra — Tobias concordou.

Dr. Kasim se aproximou para deixar explícita a intensidade das palavras.

— Eu te prometo, nossos vizinhos não são um problema. Pode confiar em mim, irmão?

— Com toda a certeza — Martin garantiu.

— Aqui somos os senhores, e você é um de nós agora. Não deve se esquecer disso, nunca.

— Não irei — Martin disse. — Eu prometo.

Dr. Kasim sorriu, aprovando a resposta. Então gesticulou para Oscar, que prontamente fechou o caderno e o carregou até o outro lado do cômodo. Quando Oscar ajoelhou para guardar o caderno de volta no cofre, Martin viu algo que repentinamente fez o impossível parecer bem possível.

O revólver de Oscar.

No instante que a arma reluzente ficou à mostra debaixo da jaqueta de Oscar, um plano se formou na mente de Martin. O plano era perigoso e um pouco imprudente, mas também era bem simples. Sua elegância foi o que fez Martin acreditar que poderia dar certo. Seria possível salvar Alice e todos os outros escravizados ao mesmo tempo. E poderia fazer aquilo nesta mesma noite.

O plano simples de Martin derrubava todos os obstáculos: passar pelos guardas e chegar ao lado de fora do muro. Mas havia um problema. Ainda havia um obstáculo que tinha que ser superado. Martin decidiu que a melhor solução era confrontar o obstáculo de frente.

Deu um gole na cerveja, então sutilmente falou para o grupo:

— E aí, todo mundo tem câmeras de vigilância no quarto ou o privilégio é do novato?

De início todos ficaram calados, trocando olhadelas constrangidas. Mas quando Dr. Kasim começou a rir, de uma só vez o plano simples de Martin para escapar de Forty Acres foi posto em ação.

CAPÍTULO 69

Oscar abriu a porta da nova acomodação de Martin e disse:

— Seus pertences já devem ter sido transferidos do seu quarto anterior.

Martin seguiu Oscar para dentro. Seu novo quarto não era muito diferente do antigo. Cama queen size, uma TV plana, um banheiro pequeno; até a vista para o jardim era a mesma. A única diferença relevante era que esse quarto não estava sendo monitorado com imagem e som, ou ao menos era isso que Oscar havia prometido.

Um pouco mais de uma hora antes, quando Martin reclamara sobre as câmeras escondidas, Dr. Kasim e os outros tinham levado na esportiva. Houvera um momento tenso em que Oscar perguntara desde quando soubera das câmeras, mas Martin contornara a situação colocando a culpa em Carver. Tinha contado como, no café da manhã, Carver tinha parecido saber todos os detalhes da sua noite com Alice. Fato que só poderia ser explicado de uma maneira: ele estivera se deliciando assistindo ao vídeo. A acusação resultou em Carver fazendo cara feia e os outros rindo.

Foi explicado a Martin que o seu primeiro quarto era o único monitorado e era usado exclusivamente por novos candidatos. Oscar então garantiu que o novo quarto de Martin teria privacidade total, assim como os quartos dos outros homens.

Após outra rodada de Guinness, algumas risadas e mais comentários filosóficos do Dr. Kasim, o grupo decidiu se retirar para seus aposentos. Martin estava ansioso para seguir para o novo quarto, finalmente longe dos olhares observadores, e se preparar para o que prometia ser a noite mais importante da sua vida. Ele foi pego de surpresa quando Oscar se ofereceu para levá-lo pessoalmente até o novo quarto.

Martin aguardou ao lado da porta enquanto Oscar olhava dentro do armário e checava as gavetas. Disse que queria se assegurar de que tudo tinha sido movido como ordenara, mas Martin não acreditou. O braço direito do Dr. Kasim era muito direto para se preocupar com trivialidades desnecessárias como levar Martin ao quarto e checar as gavetas. Não, tinha que haver outra razão por trás do inesperado momento a sós com Oscar, mas qual?

— Tudo parece em ordem — Oscar disse, olhando para Martin. — Está feito. E chega de câmeras.

— Obrigado. Fico grato.

— E, para que saiba, todas as gravações serão destruídas.

— Espero que sim — Martin respondeu, tentando manter o tom leve. — Odiaria saber que elas foram parar no YouTube.

O sorriso em resposta de Oscar parecia ser fruto da educação, não da diversão.

— Concordo. Seria um problema.

— Bom, obrigado de novo — Martin falou.

— De nada.

Martin saiu do caminho, convidando Oscar a sair, mas o homem careca não se moveu.

— Há mais uma coisa, Sr. Grey.

"Lá vem", Martin pensou. Ele não fazia ideia do porque Oscar iria querer falar com ele a sós e estava quase temeroso de perguntar.

— Qual?

— O que está sentindo... Vai passar.

— O quê? — Martin questionou, pego de surpresa novamente. — O que vai passar?

Oscar suspirou.

— A menos de duas horas atrás você açoitou uma linda mulher. Como isso te fez sentir? Como isso te faz sentir de verdade?

Uma voz ansiosa na cabeça de Martin advertiu que aquela poderia ser outra etapa na Iniciação interminável.

Como se pudesse ler a mente de Martin, Oscar disse:

— Não é um teste. Prometo. Apenas seja honesto. Como se sente sobre o que fez com a Alice?

Por um instante Martin considerou mentir, mas algo lhe disse que jamais seria convincente. A mesma intuição disse a Martin que Oscar estava sendo honesto. A pergunta não tinha a intenção de machucá-lo, e sim de ajudá-lo.

Martin suspirou.

— Honestamente, não tô muito bem.

— Uma pontada de culpa, talvez?

Martin assentiu.

— Sim. Com certeza.

Oscar deu um tapinha no braço de Martin.

— Lógico que sente isso. Como o Dr. Kasim diz, não somos bárbaros como eles são. O doutor tem uma ótima percepção. Ele viu algo em seus olhos esta noite. Pediu para que te passasse essa mensagem. Hoje, você honrou os seus ancestrais. Não fez nada de errado. O que está sentindo agora, vai passar.

— Obrigado — Martin respondeu. — Isso me faz sentir melhor.

O sorriso de Oscar parecia genuíno. Ele puxou Martin para um abraço.

— Boa noite, irmão. Tente dormir um pouco.

— Eu vou. Obrigado.

Então Oscar se foi.

No momento em que fechou e trancou a porta, sentiu como se um peso saísse de seus ombros. Tonto, cambaleou pelo quarto e caiu na cama. Sentiu o ímpeto de gritar em direção ao céu, mas apenas olhou para o teto. Quando fechou os olhos, viu Alice acorrentada dentro do estábulo. Viu os músculos proeminentes de Carver enquanto a chicoteava sem compaixão, de novo e de novo. Martin afastou as lágrimas, mas novas vieram. Olhou para o relógio ao lado da cama: 23h14. Três longas horas desde que vira Alice. Ainda que seu plano desse certo, mais longas horas passariam até que ela recebesse o devido cuidado. Até onde sabia, poderia já estar morta. Mas se recusou a acreditar nisso. Estava decidido e o destino teria que colaborar com sua decisão. Alice era jovem, saudável, e sobreviveria o tempo necessário para que ele conseguisse salvá-la.

Esperaria uma hora. Uma hora era tempo o suficiente para que todos fossem dormir, isolados nos quartos pela noite inteira. Uma hora, então seria hora de partir.

CAPÍTULO 70

Anna não conseguia dormir. Por mais de uma hora estivera deitada no quarto iluminado só pela luz da lua. Os olhos ansiosos se recusavam a fechar. Alternavam entre as sombras das folhas no teto e o MacBook Pro na mesa de cabeceira.

Anna estava morrendo de preocupação.

Não havia dúvidas de que a gravidez e o fato de que Martin não sabia sobre ela, pioravam seu estado. Mas, na verdade, a gravidez era somente um adicional à insônia. O verdadeiro tormento era o outro homem no qual não parava de pensar.

Donald Jackson.

Há três anos, Donald Jackson tinha ido viajar com os mesmos homens com os quais Martin estava agora. E Donald Jackson nunca retornara. Aquele era um fato que perturbava a mente de Anna. Lógico que Damon Darrell tinha explicado que a morte de Jackson fora um suicídio e não um acidente, mas isso não importava. Intuição ou mau pressentimento, como quisessem chamar. De algum modo, naquela noite, Anna sabia que havia algo de errado.

Anna virou a cabeça e olhou para o notebook. Estava ansiosa para acessar a internet e buscar mais informações sobre a morte de Jackson, mas resistiu porque sabia que sua ansiedade aumentaria independente do que encontrasse. Não, era melhor esperar Martin voltar e então pesquisar mais. Se descobrisse algo problemático, poderia usar para convencer o marido a não ir em viagens futuras.

As folhas e os galhos se moveram mais uma vez. O silêncio da noite foi rompido pelo miado longínquo de um gato.

Mas e se Martin estivesse em perigo naquele exato momento? Como o perigo que Donald Jackson havia encontrado. Aquela era a briga interna que pouco a pouco minava a decisão de Anna. Ela poderia atender ao seu desejo interno e, depois de não dormir nada durante a noite, ir para o hospital trabalhar amanhã parecendo um zumbi.

Anna olhou para o computador. Só cinco minutos. Ela ia acessar a internet por cinco minutos, só para amenizar a ansiedade. Então com sorte dormiria um pouco.

Anna se sentou, acendeu o abajur na mesa de cabeceira, colocou um travesseiro atrás das costas, então pegou o MacBook. No hospital tinha pesquisado sobre rafting em corredeiras. Dessa vez pesquisou por "Donald Jackson morte".

Havia centenas de resultados. Anna encontrou artigos dos mais famosos veículos de notícias sobre a trágica morte do autor. Como a matéria que tinha encontrado há alguns dias, o único nome mencionado era o da vítima. A maioria mencionava que estivera viajando com um grupo de amigos, mas era isso. Mesmo com o nível de notoriedade, esses "amigos próximos" permaneciam anônimos em todas as matérias. Era um atestado perturbador do poder dos novos colegas de Martin.

Se algo acontecesse com Martin, será que a imprensa descreveria esses homens como amigos próximos também? Anna afastou esse pensamento e olhou para o relógio. Já tinham passado três minutos, e até então tudo certo. Não encontrara nenhuma novidade problemática sobre a morte de Jackson, nada que agravasse sua preocupação.

Restando apenas dois minutos, e se sentindo confiante de que não havia nada para achar, Anna decidiu tentar uma abordagem mais agressiva. Na janela de pesquisa do Google, moveu o cursor para o fim da sua pesquisa inicial e adicionou uma palavra. Agora sua busca era "Donald Jackson morte suspeita".

Anna moveu o cursor para o botão de pesquisa, mas hesitou. Sussurrou para si mesma: *Você quer mesmo fazer isso, menina?* Anna respirou fundo, em seguida clicou no touchpad.

Olhou para a tela. Não havia nada de assustador ali. A lista de links parecia idêntica à da pesquisa anterior. Nem um dos títulos incluía a palavra "suspeita".

Anna suspirou aliviada. Por um momento havia considerado tentar outras palavras, como "assassinato" ou "encobrimento", mas decidiu não pressionar a sorte. Tinha feito o que se propusera a fazer e se sentia melhor; além disso, ao olhar para o relógio, percebeu que os cinco minutos tinham se esgotado. Trato é trato, mesmo que seja um trato consigo mesma.

Anna ia fechar o notebook, mas pausou ao perceber algo inesperado na tela. Não fazia parte da lista de resultados. Estava no topo da página abaixo do título "Resultados de imagens para Donald Jackson morte suspeita".

Era a foto de Damon Darrell segurando os ombros de uma mulher bonita, como se estivesse prestes a abraçá-la. A mulher não era Juanita, a esposa de Damon. Era mais jovem e tinha a pele mais clara. O mais intrigante era que ela parecia estar de luto, vestida toda de preto.

Com ou sem trato, Anna clicou na imagem pequena. Expandiu-a até ocupar a tela toda. Agora Anna podia ver outras pessoas de luto ao fundo. A foto era em um velório. Anna moveu o cursor até a parte inferior da imagem e uma legenda surgiu: "Damon Darrell conforta Christine Jackson, a viúva do autor Donald Jackson".

Anna ficou ali sentada, sozinha, no quarto mal-iluminado, hipnotizada olhando para o rosto da mulher. Quanto mais observava, mais se sentia desconfortável. A expressão de Christine Jackson era estranha, bem estranha. Enquanto Damon demonstrava um sorriso caloroso e aconchegante, o rosto de Christine era algo totalmente diferente. Havia veneno nos olhos de Christine Jackson. Era ódio puro.

Anna suspeitava de que se o fotógrafo tivesse capturado a cena um momento depois, o semblante de Christine Jackson seria exatamente aquele que se esperaria de uma viúva. O rosto contorcido de angústia. Olhos fechados. Mas o fotógrafo naquele dia, fosse por acaso ou por uma sequência de disparos, conseguira capturar a verdade por trás das lágrimas.

Por que Christine Jackson odiaria Damon Darrell?, essa pergunta rondava a mente de Anna. Se Damon e os outros homens moveram céus e terras para encobrir o suicídio de Donald e garantir que ela e os filhos vivessem financeiramente bem, por que Christine Jackson odiaria Damon Darrell? Ela sentiria o mesmo pelos outros homens?

Não fazia sentido.

Nesse momento, Anna tomou duas decisões. Primeiramente, sabia que agora seria impossível dormir, então ligaria para o trabalho dizendo que estava doente. A segunda era que amanhã Anna encontraria a Sra. Jackson e conseguiria algumas respostas.

CAPÍTULO 71

Martin estava sentado na ponta da cama, vestido e pronto para sair. Usava a roupa que Damon o havia ajudado a comprar numa loja esportiva na semana anterior. Uma jaqueta azul-escura com capuz, calças de trilha e botas à prova d'água. Em parte, a simplicidade do seu plano se devia ao fato de que não precisaria andar em meio à floresta, mas queria estar preparado para qualquer coisa.

Era 00h04, e ele estava tentado a sair neste instante, mas decidiu se ater ao plano de esperar por mais uma hora. Não sabia se doze minutos fariam mesmo diferença e essa era razão perfeita para esperar.

Martin ouviu o barulho de algo batendo. Olhou ao redor do quarto, confuso, até perceber que era a sua própria perna balançando. Martin não estava nervoso. Ficamos nervosos quando temos que falar em frente a um grande público ou quando estamos prestes a propor matrimônio. Martin estava com medo. Aterrorizado. Sim, o plano era simples, e ele acreditava que funcionaria, mas sempre havia a chance de algo dar errado.

Martin ouviu um novo som. Diferentemente de sua perna nervosa, esse barulho não era produto do medo. Alguém havia batido na porta do quarto.

Ele olhou para o relógio: 00h10. Quem iria até o seu quarto uma hora daquelas? Quem quer que fosse, o momento não poderia ser pior. Martin considerou não atender, torcendo para que a pessoa pensasse que ele estava dormindo, mas isso era muito arriscado. Seria melhor que Martin soubesse exatamente quem ainda estava acordado e andando pela casa.

A batida leve soou de novo.

— Um segundo.

Martin se levantou e caminhou até a porta. Esticou o braço para abrir, então pausou ao se lembrar do que vestia. Removeu a jaqueta e a jogou no armário.

Quando finalmente abriu a porta, ele viu o que parecia ser o fantasma de Alice na sua frente. Era Felicia, usando o mesmo vestido azul que a prima usara na noite anterior. Do mesmo modo, usava o cabelo loiro-avermelhado sobre os ombros, adornando seu semblante doce e triste.

Felicia sorriu.

— Pediu para me ver, Senhor?

Martin ficou confuso só por um segundo.

— O Carver te mandou aqui?

— Não, senhor — Felicia respondeu. — O Senhor Lennox me enviou, senhor.

Martin sentiu uma pontada de nervosismo. Oscar podia estar perambulando pela casa ainda. Aquilo não era nada bom. Não mesmo.

— Gostaria que eu entrasse, senhor?

Martin negou com a cabeça.

— Não. Não, obrigado, tô cansado. Mas deixa eu fazer uma pergunta. Sabe se Lennox tá no quarto?

— Senhor? — Os olhos de Felicia estavam assustados. — Fiz algo de errado, senhor? Se eu fiz—

— Ah, não, não — Martin respondeu, percebendo o erro. Tinha rejeitado a garota, agora parecia que ia reclamar dela. — Você não fez nada de errado. Prometo. — Martin olhou para os dois lados do corredor para garantir que ninguém observava, então deu um passo para trás. — Entra.

Aliviada e levemente confusa, Felicia obedeceu.

Martin trancou a porta. Quando se virou, ela estava ao lado da cama, com as mãos cruzadas em frente ao corpo, o retrato da inocência e da vulnerabilidade.

Ela demonstrava um sorriso de gratidão.

— Obrigada por me deixar ficar, senhor. Prometo que o farei feliz.

— Você não vai ficar — Martin disse. — Queria que respondesse à minha pergunta. Só isso.

O semblante de Felicia voltou a demonstrar preocupação e incerteza.

— Sua pergunta, senhor?

Martin se aproximou e, gentilmente, segurou a mão dela.

— Você não fez nada de errado — ele garantiu. — Prometo. Nada vai acontecer com você. Tudo bem?

Felicia concordou com a cabeça.

— Alice disse que você era diferente. Assim, gentil.

Martin sorriu, mas ouvir Felicia falar de Alice tão casualmente o fez pensar que ela não devia saber sobre o que havia acontecido com sua prima. Não tinha como prever como ela reagiria, então Martin resistiu ao ímpeto de contar a verdade. Um escândalo na casa principal naquele momento acabaria com o plano. E o plano era a prioridade.

— Onde você viu o Senhor Lennox pela última vez? — Martin questionou.

— Ele tava no quarto?

Felicia negou com a cabeça.

— Não, na cozinha. Estávamos limpando tudo. O Senhor Lennox entrou e disse que o senhor queria me ver depois da meia-noite. Disse que eu devia usar uma roupa bonita.

— E isso foi quando?

Felicia pensou.

— Meia hora atrás. Talvez uns quarenta minutos.

Meia hora era bom, Martin pensou. Meia hora era mais do que tempo suficiente para Oscar retornar ao quarto e se recolher para a noite. Quando chegasse a hora, era melhor que Oscar já estivesse no quarto há muito tempo.

— Uma última pergunta — Martin adicionou. — Quando vinha pra cá, viu algum outro Senhor pela casa?

Felicia balançou a cabeça.

— Não, senhor. Acredito que todos tenham ido dormir.

— Que bom — Martin disse. — Agora você deve ir dormir também.

Felicia hesitou.

— Tem certeza, senhor? Não quer mesmo que eu fique?

Martin franziu a testa. A ansiedade da garota em se sacrificar para evitar desapontá-lo era de partir o coração.

— Você é prima da Alice, né?

Felicia assentiu.

— Sim, senhor. — Ela passou as mãos na frente do vestido. — Esse vestido é dela, na verdade. Não acho que se importaria porque peguei emprestado. Digo, bem, considerando...

Quando ela não terminou a frase, Martin percebeu um flash de angústia em seus olhos. Ele estava errado? Ela sabia que a prima estava morrendo naquele exato momento?

Com cautela, Martin perguntou:

— O que acha que aconteceu com Alice?

Sem força, Felicia deu de ombros.

— Não sei. Tudo o que o Senhor Lennox me disse foi que Alice foi transferida para a mina. — Felicia cravou os olhos em Martin. — O senhor também não sabe?

Martin levou um momento para formular a mentira.

— Não, não sei — ele respondeu. — Mas não se preocupe. Com certeza você vai conseguir ver sua prima amanhã.

A garota sorriu com gratidão.

— Sim, senhor. Boa noite, senhor.

Felicia se dirigiu até a porta, mas quando ia girar a maçaneta, Martin disse:

— Vá direto pro seu quarto, e fique lá a noite toda.

— Senhor?

Martin fez um esforço para soar firme. Um Senhor dando uma ordem à sua escravizada.

— Não importa o que ouça nessa casa hoje, fique no quarto. Entendeu?

Felicia respondeu, incerta:

— Sim, senhor. Acho que sim.

— Ótimo. Agora vá.

Um último sorriso aflito, então Felicia saiu e fechou a porta. Martin olhou para o relógio: 00h15 em ponto.

Martin pegou a jaqueta do armário e a vestiu. Era hora de ir.

CAPÍTULO 72

Martin deu três batidas na porta de Oscar.

O quarto estava localizado bem ao fim do corredor no segundo andar. Atrás de Martin, o corredor estava silencioso. A casa inteira estava silenciosa. Com exceção de sua respiração ansiosa, os únicos barulhos que Martin ouvia eram dos grilos e das cigarras.

Então ouviu o barulho suave de passos se aproximando atrás da porta do quarto. Martin respirou fundo.

Ouviu o som do trinco, em seguida a porta foi aberta só o suficiente para Oscar olhar para fora.

— Quem é? — Quando Oscar viu que era Martin, a irritação se transformou em dúvida. Oscar abriu mais a porta. — Sr. Grey? Algo errado?

Apesar da camiseta cinza e calças de pijama, Oscar parecia bem acordado, como se estivesse lendo na cama antes de Martin aparecer. Havia algo inquietante em ver o gerente tão reservado vestido de maneira casual. Martin também percebeu que agora Oscar estava desarmado, como esperava. Tudo o que precisava fazer era entrar no quarto.

Ele sabia que as próximas palavras seriam cruciais. Tinha que soar totalmente convincente. Oscar era um homem nitidamente perspicaz; na verdade, o plano de Martin dependia disso.

Se Oscar detectasse um pingo de inverdade na atitude de Martin, a noite estaria acabada antes de começar.

Martin olhou dentro dos olhos de Oscar e disse:

— Preciso falar com o Dr. Kasim.

Oscar bufou, como se Martin falasse outro idioma.

— Não entendo. Qual é o problema?

Martin abaixou o tom de voz.

— Eu realmente prefiro falar com o Dr. Kasim, se não se importa.

Oscar franziu a testa.

— Impossível. O doutor está dormindo e não pode ser incomodado. Terá que esperar até de manhã.

— Não posso — Martin disse, balançando a cabeça. — É sobre o que conversamos. A culpa. Não consigo parar de pensar nisso.

— Exatamente por isso mandei que Felicia para o seu quarto. Ela foi?

— Sim, mas... Eu a mandei embora. Não conseguiria. Realmente preciso falar com o Dr. Kasim. Alguma chance de você acordá-lo?

Oscar deu um sorriso raro.

— Lógico que não. Isso não seria bom para nem um de nós. Talvez você possa conversar com um dos outros Senhores. Talvez o Sr. Darrell, ou, ainda melhor, o Sr. Aarons. Ele é muito inteligente e ótimo ouvinte.

— E que tal você? — Martin perguntou.

A única reação de Oscar foi arquear a sobrancelha.

Martin prendeu a respiração. Será que tinha ido longe demais? Estava lógico que tinha segundas intenções?

Finalmente Oscar disse:

— Quer conversar comigo?

Martin assentiu.

— Pareceu que você me compreendia.

— Estava somente repassando uma mensagem.

— Eu sei. Mas quantas vezes repassou aquela mensagem? Quem conhece a mente do doutor melhor do que você?

Oscar franziu o cenho, e pareceu concordar, mas então seu semblante mudou. Ele analisou Martin dos pés à cabeça, pela primeira vez percebendo o que vestia.

Novamente, arqueou a sobrancelha.

— Vai a algum lugar?

Mantendo-se calmo, Martin reagiu como se tivesse se esquecido da roupa.

— Ah, sim... Eu ia andar pelo terreno.

— Andar? Agora?

— Sim, pra esfriar a cabeça. Se pudéssemos conversar por dez minutos, eu agradeceria muito. — Martin olhou por cima do ombro de Oscar. — Qual é, com certeza você tem alguma coisa guardada aí. Só um drinque.

Oscar proferiu um grunhido que parecia ser a sua versão de uma risada.

— Você bebe uísque? — Oscar perguntou.

— Beberia qualquer coisa agora.

Oscar deu um passo para trás e abriu a porta por completo.

— Um drinque.

CAPÍTULO 73

Enquanto Oscar retirava uma bandeja bem equipada de cima do aparador e preenchia dois copos com o uísque, Martin analisava o quarto.

Era só um pouco maior do que o de Martin e o layout era parecido. A principal diferença era a ambientação. Diferentemente dos quartos de hóspedes com decoração natural, o quarto de Oscar era organizado, mas repleto de itens pessoais que demonstravam que alguém vivia ali. Havia uma coleção musical incrível de jazz e blues, em CD e vinil. Uma coleção menor de livros antiquíssimos em capa dura. Aquarelas coloridas decoravam as paredes com fotografias de Nova York e um pôster da Pam Grier no filme *Foxy Brown*.

Martin viu o objeto que buscava exatamente onde imaginava: o coldre de ombro de Oscar estava pendurado na cabeceira da cama king size no centro do quarto. O que Martin não esperava era que estivesse vazio.

Onde estava o revólver?

— Aqui está. — Oscar ofereceu o copo com dois dedos de uísque. Ele então retirou um livro de capa dura de uma poltrona antiga e gesticulou para Martin.
— Sente-se.

Martin o fez. Sentou-se na beirada da poltrona, propositalmente evitando se recostar. A qualquer momento ele precisaria se mover depressa, e cada segundo contaria.

Oscar se sentou na ponta da cama, de frente para o convidado. Ele balançou a cabeça para o copo intocado de Martin.

— Experimente.

O aroma de carvalho queimado atingiu o nariz de Martin antes que o copo tocasse os lábios. O líquido dourado era leve ao descer. Uma onda de calor se espalhou pelo peito de Martin.

Oscar estava atento à reação de Martin, como se ele mesmo tivesse confeccionado o uísque.

— Bom?

— De jeito algum — Martin respondeu, balançando a cabeça. — É incrível. Melhor do que aquela merda que o Dr. Kasim nos deu.

Oscar deu um pequeno sorriso, então deu um gole no seu uísque.

Naquele instante rápido entre Oscar levar o copo até a boca e abaixá-lo de novo, Martin tornou a analisar o quarto. Em uma casa cheia de escravizados, fazia todo o sentido que o administrador carregasse uma arma, mas onde a esconderia? Ele a guardava numa gaveta do aparador pela noite? Numa prateleira dentro do armário? Talvez Oscar mantivesse a arma debaixo do travesseiro, um lugar de rápido acesso. Martin encontrou a resposta bem à vista. Estava ali sobre a mesa de cabeceira ao lado da cama, tão camuflado que quase passava despercebido.

O pequeno estojo para pistola tinha um acabamento preto fosco, similar a um umidor. A superfície era plana, com uma importante exceção: um buraco de fechadura.

Merda.

— Não era o que esperava, né?

— O quê? — Martin se virou e viu o olhar de Oscar por cima da borda do copo. Observando-o.

Oscar deu mais um gole no uísque, em seguida disse:

— Você está olhando o quarto com uma cara estranha. Acho que esperava outra coisa.

— Não é isso — Martin respondeu. — É que você tem muita coisa interessante. Há quanto tempo mora aqui?

— Mais ou menos dez anos. — Oscar analisou o líquido dentro do copo. Os olhos estavam distantes, como se observassem o passado. — Vim aqui como hóspede, assim como você. Gostei do que ouvi. Não vi razão para ir embora.

Martin resistiu à vontade de olhar o quarto de novo em busca das chaves. Oscar já tinha percebido que ele estava bisbilhotando. Se havia uma pequena chance de o plano dar certo, Martin precisava ter mais cuidado.

— Então simplesmente largou tudo? — Martin perguntou. — Trabalho? Amigos? Você era casado?

Oscar se afastou dos fantasmas dentro do copo. Franziu o cenho.

— Sem distrações. Não estamos aqui para falar de mim, e sim de você. — Oscar não disse mais nada, era o convite para que Martin fosse direto ao ponto.

— Bem — Martin começou —, é o que você falou. Acredito no que o Dr. Kasim faz aqui, e tenho sorte de fazer parte disso. Mas quando fecho os olhos...

— Você vê a garota — Oscar completou. — Você vê Alice.

— Sim. — Martin suspirou profundamente, não estava mentindo. — Na sua posição, com certeza já precisou punir vários escravizados. Como você, bem—

— Como eu durmo à noite? Essa é a pergunta?

Martin concordou com a cabeça.

— Acho que você se acostumou.

Oscar sorriu.

— Não. A pessoa apenas muda a perspectiva.

— Perspectiva?

Oscar se inclinou para frente.

— Toda vez que a imagem de Alice vier à sua mente, pense no seu tataravô sendo mutilado, esfolado ou queimado vivo. Pense na sua tataravó sendo estuprada no mesmo quarto em que a família dormia. Pense em como os seus ancestrais teriam orgulho desse lugar, e de você. Isso, meu irmão, é perspectiva.

Martin assentiu e virou seu uísque. Franziu o cenho para o copo vazio.

— Sei que disse um drinque, mas...

Oscar pegou o copo de Martin e o levou até o aparador. Enquanto mexia no minibar, disse:

— Aquele álbum de fotografias na biblioteca do Dr. Kasim. Você não ia acreditar no que tem ali. Fotos extremamente raras de negros escravizados sendo punidos. Tudo bem gráfico.

Martin mal estava ouvindo. Seus olhos vasculhavam o cômodo, buscando pelas chaves de Oscar. Olhou para a pequena mesa ao lado da porta, um lugar perfeito para deixá-las, mas as chaves não estavam ali. Olhou para as duas mesas de cabeceira que ladeavam a cama: nada. Analisou até mesmo o aparador comprido onde Oscar preparava os drinques. Ao lado do minibar havia fotos emolduradas, mas era isso. Nada de chaves.

Martin sabia que a chance de encontrar as chaves à vista era minúscula e estava prestes a desistir quando viu o terno de Oscar. A jaqueta branca e as calças depositadas sobre a banqueta ao pé da cama, provavelmente largadas ali quando Oscar se despira mais cedo. Será que as chaves ainda estavam dentro do bolso do terno?

— Você devia dar uma olhada nele ao menos uma vez — Oscar falou, entregando o novo drinque a Martin e ocupando de novo o lugar na beirada da cama. — Mas não hoje. Se está tentando dormir, pode surtir o efeito contrário.

— Se o resto for parecido com a primeira foto, acredito em você.

— Direi apenas que qualquer coisa naquele álbum faz a punição de Alice parecer misericordiosa.

Martin pensou em dizer que Alice era inocente, que Carver a havia usado para atingi-lo, mas mordeu a língua. Oscar podia perceber a acusação como prova de que o surto de consciência de Martin era mais do que um pequeno inconveniente. Martin precisava que Oscar baixasse a guarda para que o que faria a seguir funcionasse.

— Bom, obrigado pela ajuda — Martin falou.

— Sem problemas — Oscar respondeu. Ele gesticulou para o drinque na mão de Martin. — Embora eu ache que hoje o uísque vai te ajudar mais do que qualquer coisa que eu diga.

Martin sorriu e levou o copo até a boca, mas pausou. Ele massageou a têmpora e disse:

— Sabe, talvez seja melhor que eu tome uma aspirina em vez da bebida.

Oscar abaixou o seu copo.

— Dor de cabeça?

— É. Acho que misturar cerveja africana, Guinness e uísque não foi uma boa.

— Provavelmente não.

— Tem algum remédio no armário? De repente algo que me ajude a dormir?

Oscar pareceu incerto.

— Talvez. Deixe-me ver.

Ele colocou o copo sobre o estojo da pistola, então deu a volta na cama em direção ao lado oposto do quarto e entrou no banheiro.

Martin pulou do assento até o terno branco. Pegou os bolsos da calça. Nada. Tateou os bolsos da jaqueta. Encheu-se de esperança ao sentir o peso contra a palma da mão.

Chaves.

Martin pegou com cuidado, tentando evitar que fizessem barulho. Havia sete chaves em um chaveiro simples. Duas delas com certeza abriam veículos. As duas outras pareciam abrir fechaduras de portas. As três restantes eram menores. Uma delas tinha que ser a chave do estojo.

Martin podia ouvir Oscar no banheiro mexendo no armário de remédios. O barulho de itens de higiene e pílulas. Ainda havia tempo.

Martin correu até a mesa de cabeceira. Retirou o drinque de Oscar do topo do estojo e testou a primeira chave. Não coube.

Merda.

Tentou a segunda chave. Entrou com facilidade, mas não girou.

Caralho.

No banheiro, o som do armário se fechando.

Não.

Com a mão trêmula, Martin segurou a terceira chave. Ela entrou na fechadura. Ele pressionou e o cilindro girou. Houve um clique e o topo abriu um pouco. Martin o abriu por completo. Dentro dele havia um passaporte, um antigo relógio de ouro e uma fotografia antiga de Oscar mais jovem ao lado da noiva.

Nenhuma arma.

Então ouviu a voz de Oscar:

— Que diabos tá fazendo?

Martin se virou rápido.

Segurando uma caixa de Tylenol DC, Oscar o observava da porta do banheiro. Naquele momento paralisante, o milésimo de segundo que levou a troca de olhares, Oscar entendeu tudo. Seu olhar era de pura fúria.

— Seu filho da puta.

Instantaneamente Oscar entrou em ação, mas em vez de dar a volta na cama em direção a Martin, ele buscou alcançar o colchão. Martin percebeu que Oscar não o estava atacando, ia em direção ao travesseiro no lado da cama mais próximo de Martin. O advogado moveu o travesseiro, revelando o revólver nove milímetros. Com os braços esticados, Oscar se atirou contra a arma, mas Martin a pegou primeiro. Em um ato de completo pânico, Martin soltou a trava de segurança, engatilhou e a arma e a apontou para a testa de Oscar.

— Não se mexa — Martin disse.

Oscar congelou. Espalhado sobre a cama, ele encarou Martin com convicção.

— Não sei que porra é essa, mas não vai dar certo.

Com a arma estável no punho, Martin fez o possível para parecer tão confiante quanto Oscar.

— Você devia torcer pra dar certo — respondeu —, porque a sua vida depende disso.

CAPÍTULO 74

Momentos depois, ambos os homens estavam sentados de novo, mas de maneiras bem diferentes. Primeiro, para evitar movimentos rápidos, Martin ordenou que Oscar se sentasse o mais próximo possível do encosto da poltrona colocando as mãos no colo, enquanto Martin se sentava na beirada da cama. E agora Martin não segurava o copo de uísque, e sim um revólver nove milímetros apontado para o peito de Oscar.

Oscar revezava o olhar entre o rosto de Martin e a arma. Martin podia ver que Oscar estava pensando em algo. Medindo a ameaça.

Martin o alertou:

— Glen me arrastou prum estande de tiro durante a faculdade, eu sei usar uma arma.

Oscar o analisou friamente por um momento, então o desafiou:

— Atirar em alvos de papel não é o mesmo que atirar em um homem.

— Não se engane — Martin respondeu. — Se eu consegui açoitar aquela pobre garota, definitivamente, posso atirar em você.

O olhar duro de Oscar era impossível de ler. Mas como ele permanecia imóvel na poltrona, Martin sabia que sua mensagem fora recebida.

— E agora o quê? — perguntou Oscar com um grunhido. — O que pensa que tá fazendo?

— É simples — Martin respondeu. — Você vai me levar até a estação dos guardas.

Oscar franziu a testa como se Martin estivesse desperdiçando o seu tempo.

— Talvez não tenha notado, mas isso aqui é um forte. Você nunca—

— Espere — Martin disse, erguendo a mão que estava livre. — Antes que me diga que não vamos conseguir passar pelos guardas, ou pelo portão, ou qualquer coisa do tipo, deixa eu dizer algo. Não me importa como vai fazer, mas ou você me leva até a estação dos guardas-florestais em uma hora ou eu te mato. Simples assim.

Oscar apenas o observou, tentando identificar se falava sério.

— O que te faz acreditar que eu não vou me sacrificar para salvar Forty Acres?

— Eu não acredito. Só sei de uma coisa. Tô disposto a me sacrificar para acabar com Forty Acres.

Oscar estreitou os olhos.

— Por que está fazendo isso?

— Pergunta ridícula — Martin respondeu. — Mas se quer mesmo saber, aqui vai. Forty Acres é errado. Simples assim.

— Simples assim? — Oscar balançou a cabeça, desapontado. — Obviamente você não pensou nas potenciais consequências do seu plano.

— As consequências serão o Dr. Kasim e os seus discípulos loucos atrás das grades, onde todos deveriam estar.

— Lembre-se de que — Oscar iniciou — esses "maníacos loucos", como diz, são homens negros influentes e sensatos. Doutores, homens de negócios, políticos, até mesmo um importante líder de igreja. Esses homens que pretende destruir fazem muito bem pra nossa comunidade. Se arruiná-los, inúmeros inocentes vão sofrer também. — Oscar pausou para causar mais efeito. — E esse é só o começo. Depois que contar para o mundo sobre Forty Acres, imagine o ressentimento e a desconfiança. Não serão direcionados só para os homens envolvidos, mas toda a comunidade negra. Você acha que pretos já sofrem discriminação agora? Espere pra ver. O que fizer aqui hoje vai retroceder em décadas os debates raciais. Se acha mesmo que será "simples assim", então, Sr. Grey, o senhor é um tolo.

Martin hesitou, sentindo uma pontada de dúvida. Tudo o que Oscar disse fazia sentido. Era ingênuo pensar que aquele escândalo que estava prestes a desencadear não tinha o potencial de machucar pessoas inocentes. Mas Martin acreditava em algo que poderia amenizar o choque e a revolta inevitáveis.

— Você tá certo — Martin disse para Oscar. — Tudo poderia acontecer exatamente como falou. Mas já que será um homem preto a botar a boca no trombone, acho que há esperança. Acredito que o mundo vai compreender a verdade: que uns homens perversos, homens que por acaso são negros, fizeram algo realmente estúpido.

Oscar bufou.

— Está mentindo pra si mesmo. Esse mundo que imagina não existe.

— Outro ponto em que vamos sempre discordar — Martin respondeu. — Agora, você vai me levar até a estação dos guardas ou não? E antes que responda, deixa eu oferecer um incentivo.

— Que incentivo?

— Quando a gente chegar na estação e eu falar com as autoridades, vou te deixar ir. Vou fazer de tudo pra que a polícia te encontre depois, mas essa noite vou te deixar ir.

Um sorriso surgiu no rosto de Oscar.

— Agora vejo por que é um bom advogado. Pensou em tudo, não é?

— Já desperdiçamos muito tempo. Me dê a sua resposta.

Oscar suspirou.

— Irmão, por favor, escuta. O que está acontecendo aqui é parte do que conversamos. A culpa infundada. Por que não me deixa acordar o doutor? Podemos lidar com isso.

Martin o encarou.

— Lidar como? Como lidaram com o Donald Jackson?

— Não — Oscar respondeu, mantendo a compostura. — Jackson foi diferente. Não tinha mais como ajudá-lo.

— Eu também — Martin disse com mau humor. Estendeu a arma, levando-a para mais perto do alvo. — Preciso de uma resposta. Agora.

Martin viu os olhos frios e calculistas de Oscar focarem na arma.

— Só pra que saiba — Martin falou —, se acha que vai ser salvo por algum guarda ou qualquer outra pessoa, não vai. Se der algo errado, vou mirar em uma pessoa, em você.

Oscar franziu o cenho.

— Imaginei isso.

Estava tão silencioso que Martin podia ouvir o barulho do relógio na parede.

— Então?

Oscar fechou os olhos, como se tentasse visualizar o problema.

— Eu te levo até a estação dos guardas, você me deixa ir. Não levo, você me mata.

— Isso mesmo.

Oscar abriu os olhos e consentiu, balançando a cabeça.

— Então nós vamos pra estação.

Martin sentiu como se subitamente fosse fácil respirar. Tinha conseguido. Seu plano simples tinha funcionado. O resto era com Oscar.

— Tá bem — Martin disse. — Então como saímos daqui? Qual o plano?

— Não preciso de um plano — Oscar respondeu. — O Dr. Kasim é dono de Forty Acres e atua como líder, mas eu administro esse lugar. Imagino que seja por isso que tá apontando a arma pra mim, não pra ele. Passar pelos guardas não vai ser um problema, prometo.

Os olhos de Martin se estreitaram em suspeita. A súbita cooperação o preocupava.

— Tô avisando, se isso for um truque—

— Você me mata, eu sei. Juro, não é um—

Oscar foi interrompido por uma batida na porta.

Assustado, Martin se levantou depressa e apontou para a cabeça de Oscar.

A primeira coisa que pensou foi que Oscar tinha uma forma secreta de pedir socorro. Segurando o revólver com a mão trêmula, Martin sussurrou:

— Quem é?

Oscar balançou a cabeça e levantou as mãos, confirmando que não sabia.

Martin interpretou na hora que o semblante incerto de Oscar era genuíno.

Bateram novamente na porta, então uma voz disse:

— Ei, Oscar, tá acordado ainda? Preciso falar com você. É sobre o Martin. Ele não tá no quarto.

Martin sentiu um pânico súbito. Em sua mão, a arma parecia mais pesada.

Era Carver.

CAPÍTULO 75

Martin estava pressionado contra a parede ao lado da porta do quarto, com a arma apontada para a cabeça de Oscar. Enquanto Oscar esticava a mão em direção à maçaneta, Martin sussurrou:

— Lembre-se de que tô muito nervoso.

Com o coração martelando no peito, Martin viu Oscar abrir a porta. Em sua posição não conseguia ver Carver, somente o olhar irritado que Oscar o lançou.

— É tarde — Oscar disse com um grunhido. — Por que me incomoda?

— Eu disse — Carver respondeu. — O Grey não tá no quarto.

A proximidade da voz de Carver fez o coração de Martin martelar ainda mais. Se Carver suspeitasse minimamente de algo, tudo poderia desmoronar bem rápido.

A reação de Oscar ao que Carver disse foi calma, quase entediada.

— E como sabe disso?

— Eu bati lá — Carver falou. — Quando ninguém respondeu, você sabe, entrei.

Martin conseguia ouvir o sorriso estúpido no rosto de Carver.

Oscar suspirou.

— E por isso veio me acordar? Não há problema algum. Sei exatamente onde o Sr. Grey está.

Martin congelou. O que Oscar estava fazendo?

— Você sabe? — Carver indagou. — Onde?

A dúvida na voz de Carver expressava o que Martin sentia. Suas mãos suavam de nervoso, fazendo com que ele tivesse que ajustar o revólver. Não queria atirar em Oscar, mas se ele revelasse a verdade—

Com um gesto casual da cabeça, Oscar disse a Carver:

— O Sr. Grey está bem aqui apontando uma arma para mim.

As palavras foram ditas de maneira tão casual que, por uma fração de segundo, Martin não tinha certeza de que tinha ouvido certo. Oscar precisou só desse momento de hesitação para virar o jogo.

Oscar se virou rapidamente e com o olhar, desafiou Martin a atirar nele a sangue-frio.

O dedo de Martin ficou tenso ao segurar o gatilho, mas não conseguiu. Oscar pegou a mão do advogado. Uma dor pulsante atingiu o pulso de Martin e ele sentiu a arma ser arrancada de seu punho. A sensação de vazio foi da mão para o coração. O plano tinha falhado. Estava tudo acabado.

Martin viu o vulto de metal do revólver ir em sua direção. Sentiu o forte golpe no lado da cabeça e a cascata de dor no crânio. O quarto começou a girar. O chão duro se aproximou e bateu na sua cara. Embaçados, Martin viu pés descalços e um par de sapatos se aproximando rapidamente. Ouviu vozes distantes. Vozes assustadas. Gritos. Então a escuridão tomou conta de tudo, levando Martin com ela.

CAPÍTULO 76

— Você chegou ao seu destino — o GPS anunciou com a voz feminina agradável.

— Cheguei mesmo? — Anna murmurou enquanto freava seu Prius e olhava pela janela para a casa impressionante do outro lado da rua.

Uau, Anna pensou. *Christine Jackson mora aqui?*

A casa tinha o estilo colonial clássico; com dois andares, posicionava-se sobre uma grama verde impecável. Cercas vivas e uma árvore marcavam o caminho curvilíneo de pedras até alcançar os degraus da entrada elegante composta por um pórtico. Anna não ficou hipnotizada somente com a casa, mas com o bairro inteiro. Os rituais corriqueiros do subúrbio aconteciam normalmente na rua pitoresca, localizada no nobre município de Westchester. Jardineiros trabalhavam na frente de algumas mansões vizinhas, aparando e ajustando a paisagem. Em uma casa próxima, uma governanta uniformizada papeava com um carteiro. Mais para frente, Anna viu duas jovens correndo lado a lado. Uma mulher empurrava um carrinho e outra guiava um Yorkshire adorável por uma coleira.

Anna amava a casa modesta que dividia com Martin, e adorava o bairro do Queens, mas aquela rua a fez sentir como se entrasse em um sonho. Toda vez que imaginava o futuro com o marido, era exatamente aquele tipo de rua que almejava: mansões lindas e vizinhos amigáveis. Havia jeito melhor de criar uma família e cultivar um casamento afetuoso e duradouro? Anna não era ingênua nem fútil. Sabia que a fachada perfeita escondia o que acontecia de verdade por trás das cercas vivas e das aldravas nas portas. Era bacana desejar a farsa do

Sonho Americano, mas, no fim das contas, ele quase nunca garantia felicidade. O suposto suicídio de Donald Jackson era prova disso, não?

Ainda atrás do volante, Anna voltou a olhar para a casa da família Jackson e se lembrou de algo curioso. Ela tinha tido dificuldade de encontrar o endereço de Christine Jackson na internet porque Christine e seus dois filhos tinham se mudado apenas uns meses depois da morte do marido. Anteriormente, a família morava em um apartamento de dois quartos no bairro Brooklyn Heights. O antigo endereço realmente parecia com algo que um autor de primeira viagem conseguiria bancar. O que Anna achava peculiar era o estilo de vida que a família tinha conseguido manter depois da morte do Sr. Jackson. O endereço atual certamente indicava uma melhora significativa nas finanças da família. A casa em si devia custar facilmente uns três ou quatro milhões de dólares. Nem o melhor seguro do mundo seria capaz de sustentar aquele estilo de vida por muito tempo.

O mistério que tinha incentivado Anna a pedir folga, levantar-se cedo e dirigir por quarenta e cinco minutos para fora da cidade acabava de ficar mais intrigante. Para ela, estava muito explícito que Damon e os amigos ricos tinham feito bem mais pela família de Donald Jackson do que simplesmente acobertar o suicídio. Mas por que Christine Jackson olharia para Damon daquele jeito na foto se eles tivesse sido leal e generoso? Não fazia sentido. As viagens misteriosas, o suicídio secreto, a foto, tudo isso fazia Anna desconfiar de que havia algo de errado com os novos amigos de Martin. E a julgar pelo semblante inesquecível de Christine Jackson, Anna achava que a viúva do Sr. Jackson poderia ter respostas.

Anna desligou o motor e saiu do carro. Antes que atravessasse, um ônibus escolar amarelo se aproximou e parou em frente à casa dos Jacksons. Depois de uma única buzina, um garoto e uma garota de mais ou menos oito anos saíram da casa aos pulos com mochilas nas costas. Os irmãos espirituosos estavam acompanhados por uma mulher atraente, negra de pele clara. Seu corpo era tão proporcional que o roupão de seda que usava parecia um vestido de gala assinado por algum estilista. O cigarro preso no canto da boca completava o visual matutino chic.

Anna instantaneamente reconheceu a viúva de Donald Jackson.

Christine Jackson beijou e abraçou as crianças, tragando o cigarro enquanto elas entravam no ônibus.

Quando o ônibus amarelo se foi, Christine notou Anna do outro lado da rua, olhando para ela. Se Christine Jackson estranhou ver uma mulher negra que ela não conhecia ou de quem não se lembrava ali no bairro, não demonstrou. Simplesmente deu um sorriso falso, tragou o cigarro mais uma vez e começou a andar de volta para casa.

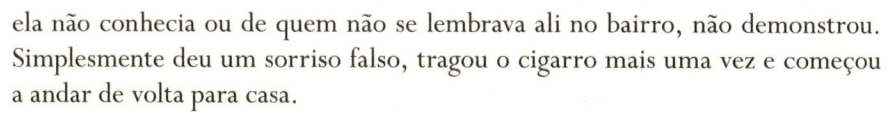

— Sra. Jackson — Anna gritou, atravessando a rua. — Espera. Por favor.

Perplexa, Christine parou e observou Anna se aproximando.

— Oi — Anna falou, tentando parecer inofensiva. — Você é Christine Jackson, não é?

Christine não sorriu de volta.

— Desculpa, nós nos conhecemos?

— Não — Anna respondeu — e eu peço desculpas por te encurralar assim. Eu ia bater na porta, mas aí o ônibus chegou, e você saiu, então—

— Tá, tá tudo bem. Mas quem é você, afinal?

O Mercenário estava parado dentro de um Toyota Camry branco, a um quarteirão de distância, bebendo café em um copo térmico enquanto observava o papo entre a Sra. Grey e a Sra. Jackson.

— Veja só — murmurou para si mesmo. — Que interessante.

O Mercenário não tinha costume de aceitar trabalhos de última hora. Preferia planejar tudo com calma. Era a única forma de garantir que tudo sairia conforme o esperado. Mas quando o cliente ligara às 03h17 oferecendo pagar o dobro do preço normal, tinha ficado tentado a abrir uma exceção. O que o convencera tinha sido a peculiaridade do trabalho. Basicamente, o cliente queria que ele estivesse a postos para agir se necessário. Tinha que vigiar Anna Grey por vinte e quatro horas e aguardar a ordem de extermínio, que poderia ou não acontecer. Se acontecesse, ele receberia a quantia em dobro. Se não, ganharia o valor de sempre só para ficar de tocaia. O Mercenário tinha considerado um ótimo negócio, e, pelo andar da carruagem, ia faturar muito.

O Mercenário trabalhava com o cliente há muitos anos, tinha feito inúmeros serviços. Se o cliente queria que Anna fosse vigiada, provavelmente estavam tendo problemas com o marido, problemas que não seriam solucionados de maneira simples. Em um momento crítico como aquele, a última coisa que o cliente iria querer era ver o problema atual se complicar ainda mais por causa de um problema antigo.

O Mercenário tinha certeza de que aquele encontro entre Anna Grey e Christine Jackson era uma reviravolta inesperada que o cliente ficaria extremamente interessado.

Ele terminou o café e retornou o copo à garrafa térmica. Do banco do carona, pegou uma câmera Canon 5D Mark 2 com uma lente de 400 milímetros. Depois de olhar ao redor para ter certeza de que não estava sendo observado, posicionou a câmera e tirou duas fotos das mulheres. Colocou a câmera de volta no banco e pegou seu iPhone. Abriu um aplicativo chamado *Shutter Shuttle*, que estava conectado ao cartão de memória da câmera através do bluetooth, e rapidamente achou as duas fotos. Ambos eram perfeitos registros em alta resolução das mulheres conversando na entrada da casa de Christine Jackson. Ele digitou um breve e-mail, anexou uma das fotos e apertou "enviar".

O Mercenário recolocou o iPhone no painel, colocou mais café no copo e continuou a observar. Não conseguia ouvir nada do que falavam, mas não tinha importância. Como dizia o ditado, uma imagem vale mais do que mil palavras — ou, nesse caso, valia uma diária bem gorda.

Tudo o que o Mercenário precisava fazer era aguardar uma resposta.

Christine Jackson estreitou os olhos em direção à Anna.

— Você disse que seu marido é Martin Grey? Martin Grey, o advogado?

— Na verdade, sim — Anna respondeu com surpresa. Não esperava que Christine reconhecesse o nome do marido.

Christine viu que Anna estava confusa.

— Eu o vi na TV — ela explicou. Tragou o cigarro e analisou Anna por meio da fumaça. — Então, sobre o que deseja falar, Sra. Grey? Admito que tô muito curiosa.

— Bem, é sobre os nossos maridos, na verdade.

Christine soprou uma onda de fumaça.

— Os nossos maridos? Desculpa, mas deve haver algum engano. O meu marido morreu há alguns anos.

— Sim, eu sei — Anna falou. — E sinto muito.

— Obrigada. — A resposta soava sincera. — Mas, então, sobre o que quer falar?

— Uns amigos do seu marido agora são amigos do meu. E, bom, tô um pouco preocupada.

Christine franziu as sobrancelhas, seu semblante demonstrando cautela.

— Esses amigos, quem são eles exatamente?

— Bom, o Damon Darrell apresentou Martin a eles. É o mesmo grupo que foi naquela viagem de rafting com o seu marido há cinco anos. Agora o Martin tá numa viagem dessas com eles, completamente incomunicável. Eles me contaram o que realmente aconteceu com o seu marido. Mas mentiram primeiro. E... Não sei... Tenho a impressão de que eles estão mentindo sobre outras coisas. Achei que você poderia—

— Achou errado — Christine disse bruscamente. Olhou de um lado para o outro com nervosismo, então encarou Anna. — Agora, escuta. Quero que você saia do meu terreno e nunca mais volte. E não tente entrar em contato. Nem telefonemas, nem e-mails, nada. Entendeu?

Anna se sentia atordoada, como se do nada tivesse recebido um soco.

— Não, não entendo. Eu disse algo errado?

Christine Jackson tragou o cigarro e aproveitou a pausa para olhar para ambos os lados da rua de novo. Finalmente, voltou a olhar para Anna e disse algo perturbador:

— Eu tenho filhos, tá bom? Duas crianças pequenas. Nos deixe em paz. Por favor.

Os olhos da Sra. Jackson se encheram de lágrimas. Ela jogou o cigarro aceso na grama impecável, em seguida se virou e caminhou de volta para a bela casa.

O celular do Mercenário apitou.

Ele afastou o café e checou a tela. Viu o que estava esperando. Como todos os e-mails criptografados do cliente, a resposta à foto era breve e direta. Três palavrinhas decidiam o futuro de Anna Grey.

O Mercenário sorriu depois de ler, em seguida jogou o celular no banco do carona e ligou o carro.

Hora de trabalhar.

A mente de Anna fervilhava enquanto caminhava de volta para o carro. Sentia-se verdadeiramente confusa, como se a reação de Christine Jackson tivesse soltado um parafuso dentro da sua cabeça.

Anna parou no meio-fio para deixar uma van passar, em seguida deu um passo para frente e começou a atravessar. Christine Jackson estava obviamente com medo, mas de quê? Será que Damon e os outros ameaçaram confiscar a bela casa e a vida confortável se ela falasse sobre o que acontecera com o seu marido? Ou era mais do que isso? Parecia que a mulher temia pela própria vida. Mas isso era insensatez, não?

Anna sacudiu a cabeça para clarear a mente e viu algo estranho.

O jardineiro do outro lado apontava freneticamente para o lado direito da rua. O mexicano parecia gritar, mas o aspirador de folhas que carregava nas costas estava abafando a sua—

Uma buzina soou alta.

Anna se virou rapidamente e congelou ao ver um carro branco indo em sua direção. Em uma reação desesperada, Anna atirou os braços para frente como se pudesse se defender do carro em movimento.

Houve um barulho intenso de freios contra o asfalto antes de o carro parar, o para-choque a centímetros de acertar Anna.

Um velho de cabeça-branca colocou o rosto para fora do carro e berrou:

— Presta atenção por onde anda, moça! Sua irresponsável!

— Desculpa — Anna disse, respirando com dificuldade. O coração batia freneticamente. — Foi culpa minha. Me desculpa.

— Tá, tá. — O motorista desviou de Anna e foi embora.

Anna correu até o carro, destrancou a porta e se jogou para dentro. Colocou o cinto como se pudesse protegê-la do que havia acabado de acontecer. Por um momento, apenas ficou ali agarrando o volante, deixando que a onda de adrenalina passasse.

Já chega. Anna já tivera o suficiente. Estava deixando aquela coisa toda de viagem de rafting ir longe demais, já nem conseguia mais pensar direito. Era insensatez pensar que Christine Jackson e os filhos corriam risco de morte. O que quer que fosse que Damon Darrell e companheiros estivessem aprontando, Anna tinha certeza de que não envolvia matar. Eles eram milionários, não assassinos. Anna decidiu de uma vez por todas que pararia de alimentar aquela descrença de grávida. Esperaria Martin voltar, daria a notícia maravilhosa, então iria proibi-lo de ir a nessas viagens de novo e ponto. Fim da história.

Anna se virou e olhou para a casa de Christine Jackson pela última vez. Em seguida girou a ignição e começou a dirigir de volta para casa.

O Mercenário aguardou que o Prius de Anna Grey estivesse a uns dois quarteirões de distância, então saiu de onde estava estacionado e começou a segui-la.

O Camry branco que o Mercenário dirigia era o carro mais comum do país. Esse cuidado, somado à sua excelente habilidade de seguir pessoas, tornava quase impossível que Anna percebesse que estavam na cola dela. De qualquer modo, não havia por que correr riscos desnecessários. Enquanto ficasse a uns quinhentos metros do carro de Anna, o GPS que plantara debaixo do veículo iria informá-lo da exata localização através do aplicativo *Tracker Map*.

Mesmo que a Sra. Grey percebesse a presença dele por um descuido, não tinha a menor chance de ela despistá-lo.

Momentos antes, quando ele vira o carro indo na direção dela, o Mercenário temeu perder a grana extra. Ficou muito aliviado ao ver a mulher escapar da morte, ao menos por hora. A resposta do e-mail que recebera do cliente era inconclusiva, mas promissora.

"Fique bem perto".

Para o Mercenário, "fique bem perto" significava que o que antes era um possível assassinato agora era inevitável. Não sabia o que o cliente ainda precisava resolver antes de puxar o gatilho, mas o que sabia era que Anna Grey não escaparia da morte pela segunda vez no mesmo dia.

CAPÍTULO 77

O fedor era tão forte que ele podia sentir o gosto. Martin assoou para tentar se livrar do cheiro, mas não adiantou. Cada vez que respirava, sentia o cheiro fétido e nauseante.

Martin se forçou a abrir os olhos, deparando-se com a imagem embaçada de figuras pálidas. Piscou e as figuras se tornaram mais nítidas, círculos desbotados e longos borrões. Tornou a piscar e viu olhos.

De cima para baixo, rostos observavam Martin. Dezenas de rostos sujos e fantasmagóricos observando-o.

Martin grunhiu e se sentou de repente. Sentiu uma dor pulsante na cabeça. Gemeu e colocou as mãos sobre a testa. Um galo proeminente perto da têmpora doía ao toque mais leve.

Vozes o incentivaram a se deitar de novo e permanecer parado. Sentiu mãos esqueléticas empurrando seus ombros para que se deitasse. Sobre seu corpo, sentiu um tecido enrolado que soltava uma nova onda de fedor cada vez que ele se movia.

Martin piscou mais uma vez, e os rostos pálidos e sujos ainda estavam ali, ainda mais visíveis. Homens e mulheres o rodeavam por todos os lados. Alguns jovens, outros velhos, uns de meia-idade. Eram sombras de seres humanos anteriormente saudáveis. Cabelos embolados, dentes podres, farrapos de roupas cobrindo corpos finos. E todos fediam. Seus semblantes eram vazios, como se as mentes tivessem se desconectado de suas humanidades há muito tempo.

Martin engoliu para lubrificar a garganta seca.

— Onde eu tô?

Houve uma pausa. Os rostos pálidos e sujos se entreolharam. Finalmente, um homem mais velho se aproximou. O rosto era abatido, o corpo debilitado, mas havia ali uma sabedoria que aparentemente os outros respeitavam.

— Você tá na mina — ele falou. — Você tá com a gente.

— Quê? Que mina? — Ainda deitado de costas, Martin olhou ao redor.

Então se lembrou. Lembrou-se do teto baixo desmoronando, os ninhos de roupas sujas, as câmeras de vigilância camufladas e o cabo vermelho no teto. Estava embaixo da terra. No alojamento dos escravizados.

— Eles te largaram aqui ontem — o escravizado velho explicou. — Deixei você dormir no meu lugar.

Martin gemeu ao se sentar, fazendo uma careta quando sentiu outra pontada de dor. Massageou o galo na testa e a lembrança do golpe da arma de Oscar retornou.

— Talvez você tenha uma lesão na cabeça — o escravizado continuou a falar. — Melhor continuar deitado.

Martin balançou a cabeça.

— Não, eu tô bem. Eu... — Martin de repente reconheceu o escravizado.

Era o mesmo velho que estivera apanhando daquela vez, quando Martin tinha gritado com o guarda para parar de machucá-lo.

— Tem certeza? — o escravizado perguntou.

— Tenho. — Martin analisou a multidão ao redor dele.

Tinham mais pessoas ali do que pensara de início. Todas as almas atormentadas que viviam no alojamento deviam estar ali, olhando para o antigo Senhor preto, mesmo assim, Martin não se sentia ameaçado.

— Não leve a mal — Martin disse, de modo geral —, mas por que ainda tô vivo?

— Porque eles mandaram não encostar em você — um homem alto falou do fundo. Ele era o mais alto de todos, com o físico debilitado de um homem que teve sua força corroída pela escravidão. — Do contrário — ele continuou —, eu teria quebrado tua cara preta.

A maioria dos escravizados imediatamente olhou para o grandão, mandando que calasse a boca.

O velho escravizado se virou para o homem, recriminando-o.

— Vincent, você é um estúpido. Ele não é um deles. Ele arriscou a vida pra nos ajudar.

A maioria dos outros escravizados assentiu.

Um jovem se separou da multidão para se aproximar de Martin. Ele parecia estar mais saudável do que os outros e sua roupa, que incluía uma camiseta de *Seinfeld*, não estava tão gasta.

— Não liga pro Vincent — o jovem disse a Martin. — Todos nós sabemos o que fez... Ou o que tentou fazer. Sou Louis Ward, de Southdale, Minnesota. Tô aqui há três meses. — Então Louis fez algo que pegou Martin de surpresa. Ele estendeu a mão.

Por um instante, Martin não conseguiu se mover, a situação parecia surreal demais. Quando finalmente esticou o braço e apertou a mão de Louis Ward, a sombra de um sorriso surgiu no rosto do escravizado, demonstrando gratidão.

O velho escravizado estendeu a mão para Martin também. Comparada às mãos de Martin, a do velho parecia um monte de gravetos de tão frágil.

— Meu nome é Otis Rolley — o velho declarou com uma disposição surpreendente. — Costumava viver em Fairbanks, Louisiana. Louis é o mais novo aqui e eu, o mais velho. Dezesseis anos.

Martin se arrepiou com o número. Perder tanto tempo de vida num lugar tão horrível era inimaginável.

Um homem de meia-idade se aproximou em seguida. Estava calvo e seu olho esquerdo parecia inerte e sem vida. Falou com um leve sotaque sulista.

— Robert Moore, de *Sandy Spring, Georgia*. Acho que tô nesse inferno há sete anos e três meses. Meio difícil saber ao certo. — Quando Robert segurou a mão de Martin, não chacoalhou, só deu um aperto firme.

Outros escravizados sentiram a necessidade de se aproximar e se apresentar para Martin. Alguns apertaram sua mão, outros deram tapas em seu ombro, outros só falaram o necessário e voltaram aos seus lugares. Martin não entendia exatamente o que estava acontecendo, até que uma mulher usando um vestido esfarrapado deu um passo à frente. Parecia ter pouco mais de trinta anos. Nem o peso de anos de trabalho árduo escondia o fato de um dia ter sido muito bonita.

— Meu nome é Helen, sou de Far Hills, Nova Jersey — a mulher disse. Ela puxou para frente um garoto que parecia ter uns treze anos. — E esse é o meu filho, Aaron. Ele nasceu aqui embaixo. — Ela apontou por cima do ombro. — Bem ali naquele canto.

Diferentemente dos semblantes fechados dos outros escravizados, o adolescente tinha uma expressão curiosa no rosto, quase uma caricatura.

— Você não tá com medo? — ele perguntou. — Eles vão te matar, sabe. Como eles mataram o outro homem.

— Aaron! — a mãe repreendeu, puxando-o de volta para trás.

Um silêncio desconfortável tomou o cômodo.

Martin entendeu. Os escravizados não estavam agradecendo por arriscar a vida, estavam agradecendo por se sacrificar. Ele ia morrer. Nunca voltaria para casa, nunca mais veria a esposa... Assim como Donald Jackson.

Martin se virou para Otis.

— Donald Jackson? É dele que o menino fala? Trouxeram ele aqui também?

Otis concordou com a cabeça.

— Trouxeram. Mas ele tava bem pior do que você. Tinha tomado um tiro. Sangrava muito, tava quase morto. Aí eles vieram e levaram ele embora.

Ouvir a descrição das lesões de Donald Jackson fez Martin se lembrar de outra coisa.

Alice.

— Uma garota foi açoitada ontem — Martin disse a Otis. — Deixaram ela no estábulo, muito machucada. O nome dela é Alice. Sabe o que aconteceu com ela?

Otis franziu o cenho.

— Sei.

— Ela tá morta?

Não existia razão lógica para Martin se importar tanto com uma garota que mal conhecia quando sua própria vida estava ameaçada, mas se importava. Era como se a vida dele e a de Alice estivessem conectadas de certo modo. Ele tinha essa sensação ansiosa e irracional de que enquanto Alice estivesse viva, havia esperança.

No lugar de responder à pergunta de Martin, o velho se virou para Louis.

— Ajude ele a levantar.

Louis estendeu a mão e ajudou Martin a ficar de pé. Martin sentiu uma pontada de dor atrás dos olhos, que logo sumiu.

— Venha — Otis falou.

A multidão se dividiu para que Martin seguisse Otis. Enquanto caminhava por fileiras e mais fileiras de pequenas áreas de dormir, percebeu algo estranho.

O cheiro terrível que incomodava seu nariz há momentos atrás agora era quase imperceptível.

Otis parou próximo a uma mulher velha que estava sentada no chão, segurando a mão de uma mulher inconsciente.

Era Alice. Seu semblante era tão calmo que parecia morta.

— Trouxeram ela pra cá junto com você — Otis explicou. — Ela tá com uma febre bem alta. Minha esposa limpou as feridas dela, mas... — Franziu o cenho. — Como eu te disse, tô aqui há muito tempo. Vi homens morrerem por muito menos.

Martin sentiu uma pontada de culpa. Esfregou a mão direita contra a calça para eliminar a memória do chicote no punho.

— Ela é uma garota forte — a esposa de Otis disse.

Martin olhou para baixo e viu a mulher secando a testa de Alice com um pano sujo. Alice gemeu e moveu a cabeça antes de retomar o sono tranquilo.

— O que acha? — Martin perguntou para a mulher idosa. — Ela é forte o bastante pra viver?

— Não sei — a mulher respondeu, balançando a cabeça com incerteza. — Tudo depende.

Martin temia perguntar:

— Depende do quê?

— Descanso. — A mulher pronunciou a palavra como se fosse sagrada. — Ela precisa descansar muito. Se não a fizerem trabalhar logo, acho que ela tem uma boa chance. Mas só se descansar.

Martin observou o corpo inconsciente de Alice.

— Eles não fariam ela trabalhar nessa condição. Fariam?

A mulher abaixou os olhos e voltou a secar a testa de Alice.

Martin se virou para Otis e para o grupo de escravizados que os havia seguido até o leito de Alice. Martin olhava para eles com a pergunta queimando os olhos, mas a única resposta que recebeu foi um silêncio desolado.

Um barulho alto de metal chamou a atenção de todo mundo para a porta do alojamento. O aço pesado rangeu ao abrir e quatro guardas uniformizados entraram rapidamente, flanqueando a porta. Em seguida entrou o líder, Roy, o mesmo homem que guiara Martin e Damon pela mina no dia anterior.

— Beleza, todo mundo andando — Roy ordenou. — Não tô com paciência pra palhaçada hoje.

Os escravizados passaram por Martin a caminho da porta. Alguns deram tapas no ombro dele, apertaram sua mão ou apenas trocaram olhares por um momento. Otis e a esposa deixaram Martin depois de anuírem com a cabeça, seguindo os guardas em direção ao trabalho. Vincent, o grandalhão, parou diante de Martin e o olhou dentro de seus olhos.

— Vincent — Roy berrou —, continua andando.

Vincent ignorou a ordem e estendeu a mão para Martin.

— Vincent Clarke — ele falou. — Charlottesville. Três anos.

Martin apertou a mão de Vincent.

— Caralho, Vincent, não vou me repetir!

Vincent assentiu para Martin, então seguiu os outros para fora. Roy passou por Martin como se ele não estivesse ali e olhou para Alice dormindo. Usou a ponta da bota para sacudi-la.

— Ei.

Pingando de suor, Alice gemeu e se remexeu.

Martin trincou o maxilar ao ver Roy chutá-la de novo, com mais força.

— Me ouviu? — Roy insistiu. — Hora de trabalhar.

Alice grunhiu e se mexeu mais. Tentou abrir os olhos, mas estava muito fraca.

Roy suspirou.

— Não acredito nessa merda.

— Não vê que ela tá doente demais pra trabalhar? — Martin falou.

Roy se virou rápido e deu um soco no estômago de Martin. O advogado arfou e caiu no chão, curvando-se em posição fetal graças à dor. De repente tudo o que via eram as botas polidas de Roy.

Roy olhou para o corpo de Martin com total desprezo.

— Não ouse falar comigo, traidor. — Roy se voltou aos guardas na porta. — Dois de vocês levem esse pedaço de merda pra casa principal. Estão esperando por ele.

Um dos guardas apontou para Alice.

— E ela?

Roy observou a garota murmurando coisas incoerentes.

— Deixem aí. Se ela não conseguir trabalhar amanhã, enterrem. — E com isso, Roy saiu.

Martin se virou para conseguir olhar para Alice pela última vez. Podia ver que ela estava se acalmando de novo, voltando a dormir.

Martin foi segurado pelos braços e erguido do chão.

— Hora de morrer, seu puto — um dos guardas disse com um rosnado, e Martin foi arrastado para fora.

CAPÍTULO 78

—Martin, coma alguma coisa. Por favor — Dr. Kasim falou, gesticulando para o banquete disposto em frente a eles. — Com certeza deve estar com fome depois da aventura de ontem à noite.

Martin e o Dr. Kasim estavam na sala de jantar, sentados em lados opostos da mesa. Dr. Kasim vestia um robe africano estampado; o cajado de caminhada apoiado na ponta da mesa. Martin ainda usava a jaqueta e a vestimenta esportiva da noite anterior.

A mesa estava posta perfeitamente como de costume, contendo tudo desde panquecas e waffles até ovos poché e presunto fresco. Um vaso com flores alegres ocupava o centro.

Martin não tocou em nada. Com o prato vazio a sua frente, apenas ficou ali parado encarando, em choque, os homens ao lado do Dr. Kasim.

Os dois guardas-florestais brancos.

Sentados um de frente para o outro, ambos usavam os uniformes habituais: camisa verde e calça cáqui. Os chapéus de abas largas estavam ao lado dos respectivos pratos. O guarda mais velho era alto e de peito largo; havia mais cabelo na sua cara do que na cabeça. O parceiro devia ser uns dez anos mais jovem, bem magro, com um cabelo preto mais longo do que deveria ser, considerando a profissão. Os homens se estufavam com ovos, panquecas e café, aparentemente sem notar Martin.

— Algum problema, Sr. Grey? — Dr. Kasim perguntou. — Se quiser algo que não está aqui, mando uma das garotas pegar. — Ele gesticulou para as escravizadas brancas que aguardavam próximas à parede. Uma delas era Felicia.

Martin não respondeu, sua mente tomada pela descrença. O fato de que os dois homens brancos sentados ali eram cúmplices da insensatez do Dr. Kasim era demais para ele. Agora estava explícito por que Oscar tinha cedido tão facilmente. O plano de Martin estivera fadado ao fracasso desde o início. Dr. Kasim não convidara os guardas somente para esfregar aquilo na cara de Martin, também estava deixando explícito que Martin não fazia ideia da extensão do seu poder.

— O que houve? — o guarda-florestal mais novo questionou, esticando-se para pegar mais linguiça e olhando para Martin pela primeira vez. — Não gosta da nossa companhia?

Quando Martin não disse nada, Dr. Kasim interveio:

— Bobagem, o Sr. Grey adora vocês, brancos. Pelo visto, mais até do que a própria vida.

Martin olhou com raiva para o velho doutor.

Dr. Kasim retribuiu com um sorriso minúsculo que era quase agradável.

— Você devia provar as panquecas, viu — o guarda mais velho sugeriu. — Estão uma delícia. — Então se virou e estalou os dedos para Felicia. — Serve umas panquecas pra ele.

— Sim, senhor — Felicia se aproximou da mesa, retirou duas panquecas da fôrma aquecida e as colocou no prato de Martin, e logo retornou para o seu lugar.

Martin nem olhou para as panquecas.

— Você devia mesmo provar — Dr. Kasim aconselhou. — Foram feitas com a receita da sua esposa. Combina com a importância dessa refeição, não acha?

As palavras atingiram Martin em cheio; era a forma do Dr. Kasim de jogar sal na ferida.

— Prove um pedacinho. Depois do esforço que fiz, esse é o mínimo que—

— Não quero porra de panqueca nenhuma! — Martin berrou, pondo-se de pé e dando um soco na louça. Pratos e talheres foram ao chão com um estalo.

— Se você acha que eu vou ficar sentado aqui batendo papo, tá redondamente enganado!

Ambos os guardas-florestais se levantaram, mas antes que pudessem agir, a porta da sala de jantar se abriu e dois seguranças entraram com armas em punho.

Dr. Kasim ergueu a mão.

— Está tudo bem. Tudo bem.

Os seguranças pararam, mas continuavam dispostos a atacar.

Dr. Kasim olhou para Martin.

— Sente-se, Sr. Grey. Temos muito o que conversar e seria melhor fazer isso sem precisar te algemar.

Martin voltou a se sentar.

Com um aceno do doutor, os seguranças e as duas escravizadas assustadas deixaram o cômodo. Em seguida, ele sorriu para os guardas-florestais como se nada tivesse acontecido.

— Obrigado por virem tomar café da manhã comigo. Podem esperar por um pequeno extra esse mês.

Gratos, os guardas concordaram com a cabeça.

Os dois pegaram seus chapéus e se dirigiram para a porta. Nem um deles olhou na direção de Martin. Era como se, para eles, ele já tivesse deixado de existir.

No instante em que a porta foi fechada, Dr. Kasim apontou para Martin.

— Esse fogo em você. É o sangue Zantu que tanto tenta negar.

— Porra nenhuma — Martin respondeu bruscamente. Responder aquilo lhe trouxe um prazer bem maior do que a louça no chão. Depois de ter revelado a sua verdadeira face, não precisava mais aguentar os monólogos entediantes do Dr. Kasim. — A teoria do ruído negro que inventou, uma puta palhaçada — ele continuou. — Você não é um filósofo nem um líder espiritual, muito menos um doutor. É só um velho raivoso e cruel.

Por um momento, Dr. Kasim se limitou a acariciar as pontas de seu bigode branco e sorrir levemente.

— Foi gostoso? — ele finalmente disse. — Deve ter sido difícil esconder o que sentia de verdade nos últimos dias.

— Nem imagina o quanto, velhote.

— Estou prestes a te provar que está errado, Martin. — Dr. Kasim se virou para a porta, levantando a voz. — Traga.

Um dos guardas entrou, colocou um envelope marrom explícito em frente a Martin, então os deixou sozinhos de novo.

Martin observou o envelope. Não podia imaginar o que estava ali dentro; ainda assim, estava aterrorizado.

— Vá — Dr. Kasim incentivou —, abra.

Martin soltou a corda vermelha e abriu a parte superior. Ao colocar a mão dentro do envelope, teve a sensação de oferecer os dedos à boca de um leão faminto.

Martin removeu uma fotografia impressa em papel de tamanho padrão. Era uma imagem externa e parecia produto de uma daquelas câmeras profissionais de vigilância. Era a foto de Anna conversando com uma mulher que ele não reconhecia. Mas o fato de que Dr. Kasim o deu uma foto da esposa já dizia o suficiente. O medo e o desespero aumentaram exponencialmente.

— O que... É isso? — A voz de Martin falhou.

Dr. Kasim não respondeu de imediato, deixando o momento se prolongar.

— Isso, Martin, é a sua esposa. Arrumando problema.

— Não... Eu não entendo.

— Aquela mulher com quem ela está falando, o nome dela é Christine Jackson. A viúva de Donald Jackson.

Martin ficou rígido.

— Agora, por que acha que sua mulherzinha intrometida se daria ao trabalho de ir atrás da Sra. Jackson?

— Eu... Não sei — Martin balançou a cabeça. — Ela tava só preocupada com a viagem. Não é uma ameaça pra vocês.

— Talvez não, talvez sim. — Dr. Kasim se inclinou para frente. — Se eu fosse um velho cruel, como você disse, ela já estaria morta, não é mesmo?

— Por favor — Martin implorou. — Deixe a Anna fora disso.

— Você não notou? Foi ela quem entrou na história. Aliás, sua mulherzinha intrometida não é o único familiar com quem tem que se preocupar.

Martin ficou confuso.

— O quê? Do que tá falando?

Dr. Kasim baixou os olhos para o envelope.

— Você ainda não acabou.

Com a mão trêmula, Martin retirou outra fotografia do envelope. Era outra imagem de Anna. Estava sozinha e parecia sair de um prédio. Incerto, Martin olhou para o Dr. Kasim.

— O que isso quer dizer?

Dr. Kasim colocou café em uma xícara.

— O edifício que ela está deixando — ele explicou — é um centro médico.

— Centro médico?

Dr. Kasim adicionou leite ao café.

— Ela está saindo do consultório da obstetra dela.

— Mas isso não faz sentido. Anna não tem uma— Martin parou de falar quando percebeu o olhar do Dr. Kasim, um olhar que o forçou a enxergar a verdade. — Não, isso é impossível. Ela teria me contado.

Dr. Kasim bebericou do café calmamente, em seguida disse:

— Anna está com oito semanas, Martin. Ela acabou de descobrir. Com certeza está ansiosa que você volte para contar a notícia maravilhosa.

Martin recuou, emocionado. Anna, grávida? Era muito para absorver, difícil de acreditar.

— Como sabe disso? — Martin perguntou, sentindo lágrimas nos olhos. — Como eu sei que não tá mentindo?

Dr. Kasim deu outro gole no café, então colocou a xícara sobre a mesa.

— Eu preciso mesmo responder? Isso importa?

Martin sabia que ele estava certo. A resposta era óbvia. Os contatos do Dr. Kasim, sabe-se lá quem fossem, sabiam de tudo, e estavam vigiando Anna. Vigiando cada passo que ela dava.

Trincando os dentes, Martin falou:

— Se você machucar a minha esposa, eu—

O semblante entediado do Dr. Kasim fez Martin parar de falar. Aquela era uma ameaça infundada e os dois sabiam.

— Podemos dar um jeito — Martin disse. — Nunca vou falar sobre Forty Acres pra ninguém. Eu juro. Você pode vigiar a gente pra ter certeza.

Dr. Kasim apenas o observou. Sem se mover. Aguardando que Martin aceitasse o inevitável.

Martin murchou; mais lágrimas escorreram pelo seu rosto.

— Por favor. Vou fazer o que mandar. Qualquer coisa. Só, por favor, não machuca ela. Não machuca... Eles. Tô implorando.

Dr. Kasim ergueu a mão.

— Isso não é preciso. Apesar de não parecer, Martin, não sou cruel. Só faço o que precisa ser feito, nada mais. E, com certeza, nada menos. Essa situação pode ser resolvida sem sua família sair ferida.

Martin olhou para a fotografia de Anna saindo do prédio. Seu rosto estava um pouco embaçado, mas podia identificar o sorriso nos lábios. Podia ver a felicidade nos olhos. Pensar naquela felicidade se esvaindo quando Anna descobrisse o que iria acontecer com ele, acabava com Martin.

— Martin, está me ouvindo?

O advogado assentiu, abalado demais para conseguir falar.

Dr. Kasim se inclinou para trás, cruzou as pernas e entrelaçou as mãos sobre o colo.

— Vai acontecer o seguinte — ele começou. — Daqui a alguns minutos, o Oscar vai te levar até a floresta para orquestrar sua trágica morte acidental. Você vai cooperar totalmente. Se tudo correr bem, sua esposa e seu filho vão viver confortavelmente até o fim de suas vidas. Mas se houver o mínimo obstáculo... Bom, acho que sabe o que vai acontecer. Não faço ameaças à toa, Martin. O futuro da sua família está nas suas mãos. Entendeu?

Martin concordou com a cabeça.

— Diga — Dr. Kasim insistiu. — Olhe para mim e diga que entendeu.

Martin desgrudou os olhos arrasados da fotografia.

— Eu entendo — respondeu. — Vou fazer tudo o que o Oscar disser.

Um sorriso satisfeito surgiu nos lábios do Dr. Kasim.

— Ótimo. Está fazendo a coisa inteligente para a sua família. — Dr. Kasim virou para a porta e levantou a voz mais uma vez. — Ele está pronto.

CAPÍTULO 79

Escoltado por dois guardas, Martin saiu da casa principal, adentrando a varanda. Já tinha se passado metade da manhã e o céu estava limpo, uma imensidão de azul sem o mínimo resquício de branco. A luz do sol era aconchegante e a brisa espalhava o aroma do jardim da frente.

Era um lindo dia para morrer.

Solomon, Tobias, Kwame, Carver e Damon estavam ali na varanda, entre Martin e as escadas. Atrás do comitê de despedida, Oscar estava ao lado de um Land Rover azul, aguardando-o na entrada.

Os cinco homens olhavam para Martin, sem um pingo de compaixão ou pena. Martin sentiu como se estivesse de frente para um pelotão de fuzilamento.

— Pensei que você fosse mais esperto, filho — Solomon falou, balançando a cabeça. — Pensei mesmo.

— Não acredito que você ia nos entregar — Tobias disse. — Isso é desumano, irmão.

— Irmão? — Kwame praticamente cuspiu a palavra. — Você traiu o nosso povo. Não é nada pra nós.

Surpreendentemente, Carver era o menos irritado. Na verdade, parecia quase satisfeito.

— Você nunca me enganou — ele disse com um sorriso. — Sabia que era um covarde desde a primeira vez que vi a sua cara.

Damon era o mais afetado pela traição de Martin. O semblante do advogado era uma mistura de raiva e angústia. Os olhos desolados estavam cheios de lágrimas.

— Eu confiei em você — Damon disse, trincando os dentes. — Estendi um puta tapete vermelho pra você... E é assim que retribui? Por quê?

Martin olhou dentro dos olhos de Damon.

— Você sabe o porquê. — Ele se virou para os outros. — Vocês todos sabem. No fundo, sabem.

— Cala a boca! — Damon avançou, dando um soco no maxilar de Martin. A cabeça de Martin pendeu para o lado e ele caiu com um joelho no chão.

— Damon! — Oscar gritou da entrada.

Foi o suficiente para Damon se afastar.

Quando Martin se levantou, o lábio inferior sangrava.

— Leva isso pro túmulo, caralho — Damon disse com um rosnado.

Martin encarou Damon, enxugando a boca com as costas da mão.

— E você, lembre de quem me mandou pra lá.

Uma faísca de incerteza brilhou nos olhos irritados de Damon.

— Tragam-no — Oscar disse aos guardas. — Vamos acabar com isso. — Damon e os outros saíram do caminho, permitindo que os guardas escoltassem Martin pelos degraus até o veículo.

O gerente não usava o costumeiro terno branco, mas sim uma calça cáqui e botas de trilha; um traje bem mais apropriado para um tour pelo mato. Oscar se colocou no caminho de Martin e o olhou nos olhos. — Se não tivéssemos que nos preocupar com ferimentos suspeitos, eu faria coisa bem pior do que um soco. Acredite. — Ele se voltou para os dois guardas musculosos. — Jamel, Russell, vão atrás com o Sr. Grey no meio.

Enquanto Jamel e Russell colocavam o prisioneiro na parte de trás do Land Rover, Oscar se virou para Damon, que ainda estava na varanda junto com os outros.

— Sr. Darrell, você pode ir na frente comigo.

Solomon, Tobias, Kwame e Carver pareciam surpresos com o convite de Oscar, mas ninguém estava mais surpreso do que o próprio Damon.

— Não. Não, obrigado — Damon respondeu, balançando a cabeça com convicção. — Prefiro ficar aqui esperando com os outros.

— Eu temo precisar insistir — Oscar falou. — O doutor me deu ordens expressas para que você viesse comigo e observasse. Considerando sua conexão com o Sr. Grey, acho que o porquê fica óbvio.

Todos olharam para Damon.

— Tá falando sério? O Dr. Kasim quer me punir me fazendo ver?

Oscar franziu a testa.

— Acho que o doutor consideraria mais como um momento de aprendizado. Na verdade, ele mencionou que pretende conversar com você sobre isso quando voltarmos. Agora, se não se importa, Sr. Darrell, temos que ir andando.

Apertado entre os dois guardas na parte de trás do Land Rover, Martin viu Damon jogar as mãos para o alto em desistência, então caminhar em direção ao veículo. Quando Damon abriu a porta do carona, olhou para Martin antes de se sentar. Naquela rápida troca de olhares, Martin achou ter detectado medo nos olhos de Damon. Era uma coisa sentenciar um homem à morte, outra bem diferente era participar do assassinato. Nervoso, Damon se atrapalhava ao tentar colocar o cinto, e Martin notou que a ansiedade de Damon se devia a algo bem mais comum, algo natural a qualquer ser humano. Nunca se mova em direção à morte, mova-se para longe, porque se chegar perto demais, ela pode te pegar também.

Oscar engatou a marcha no Land Rover e eles começaram a se afastar.

Martin olhou para trás em direção à varanda. Os homens observavam sua partida, inertes e frios como as estátuas no jardim. De repente, uma das estátuas se moveu.

Era Carver, dando o dedo do meio e gargalhando.

CAPÍTULO 80

O Land Rover azul sacolejava se movendo em meio à mata.

Com exceção do barulho do motor e da lataria, um silêncio desconfortável reinava dentro do carro.

Martin olhava para a floresta através da janela, mas seu pensamento estava longe, em Anna. Sabia que a esposa ficaria devastada com a sua morte, principalmente considerando a gravidez, mas ela era forte. Além disso, Anna era sensata. Tinha confiança de que ela conseguiria se manter firme pelo bem do bebê e seguir a vida. Saber que Glen e Lisa estariam lá para ajudá-la também acalmava Martin. E, lógico, havia a promessa do Dr. Kasim. Martin não dava a mínima para os benefícios financeiros prometidos pelo doutor, Anna conseguiria se sustentar bem com seu trabalho de enfermeira, o que importava para ele era a garantia de que Anna e o filho estariam a salvo.

Depois de quase vinte minutos, o silêncio foi enfim rompido. Damon se virou para Oscar e perguntou para onde estavam indo.

— Pro rio — Oscar respondeu, sem tirar os olhos do caminho à frente. Estavam longe da estrada pavimentada agora, cortando por árvores e arbustos densos. — Escolhi um lugar a mais ou menos um quilômetro de onde geralmente atravessamos.

Martin tinha se contido para não fazer perguntas, mas agora que sua morte ganhara um desfecho explícito, percebeu que não havia mais nada a perder.

— Então é assim que eu morro? Afogado?

Oscar olhou para Martin pelo retrovisor. Martin podia sentir que o gerente o analisava, tentando decidir se o prisioneiro estava preparado para ouvir a sentença. Quando Oscar respondeu, seus olhos ainda estavam fixos no reflexo de Martin. O momento era tão íntimo que parecia que estavam sozinhos no carro.

— Será um acidente de rafting — Oscar respondeu, retornando à atenção para a estrada. — O bote virou e a água te levou para longe, o capacete ficou perdido, então bateu com a cabeça nas pedras, e aí, tragicamente, você morreu. — Oscar olhou para Martin de novo pelo retrovisor. — Alguma outra pergunta?

— Jesus — Damon murmurou, recebendo um olhar de Oscar.

Os detalhes da morte iminente não assustaram tanto Martin, mas o deixaram incerto. A maioria das pessoas provavelmente acreditaria no cenário orquestrado por Oscar, mas Martin duvidava de que Anna seria uma delas. Anna era campeã quando o assunto era se preocupar. Martin achava essa característica ora adorável ora insuportável. Fora a preocupação de Anna que a levara a desconfiar da morte de Donald Jackson, e, a julgar pela foto do Dr. Kasim, não tinha deixado essa suspeita para lá. Quando recebesse a notícia da morte de Martin de maneira similar, Anna ficaria ainda mais encucada. Havia uma grande chance de que, passado o baque inicial, ela começasse a investigar e a fazer perguntas desconfortáveis. Quanto mais Martin pensava a respeito, mais tinha certeza de que, se dependesse de Anna, aquela história não colaria.

Mas Dr. Kasim e Oscar deviam saber disso. Por que eles arriscariam um plano tão óbvio sabendo que Anna causaria mais problemas? A menos que...

Enquanto o Land Rover o aproximava cada vez mais do que seria seu destino final, Martin sentiu a verdade atingi-lo em cheio. Dr. Kasim havia mentido para ele. No momento em que Anna aparecera na casa da viúva de Donald Jackson, tinha assinado a própria sentença de morte. A única razão de não a terem matado ainda era porque o *timing* não era certo. Seria muita coincidência se Martin e Anna morressem com poucos dias de diferença um do outro, de maneiras diferentes e em lugares distintos. Considerando as pessoas envolvidas, a imprensa pularia na história de primeira. Não, o mais inteligente era matar Martin primeiro, então armar o suicídio de Anna algumas semanas depois. A esposa grávida, profundamente deprimida e consumida pela descrença, corta os pulsos ou ingere uma dose letal de calmantes. Martin percebeu com horror que não estava se sacrificando para salvar Anna e o filho. Na verdade, era o completo oposto. Involuntariamente, estava prestes a ser cúmplice no assassinato de sua família.

O carro colidiu com alguma protuberância no solo que sacudiu o veículo com força. O súbito movimento fez Martin despertar da sensação de desesperança que o tomara. Quando a picape se estabilizou novamente, Martin tinha um novo propósito.

Ele precisava escapar.

O carro sacudiu com mais um impacto. Martin aproveitou para espiar os guardas ao seu lado. As armas penduradas nos ombros estavam em seu alcance, mas teria dificuldade por conta do espaço pequeno. Se Martin tentasse pegar a arma, os guardas iam impedi-lo em meio segundo. Não teria tempo de disparar um único tiro.

Não, precisava pensar em outra coisa.

O rio e o volume de água surgiram na sua linha de visão entre as árvores, deixando Martin desesperado. Não tinha muito tempo.

Oscar parou o Land Rover perto de uma clareira a uns quarenta metros da margem do rio e mandou que todos saíssem. Os dois guardas ficaram bem próximos de Martin enquanto ele saía pela porta de trás. O barulho da água corrente agora era mais alto e o ar, denso com a umidade. Martin fez o possível para olhar ao redor sem chamar atenção. Considerou correr, mas a mata fechada impediria que escapasse com agilidade. Na tentativa fadada ao fracasso, Oscar e os capangas iriam se divertir caçando Martin como um animal amedrontado.

Martin percebeu que Damon o observava. Não tinha certeza se o advogado podia perceber o que planejava ou se somente nutria uma curiosidade macabra sobre como um condenado reagiria a caminho da forca.

Oscar guiou todo mundo para a parte de trás do veículo, abrindo o porta-malas em seguida. Havia duas bolsas pretas esportivas ali dentro, e nada mais. Oscar pegou uma das bolsas e a jogou aos pés de Martin.

— Tire tudo o que está usando, menos a camisa e a cueca — ele falou — e vista o que está na bolsa. Não leve o dia todo. — Então, para Damon: — E você, ajude. — Enfim, Oscar se virou para os guardas e disse que já voltava.

Confusos, Martin e Damon observaram Oscar partir em direção ao rio. Martin tentou ver para onde ele ia, mas a mata atrapalhava.

— Bom, você ouviu — Jamel resmungou para Martin. — Anda logo e se troca.

Martin abriu o zíper da bolsa, revelando uma jaqueta azul e cinza além de calças. Parecia um tipo de traje de atleta, mas o material à prova d'água com a figura de um remo eram indicativos de que se tratava de roupas de rafting. Havia também luvas de remo, botas de borracha e um colete salva-vidas laranja, tudo o que era necessário para pintar Martin como o esportista azarado. Ao observar os itens na bolsa, Martin pensou em outra coisa. Tudo aquilo serviria muito bem para que se salvasse ao escapar pulando no rio. Por ter atravessado dois dias antes, sabia que as águas eram impiedosas, então a chance de sobreviver era mínima, mas, ao menos, teria uma chance.

— Falei pra andar logo, não pra fazer um inventário — Jamel reclamou.

Martin se despiu e começou a vestir o traje de rafting. Sem nada para fazer, Damon se sentou no para-choque do Land Rover. O porta-malas ainda estava aberto. Ao terminar de se vestir, Martin percebeu Damon fazendo algo curioso. Aproveitando a distração dos guardas, Damon olhou para a bolsa que ainda estava no porta-malas. Não foi uma olhadela rápida, e sim, um olhar intenso. E Martin notou outra coisa no olhar de Damon. Era similar ao semblante assustado que Martin vira antes, quando Damon tinha entrado no Land Rover.

Quando Damon olhou de novo para Martin, não era em seu rosto que focava. Observava a roupa que Martin agora usava, como se o traje fosse nocivo de algum modo.

De repente, Martin entendeu.

Damon Darrell estava preocupado que Martin Grey não seria o único a se afogar naquele dia. Damon temia que a segunda bolsa contivesse o seu próprio traje. Ele quem tinha jurado em nome de Martin e o levado para Forty Acres. Ainda que Damon e Martin não estivessem de conchavo, Damon ainda era o responsável por colocar o feudo do Dr. Kasim em perigo. Fazia sentido que a punição para essa transgressão fosse mais do que um passeio pelo bosque.

Damon estava com medo.

Martin percebeu que o instinto de autopreservação de Damon podia abrandar a raiva e transformá-lo no aliado do qual tanto precisava. Trabalhando juntos, tinha mais chances de escapar. Mas Martin podia convencê-lo a mudar de lado? Se Martin falhasse e Damon o traísse, a mínima chance que tinha de escapar se esvairia. Ainda assim, Martin precisava tentar. Damon era esperto e tinha instintos afiados. Ele tinha que reconhecer o mau presságio. Além disso, tinha a amizade deles. Martin se surpreendeu mais cedo ao ver lágrimas nos olhos de Damon. Apesar de tudo o que acontecera, Martin sabia agora que, antes de Forty Acres, o laço que tinham formado fora genuíno. Talvez aquilo fizesse a diferença.

Enquanto fingia fazer os ajustes finais no traje, Martin encontrou o olhar de Damon. Encarou-o fixamente, em seguida desviou o olhar para a bolsa remanescente e de novo para ele. Era uma declaração silenciosa que ele esperava fosse interpretada de uma maneira: *você é o próximo*.

Martin prendeu a respiração.

De início, Damon não esboçou nenhuma reação; apenas olhou para Martin de volta. Em seguida se levantou, deu alguns passos para frente, e olhou dentro dos olhos de Martin. Ele franziu a testa e balançou a cabeça com desdém.

— Boa tentativa, otário — ele disse.

— O que houve? — Oscar perguntou, reaparecendo subitamente na clareira.

As palavras chamaram a atenção dos guardas. Todos agora olhavam para Damon, aguardando uma resposta.

Oscar revezou o olhar entre os dois advogados, antes de finalizar se voltando a Damon:

— Bom, aparentemente, perdi alguma coisa. O que foi?

Martin ficou tenso, esperando que Damon o entregasse, mas o outro somente balançou a cabeça.

— Não foi nada — respondeu. Então, buscando mudar de assunto, Damon perguntou aonde Oscar tinha ido.

Oscar obviamente não se convenceu com a resposta, mas o que quer que tivesse acontecido entre os dois não parecia importante o suficiente.

— Fui escolher o melhor lugar — explicou para Damon. — Melhor do que nós cinco vagando na beira do rio.

Oscar olhou para o traje de Martin. Balançou a cabeça, aprovando.

— Bom trabalho, Sr. Grey.

— Por favor, conta isso pro Dr. Kasim — Martin respondeu. — Ele fez uma promessa.

Oscar desconsiderou o apelo de Martin. Ele pegou a segunda bolsa do porta-malas, fechou e disse aos guardas:

— Peguem ele e me sigam.

Enquanto Oscar se movia na frente do grupo, Martin percebeu Damon olhando de novo para a bolsa. Decidindo arriscar de novo, Martin lançou um olhar alarmado a Damon.

Damon bufou quando viu, mas enquanto o grupo se encaminhava para o rio, Damon ficou para trás.

— Oscar, espera — Damon falou. — Acho que vou ficar aqui na picape.

Oscar se virou, repreendendo-o com o olhar.

— Eu sei o que o doutor quer — Damon explicou —, mas não tenho estômago pra isso. Explico pra ele quando a gente voltar.

A justificativa de Damon não surtiu efeito algum.

— Sr. Darrell — Oscar disse friamente —, você não faz ideia do que o Dr. Kasim quer. Se não seguir as instruções do doutor, nunca mais será bem-vindo em Forty Acres.

— O quê? — Damon respondeu. — Não acredito que o doutor disse isso.

— Acredite no que quiser, Sr. Darrell. Você vem ou não?

Damon hesitou; os olhos recaindo sobre a bolsa na mão de Oscar. Ele apontou para ela.

— Me diz uma coisa... O que tem na bolsa?

Oscar balançou a cabeça, cansado. Finalmente suspirou e disse:

— Vejo que tomou sua decisão. Lamentável. Muito bem, espere aqui até voltarmos.

Houve uma breve troca de olhares entre Martin e Damon, então um dos guardas empurrou Martin para frente.

— Vamos. Andando.

Flanqueado pelos dois guardas, Martin começou a seguir Oscar em direção ao rio.

Damon, com o semblante confuso, observou o grupo indo embora como se estivesse se equilibrando na beira de um precipício. Será que deveria arriscar e pular ou escolher a opção segura, ficando para trás?

— Merda! — Damon esbravejou para o universo, correndo para alcançar Oscar e os outros.

CAPÍTULO 81

Martin estava parado às margens do aterro, observando o rio nove metros abaixo. As pedras e os afloramentos eram bombardeados com o movimento feroz das águas verdes. O rio bravo espirrava água no rosto de Martin. Apesar de ele não estar chorando, a água fazia parecer que sim.

O plano de Martin não funcionaria.

Oscar escolhera o lugar perfeito para impedir que ele escapasse. Se Martin tentasse pular no rio ali onde estava, o corpo se chocaria contra as pedras.

Sem alternativas, Martin sabia que estava prestes a morrer.

Oscar e Damon olhavam para Martin, a bolsa jazia no solo úmido entre eles. Os guardas, Jamel e Russell, estavam parados logo atrás dele.

Oscar enxugou pingos de água do rosto e levantou a voz, para se fazer ouvir acima do barulho do rio.

— Quer dizer algo?

Martin não respondeu. Apenas voltou os olhos para Damon. Damon abaixou os olhos, Martin não sabia dizer se por vergonha ou crueldade.

No chão molhado próximo a eles, havia uma pedra um pouco maior do que uma bola de beisebol. Não havia nem uma outra pedra como aquela por perto, então Martin pensou que Oscar devia ter aproveitado para colocá-la ali especialmente para o momento, quando se afastara mais cedo.

Oscar apontou para a pedra e disse a Jamel:

— Se não se importa.

Jamel pegou a pedra. Era pesada, mas pequena o suficiente para conseguir segurá-la com uma só mão.

Martin ficou tenso quando Jamel ergueu a pedra e deu um passo em sua direção.

— Não — Oscar interrompeu. — Dê a pedra ao Sr. Darrell.

— Quê? — Damon olhou para Oscar como se ele tivesse perdido a cabeça.

Oscar rejeitou o espanto de Damon com um olhar fixo.

— Por gentileza, pegue a pedra e arrebente a cabeça do Sr. Grey. O Dr. Kasim quer que você prove a sua lealdade.

— Provar a minha lealdade?

— Você jurou pelo traidor. Certamente, pode compreender que isso faz de você um suspeito também.

— Não, não posso compreender — Damon respondeu — e não vou fazer isso. Nem fodendo! Vou voltar pra picape.

Damon se virou para ir embora. Oscar olhou para Russel. O guarda segurou a arma, engatilhou-a e a ergueu para atirar. O barulho foi o suficiente para fazer Damon congelar na hora.

Ao se virar de volta para Oscar, Damon olhou brevemente para Martin; a troca de olhares pareceu finalmente acabar com o último resquício de raiva em Damon. Martin viu um flash do seu antigo amigo... E um lampejo de arrependimento.

Damon olhou fixamente para Oscar, em seguida apontou para a bolsa no chão.

— Isso é pra mim, não é?

Oscar suspirou. Parecia quase entediado com a resistência de Damon.

— Só faça o que o doutor pediu, Sr. Darrell. Vai poupar o tempo de muita gente e, o mais importante, vai salvar a própria vida. — Oscar gesticulou para Jamel, que deu um passo à frente e estendeu a arma do crime a Damon.

Vendo Damon olhar para a pedra, Martin percebeu algo que acabou com seu último fio de esperança. O rosto de Damon endureceu. Viu o medo, a hesitação e o arrependimento dando lugar à determinação.

— Seja esperto — Oscar incentivou. — Pegue.

Damon estufou o peito com falsa coragem. Logo esticou as mãos e aceitou a pedra.

Oscar anuiu com a cabeça.

— Ótimo. Agora, um golpe forte no crânio, isso basta. Então estará livre.

Damon olhou para Martin. Seu rosto era inexpressivo.

Martin percebeu que a pessoa ali olhando para ele não era mais o Damon que conhecia; era um homem desesperado que fora encurralado. Era um assassino.

Erguendo a pedra pesada, Damon começou a caminhar na direção dele. Martin recuou, com o coração na boca. Congelou quando sentiu a beirada do rio atrás de seus pés.

Próximo o bastante para proferir o golpe, Damon ergueu a pedra no alto e disse:

— Vira de costas.

Aterrorizado, Martin balançou a cabeça.

— Não — respondeu. Os olhos desafiavam Damon. — Se vai me matar, faça isso olhando na minha cara.

O que aconteceu a seguir causou um breve curto-circuito na mente de Martin. Damon sorriu para ele. O olhar frio tinha desaparecido, no lugar estava o sorriso malicioso característico.

— Fiz merda — ele sussurrou, e, antes que Martin pudesse dizer qualquer coisa, gritou: — *Corre!*

Damon se virou e bateu com a pedra na cabeça de Russell. O crânio do guarda jorrou sangue e ele foi ao chão, a arma escorregando da mão. Damon virou de volta e atacou Jamel. A pedra acertou seu nariz antes que tivesse tempo de retirar a arma do coldre.

— *Vai, vai, vai!* — Damon gritou para Martin enquanto ia em direção a Oscar.

Oscar já estava com a arma na mão. Horrorizado, Martin viu Oscar disparar repetidas vezes enquanto Damon se aproximava dele. Mas a adrenalina ainda possibilitou que Damon continuasse até se chocar contra Oscar. Ambos os homens foram ao chão com os corpos emaranhados. Ao ver Oscar jogando o corpo ensanguentado de Damon para o lado e mirando nele, Martin entrou em ação.

Tiros explodiram enquanto Martin corria pela mata em direção ao Land Rover. Atravessou arbustos, árvores e pulou galhos em meio aos tiros por cima de sua cabeça. Bem à frente podia ver o veículo por entre as árvores. Só alguns metros e estaria lá. Outra rajada de tiros estremeceu o ar ao seu redor. Troncos de árvores explodiram ao lado dele. Martin correu ainda mais rápido, usando as mãos como garras em meio à floresta, com uma pergunta assustadora na mente sobrepondo o medo.

Será que as chaves estariam na picape?

Martin irrompeu o mato chegando à clareira. Três passos e ele estava pulando dentro do carro. Jogou-se no banco do motorista e esticou a mão em direção à ignição. O coração parou quando não encontrou nada além do vazio.

Do lado de fora, Martin viu Oscar alcançar a clareira, erguer a arma e atirar. Houve uma explosão de cacos quando os tiros estouraram o vidro da frente. Martin agachou e viu as chaves no espaço entre os bancos. Ainda abaixado, pegou as chaves, ligou o Land Rover e pisou no acelerador. O motor da picape logo ganhou vida. O veículo se lançou para frente. Martin levantou a cabeça a tempo de ver Oscar desviando do carro em movimento.

Martin girou o volante para desviar de uma árvore enorme e então estava cortando a floresta com o carro. Guiou o volante para esquerda e direita, lutando contra os obstáculos da natureza. A janela de trás estourou e jorraram cacos de vidro. A janela da lateral implodiu. Atrás do carro, Martin ouviu a rajada incessante de tiros. Checando o retrovisor lateral, Martin viu Oscar correndo atrás do carro. O gerente corria e atirava ao mesmo tempo. Martin manteve a cabeça abaixada e o pé no acelerador. Olhando de novo, percebeu que Oscar tinha enfim desistido. Viu o homem ali parado ficando cada vez mais distante, a arma inútil pendendo ao lado do corpo, observando o veículo ir embora.

Martin tinha escapado.

Sentindo uma onda profunda de alívio, Martin sentiu vontade de parar o veículo e deixar o coração se acalmar, mas não havia tempo para isso. Ele queria voltar e ajudar Damon, mas o advogado famoso tinha levado vários tiros na barriga. Ainda que estivesse vivo, sem receber assistência imediata, não duraria muito tempo. Damon tinha se sacrificado por ele.

O crime de Damon era imperdoável, mas se Martin conseguisse voltar para casa, faria tudo a seu alcance para não deixar que sua morte fosse em vão.

Tomado pela determinação, Martin continuou a dirigir rápido em meio ao terreno impetuoso, forçando o Land Rover até o limite. Martin estava focado em uma única coisa. Algo mais importante do que conseguir voltar vivo.

Precisava encontrar um telefone para salvar a vida de Anna.

CAPÍTULO 82

O céu estava azul, um azul perfeito.

Em todos os seus anos de vida, Damon nunca vira um céu tão perfeito. Era como um oceano suspenso no ar, mas não havia ondas, apenas um azul perfeito. Ele se perguntou se Juanita via aquele mesmo céu. Questionou-se se Juanita o odiaria ou o perdoaria quando descobrisse o que tinha feito. Perguntou-se por que a morte estava demorando tanto para chegar.

Damon nunca sentira uma dor como aquela. Não doía só um local; tudo doía, como se cada nervo no corpo estivesse em chamas. Constante, mas não insuportável; de fato, podia perceber que a cada segundo sentia menos dor. A força também o deixava. Sentia a consciência murchando aos poucos, como se a alma vazasse em gotas.

O azul perfeito estava se tornando escuro, a luz do céu estava se esvaindo depressa.

Damon piscou e de repente o céu azul foi substituído por um rosto. Um rosto frio e impiedoso.

Era o rosto do gerente. Oscar estava agachado, pairando sobre ele.

— Você sabe o que fez? — Oscar perguntou.

Damon abriu a boca para responder e se engasgou com um fluido rubro. Sangue. Tossiu e tentou falar mais uma vez.

— Deixa ele ir — Damon murmurou com a voz fraca. — Deixa acabar.

Os olhos de Oscar se estreitaram com ódio. O advogado viu a arma em sua linha de visão, e logo a sensação fria contra a sua testa.

— Vá pro inferno — Oscar disse.

Damon viu o dedo de Oscar pressionar o gatilho. Então o mundo explodiu.

Oscar se ergueu, afastando-se do cadáver de Damon, a arma em punho. Observou Jamel e Russell rastejando na terra com as mãos sobre suas feridas.

— Meu rosto — Jamel gemia sem parar. — Meu rosto. Meu rosto...

Oscar se aproximou e colocou uma bala na cabeça de Jamel primeiro. Quando se virou em direção a Russell, o guarda amedrontado estava se debatendo e se arrastando na terra, tentando escapar.

— Por favor — Russell implorou. — Eu posso voltar. Eu posso.

Oscar se colocou sobre Russell e mirou com precisão.

— Desculpe, mas não há para onde voltar.

O tiro acertou Russell no meio dos olhos.

Oscar olhou para os três cadáveres pela última vez. Satisfeito porque estavam mortos, colocou a arma de volta no coldre e se afastou em direção à floresta.

Andou firmemente e com foco. Precisava retornar à propriedade o mais rápido possível. A fuga do Sr. Grey significava que a vida de qualquer associado da Forty Acres estava prestes a mudar drasticamente. Havia protocolos de emergência, planos de evacuação e procedimentos de cobertura a serem realizados. Havia também um grupo considerável de pessoas a serem silenciadas. Não somente aquelas na propriedade, mas as dezenas que compunham a equipe de suporte ao redor do país inteiro.

Oscar apertou o passo. Tinha muito a fazer.

CAPÍTULO 83

Tomado pela tensão, Martin manuseava o volante, guiando o Land Rover por dentro do rio. Uma coisa era ser passageiro durante a travessia do rio, outra era estar no banco do motorista brigando pelo controle. O mais perto de dirigir nessas condições que tinha chegado fora quando conduzira o Volvo em uma via alagada em Manhattan. Aquilo tinha sido apavorante o suficiente. Atravessar um rio bravo no meio do nada com tanta coisa em jogo era de congelar o sangue nas veias.

O carro atingiu a parte mais funda do rio. A água impiedosa batia contra o lado da picape, forçando Martin a fazer movimentos desenfreados com o volante ao mesmo tempo em que alternava entre o freio e o acelerador. A determinação de Martin e a teimosia da picape fizeram com que ele chegasse até o outro lado do rio. Ao conduzir o veículo em direção à floresta adiante, virou a cabeça para trás e olhou. A parte mais difícil da jornada tinha acabado, assim esperava. Agora ele só precisava chegar até a rodovia.

Martin calculou que Oscar levaria umas duas horas para retornar para Forty Acres. Esse era o tempo que tinha para chegar até a rodovia indicada no mapa do Dr. Kasim, parar um veículo passando por lá, pegar um celular emprestado e ligar para Anna, alertando-a a procurar proteção policial de imediato.

Martin se lembrava da disposição espacial do mapa, do rio, da cabana dos guardas-florestais e da antiga rodovia. Partindo do rio, levava mais ou menos uns dez minutos até a cabana, então deveria levar uns vinte e cinco minutos até a rodovia. Seria tempo o suficiente para salvar a vida de Anna. Mas ainda havia uma incógnita preocupante.

Ao descrever a rodovia, Oscar tinha mencionado que quase não a usavam mais. Até tinha feito uma piada sobre isso. Se Oscar estivesse certo, poderia levar cinco minutos ou várias horas até aparecer alguém. Não tinha como ter certeza. Martin detestava admitir, mas para o seu plano dar certo — e, em consequência, Anna sobreviver — ele dependia exclusivamente da sorte.

O único jeito de aumentar a chance de sucesso era ganhar tempo. Quanto mais rápido chegasse até a rodovia, mais chances tinha de encontrar um veículo na estrada, e Martin acelerou. Nunca tinha dirigido dentro de um rio antes, e tinha o mesmo nível de experiência dirigindo em meio à floresta selvagem. Para Martin, uma direção complicada antes era um estacionamento com pedregulhos ou um quebra-molas, mas isso não o impediu de forçar o Land Rover o máximo possível. Bater numa árvore ou numa pedra seria um desastre, então buscava manter o equilíbrio entre velocidade máxima e controle. Conduziu o carro por obstáculo atrás de obstáculo. Os animais selvagens se afastavam quando arbustos e pequenas árvores batiam contra o para-choque. Por onde o veículo passava, deixava um rastro de poeira no ar.

Menos de vinte minutos depois, Martin se deparou com uma linha amarela fraca marcando a estrada de duas vias. Enquanto olhava para um lado e para o outro da rodovia vazia, Martin foi preenchido por uma sensação de desesperança. A rodovia antiga não era apenas deserta, como Oscar tinha descrito, a pista esburacada e suja parecia não ser tocada por pneus há anos.

Martin prestou atenção para ver se conseguia ouvir o barulho de um veículo se aproximando. Os únicos sons vinham da natureza ao redor e do motor do Land Rover parado no acostamento. Martin sentiu vontade de gritar a plenos pulmões, implorar ao mundo por ajuda, mas sabia que fazer isso não seria útil. Estava completamente sozinho e, a julgar pela rodovia esquecida, era daquele jeito que continuaria.

Com a vida de Anna em jogo, não poderia simplesmente ficar ali esperando. Precisava fazer algo.

Havia mais ou menos trinta minutos desde que tinha escapado. Aquilo significava mais ou menos noventa minutos até que Oscar chegasse à propriedade.

Martin poderia alcançar uns bons quilômetros em noventa minutos, especialmente numa estrada sem tráfego. Talvez conseguisse chegar até um posto de gasolina ou até mesmo à estrada principal com tempo para fazer a chamada salvadora.

Talvez.

A interestadual e postos de gasolina não apareciam no mapa do Dr. Kasim. Martin não fazia ideia de quanto tempo demoraria até chegar à civilização. Havia também outro problema. Martin continuava virando a cabeça de um lado para o outro, observando a rodovia. Caso escolhesse seguir dirigindo, qual direção deveria tomar?

Enquanto pensava na decisão, percebeu algo na estrada.

Um coelho-bravo.

A criaturinha cinza estava sentada na linha amarela a uns quinze metros do carro. Com as orelhas para cima e mexendo o nariz, olhou de volta para Martin, talvez se perguntando o que aquela criatura estranha fazia ali na sua rodovia. Do nada, o coelho pulou para o lado da estrada, atravessou até o meio do aterro e desapareceu em uma toca.

Ver a criatura desaparecendo na terra despertou algo em Martin. Nas últimas horas, estivera tão focado em salvar Anna que se esquecera de que existiam outras vidas em jogo. Havia dezenas de pessoas presas na mina do Dr. Kasim e ela estava munida de explosivos.

Quando Oscar chegasse a propriedade e relatasse a fuga de Martin, o Dr. Kasim não só encomendaria a morte de Anna como também a execução dos escravizados. Ainda que Martin alcançasse um telefone a tempo de salvar a esposa e de alertar as autoridades, a ajuda nunca chegaria a tempo de salvar todas as pessoas presas debaixo da terra.

Mas o que Martin poderia fazer para salvá-los?

Se fizesse algo imprudente como voltar para a mansão e tentar resgatar os escravizados, certamente falharia e ainda seria assassinado. Era apenas um homem, e desarmado. Passar pelos guardas e libertar os escravizados seria impossível.

Certo?

Eles deviam saber que ele pediria ajuda. Momentos depois do retorno de Oscar, uma confusão se instalaria em Forty Acres. Além do quê, ele teria o elemento-surpresa a seu favor. A última coisa que esperariam era que Martin retornasse à mansão. Na verdade, não esperariam que ninguém de fora aparecesse por horas. Havia grande chance de estarem focando a atenção em escapar, não em impedir alguém de entrar.

Ainda assim, aquilo não oferecia a Martin uma maneira de salvar os escravizados. Voltar para a propriedade agora parecia bem possível, mas alcançar a mina e libertar os escravizados... Essa era uma missão grande demais para um homem sozinho.

Martin olhou de um lado para o outro de novo. A frustração e o desamparo que sentia naquele momento o fizeram reconsiderar o plano anterior. Ah, se um carro passasse, ele pensou, só um maldito carro, picape ou trailer. Então seus problemas estariam resolvidos. Poderia fazer a ligação, Anna estaria a salvo e haveria tempo o suficiente para as autoridades alcançarem a mansão e impedirem a explosão da mina.

Nesse instante, veio a ideia. A resposta para como um homem poderia salvar os escravizados atingiu Martin como um raio. Era uma chance mínima, mas poderia funcionar. Mas e Anna? Se virasse agora e voltasse para salvar os escravizados, não conseguiria alertar Anna a tempo de salvá-la.

Martin precisava tomar uma decisão: salvar Anna e o filho que ainda não nascera ou tentar salvar os escravizados. Duas vidas versus dezenas de vidas.

Moralmente, a resposta era óbvia. Mas, ainda assim, Martin não conseguia fazer uma escolha que poderia resultar na morte da esposa. Logo, com o relógio trabalhando, pensou que seria melhor deixar a decisão nas mãos de outra pessoa, alguém em quem ele confiava mais do que em si mesmo.

Martin Grey, parado no meio de uma rodovia abandonada no meio do nada, fez uma pergunta simples a si mesmo. O que Anna iria querer que ele fizesse?

CAPÍTULO 84

Sentado na varanda do quarto, Dr. Kasim resolvera almoçar cedo e desfrutava de peixe cozido e vegetais a vapor, colhidos da própria horta. Acompanhando a refeição, bebia chá gelado com folhas de menta e uma rodela de limão.

Dois jovens escravizados uniformizados, um homem e uma mulher, estavam parados atrás do doutor, preparados para atender qualquer necessidade.

Dr. Kasim almoçava sozinho na varanda todos os dias, e era um hábito que apreciava demais. Tinha uma visão perfeita do jardim da frente e da pequena estrada de carvalhos que levava até o portão de seu reino particular.

Para Dr. Kasim, Forty Acres era o lugar onde tudo, desde os guardas armados patrulhando o muro até os escravizados trabalhando na terra, estava sob seu total controle. Um lugar onde podia libertar seus seguidores das algemas psicológicas impostas pelo mundo branco e injetá-los com a confiança e a coragem necessárias para que vivessem para sempre imunes. Se considerassem quilômetros, o reino não era tão grande, mas em termos de impacto, Dr. Kasim acreditava que o trabalho em Forty Acres era bem mais importante para a raça negra do que qualquer coisa feita por Martin Luther King, Malcolm X ou Mandela. Às vezes se entristecia ao pensar que seu nome jamais apareceria ao lado daqueles grandes homens, mas se consolava em saber que aos olhos de seus ancestrais, suas façanhas certamente se destacariam em meio às outras.

Dr. Kasim chacoalhou os cubos de gelo no copo, sinalizando que era hora de um refil. A escravizada prontamente se aproximou da mesa e usou uma jarra de cristal para preencher o copo novamente, então retornou para o seu lugar na entrada. Enquanto bebericava o chá, percebeu um homem solitário se aproximando depressa pela entrada principal. O que estranhou foi o fato de que o homem não usava preto, como um guarda, e estava a pé.

Dr. Kasim ergueu a mão em direção aos escravizados e disse:

— Óculos.

O escravizado deu um passo à frente. Removeu os óculos do doutor do bolso da jaqueta, poliu-o com um lencinho, então o depositou com cuidado na mão do doutor. Dr. Kasim colocou os óculos e olhou novamente por cima da grade da varanda. Enfim conseguiu identificar o indivíduo que acabava de alcançar a entrada da casa principal.

Era Oscar. Mas por que ele estava a pé?

Minutos depois, o braço direito irrompeu a varanda e ordenou que os escravizados saíssem imediatamente. A roupa do gerente estava coberta de sangue e seu semblante era alarmado, o que era inédito, tratando-se de Oscar. Antes que ele pudesse abrir a boca, o Dr. Kasim soube que alguma coisa tinha dado absurdamente errado.

Oscar fez menção de começar a falar, mas o Dr. Kasim ergueu a mão.

— Primeiro, sente-se e beba um pouco de água.

— Mas, senhor — Oscar respondeu —, é muito urgente.

Sem se abalar, o doutor gesticulou para a cadeira vazia.

— Por isso mesmo. Sente-se.

Sabendo que era inútil discutir com o doutor, Oscar se sentou e colocou água em um copo.

Dr. Kasim aguardou pacientemente até que Oscar terminasse de beber.

— Melhor?

Oscar respirou fundo e confirmou com a cabeça.

— Agora — Dr. Kasim continuou —, conte como o Sr. Grey conseguiu escapar.

Oscar olhou para ele, primeiramente surpreso, e logo derrotado.

— Doutor, não foi minha culpa.

Dr. Kasim abriu um sorriso.

— Trabalhamos juntos há dez anos. Acha que não sei disso?

— Foi o Sr. Darrell — Oscar explicou. — Perdeu a cabeça. Atacou os guardas. Grey sumiu antes que eu pudesse impedi-lo.

— E o veículo?

Oscar assentiu com pesar.

— Ele levou. E Grey viu o mapa. Ele sabe como chegar à estrada. Pode estar falando com o FBI agora. — Oscar olhou dentro dos olhos do mentor. — Precisamos fugir. Acabou.

Dr. Kasim suspirou. Acariciou o bigode branco e virou a cabeça, observando o terreno.

Oscar perguntou:

— Tenho sua permissão para desativar tudo?

Quando Dr. Kasim olhou para Oscar novamente, seus olhos estavam cheios de lágrimas. Ele concordou com a cabeça.

— Todos os escravizados para a mina. Prepare os veículos. Você cuida de tudo. Sabe o procedimento.

Oscar se levantou bruscamente.

— Quanto tempo eu tenho? Quando quer todo mundo fora daqui?

Dr. Kasim pegou o garfo e a faca, cortou um pedaço de peixe, espetando-o com o garfo.

— Resolva tudo até eu terminar meu almoço — ele respondeu a Oscar, comendo casualmente.

Oscar concordou com a cabeça e saiu.

Dr. Kasim terminou de beber o chá, logo chacoalhando os cubos de gelo por um refil. Quando ninguém se prontificou, virou-se e viu que estava sozinho na varanda.

Seus escravizados se foram.

Em um ímpeto de raiva, Dr. Kasim atirou o copo no chão.

O vidro estilhaçou em milhares de cacos aos seus pés.

CAPÍTULO 85

Quando a ordem de extermínio chegou, o Mercenário estava sentado no Camry, estacionado do outro lado da rua de onde estava o alvo, Anna Grey.

Pegou o iPhone que apitava no painel do carro e checou a tela. A mensagem do cliente era uma economia de tempo exemplar.

Prossiga, a jato.

Quando o Mercenário lera a mensagem, tinha sentido a pontada da adrenalina profissional. O cliente não apenas queria a mulher morta; queria que acontecesse depressa. A ordem "a jato" significava que o Mercenário não precisava se incomodar em camuflar o trabalho, fazendo-o parecer como um acidente estranho ou um assalto que dera errado. "A jato" significava que qualquer coisa era válida desde que resultasse rapidamente em um cadáver. Considerando a especificidade da tarefa, o tempo exato era flexível, mas ficava subentendido que ele deveria eliminar o alvo em, no máximo, uma hora.

O Mercenário franziu o cenho quando olhou para o alvo do outro lado da rua. Estava estacionado do lado oposto ao Isabella, um restaurante mediterrâneo na esquina da Avenida Colombo com a Rua 77 em Manhattan. A mulher estava almoçando com o sócio do marido, Glen Grossman, e a sua esposa, Lisa. Os três estavam sentados em uma mesa do lado de fora do restaurante, oferecendo uma visão perfeita do alvo. Infelizmente, o fato de que estava bem visível representava que, por hora, Anna Grey era intocável.

Apesar da ordem urgente, atacá-la em uma rua movimentada de Manhattan era desnecessariamente arriscado, então o Mercenário ia esperar. Esperaria até que o almoço acabasse. Com sorte, depois da refeição, ela se despediria dos Grossmans e iria para casa. Uma vez que estivesse sozinha, o resto seria simples. Óbvio que havia a chance de ela ter outros planos. Talvez fosse ao shopping ou ao salão de beleza, quem sabe um passeio no parque. O que quer que fizesse, não importava para o Mercenário. Ele era um profissional. Encontraria um jeito de chegar até ela. Ele se orgulhava não só de fazer o trabalho como de fazer bem-feito. Anna Grey estava marcada para morrer, a jato. Logo, em menos de uma hora, Anna Grey estaria morta.

※

— Realmente não nos incomodaria se viesse ficar com a gente — Lisa Grossman disse à Anna. Lisa deu um tapa na mão do marido. — Glen, diz pra ela.

Glen deu um pulo e derramou um pouco do café que bebia. Grunhiu para a esposa.

— A Anna sabe que é sempre bem-vinda lá em casa. — Ele se voltou à Anna, desesperado. — Você pode, por favor, ir lá pra casa logo antes que essa mulher descompensada me espanque.

Anna riu. Ela adorava Glen e Lisa. Apesar de serem duas das pessoas mais inteligentes que conhecia, não levavam a vida muito a sério. Era impossível não ficar de bom humor ao lado deles; por isso os havia convidado para almoçar. Anna precisava de uma distração para tirar a história de Donald Jackson da cabeça. Não tinha intenção alguma de despejar suas preocupações em cima dos Grossmans, mas quando a garçonete terminara de anotar os pedidos, Glen e Lisa já tinham notado que algo a estava incomodando. Não foi preciso muito para que Anna desembuchasse, mas não contou tudo. Contou só o suficiente para que entendessem que sua ansiedade sobre a viagem de Martin não era um extremismo. É óbvio que não falou sobre a gravidez. Estava decidida a contar para Martin primeiro. Só queria que já fosse segunda-feira e ele estivesse em casa, seguro.

— Vocês são muito gentis — Anna respondeu —, mas vou ficar bem. Só tenho deixado minha imaginação correr solta.

Lisa não pareceu convencida.

— Tem certeza? — Ela balançou as mãos como se estivesse lendo a aura de Anna. — Sinto algo vindo de você. Estranho.

Glen revirou os olhos.

— O que foi, agora é vidente?

Lisa bateu na mão de Glen de novo.

— Você sabe que não foi isso que eu quis dizer. — Ela apontou para Anna. — Você tá escondendo algo. O que é?

Anna estava tentada a contar sobre a gravidez, mas tudo o que pôde fazer foi morder o lábio e balançar a cabeça. Ficou aliviada quando a garçonete reapareceu com a conta. Anna esticou a mão, mas Glen pegou primeiro. Anna abriu a boca para discordar, mas Glen ergueu a mão.

— Antes que diga alguma coisa — Glen começou —, tenho três palavras pra você: almoço de negócios.

Anna riu.

Glen colocou o dedo indicador em frente aos lábios.

— Só não conta pro meu sócio. Ele é bem "caxias" sobre esse tipo de coisa.

— Verdade — Anna concordou —, mas ele também é muito, muito gatinho.

— Acho que sim — Glen disse, dando de ombros —, se homens negros fazem o seu tipo.

Os três caíram na gargalhada. Enquanto Glen pegava o cartão de crédito, Lisa colocou a mão sobre a de Anna.

— Tive uma ideia. Já que o Glen vai voltar pro escritório, por que não vem pra casa comigo e assistimos a um filme? Se você quiser ir embora mais tarde, tudo bem, se não, o quarto de hóspedes é todo seu.

Incrédula, Anna balançou a cabeça.

— Você não desiste mesmo, né?

— Ela é igual a um pitbull — Glen respondeu.

Lisa lançou um olhar ao marido.

— Um filme seria ótimo — Anna disse —, mas não hoje. Não dormi muito ontem. Vou direto pra casa, tomar um longo banho e depois morrer pro mundo.

— Tá bom, tá bom — Lisa aceitou —, mas não fala desse jeito. Odeio essa expressão. É bem macabra.

CAPÍTULO 86

E le acertou. Estavam fugindo da propriedade.

Escondido atrás de uma árvore grossa, a mais ou menos quarenta e cinco metros do muro, Martin os observava evacuando Forty Acres com pressa. A cada cinco minutos, um Land Rover, cheio de guardas uniformizados, saía do portão principal, passando por onde Martin estava e desaparecendo em meio à mata. Alguns jipes seguiam a estrada de chão, outros debandavam em direções diferentes.

Martin ficara tenso quando uma picape seguira na direção onde tinha deixado o Land Rover roubado. Felizmente, o grupo de guardas não reparou no carro camuflado, e continuaram seguindo sem incidentes.

Depois de ver cinco picapes cheias saindo do terreno, Martin ainda não tinha visto nem um dos homens. Quando chegara ao portão principal, as portas ainda estavam fechadas, então tinha certeza de que não perdera a saída deles. Aquilo significava que Dr. Kasim, Oscar, Solomon, Tobias, Kwame e Carver ainda fugiriam. Isso era uma boa notícia; primeiro porque confirmava que os escravizados seguiam vivos, e segundo porque o plano de resgatá-los podia mesmo funcionar.

Destruir a mina com os escravizados lá dentro era uma tarefa importante demais para delegar a outra pessoa, mesmo a um subordinado muito leal. Havia um grande risco de o encarregado de repente se compadecer da situação, ou pior, se animar demais e explodir o Primacord antes da hora. Martin imaginava que a última coisa que o Dr. Kasim queria era uma explosão absurda alertando as autoridades próximas antes que ele e os outros membros VIPs pudessem escapar. Isso significava que eles seriam os últimos a sair e que, antes de partir, acionariam o interruptor. Mas não seria o interruptor da luz, e sim o interruptor que desencadearia uma bomba subterrânea. Não havia como saber quanto tempo os escravizados tinham antes que a bomba explodisse, mas Martin imaginava que teria meia hora. Trinta minutos era tempo longo o suficiente para os homens se distanciarem da cena do crime e curto o suficiente para matar as testemunhas antes de que qualquer órgão legal chegasse ao local.

Óbvio que isso eram suposições. Quem sabe o Dr. Kasim e os outros tinham usado uma saída secreta para sair do terreno e os escravizados já estavam todos mortos. Mas Martin não acreditava nisso. Seria impossível que uma explosão intensa o bastante para destruir uma mina inteira passasse despercebida em meio ao silêncio da floresta. Durante o percurso de volta, não tinha sentido nenhum estrondo nem ouvira nada mais alto do que o ronco do motor.

Havia também outra razão para Martin acreditar que os escravizados estavam vivos.

Tinha arriscado muito para que aquilo fosse em vão. Era verdade que o objeto que havia deixado na antiga rodovia poderia salvar a vida de Anna, mas Martin sabia que dificilmente algo sairia daquilo. Deixar o objeto tinha sido mais por causa dele do que de Anna; fora para se convencer de que não tinha abandonado a esposa à própria sorte por completo, significava que ela ainda tinha uma chance. Pensando nisso, Martin fora capaz de virar o carro e voltar para a floresta para alcançar um propósito maior.

Sim, Martin tinha certeza de que os escravizados ainda estavam vivos. Porque se não estivessem, teria sacrificado a vida de Anna por nada.

Como se o universo quisesse provar que estava certo, naquele instante viu uma picape preta sair do portão principal. O coração de Martin acelerou e o nervosismo o tomou.

Eram eles.

Oscar dirigia e Dr. Kasim, vestindo um roupão branco, estava no banco do carona. Kwame e Solomon estavam no banco do meio e Tobias e Carver, na parte de trás.

Martin observou o Land Rover passar por ele na estrada de terra. Não tinha dúvida alguma de que estavam seguindo em direção à pista de pouso. Mas então, para onde iriam? Será que pensavam mesmo que conseguiriam escapar? Considerando a monstruosidade dos crimes, mesmo com a quantidade de dinheiro que tinham, Martin duvidava seriamente de que conseguiriam ir longe, a menos que... Não, o pensamento era horripilante demais e Martin afastou a ideia da cabeça.

Tinha um trabalho a fazer.

Martin esperou um momento para ter certeza de que o carro do Dr. Kasim era o último. Então, saiu de trás da árvore e correu até o portão que seguia aberto.

— Pare o carro — Carver berrou momentos depois de passarem pelo portão e deixarem Forty Acres para trás. — Rápido, rápido.

Oscar pisou no freio, fazendo com que a picape freasse bruscamente.

— Não acredito nessa merda — Carver falou, pulando da picape e olhando para trás em direção ao portão.

Com exceção do Dr. Kasim, todos saíram da picape e se juntaram a Carver atrás do veículo, com os semblantes perplexos.

— O que houve, filho? — Solomon perguntou a Carver. — O que viu?

Carver notou os rostos confusos.

— Qual é. Ninguém viu aquilo?

O grupo olhou para a estrada. Não havia nada para ver a não ser duzentos metros de marcas de pneu até a entrada do terreno.

— Como sabe, estamos com um pouco de pressa — Oscar falou, de maneira impaciente. — O que exatamente você viu?

— Vi alguém correndo pra dentro do terreno.

Oscar franziu o cenho. — Provavelmente um animal.

— Não — Carver assegurou. — Não era um animal. — Ele olhou para o rosto de cada um para expressar a seriedade do que dizia. — Parecia com o Grey.

Tobias bufou.

— Você não está falando sério.

Solomon balançou a cabeça, descrente.

— Filho, você faz ideia do que tá acontecendo aqui? Não temos tempo pra essa bobagem.

— Tô te dizendo que foi o Grey — Carver garantiu. — Ao menos, parecia com o Grey.

— Você está errado — Oscar respondeu. — A última vez que vi Martin Grey, ele ia para o Oeste. O homem estava fugindo para salvar a própria vida. Não faz sentido ele voltar aqui.

— Vamos voltar rapidão — Carver pediu. — Checar rapidamente.

Oscar olhou para Carver como se ele estivesse delirando.

— Sabe muito bem que não podemos voltar lá.

Carver checou o relógio. — Ainda dá tempo. É rapidinho.

— Impossível — Dr. Kasim disse, ríspido. Os homens se viraram e viram o doutor atrás deles, apoiando-se no cajado de caminhada. — Todos vocês, de volta na picape. Agora.

Todos obedeceram, com exceção de Carver. Ele balançou a cabeça.

— Eu sei o que vi, Doutor.

Dr. Kasim colocou a mão amigavelmente no braço do jovem.

— Suas emoções a respeito do traidor estiveram certas desde o início. E agora, com tudo o que aconteceu... Às vezes o ódio prega truques na nossa mente. Foi isso o que viu.

— Mas—

— Você confia em mim?

Carver concordou com a cabeça. — Com a minha vida.

— Você me ama?

Carver fez uma reverência com a cabeça em frente ao seu mentor.

— Você sabe que sim.

Dr. Kasim sorriu.

— Prove. Ajude um velho a subir na picape de novo.

Carver olhou para o portão novamente, os olhos determinados. Firmes.

— Você me ouviu? — Dr. Kasim questionou. — Temos que ir. Carver? Carver!

CAPÍTULO 87

Martin correu.

O mais rápido possível, braços e pernas flexionando, um esforço intenso em direção à casa principal. Sentiu-se extremamente vulnerável correndo pela estrada de pedregulhos, mas não havia tempo para sutilezas. Não havia tempo para se esconder de árvore em árvore ou de se camuflar nas sombras. Martin estava confiante em sua estimativa de trinta minutos, mas havia muito a fazer, e também havia a possibilidade de trinta minutos não ser o bastante.

Antes de tudo, Martin precisava encontrar o painel, caixa ou o que quer que fosse que controlava os explosivos. Precisava encontrar uma forma de desligar aquela merda. Considerou correr diretamente para a mina e tentar libertar os escravizados a tempo, mas era muito arriscado. Até chegar à mina desperdiçaria muito tempo e, se a entrada estivesse bloqueada, não conseguiria passar pela porta de aço a tempo.

Martin sentia que a chance de salvar os escravizados seria encontrada dentro da casa. Quando fizera o tour pela mina, Roy mencionara que os explosivos podiam ser acionados em dois lugares. Um era a cabine de segurança no nível superior da mina, e o outro era na direção que estava indo.

Ao alcançar a entrada da casa, Martin deu a volta na entrada circular, pisando sobre o jardim, indo direto para a porta da frente. Desde o momento em que chegara a Forty Acres, sempre parecia haver alguém trabalhando nos canteiros ou realizando alguma tarefa no exterior da casa. Agora o que ele via eram baldes virados, ferramentas abandonadas, luvas deixadas para trás e um sapato esfarrapado. Ver o terreno tão deserto e sem vida incentivou Martin a correr ainda mais.

Ele passou pela porta destrancada e entrou no saguão principal. Ofegante, olhou ao redor do nível inferior. Uma poltrona virada, a porcelana quebrada e uma pintura caída no chão eram os primeiros sinais óbvios da evacuação. Naquele instante, uma pergunta veio à mente. Por que não tinham queimado a casa? E a resposta o ocorreu tão rápido quanto. Um incêndio flamejante no meio do mato logo chamaria atenção, não era um cenário ideal quando se planejava uma fuga discreta.

Martin não fazia ideia de por onde começar. Nem ao menos sabia o que procurava, mas sabia que tinha que ser algum tipo de sala de segurança. Fazia sentido haver um local central onde todas as câmeras de vigilância pudessem ser monitoradas. Considerando que, de certa forma, o Primacord era um artefato de segurança, aquele tipo de lugar seria perfeito para abrigar o mecanismo que o acionaria.

Confiante de que não seria difícil achar uma sala cheia de eletrônicos, mesmo em uma casa tão grande, Martin começou a procurar com uma onda de entusiasmo. Moveu-se abruptamente até o segundo andar, então até o terceiro. Em cada andar, abriu todas as portas, e só encontrou armários e quartos.

Depois de quinze minutos abrindo fechaduras, Martin chegou ao terceiro andar, olhando para uma porta com alavanca que levava ao sótão. Martin sabia que não fazia sentido colocar uma sala de segurança em um espaço de difícil acesso, mas estava desesperado. Já tinha vasculhado cada centímetro daquela casa e o tempo corria. Por mais que parecesse improvável, o sótão era o único lugar que restava.

Uma pequena corda trançada estava pendurada na alavanca. Martin pulou e conseguiu pegá-la. Enquanto puxava a alavanca, sentiu o ar úmido o atingindo. O cheiro ruim o lembrou do prédio no Brooklyn, durante a infância, quando ele e os amigos brincavam de polícia-ladrão no...

— É óbvio. — De repente Martin sabia exatamente onde a sala de segurança estava.

Ele voltou pelo corredor, descendo disparado as escadas.

CAPÍTULO 88

O Mercenário parou do outro lado da rua em frente à casa de Martin Grey, a tempo de ver Anna saindo do seu Prius e atravessando a grama até a porta da frente. Ele desligou o carro, observando-a destrancar a porta e entrar.

A mulher estava sozinha. Perfeito.

Ele checou o relógio e olhou ao redor. Havia alguns vizinhos na rua, algumas crianças voltando da escola, um cara entregando uma encomenda; o que esperaria ver num bairro de classe média do Queens às 15h15. Não era o cenário perfeito, mas funcionaria. Ele preferiria adiar o ataque por algumas horas. Assim poderia ir para casa, tirar um cochilo para refrescar a mente e o corpo, retornando no início da noite como o amigável funcionário da Cable Com. O Mercenário tinha vários outros disfarces no repertório, mas adorava o funcionário da TV a cabo por uma simples razão. Ele era um dos poucos estranhos que as pessoas aceitavam que entrassem em suas casas. Infelizmente, Anna Grey era um trabalho a jato, e ele não tinha tempo para ser totalmente discreto. Para pegá-la rápido, precisaria usar um método mais descarado.

O Mercenário pegou uma pequena bolsa de couro do banco de trás. De lá retirou um par de sapatos *Vibram* pretos. Os sapatos de borracha que pareciam luvas para os pés poderiam parecer estranhos, mas era um excelente jeito de andar por uma casa sem chamar a atenção do alvo. Ele trocou os sapatos, em seguida removeu dois outros itens da bolsa, uma pistola calibre 45 e um silenciador de dez centímetros. O próprio Mercenário tinha construído o silenciador, usando peças impossíveis de rastrear.

Depois de colocar a arma e o silenciador dentro dos bolsos da jaqueta, o Mercenário estava pronto. Olhou para a casa dos Grey mais uma vez. Viu a luz do quarto de cima acender e viu a sombra da mulher se movendo atrás da cortina na janela.

O Mercenário checou seu relógio. Fazia pouco mais do que trinta minutos desde a ordem de extermínio. Ainda tinha muito tempo para realizar a tarefa como solicitado, então decidiu esperar. Geralmente as pessoas se movimentavam muito assim que chegavam em casa. Esperaria mais dez minutos para deixar a mulher se acomodar, então seria hora de visitá-la.

CAPÍTULO 89

Uma lâmpada escura se acendeu revelando um espaço subterrâneo.

Martin desceu as escadas e se deparou com um porão.

Prateleiras repletas de mantimentos estavam alinhadas em frente às paredes de tijolos. Havia também algumas adegas e pedaços de mobília. O ar estagnado era pesado com o cheiro do porão.

Não levou muito tempo até Martin encontrar a porta de aço sem identificação entre duas estantes. Ele correu até lá e tentou a fechadura.

— Por favor — sussurrou.

Ele abriu a porta e se deparou com um cômodo cheio de monitores de vigilância e telas de computador.

Martin pulou para dentro. A primeira coisa que chamou sua atenção foi a imagem em um dos monitores. Era um vídeo preto e branco de um enorme grupo de pessoas. Estavam amontoados em um espaço grande. Alguns se deitavam no chão, outros se escoravam nas paredes e uns andavam de um lado para outro, por último havia aqueles que se abraçavam.

Martin percebeu que estava olhando para a transmissão ao vivo do alojamento dos escravizados dentro da mina. Seu peito se encheu de emoção.

— Eles estão vivos. — Arfou.

Ele esticou o braço e tocou na tela. Sempre acreditara, do fundo do coração, sempre mesmo, mas agora sabia com certeza.

Foi então que Martin percebeu algo piscando debaixo da mão aberta contra a tela. Devagar, afastou a mão.

Na parte inferior direita da tela, três números verdes marcavam o passar rápido de segundos.

4:43.

4:42.

4:41.

Martin soube imediatamente o que estava vendo: o tique-taque marcando a vida de cada pessoa ali.

Martin empurrou as duas cadeiras giratórias para longe e se concentrou no painel de controle embaixo dos monitores. Havia inúmeras teclas, interruptores e botões brigando por atenção. Felizmente, vários estavam etiquetados. Corredor Superior, Cozinha, Sala de Jantar, Entrada, etc. Havia vários interruptores elétricos também, cada um representado por um número. De fato, Martin logo percebeu que só havia um interruptor não etiquetado no painel inteiro. Estava localizado próximo ao centro do painel. Um interruptor giratório com duas luzes indicadoras, uma vermelha e outra verde. O botão estava virado para a luz verde, que estava iluminada. Esse interruptor tinha uma característica que o distinguia dos outros. Era o único que necessitava de uma chave.

Por favor, que ela esteja aqui.

Martin olhou ao redor. Um pequeno armário de chaves estava preso na parede oposta. Ele puxou a porta, mas estava trancada.

Martin pegou um extintor de incêndio próximo e acertou na porta do armário. Duas outras porradas fortes e a porta se estilhaçou no chão.

Dentro dele, havia duas filas de chaves de prata. Cada uma etiquetada com uma fita branca. Armazenamento, Eletricidade, Encanamento, Garagem, e dezenas mais. Somente uma chave era diferente. Não havia etiqueta e a ponta superior da chave estava envolta por fita vermelha. A mesma cor do cabo do Primacord que Martin vira serpenteando a mina.

Tem que ser ela.

Martin pegou a chave e a enfiou na fechadura prata ao lado do interruptor giratório.

Encaixou perfeitamente. Ele afastou a mão, de repente temeroso de girá-la. Se não funcionasse, o que faria?

Tem que funcionar.

Por favor, gire. Por favor.

Martin respirou fundo e esticou a mão em direção à chave.

— Não dê mais um passo, caralho. — A voz veio da porta.

Martin congelou. Devagar, virou o corpo.

Carver Lewis estava na entrada, apontando uma arma. Ele balançou o revólver em direção a Martin.

— Se afasta do painel.

Martin não se moveu. Sabia que se obedecesse Carver, jamais chegaria perto daquela chave de novo.

— Me escuta — Martin falou. — Acabou. Acabou tudo. — Ele apontou para o monitor. — Aquelas pessoas não precisam morrer.

Carver deu um passo a frente e apontou a arma para a testa de Martin.

— Não vou repetir — ele disse. — Se afasta do caralho do painel.

O cano da arma parecia enorme para Martin, como se ele estivesse olhando para um abismo escuro. O instinto de sobrevivência era forte, mas algo mais forte em seu coração o fez se manter firme. Martin desviou o olhar da arma, e, encarando os olhos fulminantes de Carver, disse:

— Não, não vou fazer isso. — Então Martin avançou para a chave vermelha. Ouviu uma explosão forte seguida pelo impacto no ombro, que o jogou de costas contra a parede.

Martin caiu no chão, o sangue escorrendo pelo buraco que a bala criara em seu ombro. Consumido pela dor e sem poder impedir, viu Carver se aproximar do painel e fazer o impensável. Ele bateu o cano da arma contra a chave, quebrando-a na fechadura. A metade superior da chave caiu no chão perto de Martin.

Com a visão atordoada, Martin viu a chave vermelha quebrada desaparecer em meio à poça que seu sangue formava no chão.

CAPÍTULO 90

Com a banheira enchendo atrás de si, Anna trajava um roupão e estava prendendo o cabelo em frente ao espelho do banheiro.

Foi quando ouviu um barulho estranho.

O barulho da água tornava impossível discernir o que era, mas ela tinha certeza de ter ouvido algo. Uma batida, mas não bem uma batida, era mais forte do que isso, e tinha certeza de ter vindo lá debaixo.

Encucada, Anna terminou de prender o cabelo, abriu a porta e saiu no corredor superior. No instante em que fechou a porta atrás de si, o barulho da água corrente se tornou um ruído baixo.

Anna prestou atenção. Ouviu um carro passando lá fora, o barulho distante de um avião se aproximando do aeroporto internacional John F. Kennedy, e uma conversa baixa ali por perto, mas nada além disso.

Era estranho estar naquela casa silenciosa; teve vontade de chamar o nome de Martin, como se ele estivesse no outro cômodo e fosse responder. A sensação de não estar sozinha era tão poderosa que Anna estava tentada a correr até lá embaixo para checar se ele estava largado no sofá de frente para a TV, comendo batata chips e bebendo cerveja. Óbvio que não estava, mas, por Deus, como ela queria que estivesse.

Anna tentou ouvir o barulho estranho outra vez; quando não escutou nada, franziu o cenho e entrou no banheiro de novo.

Quando o Mercenário ouviu a porta do banheiro ser fechada no andar superior, caminhou pela cozinha dos Grey até a sala.

Geralmente conseguia abrir a fechadura com um só golpe. Talvez por algum problema nela, foram necessários três golpes para que conseguisse abrir a porta dos fundos. Aparentemente, Anna Grey tinha uma audição espetacular. Se ela tivesse descido para investigar, teria dificultado o trabalho. Um alvo alerta e preparado para o problema era imprevisível. Com certeza o alvo despreocupado que não fazia ideia do que o aguardava era bem melhor. Em um minuto estão tomando um relaxante banho de espumas, no outro estão sangrando na banheira.

Ao colocar o silenciador na pistola, podia ouvir o abafado barulho da água corrente na banheira no andar de cima.

Era música para seus ouvidos.

CAPÍTULO 91

03:45.

03:44.

Pressionando o ombro latejante, Martin ainda podia ver o monitor de onde estava. Com a cabeça rodando, os dígitos piscando apareciam só como um borrão verde.

03:40.

03:39.

Carver estava sentado em uma das cadeiras giratórias, a arma apontada para o prisioneiro. Observava o sofrimento de Martin com um sorriso sádico.

— Eu disse a eles que era você — Carver falou —, mas não acreditaram. Se recusaram a voltar. Só me deixaram pra trás. Acredita nessa merda?

Martin piscou e balançou a cabeça, esforçando-se para driblar a inconsciência.

— Por favor — Martin disse —, precisa haver outro jeito de desligar. Você pode parar isso.

— Que se foda — Carver respondeu. — Vai ficar aí assistindo ao show. Então, quando terminar, vou dar um tiro em você, seu traidor de merda, e vou tirar uma foto pra provar que eu tava certo. O que acha, irmão?

— Você é insano — Martin disse.

— *Eu* sou insano? — Carver se inclinou na cadeira. — Todas as pessoas brancas, tanto antes como agora, te odeiam porque você é preto. Elas podem mostrar isso explicitamente ou podem esconder, mas tá lá. E se você não enxerga essa simples verdade, então você é o insano. Pior ainda, você é uma desgraça pra sua raça. Se eu tivesse tempo, ia arrancar o preto da sua pele, bem devagar. Fico enojado só de olhar pra você.

Aí Carver Lewis cuspiu na cara de Martin Grey.

Sem desviar o olhar, Martin limpou o cuspe do rosto.

— Retiro o que disse. Você não é insano. É só babaca mesmo.

Carver foi tomado pela raiva. Ele pulou da cadeira e ergueu a arma para acertar Martin com ela. Tão forte quanto conseguiu, Martin chutou o joelho de Carver. Houve um estalo abrupto. Carver urrou de dor ao cair no chão. A arma voou da mão dele, caindo perto de Martin.

Esquecendo-se da dor, Martin tentou alcançar a arma. Quando sua mão encostou no metal, um Carver furioso se jogou contra ele. Carver deu um soco no ombro ensanguentado de Martin. O advogado gemeu enquanto a dor se espalhava pelo corpo. Carver socou a ferida várias vezes. Martin sentiu ondas intensas de agonia, o cômodo começou a girar. Naquele instante de tontura, percebeu o cronômetro.

02:13.

02:12.

— Vou te matar. — Carver anunciou com um grunhido. Ele afundou os nós da mão no ombro de Martin mais uma vez.

A dor era tão intensa que Martin viu um lampejo de branco antes de a escuridão começar a tomá-lo. Enquanto a escuridão o impelia mais e mais, Martin podia sentir a mão de Carver procurando pela arma atrás das costas dele.

Martin ouviu uma voz, baixa e angustiada, mas determinada.

— Não — a voz disse.

E percebeu que era sua própria voz. Era o último resquício de força que tinha, recusando-se a deixar aquelas pessoas morrerem, a permitir que a morte de Anna fosse em vão, a deixar Carver pegar aquela arma.

— Não! — Martin gritou.

Em um surto de adrenalina, Martin chutou Carver de cima dele. Martin rolou o corpo e de repente ela estava ali, entre eles.

A pistola.

Carver esticou a mão, mas Martin a alcançou primeiro. Carver xingou e berrou obscenidades, torcendo o corpo e jogando-o contra Martin.

Martin atirou no coração de Carver, em seguida empurrou o corpo para o chão.

Carver ficou estendido, morto.

01:43.

01:42.

Martin grunhiu. Apoiou-se no painel e se ergueu. Ouviu o barulho de líquido, olhou para baixo, e viu o sangue pingando no chão. A ferida no ombro sangrava livremente. O cômodo girou. Ele piscou para o monitor e viu duplicado, duas imagens em preto e branco de um espaço cheio de pessoas condenadas, dois cronômetros.

01:35.

01:34.

Martin abaixou os olhos para o interruptor giratório, a luz verde se multiplicando e a imagem girando como um caleidoscópio. Ele pegou o botão e tentou girá-lo. Mas óbvio que não saiu do lugar. Ainda estava trancado.

Martin tentou focar no trinco. No pedaço da chave quebrada enterrada na fechadura.

Impossível de alcançar, mas talvez...

Martin pressionou o dedo o mais forte que conseguiu contra a fechadura. Aplicando pressão, tentou virar o cilindro.

O dedo escorregou.

O trinco não girou.

01:21.

01:20.

Martin se impulsionou para longe do painel. Cambaleando e se apoiando em qualquer coisa para se manter de pé, procurou ao redor da sala. Despejou o conteúdo de várias caixas.

01:05.

01:04.

Martin procurou entre as coisas jogadas e encontrou uma tesoura. Cambaleou de volta para o painel e tentou forçar o trinco com uma das pontas da tesoura.

O trinco não cedeu.

00:39.

00:38.

00:37.

Sem forças para jogar a tesoura longe, deixou que ela simplesmente escorregasse entre os dedos. A tesoura caiu no chão bem ao lado da arma de Carver.

Apoiando-se no painel, Martin se abaixou e pegou a arma. Quando se ergueu, a sala girou e girou. Os números piscando pareciam dançar ao seu redor.

00:25.

00:24.

00:23.

Não parecia que a vertigem o deixaria tão cedo, logo Martin ergueu a arma e fez o possível para mirar no painel titubeante. Martin apertou o gatilho e não parou até esvaziar a pistola.

O painel de controle lampejou absurdamente, cuspindo faíscas e soltando fumaça... Mas o cronômetro no monitor continuou.

00:11.

00:10.

00:09.

Consumido pela desesperança e pelo fracasso, Martin não conseguiu mais suportar os efeitos da ferida. Suas pernas cederam e ele caiu no chão. Deitado, ao lado do corpo de Carver, Martin observou os últimos dígitos na tela.

00:06.

00:05.

00:04

Foi então que todas as luzes no painel se apagaram. O monitor de vigilância desligou. As luzes na sala de segurança e no porão começaram a piscar e, vagarosamente, cederam até ficar tudo escuro.

Martin estava flutuando na perfeita escuridão. Pensou que talvez tivesse morrido, mas estranhou ainda sentir o chão debaixo de si. Pensou em Anna, na criança que poderiam ter tido. Por alguma razão, imaginava uma menina. Via os dois caminhando ao longo de uma rodovia deserta cercada pela floresta ao lado de uma menina linda. Podia ouvir a garotinha gargalhando enquanto corria pela estrada coberta por folhas. Anna gritava o nome da garotinha e corria atrás dela.

— Alice, para — Anna pedia. — Alice, por favor, para.

CAPÍTULO 92

Um trailer Winnebago Chieftain 1984 parou em uma rodovia deserta cercada pela floresta. O sol brilhava baixo no horizonte, formando sombras das longas árvores no asfalto.

A porta do motorista se abriu e Freddy Tynan desceu cuidadosamente e se agachou no chão. Houve um tempo em que o velho Freddy teria pulado para fora, sem problema, mas aquilo fora quando comprara a Winny. O ano de 1986 fora bem importante para Freddy Tynan. Sua esposa o havia deixado depois de oito anos, ele tinha largado o bico como motorista de ônibus e decidira vagar pelo mundo. Bem, na verdade dirigir, e não pelo mundo, só pelos Estados Unidos.

No instante em que as botas de Freddy tocaram o asfalto, Jake, um cachorro de sete anos e talvez o animal mais inteligente do mundo, pulou para fora, juntando-se ao dono.

O velho Freddy afagou os pelos bagunçados no queixo e franziu o cenho para Jake, com curiosidade.

— Quem disse que tá convidado?

Jake se sentou e latiu uma vez para Freddy.

— Meio tarde pra pedir, não acha? — Freddy disse.

Jake latiu de novo, apoiando as patas no jeans de Freddy.

Freddy riu.

— Tá, tá. Vamos lá.

Ele enfiou as mãos na jaqueta e seguiu em frente, querendo ver melhor o que diabos estava no meio da estrada. Tinha sido alertado por outros motoristas de trailers que deveria evitar essa rodovia antiga exatamente pela razão que o fez pisar no freio. Disseram que ela não recebia muita manutenção e que era comum encontrar árvores caídas e enfrentar deslizamentos de rochas. Mas quando o velho Freddy e Jake se aproximaram do detrito, ele percebeu que, na verdade, não era um detrito.

O velho Freddy coçou a barba ao se deparar com algo inesperado.

— Puta merda.

Alguém tinha usado vários galhos e pedras para escrever SOCORRO em ambos os lados da rodovia.

Jake latiu e correu para o aterro, perseguindo um coelho cinza.

— Jake, não vá para longe— Freddy engoliu as palavras quando percebeu um pedaço de papel preso debaixo de uma das pedras.

O papel parecia ter algo escrito. O velho Freddy rapidamente o pegou. Na verdade, era um pedaço da capa de um manual de um Land Rover LR3 de 2009. Alguém tinha usado a parte branca para escrever uma mensagem.

Quando Freddy viu a palavra SOCORRO com galhos e pedras, pensou ser uma traquinagem de moleques, mas quando leu a mensagem, os pelos da sua nuca se arrepiaram e ele soube que não era.

— Jesus Cristo.

O velho Freddy tateou os bolsos procurando o celular. Percebendo que o deixara no painel do carro, colocou dois dedos na boca e assoviou. Freddy virou para voltar para a Winny e Jake saiu correndo do meio do mato, encontrando-o na porta do motorista.

— Vamos, garoto.

Jake pulou para dentro do trailer de uma só vez. Então o velho Freddy fez algo que não fazia há uns vinte anos: segurou a maçaneta da porta e deu um impulso para dentro, aterrissando direto no banco do motorista. Suas costas e seu ombro provavelmente o fariam pagar por essa gracinha nos próximos dias, mas isso não importava no momento.

O velho Freddy pegou o celular do painel e apertou o botão do menu. A tela acendeu e Freddy murchou.

O ícone vermelho da bateria indicava zero por cento.

— Que merda!

Jake inclinou a cabeça para o lado, observando o dono procurar freneticamente por algo no porta-luvas.

CAPÍTULO 93

A iluminação suave das velas aromaterapêuticas posicionadas na borda da banheira formavam sombras nas paredes do banheiro. A fragrância relaxante de lavanda e baunilha, aliada à música leve tocando no iPod de Anna, completavam o ambiente de tranquilidade.

Anna estava deitada com a água morna batendo no queixo, os olhos fechados em relaxamento absoluto. Era como se seu corpo não pesasse nem tivesse forma, como se a água tivesse dissolvido o corpo físico, deixando apenas o pensamento.

Anna pensou na vida crescendo dentro dela, na vida que ela e Martin haviam gerado, e aquele pensamento a encheu de alegria. Ela pensou em várias maneiras divertidas de dar a notícia ao marido. Talvez preparasse o bolo de chocolate favorito dele, decorando-o com uma mensagem especial, ou talvez o presenteasse com uma daquelas camisas bregas que diziam "Futuro melhor pai do mundo". Talvez fizesse os dois. Enquanto Anna permanecia ali pensando em inúmeras possibilidades, e acabou gentilmente pegando no sono.

Com a arma em punho, o Mercenário subiu as escadas com cuidado, pausando em cada passo antes de colocar todo o peso sobre o pé. Uma pisada em falso poderia alertar a mulher de sua presença; então tudo ia desandar depressa. O Mercenário não fazia nada de forma desleixada.

Ao alcançar o andar superior, caminhou pelo corredor. Quando passou pela suíte, espiou lá dentro só para se certificar. Assim como esperava, o quarto estava vazio. Continuou caminhando. Quando se aproximou da porta fechada do banheiro, ouviu música tocando lá dentro. Era de autoria de Sigur Rós e se chamava *Untitled* #3. Fazia parte da lista de músicas que ouvia quando corria às cinco da manhã todo dia. A música era bem relaxante, quase transcendental. Uma música perfeita para a hora da morte.

O Mercenário pressionou o ouvido contra a porta e prestou atenção. Não havia barulho de água em movimento, passos contra o chão ou o folhear de páginas, apenas o ritmo suave de *Untitled* #3. Provavelmente ela estava dormindo ou então já estava morta. Ele sorriu para a piada mental. Teria como o trabalho ficar mais fácil?

Ainda com a arma em punho, o Mercenário girou a maçaneta e abriu a porta do banheiro. Um aroma agradável o recebeu enquanto entrava. A visão de Anna Grey, com a cabeça inclinada para o lado, dormindo na banheira, fez com que ele sorrisse novamente.

Mas dois passos cuidadosos e ele estava pairando diretamente sobre Anna. Viu o corpo nu atraente por meio das bolhas. Por um momento, considerou usá-la para alívio sexual, mas seu profissionalismo não permitiria que fizesse isso. Especialmente não em um trabalho de cunho imediato.

Quando chegou a sua parte favorita de *Untitled* #3, a parte bem silenciosa no final que soava como a alma deixando um corpo, ele ergueu a arma e mirou na têmpora de Anna Grey.

O Mercenário estava prestes a apertar o gatilho quando ouviu uma nota musical estranha. Tinha ouvido *Untitled* #3 muitas vezes antes e sabia que aquela nota estava errada. Então ouviu de novo e percebeu com nervosismo que aquela nota musical não estava vindo do iPod, vinha do andar de baixo.

A campainha tocou de novo, dessa vez seguida por uma batida forte na porta e uma voz gritando:

— Sra. Grey, é a polícia. Abra a porta.

O Mercenário viu Anna Grey se mexer. Ele precisava agir agora antes que ela acordasse.

Mais uma série de batidas na porta e Anna despertou. Virou o rosto e arfou com o que viu.

A porta do banheiro estava escancarada. Não se lembrava de tê-la aberto, mas talvez ela...

Mais batidas e gritos assustaram Anna.

— Sra. Grey — uma voz abafada falou lá debaixo —, é a polícia. Por favor, abra a porta.

Que diabos? Ainda bêbada de sono, a mente de Anna fervilhava.

— Tô indo — ela gritou. Saiu da banheira e pegou o roupão.

Um momento depois, descalça e espalhando água pela sala, Anna abriu a porta. Espantada e consideravelmente assustada, olhou para os dois policiais uniformizados em frente à porta. O policial mais velho era branco, o mais novo parecia latino. Ambos tocavam as armas nos quadris, preparados.

— Anna Grey? — o policial mais velho questionou.

A primeira coisa que Anna pensou foi que tinha acontecido algo terrível com Martin.

— Qual o problema? — ela perguntou com a voz cheia de medo. — O que houve?

Ignorando a pergunta, os dois olharam por cima do ombro de Anna para dentro da casa. Esticaram os pescoços para ver o máximo que conseguiam.

— Está tudo bem aqui, senhora? — o policial mais velho perguntou.

— Sim. Tudo.

— Mais alguém na casa?

— Não, ninguém.

Enquanto o policial mais jovem se virava e olhava ao redor da entrada, o mais velho olhava para ela.

— E o Sr. Grey? Ele está em casa?

— Não, tá fora da cidade. — Os ombros de Anna relaxaram. A pergunta do policial confirmava que a visita estranha não tinha a ver com a viagem. Anna enxugou a água do pescoço. — Então, do que se trata?

O mais velho olhou firmemente para Anna e abaixou a voz até se tornar um sussurro.

— Se tem alguém escondido na casa, pisque duas vezes.

Agora Anna estava começando a ficar apavorada.

— Olha, eu tava só tomando um banho. Tô aqui sozinha, eu juro. Pode me dizer o que tá havendo? Estão começando a me assustar.

Os dois policiais relaxaram.

— Desculpe, senhora — o mais velho respondeu. — Só estamos fazendo o nosso trabalho.

— Que trabalho? Como eu disse, tô bem. Não sei por que vieram aqui. Não liguei pra polícia.

— Não, senhora. Outra pessoa ligou.

— E o quê, eles mandaram vocês virem aqui?

O policial assentiu.

— Sim, senhora. O distrito recebeu uma ligação urgente do seu advogado, um tal de... — O policial checou o caderno. — Glen Grossman. O Sr. Grossman explicou que você era testemunha em um dos casos e que a senhora recebeu uma ameaça de morte.

Anna o observou. Nada do que dizia fazia sentido.

— O quê? Isso é—

O policial mais velho ergueu a mão.

— Não precisa ficar assustada, senhora. Geralmente esse tipo de ameaça não tem fundamento. Mas se não se importa, o meu parceiro vai dar uma olhada na sua casa. Tudo bem?

Anna não sabia o que responder. Se Glen tinha mesmo chamado a polícia, não queria arranjar problemas para ele apontando a mentira. Por outro lado, não conseguia imaginar porque Glen mentiria sobre algo assim. Não mentiria.

— Vai ser bem rápido, senhora — o policial mais jovem disse. — Só uma ronda pra colocarmos no relatório.

Anna balançou a cabeça.

— Não. Espera. O Glen Grossman não é meu advogado. Ele é o sócio do meu marido. E eu não sou testemunha em caso nenhum. Houve algum engano.

Os dois policiais se entreolharam, confusos. O mais velho se voltou para Anna.

— Esse Grossman não é seu advogado? Você não é uma testemunha? Tem certeza?

— Óbvio. Eu já falei, ele é sócio do meu marido. Isso é muito estranho. Talvez tenha sido alguém pregando uma peça.

— Uma peça? Seria uma peça bem séria, senhora. O sócio do seu marido é do tipo que faria algo assim?

— Quem, Glen? Não. Nunca. Ele— Anna foi interrompida pelo Grand Cherokee de Glen estacionando próximo ao meio-fio. A aparição repentina de Glen adicionava mais incógnita ao mistério, porque significava uma coisa: Glen tinha mesmo ligado para a polícia. Atordoada, Anna apontou e disse: — É o Glen bem ali.

Anna viu Glen pulando do carro e correndo em direção a eles. Nunca vira o melhor amigo de Martin tão ansioso antes. Glen a viu perto dos policiais, acenou e disse alto:

— Anna, graças a Deus você tá bem.

— Espera aí, senhor. — Os dois policiais ficaram lado a lado, bloqueando a passagem de Glen. Ambos com as mãos nas armas.

Glen congelou no lugar.

— Ei, tranquilo. Sou Glen Grossman. Fui eu que liguei—

— Sabemos disso, senhor — o policial mais velho respondeu. — O senhor está ciente de que fazer uma denúncia falsa é crime?

Anna prendeu a respiração, aguardando a resposta de Glen.

— Mas não é uma denúncia falsa — Glen disse seriamente, olhando para os policiais. — Tô feliz que estão aqui. A Anna tá mesmo em perigo.

Anna arfou.

Depois que tinham entrado na casa, Glen começou a explicar tudo para Anna e os policiais. Há menos de uma hora tinha recebido um telefonema estranho de um homem na Virgínia Ocidental chamado Fred Tynan. Esse homem disse ter encontrado uma mensagem escrita por Martin Grey, deixada debaixo de uma pedra no meio de uma rodovia abandonada. O bilhete continha instruções para a pessoa que o encontrasse telefonar para o advogado Glen Grossman na cidade de Nova York e alertá-lo de que Anna Grey seria assassinada naquele mesmo dia.

Quando Glen terminou de contar, os dois policiais não pareciam convencidos, mas Anna estava aterrorizada. Não era a ameaça à vida *dela* que a assustava; era com Martin que se preocupava. Anna não tinha dúvida alguma de que o bilhete era real; era muito imprudente, muito aleatório para ser falso. O fato de o bilhete ter sido encontrado na Virgínia Ocidental e não no estado de Washington não a acalmou; na verdade, não fazia ideia de onde estava o marido. De uma só vez, todos os medos de Anna, sobre a viagem misteriosa de rafting, o que realmente acontecera com Donald Jackson, o ódio e o medo no olhar da Sra. Jackson, tudo veio à tona.

Beirando o pânico, Anna disse a Glen:

— Tá acontecendo alguma coisa com o Martin.

Glen franziu o cenho.

— Acho que tem razão. Mas ele não devia estar na Costa Oeste?

Anna balançou a cabeça.

— Isso não importa. Glen, eu sei que tem algo errado com ele. Eu sei. — Anna se virou para os policiais. — Tem algo acontecendo com o meu marido, vocês precisam fazer alguma coisa. Por favor.

Os policiais pareciam metade desconfiados, metade confusos. O mais velho coçou a nuca.

— Senhora, esse suposto bilhete é sobre você, não sobre o seu marido.

— Não importa o que a merda do bilhete diz — Anna falou xingando. Estava começando a ficar exaltada e não ligava. — Vocês precisam ligar pra alguém. Vocês têm que encontrar ele. Ele tá em perigo, eu sei.

— Está bem, senhora. Fique calma. Por favor. Quero que me explique exatamente como sabe disso.

— Não posso — Anna disse, com lágrimas nos olhos. — Eu só... Eu só sei.

Foi quando os telefones começaram a tocar. Os celulares nos bolsos dos policiais, o celular da Anna lá em cima, e o telefone na sala, simultaneamente começaram a tocar, apitar e vibrar.

Enquanto os policiais desorientados pegavam os celulares, Anna correu até a mesa e pegou o telefone sem fio. Enxugou as lágrimas e atendeu.

— Alô?

A voz masculina do outro lado da linha tinha um tom formal e rígido.

— Aqui é o Agente Rivers do Departamento Federal de Investigação. Falo com a Sra. Grey?

— Sim. — O coração de Anna disparou. — Sim, é ela.

— Pode me confirmar se há dois agentes da Polícia de Nova York na sua casa nesse momento?

— Sim, estão aqui. O que tá acontecendo?

— Explicarei tudo na sede, Sra. Grey. Por favor, siga as instruções dos agentes. Adeus.

— Não, espera.

Houve um clique seguido pela linha silenciosa.

Quando Anna se virou, viu Glen observando os dois agentes, que se moviam com urgência. Ambos tinham as armas em punho. O policial mais jovem abriu a porta e analisou o exterior da casa enquanto o mais velho se aproximava de Anna, abaixando a arma. Falou com ela diretamente, como se Glen não estivesse na sala.

— É uma emergência, senhora. Preciso que se vista o mais rápido possível e venha conosco.

— Só um segundo — Glen interveio. — Vocês não podem simplesmente—

O policial lançou um olhar a Glen.

— Sr. Grossman, o senhor pode acompanhá-la, mas não interfira. — Glen baixou a bola. O policial tornou a olhar para Anna. — Vou precisar pedir para que se apresse, senhora.

— Primeiro você tem que me contar — Anna disse — o que tá acontecendo. O que houve com o Martin?

— Honestamente, Sra. Grey, eu não sei. Tudo o que posso dizer é que acabei de falar com o próprio diretor do FBI. O que quer que seja, é importante pra porra.

※─✳─✳─✳─※

Depois de sair pela janela do quarto superior e descer pelo quintal dos fundos dos Grey, com facilidade o Mercenário retornara ao carro estacionado sem ser notado.

O mais inteligente teria sido ir embora, mas o Mercenário estava tão frustrado que, em vez disso, tinha ficado lá observando. Viu os dois policiais falando com Anna Grey em frente à porta, depois Grossman aparecer depressa como se fosse uma emergência e, enfim, todos tinham indo embora na viatura.

Era óbvio para o Mercenário que alguém tinha alertado a polícia sobre o atentado à Anna. Mas quem? No fim, não importava. De um jeito ou de outro, tinha falhado.

O Mercenário suspirou e pegou o iPhone. Agora tinha que aturar a tarefa desagradável de comunicar o fracasso ao cliente. Não somente não receberia, como sua reputação seria abalada.

O Mercenário discou, ninguém atendeu. Aquilo nunca acontecera. Noite ou dia, o cliente sempre atendia. O Mercenário discou de novo, mais uma vez, nada. O telefone somente ficou tocando.

Algo estava diferente.

Ao encerrar a chamada, sentiu uma sensação estranha, uma que de início não reconheceu. O sentimento o deixou atordoado e dificultou que definisse o próximo passo. Ele deveria esperar por outra oportunidade para matar a mulher, aguardar o cliente responder ou desaparecer do mapa? Não tinha certeza.

Então percebeu. O sentimento era medo. Algo grande tinha mudado, e agora o Mercenário estava com medo.

CAPÍTULO 94

Martin Grey se esforçou para abrir os olhos e ficou incomodado com a luz branca intensa. A luz alternava entre um olho e outro.

— Acorde — disse uma voz masculina estranha. — Hora de acordar.

— Para — Martin respondeu, grunhindo. Virou o rosto, afastando-se da luz irritante. Sua cabeça parecia pesar uma tonelada.

A luz sumiu e ele ouviu a voz novamente.

— Bom dia. Pode me dizer o seu nome?

Martin fez uma careta para o homem o observando. Ele era negro, mais ou menos da idade de Martin, e usava um jaleco branco. Martin percebeu que era um médico.

— Qual o seu nome? — o doutor repetiu. — Pode me dizer o seu nome?

Os lábios de Martin estavam ressecados e sentia um gosto horrível na boca.

— Martin — respondeu com a voz rouca. — Martin Grey.

O médico sorriu.

— Ótimo. Quantos anos tem? Você se lembra?

Com a visão se tornando mais nítida, Martin pode ler o nome no casaco do médico. Dr. Gordon Hudson.

— Sr. Grey — o médico insistiu —, diga quantos anos você tem.

— Trinta e três — Martin respondeu. — Onde eu tô?

O médico voltou a sorrir.

— Você está no Hospital Universitário Emory em Atlanta. Eu sou o Dr. Hudson. Você esteve em um coma induzido nos últimos quatro dias. Bem-vindo de volta.

— Quatro dias? Mas— Ao tentar absorver isso, Martin viu imagens e lembranças retornando à mente, como peças de um quebra-cabeça se encaixando.

Então, de uma vez, lembrou-se de tudo.

— Anna! — Martin gritou, tentando se levantar.

Dr. Hudson e uma enfermeira o impediram imediatamente. A enfermeira ajustou o soro na veia e os cabos ligados ao corpo de Martin.

— Você precisa se acalmar, Sr. Grey — Dr. Hudson disse firmemente.

— Mas Anna... Eles vão...

— Sua esposa está bem. Ela está aqui.

Martin piscou para o médico, incerto de ter ouvido direito.

— O quê? Onde?

Dr. Hudson não respondeu. Deu um passo para trás e permitiu que Anna se aproximasse.

Martin não podia acreditar em seus olhos. Era ela mesma, Anna, olhando para ele. Havia lágrimas escorrendo dos olhos dela, mas Anna estava sorrindo e era tão, tão linda.

Anna se jogou contra Martin e eles se abraçaram forte por um longo tempo, até que o médico precisou intervir.

— Devagar, vocês dois. Temos que ter cuidado com esse ombro por um tempo.

Ao se separarem, Martin segurou a mão de Anna.

— Aquele lugar, Forty Acres. Era horrível. Era—

— Eu sei — Anna respondeu. — Martin, todos sabem. Acho que o mundo inteiro sabe o que você fez.

O semblante de Martin ficou confuso.

— O que eu fiz?

Martin se lembrou dos escravizados presos. Lembrou-se do cronômetro correndo. Hesitou, temendo fazer a pergunta.

— Você quer dizer... Que eles estão bem? A mina não explodiu?

Anna chegou para o lado, permitindo que outra pessoa se aproximasse da cama. A jovem usava uma camisola rosa de paciente. Por debaixo da roupa, seu tronco estava coberto por curativos. O longo cabelo loiro-avermelhado estava preso em um rabo de cavalo.

Era Alice. Viva. O que significava que todos eles estavam vivos. Martin esticou o braço e apertou a mão de Alice, e ela apertou de volta. Sorriram um para o outro e Alice enxugou as lágrimas das bochechas.

— Me desculpa — Martin falou. — O que eu fiz com você... Não tive escolha. Se eu não tivesse...

— Se não tivesse feito — Alice concluiu por ele —, nem um de nós teria escapado. Você salvou a minha vida, Sr. Grey. Salvou todos nós. É isso que importa.

— Não tinha certeza de que ia dar certo — ele disse. — Como todo mundo conseguiu sair?

Alice balançou a cabeça.

— Não sei. Eu tava inconsciente. Eles disseram que as luzes apagaram e as portas se abriram. Ouvi que foi o Vincent que te encontrou.

— O grandão?

Alice assentiu.

Dr. Hudson se aproximou.

— Odeio interromper, mas precisamos fazer vários exames.

— Somos vizinhos — Alice disse a Martin. Em seguida acenou e seguiu em direção à porta.

Ao ver Alice sair, Martin percebeu algo dentro do quarto que fez seus olhos se arregalarem.

— Que porra—?

O quarto do hospital estava cheio de flores, cestas de presentes, balões e o que pareciam ser milhares de cartões de "melhoras!". Quase não havia espaço para o equipamento médico. Martin percebeu a TV pendurada na parede. Estava no silencioso, mas na tela Martin podia ver uma repórter parada em frente a uma multidão do lado de fora de um prédio branco enorme. Na placa ao lado do prédio estava escrito: Hospital Universitário Emory.

Martin olhou para Anna e para o médico.

— Isso é aqui?

Dr. Hudson concordou com a cabeça.

— É ao vivo. Está assim desde que te trouxeram pra cá.

Radiante, Anna segurou as mãos de Martin.

— Você não vai acreditar no que tem acontecido. É a maior notícia de todas. Martin, você é um herói.

Abismado, Martin olhou de novo para a tela. A multidão era diversa: brancos, pretos, latinos, asiáticos, pessoas. Não era nada como a balbúrdia que Oscar tinha previsto.

Martin se voltou a Anna.

— Pegaram eles? — perguntou. — Por favor, diga que sim.

Anna balançou a cabeça.

— Ainda não. Mas não vai demorar. Teve uma matéria hoje dizendo que encontraram uma lista de membros secretos.

— Certo, certo. — Dr. Hudson colocou a mão no braço de Anna. — Me dê quarenta e cinco minutos com o seu marido, então poderá voltar. Prometo.

Anna beijou a bochecha de Martin.

— Vou ficar ali fora.

Martin aguardou enquanto o Dr. Hudson virou para a enfermeira, a única outra pessoa no quarto, e disse:

— Deixei meu caderno no escritório. Pode pegar pra mim, por favor?

A enfermeira pareceu confusa.

— Seu caderno, Doutor?

— Sim, está na mesa. Obrigado.

— Certamente, Doutor.

A enfermeira saiu e o Dr. Hudson voltou sua atenção para Martin.

— Você fez algo bem corajoso, Sr. Grey. Sinto que sou sortudo por ter você como meu paciente. Digo, você sendo um herói e tudo o mais.

— Obrigado — Martin respondeu, sentindo-se estranho com o novo título.

Enquanto o Dr. Hudson removia a seringa do bolso do casaco e desencapava a agulha, ele disse:

— Essa história sobre membros secretos... Bem surreal, né?

Martin fixou o olhar na seringa na mão do Dr. Hudson. Não era nada surreal que Forty Acres tivesse membros secretos. Na verdade, Martin sabia que era verdade. Qualquer homem bem-sucedido, em qualquer lugar, podia ser um dos discípulos leais do Dr. Kasim, até mesmo um jovem doutor em Atlanta.

— Sr. Grey, você está bem?

Martin apontou para a seringa.

— O que é isso?

— Vitaminas. Meu estoque particular. Tenho te medicado com elas uma vez ao dia. — Dr. Hudson lançou um olhar de soslaio a Martin. — Não me diga que o herói tem medo de agulha.

Martin sabia que se deixasse o medo tomar conta, nunca conseguiria superar o que acontecera. Martin se recusava a viver com medo.

Balançou a cabeça e respondeu:

— Não, tô bem. Vá em frente.

Dr. Hudson riu.

— Bom, então tá certo.

Enquanto Dr. Hudson limpava seu braço com álcool, Martin se virou para olhar a TV.

Cenas de quatro dias antes mostravam os escravizados sendo resgatados de Forty Acres. Martin observou a filmagem de cima mostrando o terreno, salpicado com pequenas figuras. Quando o ângulo se aproximou, as figuras se transformaram em pessoas: os escravizados brancos vestindo trapos, balançando os braços, pulando, gritando, comemorando, rezando e abraçando uns aos outros.

Martin os salvara.

CAPÍTULO 95

Duas semanas depois, com o braço em uma tipoia, Martin se sentava no sofá ao lado de Anna, comendo batata chips, enquanto assistia as notícias da noite. Era uma matéria especial da CNN sobre um grupo de criminosos chamado pelo canal de "A Conspiração de Forty Acres". A tela plana de cinquenta e duas polegadas transmitia imagens de homens algemados sendo escoltados para dentro de delegacias, tribunais e da sede do FBI. Martin viu vários rostos familiares: Kwame, Tobias, Solomon e até mesmo os dois guardas-florestais. O que surpreendeu tanto a ele quanto Anna foi que os guardas não haviam sido os únicos brancos cúmplices da insensatez do Dr. Kasim. Durante a matéria, vários outros homens brancos eram escoltados por agentes federais.

Boa parte da matéria focou nos homens explicitamente ausentes das prisões, Dr. Thaddeus Kasim e Oscar Lennox. Havia várias teorias e especulações sobre onde os dois chefões poderiam estar escondidos, mas as autoridades ainda não os havia encontrado. Martin fora interrogado diversas vezes por diferentes agentes sobre o incidente por completo, e sempre surgiam perguntas sobre o paradeiro do Dr. Kasim. Infelizmente, assim como todo mundo, Martin não fazia ideia. Nunca confessaria à Anna, mas o fato de Dr. Kasim e de Oscar estarem à solta o deixava bem nervoso. Quanto mais cedo aqueles dois estivessem atrás das grades, mais cedo poderia voltar a dormir a noite toda.

O rosto de Martin surgiu na televisão. Era um vídeo da sua primeira entrevista, quando ainda estava na cama de hospital.

— Senhor, esse cara de novo, não — Martin falou. — Já chega.

Anna riu quando Martin pegou o controle remoto e mudou de canal.

Os sorrisos evaporaram quando viram a matéria sobre Lamont Bell surgindo na tela. Lamont Bell era um garoto negro de dezesseis anos, estudante de ensino médio, que fora sequestrado e torturado; o cadáver tinha sido largado em um parque na zona oeste de Chicago. O corpo mutilado fora marcado com alusões raciais, incluindo referências a Forty Acres. A matéria tinha ido ao ar no dia anterior e já estava em todo lugar, uma notícia bombástica que só perdia para a própria trama de Forty Acres. Era como se a exposição de Forty Acres tivesse sido um terremoto que sacudiu o país inteiro, e a história sobre Lamont Bell, o tsunami que o seguiu. Havia acontecido outras retaliações depois que Forty Acres fora a público. Em Greeleyville, Carolina do Sul, uma igreja negra centenária fora incendiada. Em Athens, Georgia, houve uma briga entre estudantes pretos e brancos depois que a matéria sobre Forty Acres foi transmitida na TV do bar onde estavam. Em Washington, o monumento em memória de Martin Luther King fora vandalizado, o rosto em granito do Dr. King violado por tinta vermelho-sangue. Todas essas matérias eram perturbadoras e receberam muita atenção da mídia, mas nem uma tivera o impacto do assassinato de Lamont Bell. As imagens das feridas no corpo do adolescente eram difíceis de assistir, principalmente para Martin. Ainda que fosse irracional, ele não conseguia evitar o sentimento de culpa.

— Martin — Anna falou, apertando sua mão —, desliga.

Mas Martin continuou assistindo. Assistiu a filmagem amadora de Lamont brincando com o pai. Assistiu a mãe de Lamont chorando em frente a uma multidão de repórteres. Viu a vigília feita por centenas de colegas de Lamont e a pequena montanha de flores e cartões. Martin assistiu porque sentia, de um jeito ilógico, que era seu dever assistir. Ele tinha feito uma escolha e precisava viver com as consequências.

Anna esticou as mãos e forçou a cabeça de Martin a desviar da televisão, agora olhando para ela. Seu olhar gentil encontrou o olhar desolado dele.

— Você fez a coisa certa — ela sussurrou. — Agora, por favor, desliga.

Martin concordou com a cabeça. Anna olhou para o relógio e grunhiu.

— Eles chegaram cedo demais.

Martin e Anna cumprimentaram Glen e Lisa na porta da frente. Houve uma troca de beijos e abraços, em seguida Lisa fungou.

— Isso é cordeiro? O cheiro tá incrível.

— Deus, espero que sim — Anna respondeu, mordendo o lábio. — Meio que é a sua receita. Na verdade, já que tá aqui, pode ajudar. Venha. — Anna pegou a mão de Lisa e a arrastou para a cozinha.

Glen colocou a mão dentro da bolsa da Toys "R" Us e retirou de lá o que parecia ser um jogo de xadrez. Entregou a Martin.

— Só um presentinho.

Abismado, Martin olhou para o presente. Não era só um jogo de xadrez. Era um conjunto profissional Mephisto. Um adesivo dourado na embalagem indicava que era recomendado pelo próprio Kasparov, o grande enxadrista soviético. Martin franziu o cenho para Glen.

— Ah... Obrigado, eu acho.

— Não é pra você, 007. É para o nosso futuro sócio. Por que acha que minha mente é excelente? Jogava muito xadrez com o meu pai quando era moleque.

— Anna não tá nem com barriga ainda, Glen.

— Sim, eu sei, é um pouco cedo. Mas o jogo fala. Você pode jogar com a Anna e ele pode ouvir cada movimento. As crianças começam a aprender no útero, é um fato comprovado.

Incrédulo, Martin balançou a cabeça.

— Você é excêntrico, sabe disso?

— Diz o homem que acabou sozinho com a maior conspiração de todos os tempos. *Ainda* não acredito. — Glen deu um tapa amigável no ombro bom de Martin. — Você tá bem? Como tem passado, irmão?

Martin ficou rígido. Glen já o havia chamado de irmão mil vezes desde que se conheceram, mas era a primeira vez que aquilo lhe dava nos nervos. Sentiu vontade de pedir para Glen não usar mais a palavra. Ao menos não enquanto a ferida em seu ombro não cicatrizasse, os pesadelos ainda o acordassem e o mundo estivesse um caos. Mas decidiu ficar calado. Não queria estragar o jantar de hoje, e, o mais importante, não queria prejudicar a relação com o melhor amigo. Então, pela segunda vez na noite, seguiu o conselho da esposa.

Ele deixou pra lá.

— Tô indo — Martin respondeu, esboçando um sorriso corajoso. — Estou quase lá.

Martin guiou Glen até a parede da sala e abriu um pequeno armário de bebidas. Estava prestes a oferecer ao amigo o Jack com Coca-Cola que sempre tomava, mas Glen insistiu que tomaria coca diet, assim como Martin.

— Quando parar de tomar os remédios — Glen falou —, pago a primeira rodada. Mas só a primeira.

Martin riu e esticou o braço para pegar a Coca-Cola, mas a campainha o fez pausar.

— Ei, quem é? — Glen perguntou. — Não mencionou que viria mais gente.

Martin também parecia surpreso.

— Não vem mais ninguém. Ao menos, não que eu saiba.

Usando luvas de forno, Anna apareceu na porta da cozinha, encarando o marido em acusação.

— Você convidou alguém e esqueceu de me dizer?

Martin ergueu as mãos.

— Sou inocente. Eu juro. Espera.

Martin foi até a janela ao lado da porta e espiou atrás da cortina.

— Que estranho — ele falou, virando-se para Anna. — É o cara da TV a cabo.

Anna checou o relógio.

— Essa hora? Achei que o serviço era amanhã.

— Também pensei. Ao menos foi o que disseram.

— *É* estranho mesmo — Glen falou com uma risada. — Que tipo de funcionário da TV a cabo chega cedo?

A campainha tocou de novo.

Anna suspirou e disse para Martin:

— Bom, o jantar tá pronto. Pode pedir pra ele voltar outra hora?

— Tenho certeza de que não vai ter problema.

— Então vocês vêm ajudar a trazer a comida?

— Estamos indo — Glen respondeu.

Anna agradeceu com um sorriso e voltou à cozinha. Martin esticou o braço para abrir a porta, mas subitamente parou. Com a mão a centímetros da maçaneta, Martin ficou ali congelado, pensando profundamente.

— Você tá bem? — Glen perguntou.

Martin recolheu a mão e se virou para Glen.

Sussurrou:

— Tô com um mau pressentimento.

Glen pareceu confuso.

— O quê? Por quê?

Martin colocou o dedo indicador em frente aos lábios, falando depressa.

— Você sabe quanto tempo leva pra conseguir agendar uma visita? Se eu mandar ele embora, a empresa vai insistir em reagendar. Mas se não tiver ninguém em casa, provavelmente vão notar que erraram e mandarão alguém amanhã como o combinado.

Glen sorriu e sussurrou:

— Bem esperto.

Martin se afastou da porta.

— Anda, vamos ajudar com o jantar.

A campainha tocou pela terceira vez, o tom convidativo pairando no ar como uma pergunta não respondida.

AGRADECIMENTOS

A jornada entre ter a ideia para escrever *A Conspiração de Forty Acres* até o momento da publicação do livro foi como um sonho virando realidade. Antes de tudo, gostaria de agradecer ao senhor Bill Teitler. De início, Bill e eu nos encontramos para discutir um dos meus roteiros. É comum, durante a primeira reunião entre produtor e roteirista, o produtor perguntar: "então, no que mais está trabalhando?"

Contei ao Bill sobre o meu manuscrito semiacabado que se intitulava *A Conspiração de Forty Acres...* e ele amou. Ele passou um ano me atiçando para terminar de escrevê-lo, mas eu estava muito ocupado. Enfim, ele me convenceu a deixá-lo ler o que eu tinha escrito. Bill gostou e perguntou se poderia mostrá-lo a um agente literário que conhecia. Então as coisas decolaram. Sem o incentivo e persistência de Bill Teitler, talvez *A Conspiração de Forty Acres* ainda estivesse engavetado.

Quero agradecer também à agência Friedrich: Lucy Carson, Nichole LeFebvre, Molly Schulman, e, principalmente, à minha agente Molly Friedrich. Quando fui ao escritório da agência em Nova York pela primeira vez, o entusiasmo no local foi evidente. Sendo um novato no mercado editorial, ainda há muito que não sei. Com a inteligência de Molly Friedrich no comando, essas mulheres incríveis me apoiaram e me guiaram com uma paciência indescritível. E mesmo quando a pressão era enorme, a perspicácia e a franqueza de Molly mantinham o sorriso em meu rosto.

E obrigado também ao time da Atria Books por terem se dedicado tanto em *A Conspiração de Forty Acres*. A editora Judith Curr, Daniel Loedel, Stacey Kulig, Jeanne Lee e o meu editor Peter Borland. Molly disse que eu tive sorte em ter Peter como editor e eu soube que ela estava certa assim que o conheci. A energia e os conselhos de Peter foram verdadeiras inspirações. Todo mundo na Atria fez um trabalho incrível. Não poderia estar mais orgulhoso do resultado.

Eu escrevo, ao mesmo tempo, sozinho e acompanhado. Em vez de um parceiro de escrita, uso as pessoas ao meu redor como auditores de qualidade. Sempre fico inseguro na hora de pedir a opinião dos meus amigos sobre uma nova história, com medo de incomodá-los. Contudo, eles são sempre muito generosos, disponibilizando tempo e demonstrando grande paciência enquanto me ajudam na tarefa.

Um agradecimento sincero aos meus amigos William Massa, Gordon Chou, Suzanne Miller, Al Valentine, Robert Brody, Glen Beltran, Greg Zehentner, Michelle James, Craig Feagins, Angel Nieves e Felicia Rivera.

Um último agradecimento a Stephanie Warren, minha noiva, por fazer com que um momento fantástico na minha vida... seja ainda mais fantástico.

ALTA NOVEL

CONHEÇA OUTROS LIVROS DO SELO

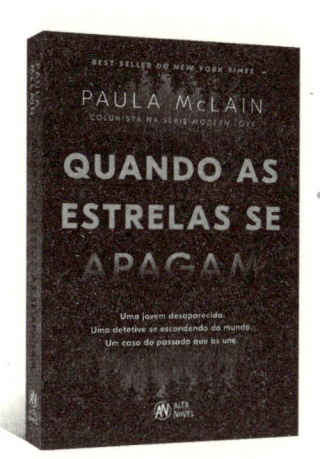

UM THRILLER PSICÓLOGICO PROFUNDO E COMOVENTE.

Autora colunista em *Modern Love*

Profundo e comovente

Anna Hart, uma detetive de São Francisco especializada em casos de desaparecimento, retorna para sua cidade natal e se depara com um crime assustadoramente similar ao que ocorrera no momento mais crucial da sua infância, e que mudou a comunidade para sempre...

> **ESTES PRAZERES VIOLENTOS TÊM FINAIS VIOLENTOS.**
> — SHAKESPEARE, *ROMEU E JULIETA*

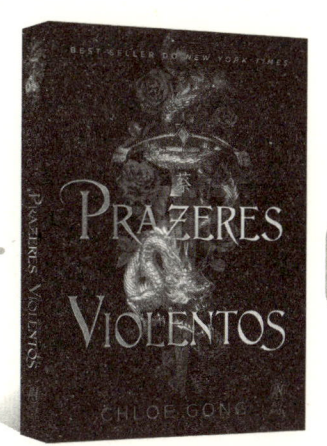

Edição em capa dura

Romance e traição

Prazeres Violentos traz uma criativa releitura de *Romeu e Julieta* na Xangai de 1920, com gangues rivais e um monstro nas profundezas do Rio Huangpu.

Todas as imagens são meramente ilustrativas.

/altanoveleditora   /altanovel